莎士比亚全集

II

人民文学出版社

# 目　次

错误的喜剧 …………………………………………… *1*
约翰王 ………………………………………………… *67*
仲夏夜之梦 …………………………………………… *153*
威尼斯商人 …………………………………………… *233*
理查二世 ……………………………………………… *325*

# 错误的喜剧

朱 生 豪 译
吴 兴 华 校

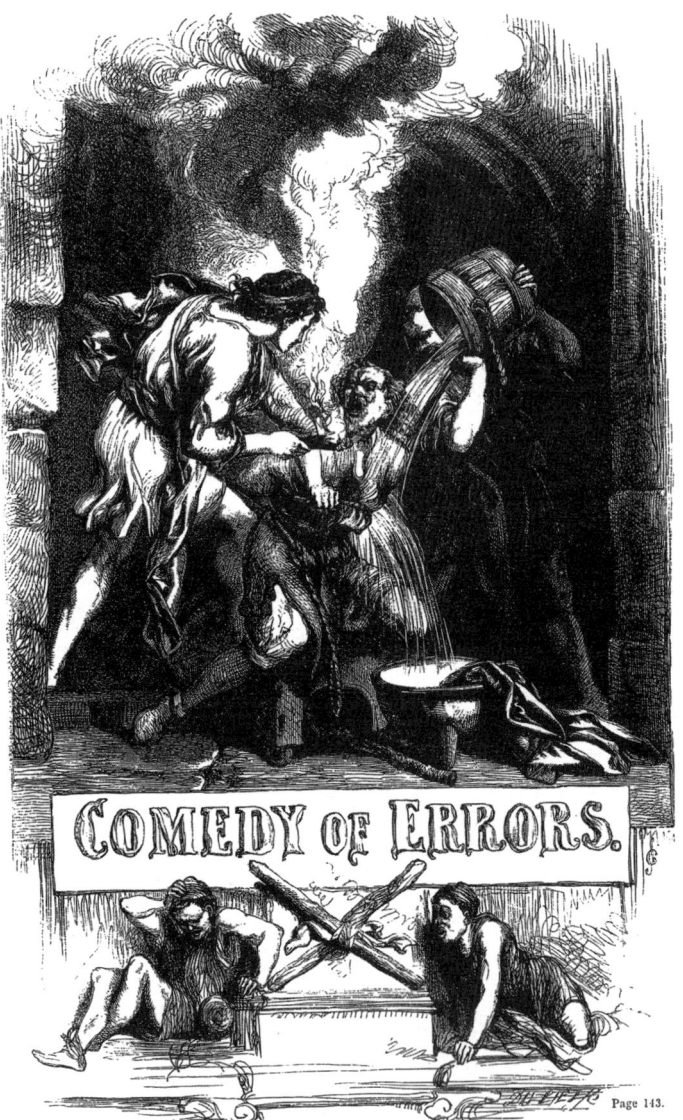

# 剧 中 人 物

索列纳斯　以弗所公爵
伊勤　叙拉古商人
大安提福勒斯 ⎫
小安提福勒斯 ⎬ 伊勤及爱米利娅的孪生子
大德洛米奥 ⎫
小德洛米奥 ⎬ 侍奉安提福勒斯兄弟的孪生兄弟
鲍尔萨泽　商人
安哲鲁　金匠
商人甲　大安提福勒斯的朋友
商人乙　安哲鲁的债主
品契　教师兼巫士

爱米利娅　伊勤的妻子，以弗所尼庵中住持
阿德里安娜　小安提福勒斯的妻子
露西安娜　阿德里安娜的妹妹
露丝　阿德里安娜的女仆
妓女

狱卒、差役及其他侍从等

## 地　　点

以弗所

# 第 一 幕

## 第一场　公爵宫廷中的厅堂

　　　　公爵、伊勤、狱卒、差役及其他侍从等上。

伊　勤　索列纳斯，快给我下死刑的宣告，
　　　　好让我一死之后，解脱一切烦恼！

公　爵　叙拉古的商人，你也不用多说。我没有力量变更我们的法律。最近你们的公爵对于我们这里去的规规矩矩的商民百般仇视，因为他们缴不出赎命的钱，就把他们滥加杀戮；这种残酷暴戾的敌对行为，已经使我们无法容忍下去。本来自从你们为非作乱的邦人和我们发生嫌隙以来，你我两邦已经各自制定庄严的法律，禁止两邦人民之间的一切来往；法律还规定，只要是以弗所人在叙拉古的市场上出现，或者叙拉古人涉足到以弗所的港口，这个人就要被处死，他的钱财货物就要被全部没收，悉听该地公爵的处分，除非他能够缴纳一千个马克，才能赎命。你的财物估计起来，最多也不过一百个马克，所以按照法律，必须把你处死。

伊　勤　等你一声令下，我就含笑上刑场，
　　　　从此恨散愁消，随着西逝的残阳！

公爵　好,叙拉古人,你且把你离乡背井,到以弗所来的原因简单告诉我们。

伊勤　要我说出我难言的哀痛,那真是一个最大的难题;可是为了让世人知道我的死完全是天意,不是因为犯下了什么罪恶,我就忍住悲伤,把我的身世说一说吧。我生长在叙拉古,在那边娶了一个妻子,若不是因为我,她本可以十分快乐,我原来也能使她快乐,只可惜命途多蹇。当初我们两口子相亲相爱,安享着人世的幸福;我常常到埃必丹农做买卖,每次都可以赚不少钱,所以家道很是丰裕;可是,后来我在埃必丹农的代理人突然死了,我在那边的许多货物没人照管,所以不得不离开妻子的温柔怀抱,前去主持一切。我的妻子在我离家后不到六个月,就摒挡行装,赶到了我的身边;那时她已有孕在身,不久就做了两个可爱的孩子的母亲。说来奇怪,这两个孩子生得一模一样,全然分别不出来。就在他们诞生的时辰,在同一家客店里有一个穷人家的妇女也产下了两个面貌相同的双生子,我看见他们贫苦无依,就出钱买下了孩子,把他们抚养大,侍候我的两个儿子。我的妻子生下了这么两个孩子,把他们宠爱异常,每天催促我早作归乡之计,我虽然不大愿意,终于答应了她。唉!我们上船的日子,选得太不凑巧了!船离开埃必丹农三哩,海面上还是波平浪静,一点看不出将有风暴的征象;可是后来天色越变越恶,使我们的希望完全消失,天上偶然透露的微弱光芒照在我们惴惴不安的心中,似乎只告诉我们死亡已经迫在眼前。我自己虽然并不怕死,可是我的妻子因为害怕不可免的厄运在不断哭泣,还有我那两个可爱的孩子虽然不知道他们将会遭到些什么,却也跟着母亲放声号哭,我见了这一种凄惨的情形,便不能不设法保全他们和我自己的生命。那时候船上的水手们都已经跳下小船,各自逃生去了,只剩下我们几个人在这艘快要沉没的大船上;我们没有别的办法,只好效法航海的人们遇到风暴时的榜样,我的妻子因为更疼她的小儿子,就把他缚在一根小的桅杆上,又把另外那一对双生子中的一个也缚在一起,我也把大的那一个照样缚好了,然后我们夫妻两人各自把自己缚在桅杆的另外一头,每人照顾着一对孩子,此后就让我们的船随波漂流,向着我们认为是科林多的方向顺流而去。后来太阳出来了,把我们眼前的阴霾暗雾扫荡一空,海面也渐渐平静下来,我们方才望见远处有两艘船向着我们开来,一艘是从科林多来的,一艘是从埃必道勒斯来的;可是它们还没有行近——啊,我说不下去了,以后的事情,你们自己去猜度吧!

公　爵　不,说下去,老人家,不要打断话头。我们虽然不能赦免你,却可以怜悯你。

伊　勤　啊!天神们要是能够在那时可怜我,那么我现在也不会怨恨他们的不仁了!我们的船和来船相距还有三十哩的时候,我们却在中途遇着了一座巨大的礁石,迎面一撞,就把船撞碎了,我们夫妻和孩子们,都被无情地冲散;命运是这样的安排着,使我们各人留下一半的慰藉,哀悼那失去了的另外一半。我那可怜的妻子因为她的一根桅杆尽管负荷着同等的痛苦,但是重量较轻,被风很快地吹往远处去,我望见她们三人大概是被科林多的渔夫们救起来了。后来另外一艘船把我们救起,他们知道了他们所救起的是些什么人之后,招待我们十分殷勤,他们原来还打算赶上渔船把我的爱妻和娇儿夺回,只可惜他们的船只航行太慢,因此最后只好掉转船头驶回家去。这就是我怎样被幸福所遗弃的经过,留下我这苦命的一身,来向人诉说我自己悲惨的故事。

公　爵　看在你所悲痛怀念的人们分上,请你把你儿子们和你自己此后的经历详细告诉我吧。

伊　勤　我的大儿子①在十八岁时就向我不断探询他母弟的下落,要求我准许他带着他的童仆出去寻找,那童仆也和他一样有一个不知踪迹的同名的兄弟。我因为思念存亡未卜的妻儿,就让我这唯一的爱子远离膝下,到如今也不知他究竟在哪处存身。五年以来,我走遍希腊,直达亚洲的边界,到处搜寻他们,虽然明知无望,也不愿漏过一处有人烟的地方。这次买棹归来,才到了以弗所的境内;可是我的一生将在这里告一段落,要是我这迢迢万里的奔波能够向我保证他们尚在人间,我也就死而无怨了。

公　爵　不幸的伊勤,命运注定了你,使你遭受人间最大的惨痛!相信我,倘不是因为我们的法律不可破坏,我自己的地位和誓言不可逾越,我一定会代你申辩无罪。现在你已经被判死刑,我也无法收回成命,可是我愿意尽我的力量帮助你;所以,商人,我限你在今天设法找寻可以援救你的人,替你赎回生命。你要是在以弗所有什么亲友,不妨一个个去恳求他们,乞讨也好,借贷也好,凑足限定的数目,就可以放你活着回去;要是筹不到这一笔款子,那就只好把你处死。狱卒,把他带下去看守起来。

---

① 原文此处作"小儿子",惟上文云:"我的妻子因为更疼她的小儿子,"则小儿子应当和他母亲在一起。

狱　　卒　　是，殿下。

伊　　勤　　纵使把这残生多留下几个时辰，
　　　　　　这茫茫人海，何处有赎命的恩人！（同下。）

## 第二场　市　场

*大安提福勒斯、大德洛米奥及商人甲上。*

商人甲　　所以你应当向人说你是从埃必丹农来的，免得你的货物给他们没收。就在今天，有一个叙拉古商人因为犯法入境，已经被捕了；他缴不出赎命的钱来，依照本地的法律，必须把他在太阳西落以前处死。这是你托我保管的钱。

大安提福勒斯　　德洛米奥，你把这钱拿去放在我们所停留的马人旅店里，你就在那里等我回来，不要走开。现在离开吃饭的时候不到一个钟头，让我先在街上蹓跶蹓跶，观光观光这儿的市面，然后回到旅店里睡觉，因为赶了这么多的路，我已经十分疲乏了。你走吧。

大德洛米奥　　要是别人，他们一定巴不得你说这句话呢！口袋里揣着这么多钱，他们准愿意一走了之。（下。）

大安提福勒斯　　这小厮做事还老实，我有时心里抑郁不乐，他也会常常说些笑话来给我解闷。你愿意陪着我一起走走，然后一同到我的旅店里吃饭吗？

商人甲　　请你原谅，有几个商人邀我到他们那里去，我还希望跟他们作成些交易，所以不能奉陪了。五点钟的时候，请你到市场上来会我，我可以陪着你一直到晚上。现在我可要走了。

大安提福勒斯　　那么等会儿再见吧，我就到市上去随便走走。

商人甲　希望你玩个畅快。(下。)

大安提福勒斯　他叫我玩个畅快,我心里可永不会有畅快的一天。我像一滴水一样来到这人世,要在浩渺的大海里找寻自己的同伴,结果未能如愿,到处扑空,连自己也迷失了方向;我为了找寻母亲和兄弟到处漂流,不知哪一天才会重返家园。

　　　　小德洛米奥上。

大安提福勒斯　这不是那个生辰八字和我完全一样的家伙吗?怎么?你怎么这么快又回来了?

小德洛米奥　这么快回来!我已经来得太迟了!鸡也烧焦了,肉也炙枯了,钟已经敲了十二点,我的脸已经给太太打过。她大发脾气,因为肉冷了;肉冷因为您不回家;您不回家因为您肚子不饿;您肚子不饿因为您已经用过点心,可是我们却像悔罪的人一样为了您而挨饿祈祷。

大安提福勒斯　别胡说了,我问你,我给你的钱你拿去放在什么地方了?

小德洛米奥　啊,那六便士吗?我在上星期三就拿去给太太买缰绳了。钱在马鞍店里,我没有留着。

大安提福勒斯　我没有心思跟你开玩笑。干脆回答我,钱在哪里?异乡客地,你怎么敢把这么多的钱随便丢下?

小德洛米奥　大爷,您倘要说笑话,请您留着在吃饭的时候说吧。太太叫我来请您火速回去,您要是不回去,我的脑壳子又该晦气啦。我希望您的肚子也像我一样,可以代替时钟,到了时候会叫起来,那时不用叫您,您也会自己回来了。

大安提福勒斯　算了吧,德洛米奥,现在不是说笑话的时候;把这些话留给今后更开心的场合吧。我给你看管的钱呢?

小德洛米奥　您给我看管的钱吗？大爷,您几时给我什么钱？

大安提福勒斯　狗才,别装傻了,究竟你把我的钱拿去干什么了？

小德洛米奥　大爷,我只知道奉命到市场上来请您回店吃饭,太太和姑太太都在等着您。

大安提福勒斯　老老实实回答我,你把钱放在什么地方了？再不说出来,我就捶碎你的脑壳；谁叫你在我无心斗嘴的时候跟我耍贫？你从我手里拿去的一千个马克呢？

小德洛米奥　您在我头上凿过几拳,太太在我肩上捶过几拳,除此之外,你们谁也不曾给过我半个铜钱。我要是把您给我的赏赐照样奉还,恐怕您就不会像我这样默然忍受了。

大安提福勒斯　太太！你有什么太太！

小德洛米奥　就是您大爷的夫人,也就是凤凰商店的女老板；她为了等您回去吃饭,到现在还没有吃过东西哩。请您赶快回去吧。

大安提福勒斯　啊！说过不许你胡闹,你还敢当着我这样放肆无礼吗？我打你这狗头！（打小德洛米奥。）

小德洛米奥　大爷,您这是什么意思？看在上帝的面上,请您收回尊手,否则我可要拔起贱腿逃了。（下。）

大安提福勒斯　这狗才一定上了人家的当,把我的钱全给丢了。他们说这地方有很多骗子,有的会玩弄遮眼的戏法,有的会用妖法迷惑人心,有的会用符咒伤害人的身体,还有各式各种化装的骗子,口若悬河的江湖术士,到处设下了陷阱。倘然果有此事,我还是赶快离开的好。我要到马人旅店去追问这奴才,我的钱恐怕已经不保了。（下。）

# 第 二 幕

## 第一场　小安提福勒斯家中

　　　　　　阿德里安娜及露西安娜上。

阿德里安娜　我的丈夫到现在还没有回来,叫那奴才去找他,也不知找到什么地方去了。露西安娜,现在已经两点钟啦!

露西安娜　他也许在市场上遇到什么商人,被请到什么地方吃饭去了。好姊姊,咱们吃饭吧,你也别生气啦。男人是有他们的自由的,他们只受着时间的支配;一到时间,他们就会来的。姊姊,你耐点儿心吧。

阿德里安娜　为什么他们的自由要比我们多?

露西安娜　因为男人家总是要在外面奔波。

阿德里安娜　我倘这样对待他,他定会大不高兴。

露西安娜　做妻子的应该服从丈夫的命令。

阿德里安娜　人不是驴子,谁甘心听人家使唤?

露西安娜　桀骜不驯的结果一定十分悲惨。
　　　　　你看地面上,海洋里,广漠的空中,
　　　　　哪一样东西能够不受羁束牢笼?
　　　　　是走兽,是游鱼,是生翅膀的飞鸟,

|  |  |
|---|---|
|  | 只见雌的低头，哪里有雄的伏小？ |
|  | 人类是控制陆地和海洋的主人， |
|  | 天赋的智慧胜过一切走兽飞禽， |
|  | 女人必须服从男人是天经地义， |
|  | 你应该温恭谦顺侍候他的旨意。 |
| 阿德里安娜 | 正因为怕这种服从，你才不结婚。 |
| 露西安娜 | 不是怕这个，而是怕其他的纠纷。 |
| 阿德里安娜 | 你若是出嫁了，准也想当家作主。 |
| 露西安娜 | 我未解风情，先要学习出嫁从夫。 |
| 阿德里安娜 | 你丈夫要是变了心把别人眷爱？ |
| 露西安娜 | 他会回心转意，我只有安心忍耐。 |
| 阿德里安娜 | 真好的性子！可也难怪她这么说， |
|  | 没碰见倒霉事，谁都会心平气和。 |
|  | 听见别的苦命人在恶运折磨下， |
|  | 哀痛地呼喊，我们说："算了，静些吧！" |
|  | 但是轮到我们遭受同样的欺凌， |
|  | 我们的呼天抢地准比他们更凶； |
|  | 你可没有狠心的丈夫把你虐待， |
|  | 你以为什么事都可以安心忍耐， |
|  | 倘有一天人家篡夺了你的权利， |
|  | 看你耐不耐得住你心头的怨气？ |

露西安娜　好，等我嫁了人以后试试看吧。你丈夫的跟班来了，他大概也就来了。

　　　　　*小德洛米奥上。*

阿德里安娜　你那位大爷可真有一手，这么慢腾腾地。这回他该回来了吧？

小德洛米奥　什么有一手？他的两手都有劲着呢，这点我的两只耳朵可以作证。

阿德里安娜　你对他说过什么话没有？你知道他的心思吗？

小德洛米奥　是，是，他把他的心思告诉我的耳朵了，我的耳朵现在还热辣辣的呢。我真不懂他的意思。

露西安娜　他说得不大清楚，所以你听不懂吗？

小德洛米奥　不，他打了我一记清脆的耳刮子，我懂是不懂，痛倒很痛。

阿德里安娜　可是他是不是就要回家了？他真是一个体贴妻子的好丈夫！

小德洛米奥　嗳哟，太太，我的大爷准是得犄角疯了。

阿德里安娜　狗才，什么话！

小德洛米奥　不是犄角疯，我是说他准得了羊角疯了。我请他回家吃饭，他却向我要一千个金马克。我说，"现在是吃饭的时候了；"他说，"我的钱呢？"我说，"肉已经烧熟了；"他说，"我的钱呢？"我说，"请您回家去吧；"他说，"我的钱呢？狗才，我给你的那一千个金马克呢？"我说，"猪肉已经烤熟了；"他说，"我的钱呢？"我说，"大爷，太太叫您回去；"他说，"去你妈的太太！什么太太！我不认识你的太太！"

露西安娜　这话是谁说的？

小德洛米奥　大爷说的。他说，"我不知道什么家，什么妻子，什么太太。"所以我就谢谢他，把他的答复搁在肩膀上回来了，因为他的拳头就落在我的肩膀上。

阿德里安娜　不中用的狗才，再给我出去把他叫回来。

小德洛米奥　再出去找他，再让他把我打回来吗？看在上帝的面上，请您另请高明吧！

阿德里安娜　狗才!不去,我就打破你的头。
小德洛米奥　他再加上一拳,我准得头破血流。凭你们两人一整治,我脑袋就该成为破锣了。
阿德里安娜　快去,只晓得唠叨的下流坯!把你主人找回来!
小德洛米奥　难道我就是个圆圆的皮球,给你们踢来踢去吗?你把我一脚踢出去,他把我一脚踢回来,你们要我这皮球不破,还得替我补上一块厚厚的皮哩。(下。)
露西安娜　嗳哟,瞧你满脸的怒气!
阿德里安娜　他和那些娼妇贱婢们朝朝厮伴,
　　　　　　我在家里盼不到他的笑脸相看。
　　　　　　难道逝水年华消褪了我的颜色?
　　　　　　有限的青春是他亲手把我摧折。
　　　　　　难道他嫌我语言无味心思愚蠢?
　　　　　　是他冷酷的无情把我聪明磨损。
　　　　　　难道浓装艳抹勾去了他的灵魂?
　　　　　　谁教他不给我裁剪入时的衣裙?
　　　　　　我这憔悴朱颜虽然逗不起怜惜,
　　　　　　剩粉残脂都留着他薄情的痕迹。
　　　　　　只要他投掷我一瞥和煦的春光,
　　　　　　这朵枯萎的花儿也会重吐芬芳;
　　　　　　可是他是一头不受羁束的野鹿,
　　　　　　他爱露餐野宿,怎念我伤心孤独!
露西安娜　姊姊,你何必如此,妒嫉徒然自苦!
阿德里安娜　人非木石,谁能忍受这样的欺侮?
　　　　　　我知道他一定爱上了浪柳淫花,
　　　　　　贪恋着温柔滋味才会忘记回家。

　　　　　　他曾经答应我打一条项链相赠，
　　　　　　看他对床头人说话有没有定准！
　　　　　　涂上釉彩的宝石容易失去光润，
　　　　　　最好的黄金经不起人手的摩损，
　　　　　　尽管他是名誉良好的端人正士，
　　　　　　一朝堕落了也照样会不知羞耻。
　　　　　　我这可憎容貌既然难邀他爱顾，
　　　　　　我要悲悼我的残春哭泣着死去。
露西安娜　　真有痴心人情愿作妒嫉的俘虏！（同下。）

## 第二场　广　场

　　　　大安提福勒斯上。

大安提福勒斯　我给德洛米奥的钱都好好地在马人旅店里，那谨慎的奴才出去找我去了。听店主所说的，再按时间一计算，我从市场上把德洛米奥打发走之后，仿佛没有可能再碰见他。瞧，他又来了。

　　　　大德洛米奥上。

大安提福勒斯　喂，老兄，你耍贫的脾气改变了没有？要是你还想挨打，不妨再跟我开开玩笑。你不知道哪一家马人旅店？你没有收到什么钱？你家太太叫你请我回去吃饭？我家里开着一个什么凤凰商店？你刚才对我说了这许多疯话，你是不是疯了？

大德洛米奥　我说了什么话，大爷？我几时说过这样的话？

大安提福勒斯　就在刚才，就在这里，不到半点钟以前。

大德洛米奥　您把钱交给我，叫我回到马人旅店去了以后，我没有见过您呀。

大安提福勒斯　狗才,你刚才说我不曾交给你钱,还说什么太太哩,吃饭哩;你现在大概知道我在生气了吧?

大德洛米奥　我很高兴看见您这样爱开玩笑,可是这笑话是什么意思?大爷,请您告诉我吧。

大安提福勒斯　啊,你还要假作痴呆,当着我的面放肆吗?你以为我是在跟你说笑话吗?我就打你!(打大德洛米奥。)

大德洛米奥　慢着,大爷,看在上帝的面上!您现在把说笑话认真起来了。我究竟做错了什么事您要打我?

大安提福勒斯　我因为常常和你不拘名分,说说笑笑,你就这样大胆起来,人家有正事的时候你也敢捣鬼。无知的蚊蚋尽管在阳光的照耀下飞翔游戏,一到日没西山也会钻进它们的墙隙木缝。你要开玩笑就得留心我的脸色,看我有没有那样兴致。你要是还不明白,让我把这一种规矩打进你的脑壳里去。

大德洛米奥　您管它叫脑壳吗?请您还是免动尊手吧,我要个脑袋就够了;要是您不停手地打下去,我倒真得找个壳来套在脑袋上才行;不然,脑袋全打烂了,只有把思想装在肩膀里了。可是请问大爷,我究竟为什么挨打?

大安提福勒斯　你不知道吗?

大德洛米奥　不知道,大爷,我只知道我挨打了。

大安提福勒斯　要我讲讲道理吗?

大德洛米奥　是,大爷,还有缘由;因为俗话说得好,有道理必有缘由。

大安提福勒斯　先说道理——你敢对我顶撞放肆;再说缘由——你第二次见了我还要随口胡说。

大德洛米奥　真倒霉,白白地挨了这一顿拳脚,
　　　　　道理和缘由却仍然是莫名其妙。
　　好了,谢谢大爷。

大安提福勒斯　谢谢我,老兄,谢我什么?

大德洛米奥　因为我无功受赏,所以要谢谢您。

大安提福勒斯　好,以后你作事有功,我也不赏你,那就可以拉平了。现在到吃饭的时候没有?

大德洛米奥　没有。我看肉里还缺点作料。

大安提福勒斯　真的吗?缺什么?

大德洛米奥　青椒。

大安提福勒斯　再加青椒,肉也要焦了。

大德洛米奥　要是焦了,大爷,请您还是别吃吧。

大安提福勒斯　为什么?

大德洛米奥　您要是吃了,少不得又要心焦,结果我又得领略一顿好打。

大安提福勒斯　算了,你以后说笑话也得看准时候;不管作什么都应该有一定的时间。

大德洛米奥　要不是您刚才那么冒火,对您的这句话我可要大胆地表示异议。

大安提福勒斯　有什么根据吗,老兄?

大德洛米奥　当然有,大爷;我的根据就和时间老人的秃脑袋一样,是颠扑不破的。

大安提福勒斯　说给我听听。

大德洛米奥　一个生来秃顶的人要想收回他的头发,就没有时间。

大安提福勒斯　他难道不能用赔款的方法收回吗?

大德洛米奥　那倒可以,赔款买一套假发;可是收回的却是别人的毛。

大安提福勒斯　时间老人为什么对毛发这样吝啬?它不是长得很多很快吗?

大德洛米奥　因为他把毛发大量施舍给畜生了;可是他虽然给人毛发不多,却叫人脑筋更聪明,这也足以抵偿了。

大安提福勒斯　不然,也有许多人毛发虽多,脑筋却很少。

大德洛米奥　不管怎么少,也足够染上花柳病,把毛发丢光。

大安提福勒斯　照你这一说,头发多的人就都是傻瓜了。

大德洛米奥　越傻,丢得越快;可是不要头发的人也有他的一套打算。

大安提福勒斯　有什么理由?

大德洛米奥　有两个理由,而且是顶呱呱的理由。

大安提福勒斯　咳,别提顶呱呱了。

大德洛米奥　那么就叫它们可靠的理由吧。

大安提福勒斯　丢都丢完了,还讲什么可靠。

大德洛米奥　可信的理由吧,这总成了。

大安提福勒斯　你说给我听听。

大德洛米奥　第一:头发少了,免得花钱修饰;第二:吃起饭来,不会一根一根地往粥碗里掉。

大安提福勒斯　说了半天,你是想证明并非作什么事都要有一定的时间。

大德洛米奥　不错,这不是证明了吗?生来把头发丢掉的人是没有时间收回的。

大安提福勒斯　可是你的理由不够充分,不能说明为什么没有时间收回。

大德洛米奥　且听我的解释,你就明白了:时间老人自己是个秃顶,所以直到世界末日也会有大群秃顶的徒子徒孙。

大安提福勒斯　我早就知道你的理由也是光秃秃的。且慢,谁在那边朝我们招手?

   阿德里安娜及露西安娜上。

阿德里安娜　好,好,安提福勒斯,你尽管皱着眉头,假装不认识我吧;你是要在你相好的面前,才会满面春风的;我不是阿德里安娜,也不是你的妻子。想起从前的时候,你会自动向我发誓,说只有我说的话才是你耳中的音乐,只有我才是你眼中最可爱的事物,只有我握着你的手你才感到快慰,只有我亲手切下的肉你才感到可口。啊,我的夫,你现在怎么这样神不守舍,忘记了你自己?我们两人已结合一体,不可分离,你这样把我遗弃不顾,就是遗弃了你自己。啊,我的爱人,不要离开我!你把一滴水洒下了海洋里,若想把它原样收回,不多不少,是办不到的,因为它已经和其余的水混合在一起,再也分别不出来;我们两人也是这样,你怎么能硬把你我分开,而不把我的一部分也带了去呢?要是你听见我有了不端的行为,我这奉献给你的身子,已经给淫邪所玷污,那时你将要如何气愤!你不会唾骂我,羞辱我,不认我是你的妻子,剥下我那副娼妇的污秽的面皮,从我不贞的手指上夺下我们结婚的指环,把它剁得粉碎吗?我知道你会这样做的,那么请你就这样做吧,因为我的身体里已经留下了淫邪的污点,我的血液里已经混合着奸情的罪恶,我们两人既然是一体,那么你的罪恶难道不会传染到我的身上?既然这样,你就该守身如玉,才可保全你的名誉和我的清白。

大安提福勒斯　您是在对我说这些话吗,嫂子?我不认识您;我到以弗所来不过两个钟点,对这个城市完全陌生,对您的话也莫名其妙;虽然您说的每一个字我都反复思索,可是仍然听不出一点道理来。

露西安娜　哎哟,姊夫,您怎么完全变了一个人呢?您几时这样对待过我的姊姊?她刚才叫德洛米奥来请您回家吃饭。

大安提福勒斯　叫德洛米奥请我?

大德洛米奥　叫我请他?

阿德里安娜　叫你请他,你回来却说他打了你,还说他不知道有什么家、什么妻子。

大安提福勒斯　你曾经和这位太太讲过话吗?你们谈些什么?

大德洛米奥　我吗,大爷?我从来不曾见过她。

大安提福勒斯　狗才,你说谎!你在市场上对我说的话,正跟她说的一样。

大德洛米奥　我从来不曾跟她说过一句话。

大安提福勒斯　那么她怎么会叫得出我们的名字?难道她有未卜先知的本领吗?

阿德里安娜　你们主仆俩一吹一唱装傻弄诈,
　　　　　　多么不相称你高贵尊严的身价!
　　　　　　就算我有了错处你才把我回避,
　　　　　　也该宽假三分,给我自新的机会。
　　　　　　来,我要拉住你的衣袖紧紧偎倚,
　　　　　　你是参天的松柏,我是藤萝纤细,
　　　　　　藤萝托体松柏,信赖他枝干坚强,
　　　　　　莫让野蔓闲苔偷取你雨露阳光!

大安提福勒斯　她这样向我婉转哀求,字字辛酸,

　　　　　莫不是我在梦中和她缔下姻缘？
　　　　　难道我听错了，还是我昏睡未醒？
　　　　　难道我的眼睛耳朵都有了毛病？
　　　　　我且将错就错，顺从着她的心意，
　　　　　把这现成的丈夫名义权时顶替。

露西安娜　德洛米奥，你去叫仆人们把饭预备好了。

大德洛米奥　哎哟，上帝饶恕我这罪人！（以手划十字）这儿是妖精住的地方，我们在和些山精木魅们说话，要是不服从她们，她们就要吮吸我们的血液，或者把我们身上拧得一块青一块紫的。

露西安娜　叫你不答应，却在那边唠叨些什么？德洛米奥，你这蜗牛、懒虫！

大德洛米奥　大爷，我已经变了样子吗？

大安提福勒斯　我想我们的头脑都有些变了样子了。

大德洛米奥　不，大爷，不但是头脑，连外表也变了样了。

大安提福勒斯　你还是你原来的样子。

大德洛米奥　不，我已经变成了一头猴子。

露西安娜　你要是变起来，只好变成一头驴子。

大德洛米奥　不错，她骑在我身上，我一心想吃草。我是驴子，否则她怎么认识我，我却不认识她。

阿德里安娜　来，来，你们主仆两人看见我伤心，还把我这样任情取笑，我不愿再像一个傻子一样自寻烦恼地哭泣了。来，大家吃饭去吧；德洛米奥，好好看守着门。丈夫，我今天要在楼上陪着你吃饭，听你忏悔你种种对不起人的地方。德洛米奥，要是有人来看大爷，就说他在外面吃饭，什么人都不要让他进来。来，妹妹。德洛米奥，当心把门看好。

大安提福勒斯　（旁白）我是在人间,在天上,还是在地下?是梦,是醒?是发疯,还是神智清楚?她们认识我,我却不认识我自己!好,她们怎么说,我就怎么说,在这一场迷雾之中寻求新的天地。

大德洛米奥　大爷,我是不是要做起看门人来?

阿德里安娜　是,你要是让什么人进来,留心你的脑袋。

露西安娜　来,来,安提福勒斯,时候已经不早了。(同下。)

# 第 三 幕

## 第一场　小安提福勒斯家门前

　　小安提福勒斯、小德洛米奥、安哲鲁及鲍尔萨泽同上。

小安提福勒斯　好安哲鲁先生,请你原谅我们,内人很是厉害,她见我误了时间,一定要生气;你必须对她这样说,我因为在你的店里看你给她做项链,所以到现在才回来,你说那条项链明天就可以完工送来。可是这家伙却会当面造我的谣言,说他在市场上遇见我,说我打了他,说我问他要一千个金马克,又说我不认我的妻子,不肯回家。你这酒鬼,你这是什么意思?

小德洛米奥　尽您说吧,大爷,可是我知道得清清楚楚,您在市场上打了我,我身上还留着您打过的伤痕。我的皮肤倘然是一张羊皮纸,您的拳头倘然是墨水,那么您亲笔写下的凭据,就可以说明一切了。

小安提福勒斯　我看你就是一头驴子。

小德洛米奥　我这样挨打受骂,真像一头驴子一样。人家踢我的时候,我应该还踢他;要是我真的发起驴性子来,请您留心着我的蹄子吧,您会知道驴子也不是好惹的。

小安提福勒斯　鲍尔萨泽先生,您好像不大高兴,但愿我们的酒食能够代我向您表达一点欢迎的诚意。

鲍尔萨泽　美酒佳肴,我倒不在乎,您的盛情是值得感谢的。

小安提福勒斯　啊,鲍尔萨泽先生,满席的盛情,当不了一盆下酒的鱼肉。

鲍尔萨泽　大鱼大肉,是无论哪一个伧夫都置办得起的不足为奇的东西。

小安提福勒斯　殷勤的招待不过是口头的空言,尤其不足为奇。

鲍尔萨泽　酒肴即使稀少,只要主人好客,也一样可以尽欢。

小安提福勒斯　只有吝啬的主人和比他更为俭约的客人,才会以此为满足。可是我的酒肴虽然菲薄,希望您不以为嫌,开怀畅饮;您在别的地方可以享受到更为丰盛的宴席,可是不会遇到比我更诚心的主人。且慢！我的门怎么关起来了？去喊他们开门。

小德洛米奥　阿毛,白丽姐,玛琳,雪莉,琪琳,阿琴！

大德洛米奥　(在内)呆鸟,醉鬼,坏蛋,死人,蠢货,下贱的东西！给我滚开！这儿不是你找娘儿们的地方;一个已经太多了,你要这许多做什么？走,快滚！

小德洛米奥　这是哪个发昏的人在给咱们看门？喂,大爷在街上等着呢。

大德洛米奥　(在内)叫他不用等了,仍旧回到老地方去,免得他的尊足受了寒。

小安提福勒斯　谁在里面说话？喂！开门！

大德洛米奥　(在内)好,你对我说有什么事,我就开门。

小安提福勒斯　什么事！吃饭！我还没有吃过饭哪。

大德洛米奥　(在内)这儿不是你吃饭的地方;等到请你的时候

你再来吧。

小安提福勒斯　你是什么人,不让我走进我自己的屋子?

大德洛米奥　（在内）我叫德洛米奥,现在权充司阍之职。

小德洛米奥　他妈的!你不但抢了我的饭碗,连我的名字也一起偷去了;我这饭碗可不曾给我什么好处,我这名字倒挨过不少的骂。要是你今天冒名顶替我,那么你的脸也得换一换,否则干脆就把你的名字改做驴子得啦。

露　丝　（在内）吵些什么,德洛米奥?门外是些什么人?

小德洛米奥　露丝,让大爷进来吧。

露　丝　（在内）不,他来得太迟了,你这样告诉你的大爷吧。

小德洛米奥　老天爷!真要笑死人了!给你说个俗语听:回到家里最逍遥。

露　丝　（在内）奉还你一句俗语:请你别急,等着瞧。

大德洛米奥　（在内）你的名字若是露丝——露丝,你回答得真漂亮。

小安提福勒斯　你听见吗,贱人?还不开门?

露　丝　（在内）我早对你说过了。

大德洛米奥　（在内）不错,你说过:偏不开。

小德洛米奥　来,使劲,打得好!就这样一拳一拳重重地敲。

小安提福勒斯　臭丫头,让我进来。

露　丝　（在内）请问你凭什么要进来?

小德洛米奥　大爷,把门敲得重一点儿。

露　丝　（在内）让他去敲吧,看谁手疼?

小安提福勒斯　我要是把门敲破了,那时可不能饶你,你这贱丫头!

露　丝　（在内）何必费事?扰乱治安的人少不了要游街示众。

阿德里安娜　（在内）谁在门口闹个不休？

大德洛米奥　（在内）你们这里无赖太多了。

小安提福勒斯　我的太太，你在里边吗？你怎么不早点跑出来？

阿德里安娜　（在内）混蛋！谁是你的太太？快给我滚开！

小德洛米奥　大爷，您要是有了毛病，这个"混蛋"就要不舒服了。

安哲鲁　既没有酒食，也没有人招待，要是二者不可得兼，那么只要有一样也就行了。

鲍尔萨泽　我们刚才还在辩论丰盛的酒肴和主人的诚意哪一样更可贵，可是我们现在却要枵腹而归，连主人的诚意也没福消受了。

小德洛米奥　大爷，他们两位站在门口，您快招待他们一下吧。

小安提福勒斯　她们一定有些什么花样，所以不放我们进去。

小德洛米奥　里面点心烘得热热的，您却在外面喝着冷风，大丈夫给人欺侮到这个样子，气也要气疯了。

小安提福勒斯　去给我找些什么东西，让我把门打开来。

大德洛米奥　（在内）你要是打坏了什么东西，我就打碎你这混蛋的头。

小德洛米奥　说得倒很凶，大哥，可是空话就等于空气。他也可以照样还敬你，往你脸上放个屁。

大德洛米奥　（在内）看来你是骨头痒了。还不快滚，混蛋！

小德洛米奥　说来说去总是叫我滚！请你叫我进来吧。

大德洛米奥　（在内）等鸟儿没有羽毛，鱼儿没有鳞鳍的时候，再放你进来。

小安提福勒斯　好，我就打进去。给我去借一把鹤嘴锄来。

小德洛米奥　这个鹤却没有羽毛，主人，您想得真妙。找不到没有鳞鳍的鱼,却找到一只没有羽毛的鸟。咱们若是拿鹤嘴锄砸进去,准保叫他们吓得振翅高飞,杳如黄鹤。

小安提福勒斯　快去,找把铁锄来。

鲍尔萨泽　请您息怒吧,快不要这样子,给人家知道了,不但于您的名誉有碍,而且会疑心到尊夫人的品行。你们相处多年,她的智慧贤德,您都是十分熟悉的;今天这一种情形,一定另有原因,慢慢地她总会把其中道理向您解释明白的。听我的话,咱们自顾自到猛虎饭店吃饭去吧;晚上您一个人回家,可以问她一个仔细。现在街上行人很多,您要是这样气势汹汹地打进门去,难免引起人家的流言蜚语,污辱了您的清白的名声;也许它将成为您的终身之玷,到死也洗刷不了,因为诽谤到了一个人的身上,是会永远存留着的。

小安提福勒斯　你说得有理,我就听你的话,静静地走开。可是我虽然满怀怒气,还想找一个地方去解解闷儿。我认识一个雌儿,长得很不错,人也很玲珑,谈吐也很好,挺风骚也挺温柔的,咱们就上她那里吃饭去吧。我的老婆因为我有时到这雌儿家里走动走动,常常会瞎疑心骂我,今天我们就到她家里去。(向安哲鲁)请你先回到你店里去一趟,把我叫你打的项链拿来,现在应该已经打好了;你可以把它带到普本丁酒店里,她就在那边侍酒,这链条我要送给她,算是对我老婆的报复。请你就去吧。我自己家里既然对我闭门不纳,我且去敲敲别人家的门,看他们会不会冷淡我。

安哲鲁　好,等会儿我就到您所说的地方来看您吧。

小安提福勒斯　好的。这一场笑话倒要花费我一些本钱哩。

(各下。)

## 第二场　同　前

露西安娜及大安提福勒斯上。

露西安娜　安提福勒斯你难道已经忘记了，
　　　　　一个男人对他妻子应尽的本分？
　　　在热情的青春，你爱苗已经枯槁？
　　　　　恋爱的殿堂没有筑成就已坍倾？
　　　你娶我姊姊倘只为了贪图财富，
　　　　　为了财富你也该向她着意温存；
　　　纵使另有新欢，也只好鹊桥偷渡，
　　　　　对着眼前的人儿献些假意殷勤。
　　　别让她在你眼里窥见你的隐衷，
　　　　　别让你的嘴唇宣布自己的羞耻；
　　　你尽管巧言令色，把她鼓里包蒙，
　　　　　心里奸淫邪恶，表面上圣贤君子。
　　　何必让她知道你已经变了心肠？
　　　　　哪一个笨贼夸耀他自己的罪状？
　　　莫在她心灵上留下双重的创伤，
　　　　　既然对不起她，就不该恶声相向。
　　　啊，可怜的女人！天生来柔弱易欺，
　　　　　只要你们说爱我们，我们就相信；
　　　躯体被别人占据了，给我们外衣，
　　　　　我们也就心满意足，不发生疑问。
　　　姊夫，进去吧，安慰安慰我的姊姊，
　　　　　劝她不要伤心，把她叫一声我爱；

　　　　　　　甜言蜜语的慰藉倘能息争解气，
　　　　　　　　何必管它是真心，是假惺惺作态。
大安提福勒斯　亲爱的姑娘，我叫不出你的芳名，
　　　　　　　　更不懂我的名姓怎会被你知道；
　　　　　　　你绝俗的风姿，你天仙样的才情，
　　　　　　　　简直是地上的奇迹，无比的美妙。
　　　　　　　好姑娘，请你开启我愚蒙的心智，
　　　　　　　　为我指导迷津，扫清我胸中云翳，
　　　　　　　我是一个浅陋寡闻的凡夫下士，
　　　　　　　　解不出你玄妙神奇的微言奥义。
　　　　　　　我这不敢欺人的寸心惟天可表，
　　　　　　　　你为什么定要我堕入五里雾中？
　　　　　　　你是不是神明，要把我从头创造？
　　　　　　　　那么我愿意悉听摆布，唯命是从。
　　　　　　　可是我并没有迷失了我的本性，
　　　　　　　　这一门婚事究竟是从哪里说起？
　　　　　　　我对她素昧平生，哪里来的责任？
　　　　　　　　我的情丝却早已在你身上牢系。
　　　　　　　你婉妙的清音就像鲛人的仙乐，
　　　　　　　　莫让我在你姊姊的泪涛里沉溺；
　　　　　　　我愿意倾听你自己心底的妙曲，
　　　　　　　　迷醉在你黄金色的发浪里安息，
　　　　　　　那灿烂的柔丝是我永恒的眠床，
　　　　　　　　把温柔的死乡当作幸福的天堂！
露西安娜　　　你这样语无伦次，难道已经疯了？
大安提福勒斯　疯倒没有疯，可是有些昏迷颠倒。

露西安娜　　　多半是你眼睛瞧着人,心思不正。
大安提福勒斯　是你耀眼的阳光使我眩眩欲晕。
露西安娜　　　只要非礼勿视,你就会心地清明。
大安提福勒斯　我眼里没有你,就像黑夜没有星。
露西安娜　　　你要谈情说爱,请去找我的姊姊。
大安提福勒斯　你姊姊的妹妹。
露西安娜　　　我姊姊。
大安提福勒斯　不,就是你。

　　　　　　　你是我的纯洁美好的身外之身,
　　　　　　　眼睛里的瞳人,灵魂深处的灵魂,
　　　　　　　你是我幸福的源头,饥渴的食粮,
　　　　　　　你是我尘世的天堂,升天的慈航。

露西安娜　你这种话应该向我姊姊说才对呀。
大安提福勒斯　就算你是你的姊姊吧,因为我说的是你。你现在还没有丈夫,我也不曾娶过妻子,我愿意永远爱你,和你过着共同的生活。答应我吧!
露西安娜　嗳哟,你别胡闹了,我去叫我的姊姊来,看她怎么说吧。(下。)

　　　　大德洛米奥慌张上。

大安提福勒斯　啊,怎么,德洛米奥!你这样忙着到哪儿去?
大德洛米奥　您认识我吗,大爷?我是不是德洛米奥?我是不是您的仆人?我是不是我自己?
大安提福勒斯　你是德洛米奥,你是我的仆人,你是你自己。
大德洛米奥　我是一头驴子,我是一个女人的男人,我不是我自己。
大安提福勒斯　什么女人的男人?怎么说你不是你自己?

大德洛米奥　呃,大爷,我已经归一个女人所有;她把我认了去,她缠着我,她不肯放松我。

大安提福勒斯　她凭什么不肯放松你?

大德洛米奥　大爷,就凭她所有者的权利,像您对您胯下的马一样。她非得要我简直像个畜生;我并不是说我像个畜生,她还要我;而是说她有那么一股十足的畜生脾气,硬不肯放松我。

大安提福勒斯　她是个什么人?

大德洛米奥　那模样真够瞧的;是啊,只要提起那种人,谁都得加上一句:"你瞧,你瞧!"我自己觉得这门婚事没有什么好处,可是拿女方来说,倒颇能揩得一点油水。

大安提福勒斯　怎么叫揩得一点油水?

大德洛米奥　呃,大爷,她是厨房里的丫头,浑身都是油腻;我想不出她有什么用处,除非把她当作一盏油灯,借着她的光让我逃开她。要是把她身上的破衣服和她全身的脂油烧起来,可以足足烧一个波兰的冬天;要是她活到世界末日,那么她一定要在整个世界烧完以后一星期,才烧得完。

大安提福勒斯　她的肤色怎样?

大德洛米奥　黑得像我的鞋子一样,可是她的脸还没有我的鞋子擦得干净;她身上的汗垢,一脚踏上去可以连人的鞋子都给没下去。

大安提福勒斯　那只要多用水洗洗就行了。

大德洛米奥　不,她的龌龊是在她的皮肤里面的,挪亚时代的洪水都不能把她冲干净。

大安提福勒斯　她名字叫什么?

大德洛米奥　"八呎",大爷;可是八呎再加上八吋也量不过她的腰围来。

大安提福勒斯　这样说她长得相当宽了？

大德洛米奥　从她屁股的这一边量到那一边,足足有六七呎;她的屁股之阔,就和她全身的长度一样;她的身体像个浑圆的地球,我可以在她身上找出世界各国来。

大安提福勒斯　她身上哪一部分是爱尔兰？

大德洛米奥　呃,大爷,在她的屁股上,那边有很大的沼地。

大安提福勒斯　苏格兰在哪里？

大德洛米奥　在她的手心里有一块不毛之地,大概就是苏格兰了。

大安提福勒斯　法国在哪里？

大德洛米奥　在她的额角上,从那蓬蓬松松的头发,我看出这是一个乱七八糟的国家。

大安提福勒斯　英格兰在哪里？

大德洛米奥　我想找寻白垩的岩壁,可是她身上没有一处地方是白的;猜想起来,大概在她的下巴上,因为它和法国是隔着一道鼻涕相望的。

大安提福勒斯　西班牙在哪里？

大德洛米奥　我可没有看见,可是她嘴里的气息热辣辣的,大概就在那里。

大安提福勒斯　美洲和西印度群岛呢？

大德洛米奥　啊大爷！在她的鼻子上,她鼻子上的瘰疬多得不可胜计,什么翡翠玛瑙都有。西班牙热辣辣的气息一发现这些宝物,马上就派遣出大批舰队到她鼻子那里装载货物去了。

大安提福勒斯　比利时和荷兰呢？

33

大德洛米奥　啊大爷！那种地方太低了，我望不下去。总之，这个丫头说我是她的丈夫；她居然未卜先知，叫我做德洛米奥，并且对我身上一切隐秘之处了如指掌：说我肩膀上有颗什么痣，头颈上有颗什么痣，又说我左臂上有一个大瘤，把我说得大吃一惊；我想她一定是个妖怪，所以赶紧逃了出来。幸亏我虔信上帝，心如铁石，否则她早把我变成一只短尾巴驴，叫我去给她推磨了。

大安提福勒斯　你就给我到码头上去，瞧瞧要是风势顺的话，我今晚不能再在这儿耽搁下去了。你看见有什么船要出发，就到市场上来告诉我，我在那里等着你。要是谁都认识我们，我们却谁也不认识，那么还是卷起铺盖走吧。

大德洛米奥　正像人家见了一头熊没命奔逃，
　　　　我这贤妻也把我吓得魄散魂消。（下。）

大安提福勒斯　这儿都是些妖魔鬼怪，还是快快离开的好。叫我丈夫的那个女人，我从心底里讨厌她；可是她那妹妹却这么美丽温柔，她的风度和谈吐都叫人心醉，几乎使我情不自禁；为了我自己的安全起见，我应该塞住耳朵，不去听她那迷人的歌曲。

　　　　安哲鲁上。

安哲鲁　安提福勒斯大爷！

大安提福勒斯　呃，那正是我的名字。

安哲鲁　您的大名我还会忘记吗？瞧，项链已经打好了。我本来想在普本丁酒店交给您，因为还没有完工，所以耽搁了许多时候。

大安提福勒斯　你要我拿这链条做什么？

安哲鲁　那可悉听尊便，我是奉了您的命把它打起来的。

大安提福勒斯　奉我的命！我没有吩咐过你啊。

安哲鲁　您对我说过不止一次二次，足足有二十次了。您把它拿进去，让尊夫人高兴高兴吧；我在吃晚饭的时候再来奉访，顺便向您拿这项链的工钱吧。

大安提福勒斯　那么请你还是把钱现在拿去吧，等会儿也许你连项链和钱都见不到了。

安哲鲁　您真会说笑话，再见。(留项链下。)

大安提福勒斯　我不知道这是怎么一回事。可是倘有人愿意白送给你这样一条好的项链，谁也不会拒绝吧。一个人在这里生活是不成问题的，因为在街道上也会有人把金银送给你。现在我且到市场上去等德洛米奥，要是有开行的船只，我就立刻动身。(下。)

# 第 四 幕

## 第一场 广场

　　*商人乙、安哲鲁及差役一人上。*

商人乙　尊款自从五旬节以后,早已满期,我也不曾怎样向你催讨;本来我现在也不愿意开口,可是因为我就要开船到波斯去,路上需要一些钱用,所以只好请你赶快把钱还我,否则莫怪我无礼,我要请这位官差把你看押起来了。

安哲鲁　我欠你的这一笔款子,数目刚巧跟安提福勒斯欠我的差不多,他就在我碰见你以前从我这儿拿了一条项链去,今天五点钟他就会把货款付给我。请你跟我一同到他家里去,我就可以清还尊款,还要多多感谢你的帮忙哩。

　　*小安提福勒斯及小德洛米奥自娼妓家出。*

差　役　省得你多跑一趟路,他正好来了。

小安提福勒斯　我现在要到金匠那里去,你去给我买一根结实的绳鞭子来,我那女人串通了她的一党,把我白天关在门外,我要去治治她们。且慢,金匠就在那边。你快去买了绳鞭子,带回家里给我。

小德洛米奥　买一条绳鞭子,每年准可以打出一千镑来。(下。)

小安提福勒斯　你这个人真靠不住,你答应我把项链亲自送来给我,可是我既不见项链,又不见你的人。你大概害怕咱们的交情会给项链锁住,永远拆不开来,所以才避开我的面吗?

安哲鲁　别说笑话了,这儿是一张发票,上面开列着您那条项链的正确重量,金子的质地,连价格一起标明。我现在欠着这位先生的钱,要是把尊账划过,还剩三块多钱,请您就替我把钱还了他吧,因为他就要开船,等着这笔钱用。

小安提福勒斯　我身边没有带现钱,而且我在城里还有事情。请你同这位客人到我家里去,把那项链也带去交给内人,叫她把账付清。我要是来得及,也许可以赶上你们。

安哲鲁　那么您就把项链自己带去给您太太吧。

小安提福勒斯　不,你送去,我恐怕要回去得迟一点。

安哲鲁　很好,先生,我就给您带去。那项链在您身边吗?

小安提福勒斯　我身边是没有;我希望你不曾把它忘记带在身边,否则你要空手而归了。

安哲鲁　好了好了,请您快把项链给我吧。现在顺风顺水,这位先生正好上船,我已经耽误了他许多时间,可不要误了人家的事。

小安提福勒斯　嗳哟,你失约不到普本丁酒店里来,却用这种寻开心的话来遮盖自己的不是。我应该怪你不把项链早给我,现在你倒先要向我无理取闹了。

商人乙　时间不知不觉地过去,请你快一点吧。

安哲鲁　你听他又在催我了,那项链呢?

小安提福勒斯　项链吗?你拿去给我的妻子,她就会把钱给你。

安哲鲁　好了,好了,你知道我刚才已经把它给了你了。你要是不肯把项链交我带去,就让我带点什么凭据去也好。

小安提福勒斯　哼!现在你可把玩笑开得太过分了。来,那项链呢?请你给我看看。

商人乙　你们这样纠缠不清,我可没工夫等下去。先生,你干脆回答我你愿意不愿意替他把钱还我。要是你不答应,我就让这位官差把他看押起来。

小安提福勒斯　我回答你!怎么要我回答你?

安哲鲁　你欠我的项链的钱呢?

小安提福勒斯　我没有拿到项链,怎么会欠你钱?

安哲鲁　你知道我在半点钟以前把它给了你的。

小安提福勒斯　你没有给我什么项链,你完全在诬赖我。

安哲鲁　先生,你不承认你已经把它拿了去,才真对不起人,你知道这是跟我的信用有关的。

商人乙　好,官差,我告他欠我钱,请你把他看押起来。

差　役　好,我奉着公爵的名义逮捕你,命令你不得反抗。

安哲鲁　这可把我的脸也丢尽了。你要是不答应把这笔钱拿出来,我就请这位官差把你也看押起来。

小安提福勒斯　我没有拿过你什么东西,却要我答应付你钱!蠢东西,你有胆量就把我看押起来吧。

安哲鲁　官差,这是给你的酒钱,请把他抓了。他这样公然给我难堪,就算他是我的兄弟,我也不能放过他。

差　役　先生,我要把你看押起来,你听见他控告了你。

小安提福勒斯　好,我不反抗,我会叫家里拿钱来取保。可是,你这混蛋,你对我开这场玩笑,是要付重大的代价的,那时候恐怕拿出你店里所有的金银来还不够呢。

安哲鲁　安提福勒斯先生,以弗所是个有法律的城市,它一定会叫你从此没脸见人。

　　　　　大德洛米奥上。

大德洛米奥　大爷，有一艘埃必丹农的船，等船老板上了船，就要开行。我已经把我们的东西搬上去了，油、香膏、酒精，我也都买好了。船已经整帆待发，风势也很顺利，现在他们在等的只有船老板和大爷您。

小安提福勒斯　怎么，你疯了吗？你这头蠢羊，有什么埃必丹农的船在等着我？

大德洛米奥　您不是自己叫我去雇船的吗？

小安提福勒斯　你喝醉了酒，把头都喝昏了吗？我叫你去买一根绳子，我也告诉过你买来作什么用处。

大德洛米奥　叫我买绳子！哼，我又不要上吊！你明明叫我到港口去雇船的。

小安提福勒斯　我等会儿再跟你算账，我要叫你以后听话留点儿神。现在快给我到太太那里去，把这钥匙交给她，对她说，在那铺着土耳其花毯的桌子里有一袋钱，叫她把它拿给你。你告诉她我在路上给他们捉去了，这钱是用来取保的。狗才，快去！官差，咱们就到牢里坐一坐吧。（商人乙、安哲鲁、差役、小安提福勒斯同下。）

大德洛米奥　到太太那里去！那就是我们吃饭的地方，那里还有一个婆娘认我做丈夫；她太胖了，我真吃她不消。硬着头皮去一趟，主人之命不可抗。（下。）

## 第二场　小安提福勒斯家中一室

　　　　　阿德里安娜及露西安娜上。

39

| | |
|---|---|
| 阿德里安娜 | 露西安娜,他真的这样把你勾引? |
| | 你有没有仔细窥探过他的神情, |
| | 到底是假意求欢,还是真心挑逗? |
| | 他是不是红着脸,说话一本正经? |
| | 你能不能从他无法遮藏的脸上, |
| | 看出他的心在不怀好意地跳荡? |
| 露西安娜 | 他先是把你们夫妻的名分否认。 |
| 阿德里安娜 | 我没有亏待他,他自己夫道未尽。 |
| 露西安娜 | 他又发誓说他在这里是个外人。 |
| 阿德里安娜 | 可恼他反脸无情,不顾背誓寒盟! |
| 露西安娜 | 于是我劝他回心爱你。 |
| 阿德里安娜 | 他怎么说? |
| 露西安娜 | 他反转来苦苦求我把爱情施与。 |
| 阿德里安娜 | 究竟他向你说些什么游辞浪语? |
| 露西安娜 | 倘使是纯洁的爱,我也许会心动, |
| | 他说我美貌无双,赞我言辞出众。 |
| 阿德里安娜 | 你一定很高兴吧? |
| 露西安娜 | 请你不要着恼。 |
| 阿德里安娜 | 我再也按捺不住我心头的怒气, |
| | 管不住我的舌头把他申申痛詈。 |
| | 他跛脚疯手,腰驼背曲,又老又瘦, |
| | 五官不正,四肢残缺,满身的丑陋, |
| | 恶毒,凶狠,愚蠢,再加上残酷无情, |
| | 他的心肠比容貌还要丑上十分! |
| 露西安娜 | 这样一个男人你何必割舍不下, |
| | 依我说你就干脆让他滚蛋也罢。 |

阿德里安娜　啊,可是我心里其实不这样想他,
　　　　　　只希望别人看他像是牛头马面;
　　　　　　正像野鸟离窝很远故意叫喳喳,
　　　　　　我嘴里骂他,心头上却把他思恋。

　　　大德洛米奥上。

大德洛米奥　到了,去,桌子! 钱袋! 好,赶快!
露西安娜　怎么,你话都说不清楚了吗?
大德洛米奥　跑得太快了,喘不过气来。
阿德里安娜　大爷呢,德洛米奥? 他人好吗?
大德洛米奥　不好,他给抓到比地狱还深的监狱里去了。抓他的是一个身穿皮子号衣的魔鬼,一排铁扣子扣起他凶恶的心肠;一个妖魔,一个凶神,冷酷无情,暴跳如雷;一头狼,不,比狼还厉害,身上也是长毛茸茸;惯会拍人的脊背,揪人的肩膀,不管是小路、小溪、小道,他都会吆喝一声,不准你通行;一头跟踪寻迹的猎狗,叫他咬上,就不得逃生;末日审判还没到,他就把可怜虫往地狱里送。
阿德里安娜　啊,是怎么一回事?
大德洛米奥　我也不知道是怎么一回事,他给他们捉去了。
阿德里安娜　怎么,他给捉去了? 谁把他告到官里去的?
大德洛米奥　我也不知道谁把他告到官里去的;可是把他捉到官里去的就是我刚才说的那个身穿皮子号衣的官差,这点绝对没错。太太,您肯把他桌子里的钱给我,去赎他出来吗?
阿德里安娜　妹妹,你去拿一拿。(露西安娜下)我倒不懂他怎么会瞒着我欠人家的钱。告诉我,他们把他绑起来了吗?
大德洛米奥　绑倒没有绑起来,可是我听他们说要把他用链子

锁起来呢。您没听见那声音吗?

阿德里安娜　什么,链子的声音吗?

大德洛米奥　不,钟的声音。我现在一定要去了;我离开他的时候才两点钟,现在已经敲一点钟了。

阿德里安娜　钟会倒退转来,我倒没有听见过。

大德洛米奥　要是钟点碰见了官差,他会吓得倒退转来的。

阿德里安娜　除非时间也欠人钱!你真是异想天开。

大德洛米奥　时间本来是个破产户,你找他要什么,他就没有什么。再说,时间也是个小偷。你不是常听见人们说吗:不分白天黑夜,时间总是偷偷地溜过去?既然时间是一个破产户兼小偷,半路上遇见官差,一天才倒退转来一个钟点,那还算多吗?

　　　露西安娜重上。

阿德里安娜　德洛米奥,你快把钱拿去,同大爷回家来。妹妹,我们进去吧。我心里疑神疑鬼,这固然给我以慰藉,也使我感到难过。(同下。)

## 第三场　广　场

　　　大安提福勒斯上。

大安提福勒斯　我在路上看见的人,都向我敬礼,好像我是他们的老朋友一般,谁都叫得出我的名字。有的人送钱给我,有的人请我去吃饭,有的人向我道谢,有的人要我买他的东西;刚才还有一个裁缝把我叫进他的店里去,给我看一匹他给我买下的绸缎,并且还给我量尺寸。我看这里的人们都有魔术,他们有意用这种古怪的手段戏弄我。

大德洛米奥上。

大德洛米奥　大爷,这是您叫我去拿的钱。怎么,你把那换了一身新装的老亚当给打发走了吗?

大安提福勒斯　这是哪里来的钱?你说什么亚当?

大德洛米奥　不是看守乐园的亚当,而是看守监狱的亚当。当年为浪子杀了一头牛,牛皮就让他捡去作号衣了;他像个灾星似的,跟在你身后,口口声声叫你放弃自由。

大安提福勒斯　我完全听不懂。

大德洛米奥　听不懂?这不是很清楚吗?清楚得就像大提琴一样;他也就好比大提琴,老装在皮匣子里;我说的,大爷,就是那个家伙——当安分良民累了的时候,他就拍拍他们的肩膀,叫他们不要走动;他可怜肌骨软弱的人,专给他们找挣不破的结实衣服穿;他手持短棒,可是行起凶来,拿长枪的也得让他三分。

大安提福勒斯　哦,你是说一个衙役呀?

大德洛米奥　正是,大爷,一个官差;文书契约有什么差错,他就要找你去回话;他仿佛觉得人人都要上床去睡觉了,因为他的口头语是:"好好歇着!"

大安提福勒斯　我看你的笑话也该歇歇了。今天晚上有没有船只开行?我们就可以动身吗?

大德洛米奥　咦,大爷,我在一点钟之前就告诉您,今晚有一条船"长征号"准备出发,可是官差却偏要叫您等着坐"班房号"。您叫我去拿这些钱来把您赎出。

大安提福勒斯　这家伙疯了,我也疯了。我们已经踏进了妖境,求上帝快快保佑我们离开这地方吧!

妓女上。

妓　　女　安提福勒斯大爷,咱们遇得巧极了。您大概已经找到了金匠,这项链就是您答应给我的吗?

大安提福勒斯　魔鬼,走开!不要引诱我!

大德洛米奥　大爷,她就是魔鬼的奶奶吗?

大安提福勒斯　她就是魔鬼。

大德洛米奥　不,她比魔鬼还要可怕,她是个母夜叉,扮做婊子来迷人。姑娘们往往说:"若不是怎么怎么,愿我变个夜叉,"这也就等于说:"愿我变个婊子。"许多书上都写着夜叉身上会放光,光是从火里来的,火是会烧人的;因此,婊子也是会烧人的。千万要离她远点。

妓　　女　你们主仆两人真会开玩笑。大爷,您肯赏光到我家里去吃顿饭吗?

大德洛米奥　您要去,大爷,可就得吃大杓肉了;我看您快去找一把长柄杓子吧。

大安提福勒斯　为什么,德洛米奥?

大德洛米奥　谁都知道和魔鬼一桌吃饭非得使长柄杓子才行。

大安提福勒斯　走开,妖精!什么吃饭不吃饭!你是个迷人的妖女,你们这儿全都是妖怪,你快给我走开吧!

妓　　女　你把吃中饭时候向我要去的戒指还我,或者把你答应给我的链条拿来跟我交换,我就去,不再来打扰你了。

大德洛米奥　有的魔鬼只向人要一些指甲头发,或者一根草、一滴血、一枚针、一颗胡桃、一粒樱桃核,她却向人要一根金项链,真是一个贪心的魔鬼。大爷,您别给她迷昏了,这项链给她不得,否则她要把它摇响来吓我们的。

妓　　女　大爷,请你快把我的戒指还我,或者把你的项链给我。你们贵人是不应该这样欺诈我们的。

大安提福勒斯　　别跟我缠绕不清了,妖精!德洛米奥,咱们快走吧。

大德洛米奥　　姑娘,你看见过孔雀吧?把尾巴一张,说:"站远点!"(大安提福勒斯、大德洛米奥同下。)

妓　　　女　　安提福勒斯一定是真的疯了,否则他决不会这样不顾面子的。他把我一个值四十块钱的戒指拿去,答应我他要去打一根金项链来跟我交换;现在他戒指也不肯还我,项链也不肯给我。我相信他一定是疯了,不但因为他刚才那样对待我,而且今天吃饭的时候,我还听他说过一段疯话,说是他家里关紧大门不放他进去,大概他的老婆知道他时常精神病发作,所以有意把他关在门外。我现在要到他家里去告诉他的老婆,说他发了疯闯进我的屋子里,把我的戒指抢去了。这个办法很不错,四十块钱不能让它冤枉丢掉。(下。)

## 第四场　街　道

小安提福勒斯及差役上。

小安提福勒斯　　朋友,你放心好了,我不会逃走的。他说我欠他多少钱,我就留下多少钱给你再走。我的老婆今天脾气很坏,准不会轻易相信我叫人带去的口信。她听见我竟在以弗所吃官司,一定会觉得是闻所未闻的事。

小德洛米奥持绳鞭上。

小安提福勒斯　　我的跟班已经来了,我想他一定带着钱来。喂,我叫你干的事怎么样了?

小德洛米奥　　我已经买来了,您瞧,这一定可以叫她们大家知道些厉害。

小安提福勒斯　可是钱呢？

小德洛米奥　咦，大爷，钱我早把它拿去买绳鞭子了。

小安提福勒斯　狗才，你拿五百块钱去买一条绳子吗？

小德洛米奥　按这个价格，大爷，我就赏给您五百条。

小安提福勒斯　我叫你到家里去作什么的？

小德洛米奥　叫我去买绳鞭子呀，我现在买来了。

小安提福勒斯　好，我就用这绳鞭子来欢迎你。（打小德洛米奥。）

差　　役　先生，您息怒吧。

小德洛米奥　你倒叫他息怒，我才算倒尽了霉！

差　　役　好了，你也别多话了。

小德洛米奥　你叫我别多话，先叫他别打。

小安提福勒斯　你这糊涂混账没有知觉的蠢才！

小德洛米奥　大爷，我但愿我没有知觉，那么您打我我也不会痛了。

小安提福勒斯　你就像一头驴子一样，什么都是糊里糊涂的，只有把你抽一顿鞭子才觉得痛。

小德洛米奥　不错，我真是一头驴子，您看我的耳朵已经给他扯得这么长了。我从出世以来，直到现在，一直服侍着他；我在他手里没有得到什么好处，打倒给他不知打过多少次了。我冷了，他把我打到浑身发热；我热了，他把我打到浑身冰冷；我睡着的时候，他会把我打醒；我坐下的时候，他会把我打得站起来；我出去的时候，他会把我打到门外；我回来的时候，他会把我打进门里。他的拳头永远不离我的肩膀，就像叫化婆肩上驮着的小孩子一样；我看他把我的腿打断了以后,我还要负着这一身伤痕沿门乞讨呢。

小安提福勒斯　好,你去吧,我的妻子打那边来了。

　　　　　　阿德里安娜、露西安娜、妓女、品契同上。

小德洛米奥　太太,记住那句成语:"鞭策自己";或者我也该像鹦鹉学舌似的作一番预言:"当心绳子。"

小安提福勒斯　你还要多嘴吗?(打小德洛米奥。)

妓　　女　你看,你的丈夫不是疯了吗?

阿德里安娜　他这样野蛮,真的是疯了。品契师傅,你有驱邪逐鬼的本领,请你帮助他恢复本性,你要什么酬报我都可以答应你。

露西安娜　嗳哟,他的脸色多么狰狞可怕!

妓　　女　瞧他给鬼迷得浑身发抖了!

品　　契　请你伸过手来,让我摸摸你的脉息。

小安提福勒斯　我就伸过手来,赏你一记耳光。(打品契。)

品　　契　撒旦,我用天上列圣的名义,命令你遵从我神圣的祈祷,快快离开这个人的身体,回到你那黑暗的洞府里!

小安提福勒斯　胡说,你这愚蠢的术士!我没有发疯。

阿德里安娜　可怜的人儿,我希望你真的没有发疯!

小安提福勒斯　你这贱人!这些都是你的相好吗?这个面孔黄黄的家伙,就是他今天在我家里饮酒作乐,把我关在门外,不许我走进自己的家里吗?

阿德里安娜　丈夫,上帝知道你今天在家里吃饭。倘然你好好地呆在家里不出来,也就不会受到这种诬蔑和公开的难堪了。

小安提福勒斯　在家里吃饭!狗才,你怎么说?

小德洛米奥　大爷,老老实实说一句,您并没在家里吃饭。

47

小安提福勒斯　我家里的门不是关得紧紧的,不让我进去吗?

小德洛米奥　是的,您家里的门关得紧紧的,不让您进去。

小安提福勒斯　她自己不是在里边骂我吗?

小德洛米奥　不说假话,她自己在里边骂您。

小安提福勒斯　那厨房里的丫头不是也把我破口辱骂吗?

小德洛米奥　一点不错,那厨房里的丫头也把您辱骂。

小安提福勒斯　我不是盛怒而去吗?

小德洛米奥　正是,我的骨头可以作证,您的盛怒它领教过了。

阿德里安娜　他说话这样颠倒,你还句句顺着他,这样作对吗?

品　　契　应该这样,他现在正在癫痫发作,不要跟他多辩,过会儿他会慢慢地安静下来的。

小安提福勒斯　你唆使那金匠把我逮捕。

阿德里安娜　唉!我听见了这消息,就叫德洛米奥拿钱来保你出来。

小德洛米奥　叫我拿钱来!天地良心,大爷,我可没有拿到一个钱。

小安提福勒斯　你没去向她要一个钱袋吗?

阿德里安娜　他到了家里,我就给他。

露西安娜　我可以证明她把钱袋交给了他。

小德洛米奥　上帝和绳店里的老板可以为我作证,我只是奉命去买一根绳子。

品　　契　太太,他们主仆两人都给鬼附上了,您看他们的脸色多么惨白。他们一定要好好捆起来,放在黑屋子里。

小安提福勒斯　我问你,你今天为什么把我关在门外?还有你,为什么不肯拿出那一袋钱来?

阿德里安娜　好丈夫,我没有把你关在门外。

小德洛米奥　好大爷,我也没有拿到过什么钱;可是咱们的的确确是给她们关在门外的。

阿德里安娜　欺人的狗才!你说的都是假话。

小安提福勒斯　欺人的淫妇!你自己才没有半点真心;你串通一帮狐群狗党来摆布我,我这十个指头可要戳进你的眼眶里,把你那双骗人的眼珠子挖出来;你别以为瞧着我这样给人糟蹋羞辱是件有趣的玩意儿。

阿德里安娜　啊!捆住他,捆住他,别让他走近我的身边!

品　契　多喊几个人来!他身上的鬼强横得很呢。

露西安娜　嗳哟,可怜的,他脸上多么惨白!

　　　　　　三四人入场,将小安提福勒斯捆缚。

小安提福勒斯　啊,你们要谋害我吗?官差,我是你的囚犯,你难道就让他们把我劫走吗?

差　役　列位放了他吧;他是我的囚犯,不能让你们带去。

品　契　把这家伙也捆了,他也是发疯的。(众人将小德洛米奥捆缚。)

阿德里安娜　你要干么,你这无礼的差人?你愿意看一个不幸的疯人伤害他自己吗?

差　役　他是我的囚犯,我要是放他去了,他欠人家的钱就要由我负责了。

阿德里安娜　我会替他付清这一笔债的,你把我领去见他的债主,等我问明白以后,我就可以如数还他。好师傅,请你护送他回家去。唉,倒霉的日子!

小安提福勒斯　唉,倒霉的娼妇!

小德洛米奥　主人,这样把咱两人捆在一起,我真是受您的连累了。

小安提福勒斯　少胡说，混蛋！你要把我气疯吗？

小德洛米奥　难道您愿意白白地叫人绑上吗？干脆就发疯吧，主人；大呼小叫地喊几声"魔鬼！"

露西安娜　愿上帝保佑这些可怜的人吧！听他们多么语无伦次！

阿德里安娜　把他们带走吧。妹妹你跟我来。（品契及助手等推小安提福勒斯、小德洛米奥下）告诉我是谁控告他？

差　役　一个叫安哲鲁的金匠，您认识他吗？

阿德里安娜　我认识这个人。他欠他多少钱？

差　役　二百块钱。

阿德里安娜　这笔钱是怎么欠下来的？

差　役　因为您的丈夫拿过他一条项链。

阿德里安娜　他倒是曾经给我定作过一条项链，可是始终没有拿到。

妓　女　他今天暴跳如雷地到了我家里，把我的戒指也抢去了，我看见那戒指刚才就在他的手指上；后来我遇见他的时候，他是套着一条项链。

阿德里安娜　也许是的，可是我却没有看见。来，官差，同我到金匠那里去，我要知道这件事情的全部真相。

　　　　　大安提福勒斯及大德洛米奥拔剑上。

露西安娜　慈悲的上帝！他们又逃出来啦！

阿德里安娜　他们还拔着剑。咱们快去多叫些人来把他们重新捆好。

差　役　快逃！他们要把我们杀了。（阿德里安娜、露西安娜及差役下。）

大安提福勒斯　原来这些妖精是怕剑的。

大德洛米奥　叫您丈夫的那个女的现在见了您就逃了。

大安提福勒斯　给我到马人旅店去,把我们的行李拿来,我巴不得早一点平安上船。

大德洛米奥　老实说,咱们就是再多住一晚,他们也一定不会害我们的。您看他们对我们说话都是那么恭敬,还送钱给我们用。我想他们倒是一个很有礼貌的民族,倘不是那个胖婆娘一定要我做她的丈夫,我倒也愿意永远住在这儿,变一个妖精。

大安提福勒斯　我今夜可无论怎么也不愿再呆下去了。去,把我们的行李搬上船吧。(同下。)

# 第 五 幕

## 第一场　尼庵前的街道

*商人乙及安哲鲁上。*

安哲鲁　对不住,先生,我误了你的行期;可是我可以发誓他把我的项链拿去了,虽然他自己厚着脸皮不肯承认。

商人乙　这个人在本城的名声怎样?

安哲鲁　他有极好的名声,信用也很好,在本城是最受人敬爱的人物;只要他说一句话,我可以让他动用我的全部家财。

商人乙　话说轻些,那边走来的好像就是他。

*大安提福勒斯及大德洛米奥上。*

安哲鲁　不错,他颈上套着的正就是他绝口抵赖的那条项链。先生,你过来,我要跟他说话。安提福勒斯先生,我真不懂您为什么要这样羞辱我为难我;您发誓否认您拿了我的项链,现在却公然把它戴在身上,这就是对于您自己的名誉也是有点妨害的。除了叫我花钱、受辱和吃了一场冤枉官司,您还连累了我这位好朋友,他倘不是因为我们这一场纠葛,今天就可以上船出发。您把我的项链拿去了,现在还想赖吗?

大安提福勒斯　这项链是你给我的,我并没有赖呀。

商人乙　你明明赖过的。

大安提福勒斯　谁听见我赖过?

商人乙　我自己亲耳听见你赖过。不要脸的东西!你这种人是不配和规规矩矩的人来往的。

大安提福勒斯　你开口骂人,太不讲理了;有胆量的,跟我较量一下,我要证明我自己是个重名誉讲信义的人。

商人乙　好,我说你是一个混蛋,咱们倒要比个高低。(二人拔剑决斗。)

　　　　阿德里安娜、露西安娜、妓女及其他人等上。

阿德里安娜　住手!看在上帝面上,不要伤害他;他是个疯子。请你们过去把他的剑夺下了,连那德洛米奥一起捆起来,把他们送到我家里去。

大德洛米奥　大爷,咱们快逃吧;天哪,找个什么地方躲一躲才好!这儿是一所庵院,快进去吧,否则咱们要给他们捉住了。(大安提福勒斯、大德洛米奥逃入庵内。)

　　　　住持尼上。

住持尼　大家别闹!你们这么多人挤在这儿干什么?

阿德里安娜　我的可怜的丈夫发疯了,我来接他回家去。放我们进去吧,我们要把他牢牢地捆起来,送他回家医治。

安哲鲁　我知道他的神智的确有些反常。

商人乙　我现在后悔不该和他决斗。

住持尼　这个人疯了多久了?

阿德里安娜　他这一星期来,老是郁郁不乐,和从前完全变了样子;可是直到今天下午,才突然发作起来。

住持尼　他因为船只失事,损失了许多财产吗?有什么好朋友在最近死去吗？还是因为犯了一般青年的通病，看中了谁家的姑娘，为了私情而烦闷吗？在这些令人抑郁的原因中，到底是为了哪个原因呢？

阿德里安娜　也许是为了你最后所说的一种原因，他一定在外面爱上了什么人，所以老是不在家里。

住持尼　那么你就该责备他。

阿德里安娜　是呀，我也曾责备过他。

住持尼　也许你责备他不够厉害。

阿德里安娜　在妇道所容许的范围之内，我曾经狠狠地数说过他。

住持尼　也许你只在私下里数说他。

阿德里安娜　就是当着众人面前，我也骂过他的。

住持尼　也许你骂他还不够凶。

阿德里安娜　那是我们日常的话题。在床上他被我劝告得不能入睡；吃饭的时候，他被我劝告得不能下咽；没有旁人的时候，我就跟他谈论这件事；当着别人的面前，我就指桑骂槐地警戒他；我总是对他说那是一件干不得的坏事。

住持尼　所以他才疯了。妒妇的长舌比疯狗的牙齿更毒。他因为听了你的詈骂而失眠，所以他的头脑才会发昏。你说你在吃饭的时候，也要让他饱听你的教训，所以害得他消化不良，郁积成病。这种病发作起来，和疯狂有什么两样呢？你说他在游戏的时候，也因为你的谯诃而打断了兴致，一个人既然找不到慰情的消遣，他自然要闷闷不乐，心灰意懒，百病丛生了。吃饭游戏休息都要受到烦扰，无论是人是畜生都会因此而发疯。你的丈夫是因为你的多疑善妒，才丧失了理智的。

露西安娜　他在举止狂暴的时候,她也不过轻轻劝告他几句。——你怎么让她这样责备你,一句也不回口?

阿德里安娜　她骗我招认出我自己的错处来了。诸位,我们进去把他拖出来。

住持尼　不,谁也不准进我的屋子。

阿德里安娜　那么请你叫你的用人把我丈夫送出来吧。

住持尼　也不行。他因为逃避你们而进来,我在没有设法使他恢复神智或是承认我的努力终归无效以前,决不能把他交在你们手里。

阿德里安娜　他是我的丈夫,我会照顾他、看护他,那是我的本分,用不着别人代劳。快让我带他回去吧。

住持尼　不要急,让我给他服下玉液灵丹,为他祈祷神明,使他恢复原状,现在可不能惊动他。出家人曾经在神前许下誓愿,为众生广行方便;让他留在我的地方,你先去吧。

阿德里安娜　我不能抛下我的丈夫独自回家。你是个修道之人,怎么好拆散人家的夫妇?

住持尼　别闹,去吧;我不能把他交给你。(下。)

露西安娜　她这样无礼,我们去向公爵控诉吧。

阿德里安娜　好,我们去吧;我要跪在地上不起来,向公爵哭泣哀求,一定要他亲自来逼这尼姑交出我的丈夫。

商人乙　我看现在快要五点钟了,公爵大概就要经过这里到刑场上去。

安哲鲁　为什么?

商人乙　因为有一个倒霉的叙拉古老头子走进了我们境内,违犯本地的法律,所以公爵要来监刑,看着他当众枭首。

安哲鲁　瞧,他们已经来了,我们倒可以看杀人啦。

露西安娜　趁公爵没有走过庵门之前,你快向他跪下来。

　　　　公爵率扈从、光着头的伊勤及刽子手、差役等上。

公　爵　再向公众宣告一遍,倘使有他的什么朋友愿意代他缴纳赎款,就可以免他一死,因为我们十分可怜他。

阿德里安娜　青天大老爷伸冤!这庵里的姑子不是好人!

公　爵　她是一个道行高超的老太太,怎么会欺侮你?

阿德里安娜　启禀殿下,您给我作主许配的我的丈夫安提福勒斯,今天忽然大发精神病,带着他的一样发疯的跟班,在街上到处乱跑,闯进人家的屋子里,把人家的珠宝首饰随意拿走。我曾经把他捉住捆好,送回家里,一面忙着向人家赔不是,可是不知怎么又给他逃了出来,疯疯癫癫的主仆两人,手里还挥着刀剑,看见我们就吓唬我们,把我们赶走。后来我招呼了许多人,想把他拖回家去,他看见人多,就逃进这所庵院里了。我们追到了这里,这里的姑子却堵住了大门,不让我们进去,也不肯放他出来;我没有办法,只好求殿下作主,命令那姑子把我的丈夫交出来,好让我带他回家去医治。

公　爵　你的丈夫跟着我转战有功,当初你们结婚的时候,我曾经答应尽力照拂他。来人,给我去敲开庵门,叫那当家的尼姑出来见我。我要把这件事情问明白了再走。

　　　　一仆人上。

仆　人　啊,太太!太太!快逃命吧!大爷和他的跟班已经挣脱了束缚,抓住了使女们乱打,还把那赶鬼的法师绑了起来,用烧红的铁条烫他的胡子,火着了便把一桶一桶污泥水向他迎面浇去。大爷一面劝他安心,他的跟班一面拿剪刀把他的头发剪得和一个丑角一样短。要是您不赶快打发人

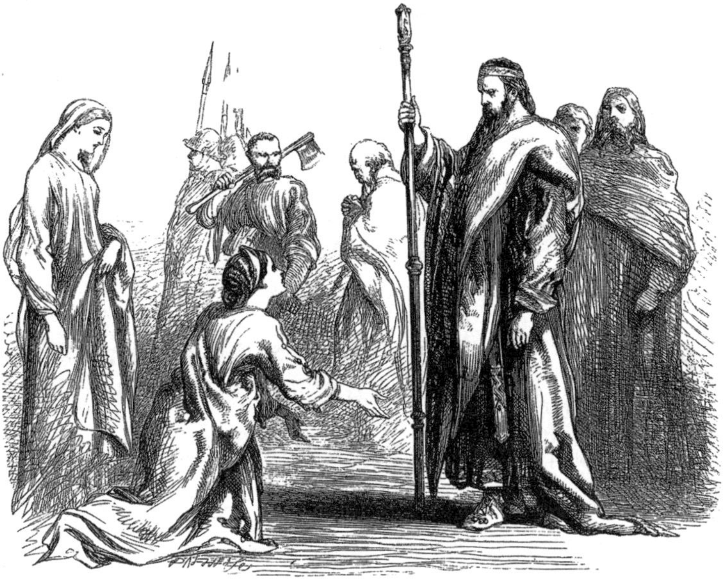

去救他出来,这法师要给他们作弄死了。

阿德里安娜　闭嘴,蠢才!你大爷和他的跟班都在这里,你说的都是一派胡言。

仆　人　太太,我发誓我说的都是真话。这是我刚才亲眼看见的事,我奔到这儿来,简直连气都没有喘过一口呢。他还嚷着要找您,他发誓说看见了您要把您的脸都烫坏了,叫您见不得人。(内呼声)听,听,他来了,太太!快逃吧!

公　爵　来,站在我的身边,别怕。卫士们,拿好戟子,留心警戒!

阿德里安娜　哎哟,那真是我的丈夫!你们瞧,他会隐身来去,刚才他明明走进这庵里去,现在他又在这里了,怎么会有这种怪事!

　　　　　　小安提福勒斯及小德洛米奥上。

小安提福勒斯　殿下,请您看在我当年跟着您南征北战、冒死救驾的功劳分上,给我主持公道!

伊　勤　我倘不是因为怕死而吓得精神错乱,那么我明明瞧见我的儿子安提福勒斯和德洛米奥。

小安提福勒斯　殿下,请您给我惩罚那个妇人!多蒙您把她许配给我,可是她却不守妇道,把我百般侮辱,甚至还想谋害我!她今天那样不顾羞耻地对待我的种种情形,简直是谁也想象不到的。

公　爵　你把她怎样对待你的情形说出来,我会给你们公平判断。

小安提福勒斯　殿下,她今天把我关在门外,自己和一帮无赖在我的家里饮酒作乐。

公　爵　那真太荒唐了!阿德里安娜,你真的这样吗?

阿德里安娜　不,殿下,今天吃饭的时候,他、我和我的妹妹都在一起。他这样说我,完全是冤枉!

露西安娜　我可以对天发誓,她说的都是真话。

安哲鲁　说鬼话的女人!他虽然是个疯子,可是并没有冤枉她们。

小安提福勒斯　殿下,我并不是喝醉了酒信口乱说,也不是因为心里恼怒随便冤人,虽则像我今天所受到的种种侮辱,是可以叫无论哪一个头脑冷静的人都会发起疯来的。这妇人今天把我关在门外不让我进去吃饭;站在那边的那个金匠倘不是她的同党,他也可以为我证明,因为他那时和我在一起。后来他去拿一条项链,答应我把它送到我跟鲍尔萨泽一同吃饭的酒店里;可是我们吃完饭,他还没有来,我就去找他;我在街上遇见了他,那位先生也跟他在一起,不料这个欺人的金匠一口咬定他已经在今天把项链交给了我,天知道我可没有看见过;他赖了人不算,还叫差役把我捉住,我没有办法,只好叫我的奴才回家去拿钱,谁知道他却空手回来;于是我就求告那位差役,请他亲自陪着我到我家里;在路上我们碰见了我的妻子小姨,带着她们的一批狐群狗党,还有一个名叫品契的面黄肌瘦像一副枯骨似的混账家伙,一个潦倒不堪的江湖术士,简直就是个活死人,这个说鬼话的狗才自以为能够降神捉鬼,他的一双眼睛盯着我的眼睛,摸着我的脉息,说是有鬼附在我身上,自己不要脸,硬要叫我也丢脸;于是他们大家扑在我身上,把我缚住手脚抬到家里,连我的跟班一起丢在一个黑暗潮湿的地窖里,后来被我用牙齿咬断了绳,才算逃了出来,立刻到这儿来了。殿下,我受到这样奇耻大辱,一定要请您给我作主伸雪。

59

安哲鲁　殿下,我可以为他证明,他的确不在家里吃饭,因为他家里关住了门不放他进去。

公　爵　可是你有没有把这样一条项链交给他呢?

安哲鲁　他已经把它拿去了,殿下;他跑进庵里去的时候,这些人都看见他套在颈上的。

商人乙　而且我可以发誓我亲耳听见你承认你已经从他手里取了这条项链,虽然起先在市场上你是否认的,那时我就拔出剑来跟你决斗,你后来便逃进这所庵院里去,可是不知怎么一下子你又出来了。

小安提福勒斯　我从来不曾踏进这庵院的门,你也从来不曾跟我决斗过,那项链我更是不曾见过。上天为我作证,你们都在冤枉我!

公　爵　咦,这可奇了!我看你们都喝了迷魂的酒了。要是你们说他曾经走了进去,那么他怎么说没有到过;要是他果然发疯,那么他怎么说话一点不疯;你们说他在家里吃饭,这个金匠又说他不在家里吃饭。小厮,你怎么说?

小德洛米奥　老爷,他是在普本丁酒店里跟她一块儿吃饭的。

妓　女　是的,他还把我手指上的戒指拿去了。

小安提福勒斯　是的,殿下,这戒指就是我从她那里拿来的。

公　爵　你看见他走进这庵院里去吗?

妓　女　老爷,我的的确确看见他走进去。

公　爵　好奇怪!去叫那当家的尼姑出来。(一侍从下)我看你们个个人都有精神病。

伊　勤　威严无比的公爵,请您准许我说句话儿。我看见这儿有一个可以救我的人,他一定愿意拿出钱来赎我。

公　爵　叙拉古人,你有什么话尽管说吧。

伊　勤　先生,你的名字不是叫安提福勒斯吗?这不就是你的奴隶德洛米奥吗?

小德洛米奥　老丈,一小时以前,我的确是叫人绑起来的奴隶;可是感谢他把我的绳子咬断,因此现在我算是一个自由人了,可是我的名字却真是德洛米奥。

伊　勤　我想你们两人一定还记得我。

小德洛米奥　老丈,我看见了你,只记得我们自己;刚才我们也像你一样给人捆起来的。你是不是也因为有精神病,被那品契诊治过?

伊　勤　你们怎么看着我好像陌生人一般?你们应该认识我的。

小安提福勒斯　我从来不曾看见过你。

伊　勤　唉!自从我们分别以后,忧愁已经使我大大变了样子,年纪老了,终日的懊恼在我的脸上刻下了难看的痕迹;可是告诉我,你还听得出我的声音吗?

小安提福勒斯　听不出。

伊　勤　德洛米奥,你呢?

小德洛米奥　不,老丈,我也听不出。

伊　勤　我想你一定听得出的。

小德洛米奥　我想我一定听不出;人家既然这样回答你,你也只好这样相信他们;因为你现在是个囚犯,诸事不能自主。

伊　勤　听不出我的声音!啊,无情的时间!你在这短短的七年之内,已经使我的喉咙变得这样沙哑,连我唯一的儿子都听不出我的忧伤无力的语调来了吗?我的满是皱纹的脸上虽然盖满了霜雪一样的须发,我的周身的血脉虽然已经凝冻,可是我这暮景余年,还留着几分记忆,我这垂熄的油灯还闪着最后的微光,我这迟钝的耳朵还剩着一丝听觉,我相信我不会认错人的。告诉我你是我的儿子安提福勒斯。

小安提福勒斯　我生平没有见过我的父亲。

伊　勤　可是在七年以前,孩子,你应该记得我们在叙拉古分别。也许我儿是因为看见我今天这样出乖露丑,不愿意认我。

小安提福勒斯　公爵殿下和这城里认识我的人,都可以为我证明你说的话不对,我生平没有到过叙拉古。

公　爵　告诉你吧,叙拉古人,安提福勒斯在我手下已经二十年了,这二十年来,他从不曾去过叙拉古。我看你大概因为年老昏愦,吓糊涂了,才会这样瞎认人。

　　　　住持尼偕大安提福勒斯及大德洛米奥上。

住持尼　殿下,请您看看一个受到冤屈的人。(众集视。)

阿德里安娜　我看见我有两个丈夫,难道是我的眼睛花了吗?

公　爵　这两个人中间有一个是另外一个的灵魂;那两个也是一样。究竟哪一个是本人,哪一个是灵魂呢?谁能够把他们分别出来?

大德洛米奥　老爷,我是德洛米奥,您叫他去吧。

小德洛米奥　老爷,我才是德洛米奥,请您让我留在这儿。

大安提福勒斯　你是伊勤吗?还是他的鬼?

大德洛米奥　哎哟,我的老太爷,谁把您捆起来啦?

住持尼　不管是谁捆缚了他,我要替他松去绳子,赎回他的自由,也给我自己找到了一个丈夫。伊勤老头子,告诉我,你的妻子是不是叫做爱米利娅,她曾经给你一胎生下了两个漂亮的孩子?倘使你就是那个伊勤,那么你快回答你的爱米利娅吧!

伊　勤　我倘不是在做梦,那么你真的就是爱米利娅了。你倘使真的是她,那么告诉我跟着你一起在那根木头上漂流的我那孩子在哪里?

住持尼　我们都给埃必丹农人救了起来,可是后来有几个凶恶的科林多渔夫把德洛米奥和我的儿子抢了去,留着我一个人在埃必丹农人那里。他们后来下落如何,我也不知道。我自己就像你现在看见我一样,出家做了尼姑。

公　爵　啊,现在我记起他今天早上所说的故事了。这两个面貌相同的安提福勒斯,这两个难分彼此的德洛米奥,还有她说起的她在海里遇险的情形,原来他们两人就是这两个孩子的父母,在无意中彼此聚首了。安提福勒斯,你最初是从科林多来的吗?

大安提福勒斯　不,殿下,不是我;我是从叙拉古来的。

公　爵　且慢,你们各自站开,我认不清楚你们究竟谁是谁。

小安提福勒斯　殿下,我是从科林多来的。

小德洛米奥　我是和他一起来的。

小安提福勒斯　殿下的伯父米那丰老殿下,那位威名远震的战士,把我带到了这儿。

阿德里安娜　你们两人哪一个今天跟我在一起吃饭的?

大安提福勒斯　是我,好嫂子。

阿德里安娜　你不是我的丈夫吗?

小安提福勒斯　不,他不是你的丈夫。

大安提福勒斯　我不是她的丈夫,可是她却这样称呼我;还有她的妹妹,这位美丽的小姐,她把我当作她的姊夫。(向露西安娜)要是我现在所见所闻,并不是一场梦景,那么我对你说过的话,希望能够成为事实。

安哲鲁　先生,那就是您从我手里拿去的项链。

大安提福勒斯　是的,我并不否认。

小安提福勒斯　尊驾为了这条项链,把我捉去吃官司。

安哲鲁　是的,我并不否认。

阿德里安娜　我把钱交给德洛米奥,叫他拿去把你保释出来;可是我想他没有把钱交给你。

小德洛米奥　不,我可没有拿到什么钱。

大安提福勒斯　这一袋钱是你交给我的跟班德洛米奥拿来给我的。原来我们彼此认错了人,所以闹了这许多错误。

小安提福勒斯　现在我就把这袋钱救赎我的父亲。

公　爵　那可不必,我已经豁免了你父亲的死罪。

妓　女　大爷,我那戒指您一定得还我。

小安提福勒斯　好,你拿去吧,谢谢你的招待。

住持尼　殿下要是不嫌草庵寒陋,请赏光小坐片刻,听听我们畅谈各人的经历;在这里的各位因为误会而受到种种牵累,也请一同进来,让我们向各位道歉。我的孩儿们,这三十三年我仿佛是在经历难产的痛苦,直到现在才诞生出你们这沉重的一胞双胎。殿下,我的夫君,我的孩儿们,还有你们这两个跟我的孩子一起长大、同甘共苦的童儿,大家来参加一场洗儿的欢宴,陪着我一起高兴吧。吃了这么多年的苦,现在是苦尽甘来了!

公　爵　我愿意奉陪,参加你们的谈话。(公爵、住持尼、伊勤、妓女、商人乙、安哲鲁及侍从等同下。)

大德洛米奥　大爷,我要不要把您的东西从船上取来?

小安提福勒斯　德洛米奥,你把我的什么东西放在船上了?

大德洛米奥　就是您那些放在马人旅店里的货物哪。

大安提福勒斯　他是对我说话。我是你的主人,德洛米奥。来,咱们一块儿去吧,东西放着再说。你也和你的兄弟亲热亲热。(小安提福勒斯、大安提福勒斯、阿德里安娜、露西安娜同下。)

大德洛米奥　你主人家里有一个胖胖的女人,她今天吃饭的时候,把我当作你,不让我离开厨房;现在她可是我的嫂子,不是我的老婆了。

小德洛米奥　我看你不是我的哥哥,简直是我的镜子,看见了你,我才知道我自己是个风流俊俏的小白脸。你还不进去瞧他们庆祝吗?

大德洛米奥　那我可不敢;你是老大,应该先走呀。

小德洛米奥　这是个难题;怎样才能解决呢?

大德洛米奥　以后咱们再拈阄决定谁算老大吧;现在暂时请你先走。

小德洛米奥　不,咱们既是同月同日同时生,就应该手挽着手儿,大家有路一同行。(同下。)

# 约翰王

朱生豪译
吴兴华校

KING JOHN.

Act IV. Sc. 1.

## 剧 中 人 物

约翰王

亨利亲王　约翰王之子

亚瑟　布列塔尼公爵,约翰王之侄

彭勃洛克伯爵

爱塞克斯伯爵

萨立斯伯雷伯爵

俾高特勋爵

赫伯特·德·勃格

罗伯特·福康勃立琪　罗伯特·福康勃立琪爵士之子

庶子腓力普　罗伯特之庶兄

詹姆士·葛尼　福康勃立琪夫人之仆

彼得·邦弗雷特　预言者

腓力普王　法国国王

路易　法国太子

利摩琪斯　奥地利公爵

潘杜尔夫主教　教皇使臣

茂伦伯爵　法国贵族

夏提昂　法国使臣

艾莉诺　约翰王之母

康斯丹丝　亚瑟之母

白兰绮　西班牙郡主,约翰王之侄女

福康勃立琪夫人

群臣、侍女、安及尔斯市民、郡吏、传令官、军官、兵士、使者及其他侍从等

## 地　　点

英国;法国

# 第 一 幕

## 第一场　宫中大厅

　　约翰王,艾莉诺太后,彭勃洛克伯爵、爱塞克斯伯爵、萨立斯伯雷伯爵等及夏提昂同上。

约翰王　说,夏提昂,法兰西对我们有什么见教?

夏提昂　我奉法兰西国王之命,向英国的僭王致意。

艾莉诺　奇了,怎么叫做僭王?

约翰王　不要说话,母后;听这使臣怎么说。

夏提昂　法王腓力普代表你的已故王兄吉弗雷的世子亚瑟·普兰塔琪纳特,向你提出最合法的要求,追还这一座美好的岛屿和其他的全部领土,爱尔兰,波亚叠,安佐,妥伦和缅因;他要求你放弃这些用威力霸占的权利,把它们交给你的侄儿和合法的君王,少年的亚瑟的手里。

约翰王　要是我拒绝这个要求,那便怎样?

夏提昂　残暴而流血的战争,将要强迫你放弃这些霸占的权利。

约翰王　我们要用战争对付战争,流血对付流血,压迫对付压迫:就这样去答复法兰西吧。

夏提昂　那么从我的嘴里接受我们王上的挑战吧,这是我的使命付给我的权力的极限。

约翰王　把我的答复带给他,好好离开我们的国境。愿你成为法兰西眼中的闪电,因为不等你有时间回去报告,我就要踏上你们的国土,我的巨炮的雷鸣将要被你们所听见。去吧!愿你像号角一般,宣告我们的愤怒,预言你们自己悲哀的没落。让他得到使臣应有的礼遇;彭勃洛克,你护送他安全出境。再会,夏提昂。(夏提昂、彭勃洛克同下。)

艾莉诺　嘿!我的儿,我不是早就说过,那野心勃勃的康斯丹丝一定要煽动法兰西和整个的世界起来,帮助她的儿子争权夺利才肯甘休吗?这种事情本来只要说几句好话,就可以避免决裂,现在却必须出动两国的兵力,用可怕的流血解决一切了。

约翰王　我们坚强的据守和合法的权利,便是我们的保障。

艾莉诺　你有的是坚强的据守,若指望合法的权利做保障,你和我就要糟糕了。我的良心在你耳边说着这样的话,除了上天和你我以外,谁也不能让他听见。

　　　　一郡吏上,向爱塞克斯耳语。

爱塞克斯　陛下,有一件从乡间来的非常奇怪的讼案,要请您判断一下,我从来没有听见过这种古怪的事情。要不要把他们叫上来?

约翰王　叫他们来吧。(郡吏下)我们的寺庙庵院将要替我们付出这一次出征的费用。

　　　　郡吏率罗伯特·福康勃立琪及其庶兄腓力普重上。

约翰王　你们是些什么人?

庶　子　启禀陛下,我是您的忠实的臣民,一个出生在诺桑普敦郡的绅士,据说是罗伯特·福康勃立琪的长子;我的父亲是一个军人,曾经跟随狮心王①作战,还从他溥施恩荣的手里受到了骑士的册封。

约翰王　你是什么人?

罗伯特　我就是那位已故的福康勃立琪的嫡子。

约翰王　他是长子,你又是嫡子,那么看来你们不是同母所生的。

庶　子　陛下,我们的的确确是同母所生,这是大家都知道的。我想我们也是一个父亲的儿子;可是这一点究竟靠得住靠不住,那可只有上天和我的母亲知道;我自己是有点儿怀疑的,正像每个人的儿子都有同样的权利怀疑一样。

艾莉诺　啐,无礼的家伙!你怎么可以用这种猜疑的言语污辱你的母亲,毁坏她的名誉?

庶　子　我吗,娘娘?不,我没有抱这种猜疑的理由;这是我弟弟所说的,不是我自己的意思;要是他能够证实他的说法,他就可以使我失去至少每年五百镑的大好收入。愿上天保卫我母亲的名誉和我的田地!

约翰王　一个出言粗鲁的老实汉子。他既然是幼子,为什么要争夺你的继承的权利?

庶　子　我不知道为什么,只知道他要抢夺我的田地。可是他曾经造谣诽谤,说我是个私生子;究竟我是不是我的父母堂堂正正生下来的儿子,那只好去问我的母亲;可是陛下,您只要比较比较我们两人的面貌,就可以判断我有什么地方不及他——愿生养我的人尸骨平安!要是我们两人果然都

---

① 狮心王即英王理查一世(Richard I,Coeur de Lion,1157—1199),曾参加第三次十字军。

　　　　　是老罗伯特爵士所生,他是我们两人的父亲,而只有这一个儿子像他的话,老罗伯特爵士,爸呀,我要跪在地上,感谢上天,我并不生得像你一样!

约翰王　　嗳哟,我们这儿来了一个多么莽撞的家伙!

艾莉诺　　他的面貌有些像狮心王的样子;他说话的音调也有点儿像他。你看这汉子的庞大的身体上,不是存留着几分我的亡儿的特征吗?

约翰王　　我已经仔细打量过他的全身,果然和理查十分相像。喂,小子,说,你为什么要争夺你兄长的田地?

庶　子　　因为从侧面看,他那半边脸正像我父亲一样。凭那半边脸,他要占有我的全部田地;一枚半边脸的银圆也值一年五百镑的收入!

罗伯特　　陛下,先父在世的时候,曾经多蒙您的王兄重用,——

庶　子　　嘿,弟弟,你说这样的话是不能得到我的田地的;你应该告诉陛下他怎样重用我的母亲才是。

罗伯特　　有一次他奉命出使德国,和德皇接洽要公;先王乘着这个机会,就驾幸我父亲的家里;其中经过的暧昧情形,我也不好意思说出来,可是事实总是事实。当我的母亲怀孕这位勇壮的哥儿的时候,广大的海陆隔离着我的父亲和母亲,这是我从我的父亲嘴里亲耳听到的。他在临终之际,遗命把他的田地传授给我,发誓说我母亲的这一个儿子并不是他的,否则他不应该早生下来十四个星期。所以,陛下,让我遵从先父的意旨,得到我所应得的这一份田地吧。

约翰王　　小子,你的哥哥是合法的;他是你的父亲的妻子婚后所生,即使她有和外人私通的情事,那也是她的过错,是每一个娶了妻子的丈夫无法保险的。告诉我,要是果然如你所说,我的王兄曾经费过一番辛苦生下这个儿子,假如他向你的父亲索讨起他这儿子来,那便怎样?老实说,好朋友,既然这头小牛是他的母牛生下来的,听凭全世界来索讨,你的父亲也可以坚决不给。真的,他可以这样干;那么即使他是我王兄的种子,我的王兄也无权索讨;虽然他不是你父亲的骨肉,你的父亲也无须否认了。总而言之,我的母亲的儿子生下你的父亲的嫡嗣;你的父亲的嫡嗣必须得到你的父亲的田地。

罗伯特　那么难道我的父亲的遗嘱没有力量摈斥一个并不是他所生的儿子吗?

庶　子　兄弟,当初生下我来,既不是他的主意;承认我,拒绝我,也由不得他做主。

艾莉诺　你还是愿意像你兄弟一样,做一个福康勃立琪家里的人,享有你父亲的田地呢,还是愿意被人认作狮心王的儿子,除了一身之外,什么田地也没有呢?

庶　子　娘娘,要是我的兄弟长得像我一样,我长得像他——罗伯特爵士一样;要是我的腿是这样两根给小孩子当马骑的竹竿,我的手臂是这样两条塞满柴草的鳗鲡皮,我的脸瘦得使我不敢在我的耳边插一朵玫瑰花,因为恐怕人家说,"瞧,这不是一个三分的小钱①吗?"要是我必须长成这么一副模样才能够继承到我父亲的全部田地,那么我宁愿一辈子站在这儿,宁愿放弃每一尺的土地,跟他交换这一张面庞,再也不要做什么劳什子的爵士。

艾莉诺　我很喜欢你;你愿意放弃你的财产,把你的田地让给

---

① 这种三分的小钱与二分、四分的小钱类似;因此在钱面上的皇后像耳后添一朵玫瑰花,以资识别。

他,跟着我走吗?我是一个军人,现在要出征法国去了。

庶　　子　弟弟,你把我的田地拿去吧,我要试一试我的运气。你的脸已经使你得到每年五百镑的收入,可是把你的脸卖五个便士,还嫌太贵了些。娘娘,我愿意跟随您直到死去。

艾莉诺　不,我倒希望你比我先走一步呢。

庶　　子　按照我们乡间的礼貌,卑幼者是应该让尊长先走的。

约翰王　你叫什么名字?

庶　　子　启禀陛下,我的名字叫腓力普;腓力普,老罗伯特爵士的妻子的长子。

约翰王　从今以后,顶着那赋予你这副形状的人的名字吧。腓力普,跪下来,当你站起来的时候,你将要比现在更高贵;起来,理查爵士,你也是普兰塔琪纳特一家的人了。

庶　　子　我的同母的兄弟,把你的手给我;我的父亲给我荣誉,你的父亲给你田地。不论黑夜或白昼,有福的是那个时辰,当罗伯特爵士不在家里,我母亲的腹中有了我!

艾莉诺　正是普兰塔琪纳特的精神!我是你的祖母,理查,你这样叫我吧。

庶　　子　娘娘,这也是偶然的机会,未必合于正道;可是那有什么关系呢?略微走些弯斜的歪路,干些钻穴踰墙的把戏,并不是不可原谅的;谁不敢在白昼活动,就只好在黑夜偷偷摸摸;只要目的达到,何必管它用的是什么手段?不论距离远近,射中的总是好箭;私生也好,官生也好,我总是这么一个我。

约翰王　去,福康勃立琪,你已经满足了你的愿望;一个没有寸尺之地的骑士使你成为一个有田有地的乡绅。来,母后;来,理查;我们必须火速出发到法国去,不要耽误了我们的要事。

庶　　子　兄弟,再会;愿幸运降临到你身上!因为你是你的父母堂堂正正生下来的。(除庶子外均下)牺牲了许多的田地,换到这寸尺的荣誉。好,现在我可以叫无论哪一个村姑做起夫人来了。"晚安,理查爵士!""你好,朋友!"假如他的名字是乔治,我就叫他彼得;因为做了新贵,是会忘记人们的名字的;身份转变之后,要是还记得每个人的名字,就显得太恭敬或是太跟人家亲密了。要是有什么旅行的人带着他的牙签奉陪我这位爵士大人进餐,等我的尊腹装饱以后,我就要咂咂我的嘴,向这位游历各国的人发问;把上身斜靠在臂肘上,我要这样开始:"足下,我要请教,"——这就是问题,于是回答来了,就像会话入门书上所载的一样:"啊,阁下,"这是回答,"您有什么吩咐,鄙人总是愿意竭力效劳的。""岂敢岂敢,"这是问题,"足下如有需用鄙人之处,鄙人无不乐于尽力。"照这样扯上了一大堆客套的话,谈谈阿尔卑斯山、亚平宁山、比利尼山和波河的风景,在回答还没有知道问题所要问的事情以前,早又到晚餐的时候了。可是这样才是上流社会,适合于像我自己这样向上的精神;因为谁要是不懂得适应潮流,他就是一个时代的私生子。我正是一个私生子,不管我适应得好不好。不单凭着服装、容饰、外形和徽纹,我还要从内心发出一些甜甜蜜蜜的毒药来,让世人受我的麻醉;虽然我不想有意欺骗世人,可是为了防止受人欺骗起见,我要学习学习这一套手段,因为在我升发的路途上一定会铺满这一类谄媚的花朵。可是谁穿了骑马的装束,这样急急忙忙地跑来啦?这是什么报急信的女公差?难道她竟没有一个丈夫,可以替她在前面做吹喇叭的乌龟吗?

**福康勃立琪夫人及詹姆士·葛尼上。**

庶　　子　嗳哟！那是我的母亲。啊,好太太！您为什么这样急急忙忙上宫廷里来？

福康勃立琪夫人　那畜生,你的兄弟呢？他到处破坏我的名誉,他到哪儿去了？

庶　　子　我的弟弟罗伯特吗？老罗伯特爵士的儿子吗？那个三头六臂的巨人,那个了不得的英雄吗？您找的是不是罗伯特爵士的儿子？

福康勃立琪夫人　罗伯特爵士的儿子！嗳,你这不敬尊长的孩子！罗伯特爵士的儿子；为什么你要瞧不起罗伯特爵士？他是罗伯特爵士的儿子,你也是。

庶　　子　詹姆士·葛尼,你愿意离开我们一会儿吗？

葛　　尼　可以可以,好腓力普。

庶　　子　什么鬼腓力普！詹姆士,事情好玩着呢,等一会儿我告诉你。(葛尼下)母亲,我不是老罗伯特爵士的儿子；罗伯特爵士可以在耶稣受难日吃下他在我身上的一部分血肉而没有破了斋戒。罗伯特爵士是个有能耐的；嘿,老实说,他能够生下我来吗？罗伯特爵士没有这样的本领；我们知道他的手艺。所以,好妈妈,究竟我这身体是谁给我的？罗伯特爵士再也制造不出这么一条好腿来。

福康勃立琪夫人　你也和你的兄弟串通了来跟我作对吗？为了你自己的利益,你是应该竭力卫护我的名誉的。这种讥笑的话是什么意思,你这不孝的畜生？

庶　　子　骑士,骑士,好妈妈；就像巴西利斯柯①所说的一样。

---

① 巴西利斯柯(Basilisco),当时一出流行戏里的人物,在受辱的时候还要求人称他为"骑士"。

嘿！我已经受了封啦，剑头已经碰到我的肩上。可是，妈，我不是罗伯特爵士的儿子；我已经否认罗伯特爵士，放弃我的田地；法律上的嫡子地位、名义，什么都没有了。所以，我的好妈妈，让我知道谁是我的父亲；我希望是个很体面的人；他是谁，妈？

福康勃立琪夫人　你已经否认你是福康勃立琪家里的人了吗？

庶　　子　正像我否认跟魔鬼有什么关系一般没有虚假。

福康勃立琪夫人　狮心王理查是你的父亲；在他长时期的热烈追求之下，我一时受到诱惑，让他登上了我丈夫的眠床。上天饶恕我的过失！我不能抵抗他强力的求欢，你便是我那一次销魂的罪恶中所结下的果实。

庶　　子　天日在上，母亲，要是我重新投胎，我也不希望有一个更好的父亲。有些罪恶在这世上是有它们的好处的，您的也是这样；您的过失不是您的愚蠢。在他君临一切的爱情之前，您不能不俯首臣服，掏出您的心来呈献给他，他的神威和无比的强力，曾经使无畏的雄狮失去战斗的勇气，让理查剖取它的高贵的心。他既然能够凭着勇力夺去狮子的心，赢得一个女人的心当然是易如反掌的。哎，我的妈，我用全心感谢你给我这样一位父亲！哪一个活着的人嘴里胆敢说您在怀着我的时候干了坏事，我要送他的灵魂下地狱。来，太太，我要带您去给我的亲属引见引见；他们将要说，当理查留下我这种子的时候，要是您拒绝了他，那才是一件罪恶；照现在这样，谁要说您犯了罪，他就是说谎；我说：这算不了罪恶。（同下。）

# 第 二 幕

## 第一场　法国。安及尔斯城前

　　　　奥地利公爵利摩琪斯率军队自一方上；法王腓力普率军队及路易、康斯丹丝、亚瑟、侍从等自另一方上。

腓力普王　英勇的奥地利，今天在安及尔斯城前和你相遇，真是幸会。亚瑟，那和你同血统的你的伟大的前驱者理查，那曾经攫取狮心、在巴勒斯坦指挥圣战的英雄，是在这位英勇的公爵手里崩殂的；为了向他的后裔补偿前愆起见，他已经听从我的敦请，到这儿来共举义旗，为了你的权利，孩子，向你的逆叔英王约翰声讨篡窃之罪。拥抱他，爱他，欢迎他到这儿来吧。

亚　瑟　上帝将要宽宥你杀害狮心王的罪愆，因为你把生命给与他的后裔，用你武力的羽翼庇护他们的权利。我举起无力的手来欢迎你，可是我的心里却充满着纯洁的爱；欢迎你驾临安及尔斯城前，公爵。

腓力普王　一个高贵的孩子！谁不愿意为你出力呢？

利摩琪斯　我把这一个热烈的吻加在你的颊上，作为我的爱心的印证；我誓不归返我的故国，直到安及尔斯和你在法国所有的权利,连同那惨淡苍白的海岸——它的巨足踢回大洋汹涌的潮汐,把那岛国的居民隔离在世界之外——还有那为海洋所围护的英格兰,那未遭外敌侵凌的以水为城的堡垒,那海角极西的国土,全都敬礼你为国王;直到那时候,可爱的孩子,我要坚持我的武器,决不思念我的家乡。

康斯丹丝　啊!接受他的母亲的感谢,一个寡妇的感谢,直到你的坚强的手给他充分的力量,可以用更大的报酬答谢你的盛情。

利摩琪斯　在这样正义的战争中举起宝剑来的人,上天的平安是属于他们的。

腓力普王　那么好,我们动手吧。我们的大炮将要向这顽抗的城市轰击。叫我们那些最熟谙军事的人来,商讨安置火器的合宜地点。我们不惜在城前横陈我们尊严的骸骨,踏着法兰西人的血迹向市中前进,可是我们一定要使它向这孩子屈服。

康斯丹丝　等候你的使臣回来,看他带给你什么答复吧;不要轻率地让热血玷污了你们的刀剑。夏提昂大人也许会用和平的手段,从英国带来了我们现在要用武力争取的权利;那时我们就要因为在一时的鲁莽中徒然轻掷的每一滴血液而悔恨了。

*夏提昂上。*

腓力普王　怪事,夫人!瞧,你刚想起,我们的使者夏提昂就到了。简单一点告诉我,贤卿,英格兰怎么说;我们在冷静地等候着你;夏提昂,说吧。

夏提昂　命令你们的军队停止这场无谓的围攻,鼓动他们准备更重大的厮杀吧。英格兰已经拒斥您的公正的要求,把她自己武装起来了。逆风延误了我的行程,可是却给英王一个机会,使他能够带领他的大军跟我同时登陆;他的行军十分迅速,快要到达这座城市了;他的兵力强盛,他的士卒都抱着必胜的信心。跟着他来的是他的母后,像一个复仇的女神,怂恿他从事这一场流血和争斗;她的侄孙女,西班牙的白兰绮郡主,也跟着同来;此外还有一个前王的庶子和全国一切少年好事之徒,浮躁、轻率而勇猛的志愿军人,他们有的是妇女的容貌和猛龙的性情,卖去了故乡的田产,骄傲地挺着他们了无牵挂的身子,到这儿来冒险寻求新的运气。总而言之,这次从英国渡海而来的,全是最精锐的部队,从来没有比他们更勇敢而无畏的战士曾经凌风破浪,前来蹂躏过基督教的国土。(内鼓声)他们粗暴的鼓声阻止我做更详细的叙述;他们已经到来,要是谈判失败,就要进行决战,所以准备起来吧。

腓力普王　他们来得这样快,倒是意想不到的。

利摩琪斯　越是出于意外,我们越是应该努力加强我们的防御,因为勇气是在磨炼中生长的。让我们欢迎他们到来,我们已经准备好了。

　　　　　约翰王、艾莉诺、白兰绮、庶子、群臣及军队同上。

约翰王　愿和平归于法兰西,要是法兰西容许我们和平进入我们自己的城市;不然的话,流血吧,法兰西,让和平升上天空;我们将要躬行天讨,惩罚这蔑视神意、拒斥和平的罪人。

腓力普王　愿和平归于英格兰,要是你们愿意偃旗息鼓,退出法兰西的领土,在你们本国安享和平的幸福。我们是爱英国的;为了英国的缘故,我们才不辞劳苦而来,在甲胄的重压之下流汗。这本来是你的责任,不该由我们越俎代庖;可是你不但不爱英国,反而颠覆她的合法的君主,斩断绵绵相承的王统,睥睨幼弱的朝廷,奸污纯洁的王冠。瞧这儿你的兄长吉弗雷的脸吧:这一双眼睛,这两条眉毛,都是照他的模型塑成的;这一个小小的雏形,具备着随吉弗雷同时死去的种种特征,时间之手将会把他扩展成一个同样雄伟的巨人。那吉弗雷是你的长兄,这是他的儿子;英格兰的主权是应该属于吉弗雷和他的后嗣的。凭着上帝的名义,他应该戴上这一顶被你篡窃的王冠,热血还在他的脑门中跳动,你有什么权力擅自称王?

约翰王　谁给你这样伟大的使命,法兰西,使我必须答复你的质问呢?

腓力普王　我的权力得自那至高无上的法官,那在权威者的心中激发正直的思想,使他鉴照一切枉法背义的行为的神明;这神明使我成为这孩子的保护人;因为遵奉他的旨意,所以我来纠责你的过失,凭借他的默助,我要给不义者以应得的惩罚。

约翰王　唉!你这是篡窃上天的权威了。

腓力普王　恕我,我的目的是要击倒篡窃的奸徒。

艾莉诺　法兰西,你骂哪一个人是篡窃的奸徒?

康斯丹丝　让我回答你吧:你那篡位的儿子。

艾莉诺　呸,骄悍的妇人!你那私生子做了国王,你就可以做起太后来,把天下一手操纵了。

康斯丹丝　我对你的儿子克守贞节,正像你对你的丈夫一样;虽然你跟约翰在举止上十分相像,就像雨点和流水,魔鬼和他的母亲一般难分彼此,可是还不及我这孩子在容貌上和他父亲吉弗雷那样酷肖。我的孩子是个私生子!凭着我的灵魂起誓,我想他的父亲生下来的时候,也不会比他更光明正大;有了像你这样一位母亲,什么都是说不定的。

艾莉诺　好一位母亲,孩子,把你的父亲都污辱起来了。

康斯丹丝　好一位祖母,孩子,她要把你污辱哩。

利摩琪斯　静些!

庶　子　听传令官说话。

利摩琪斯　你是个什么鬼东西?

庶　子　我是个不怕你,还能剥下你的皮来的鬼东西。你正是俗话所说的那只兔子,它的胆量只好拉拉死狮子的胡须。要是我把你捉住了,我一定要敲你的皮。嘿,留点儿神吧,我是不会骗你的。

白兰绮　啊!他穿着从狮子身上剥下来的皮衣,那样子是多么威武!

庶　子　看上去是很体面的,就像一头蒙着狮皮的驴子一样;可是,驴子,我要剥下您的狮皮,要不然就敲碎您的肩骨。

利摩琪斯　这是哪儿来的吹法螺的狂徒,用他满口荒唐的胡说震聋我们的耳朵?王兄,——路易,赶快决定我们应该采取怎样的行动吧。

腓力普王　妇女们和无知的愚人们,不要多说。约翰王,我的唯一的目的,就是代表亚瑟,向你要求归还英格兰、爱尔兰、安佐、妥伦和缅因的各部分领土。你愿意放弃它们,放下你的武器吗?

约翰王　我宁愿放弃我的生命。接受我的挑战,法兰西。布列塔尼的亚瑟,赶快归降;凭着我对你的眷宠,我要给你极大的恩典,远过于怯懦的法兰西所能为你赢得的。投降吧,孩子。

艾莉诺　到你祖母的身边来,孩子。

康斯丹丝　去吧,孩子,到你祖母的身边去,孩子;把王国送给祖母,祖母会赏给你一颗梅子、一粒樱桃和一枚无花果。好一位祖母!

亚　瑟　我的好妈妈,别说了吧!我但愿自己躺在坟墓里;我是不值得你们为我闹起这一场纠纷来的。

艾莉诺　他的母亲丢尽了他的脸,可怜的孩子,他哭了。

康斯丹丝　别管他的母亲,你才丢脸呢!是他祖母给他的损害,不是他母亲给他的耻辱,从他可怜的眼睛里激起了那些感动上天的珠泪,上天将要接受这一份礼物,是的,这些晶莹的珠玉将要贿赂上天,为他主持公道,向你们报复他的仇恨。

艾莉诺　你这诽谤天地的恶妇!

康斯丹丝　你这荼毒神人的妖媪!不要骂我诽谤天地;你跟你的儿子篡夺了这被迫害的孩子的领土、王位和主权;这是你长子的嫡子,他有的是生来的富贵,都是因为你才遭逢这样的不幸。这可怜的孩子头上顶着你的罪恶,因为他和你的淫邪的血液相去只有二代,所以他必须担负你的不祥的戾气。

约翰王　疯妇,闭嘴!

康斯丹丝　我只有这一句话要说,他不但因为她的罪恶而受难,而且上帝已经使她的罪恶和她自己本身把灾难加在她这隔代的孙儿身上;他必须为她受难,又必须担负她的罪恶;一切的惩罚都降在这孩子的身上,全是因为她的缘故。愿她不得好死!

艾莉诺　你这狂妄的悍妇,我可以给你看一张遗嘱,上面载明取消亚瑟继承的权利。
康斯丹丝　嗯,那是谁也不能怀疑的。一张遗嘱!一张奸恶的遗嘱!一张妇人的遗嘱!一张坏心肠的祖母的遗嘱!
腓力普王　静下来,夫人!停止你的吵闹,安静点儿吧;当着这么多人的面前,尽是这样反复嚷叫,未免有失体统。吹起喇叭来,叫安及尔斯城里的人们出来讲话;让我们听听他们怎么说,究竟他们承认谁是他们合法的君王,亚瑟还是约翰。

　　　　吹喇叭。市民若干人在城墙上出现。

市民甲　谁呼唤我们到城墙上来?
腓力普王　法兰西的国王,代表英格兰向你们说话。
约翰王　英格兰有她自己的代表。安及尔斯的人们,我的亲爱的臣民——
腓力普王　亲爱的安及尔斯的人们,亚瑟的臣民,我们的喇叭呼唤你们来做这次和平的谈判——
约翰王　为了英国的利益;所以先听我们说吧。这些招展在你们城市之前的法国的旌旗,原是到这里来害你们的;这些法国人的大炮里满装着愤怒,已经高高架起,要向你们的城墙喷出凶暴的铁弹。他们准备当着你们城市的眼睛,这些紧闭的城门之前,进行一场流血的围攻和残酷的屠杀;倘不是因为我们来到,这些像腰带一般围绕在你们四周的酣睡的石块,在他们炮火的威力之下,早已四散纷飞,脱离它们用泥灰胶固的眠床,凶恶的暴力早已破坏你们的和平,造成混乱的恐怖了。我们好容易用最快的速度,赶到你们的城前,方才及时阻止了他们的暴行,保全了你们这一座受威胁的城市的完整;瞧,这些法国人看见了我,你们的合法的君王,就吓得愿意举行谈判了;现在他们不再用包裹在火焰中的弹丸使你们的城墙震颤,只是放射一些蒙蔽在烟雾里的和平的字句,迷惑你们的耳朵,使你们把没有信义的欺骗误认为真。所以,善良的市民们,不要相信那套话,让我,你们的君王,进来吧;我的劳苦的精神因为这次马不停蹄的长途跋涉而疲惫,要求在你们的城内暂息征骖。

腓力王　等我说完以后,你们再答复我们两人吧。瞧!在这右边站着年轻的普兰塔琪纳特,保护他的权利是我对上天发下的神圣誓言,他就是这个人的长兄的儿子,按照名分,他应该是他和他所占有的一切的君王。为了伸张被蹂躏的正义,我们才整饬师旅,涉足在你们的郊野之上;除了被扶弱济困的热情所激动,使我们向这被迫害的孩子伸出援手以外,对你们绝对没有任何的敌意。所以,向这位少年王子致献你们的忠诚吧,这是你们对他应尽的天职。那时候我们的武器就像套上口罩的巨熊一样,只剩下一副狰狞的外形,它们的凶气将要收藏起来;我们的炮火将要向不可摧毁的天空的白云发出徒然的轰击;我们将要全师而退,刀剑无缺,盔甲完好,那准备向你们的城市溅洒的热血,依然保留在我们的胸腔里,无恙而归,让你们和妻子儿女安享和平。可是你们要是执迷不悟,轻视我们的提议,那么即使这些久经征战的英国人都在你们的围城之内,这些古老的城墙也不能保护你们避免战争的荼毒。所以告诉我们,你们愿不愿意接受你们合法的君王,向我们献城投降?还是我们必须发出愤怒的号令,踏着战死者的血迹把你们的城市占领?

市民甲　简单一句话,我们是英格兰国王的子民;为了他和他的权利,我们才坚守着这一座城市。

约翰王　那么承认你们的君王,让我进去吧。

市民甲　那我们可不能;谁能够证明他是真正的国王,我们愿意向他证明我们的忠诚;否则我们将要继续向全世界紧闭我们的门户。

约翰王　英格兰的王冠不能证明我是你们的国王吗？要是那还不足凭信,我给你们带来了见证,三万个生长在英国的壮士——

庶　子　私生子也包括在内。

约翰王　可以用他们的生命证明我的权利。

腓力普王　同样多的出身高贵的健儿——

庶　子　也有几个私生子在内。

腓力普王　可以站在他的面前驳斥他的僭妄。

市民甲　在你们还没有决定谁的权利更合法以前,为了保持合法者的权利,我们只好同时拒绝你们双方进入。

约翰王　那么在夕露未降以前,为了用残酷的手段判明谁是这王国的合法君主,许多人的灵魂将要奔向他们永久安息的所在,愿上帝宽恕他们的一切罪愆!

腓力普王　阿门,阿门!上马,骑士们!拿起武器来!

庶　子　圣乔治①啊,你自从打死了那条恶龙以后,就一直骑在马背上,悬挂在酒店主妇的门前,现在快教给我们一些剑法吧!(向奥地利公爵)喂,要是我在你的窠里,跟你那头母狮在一起,我要在你的狮皮上安一个牛头,让你变成一头四不像的怪妖精。

利摩琪斯　住口!别胡说。

庶　子　啊!发抖吧,你听狮子在怒吼了。

---

① 圣乔治(St. George),圣徒之一,英国守护神,传说曾杀恶龙。

约翰王　到山上去,让我们好好地布置我们的阵容。

庶　子　那么赶快吧,还是先下手为强。

腓力普王　就这样办;(向路易)你在另外一个山头指挥余众,叫他们坚守阵地。上帝和我们的权利保卫我们!(各下。)

　　　　号角声,两军交锋;随即退却,一名法国传令官率喇叭手至城门前。

法传令官　安及尔斯的人民,大开你们的城门,让布列塔尼公爵,少年的亚瑟进来吧;他今天借着法兰西的臂助,已经造成许多的惨剧,无数英国的母亲将要为她们僵毙在血泊中的儿子们哭泣,无数寡妇的丈夫倒卧地上,拥抱着变了色的冰冷的泥土。法兰西的飘扬的旗帜夸耀着他们损失轻微的胜利,在一片奏凯声中,他们就要到来,以战胜者的身份长驱直进,宣布布列塔尼的亚瑟为英格兰和你们的君王。

　　　　英国传令官率喇叭手上。

英传令官　欢呼吧,安及尔斯的人民,敲起你们的钟来;约翰王,你们和英格兰的君王,今天这一场恶战中的胜利者,快要到来了。当他们从这儿出发的时候,他们的盔甲是那样闪耀着银光,现在他们整队而归,染满了法兰西人的鲜血;没有一片英国人盔上的羽毛被法国的枪尖挑下;高举着我们的旗帜出发的人们,依旧高举着我们的旗帜回来;像一队快乐的猎人,我们这些勇壮的英国人带着一双双殷红的血手,从战场上杀敌回来了。打开你们的城门,让胜利者进来。

市民甲　两位传令官,我们从城楼上,可以从头到尾很清楚地看到你们两军进退的情形;即使用我们最精密的眼光,也不能判断双方的优劣;流血交换流血,打击回答打击,实力对付实力,两边都是旗鼓相当,我们也不能对任何一方意存偏祖。必须有一方面证明它的势力是更强大的；既然你们不分胜败，我们就只好闭门固守，拒绝你们进来，同时也就是为你们双方守住这一座城市。

　　二王各率军队重上。

约翰王　法兰西，你还有更多的血可以溅洒吗？说，我们合法的权利是否应该畅行无阻？像一道水流一样，因为横遭你的阻碍，我们的愤怒将要泛滥横决，淹没你的堤岸，除非你放任它的银色的波涛顺流直下，倾注在大洋之中。

腓力普王　英格兰，你在这一次激烈的比试里，并没有比我们法国人多保全一滴血；你们的损失比我们更大。我现在凭着我这一只统治这一方土地的手起誓，我们向你举起我们正义的武器，在我们放下武器之前，我们一定要使你屈服，或是在战死者的名单上多添一个国王的名字。

庶　　子　嘿，君主的威严！当国王们的高贵的血液燃烧起来的时候，那将是怎样的光芒万丈！啊！现在死神的嘴里满插着兵器，兵士们的刀剑便是他的利齿，他的毒牙；在两个国王未决胜负的争战中，他现在要撕碎人肉供他大嚼了。为什么你们两人相对，大家都这样呆呆地站着不动？高声喊杀吧，国王们！回到血染的战场上去，你们这些势均力敌、燃烧着怒火的勇士们！让一方的溃乱奠定另一方的和平；直到那时候，让刀剑、血肉和死亡决定一切吧！

约翰王　哪一方面是市民们所愿意接纳的？

腓力普王　说吧，市民们，为了英格兰的缘故：谁是你们的君王？

市民甲　英格兰的国王是我们的君王，可是我们必须知道谁是真正的国王。

腓力普王　我是他的代表，他的主权就是我现在所要支持的。

约翰王　我就是英王本人,亲自驾临你们的城前,是唯我独尊的君主,也是你们安及尔斯城的主人。

市民甲　一种比我们伟大的力量否认这一切;在我们的怀疑没有消释以前,我们仍然要保持原来的审慎,紧锁我们坚强的城门,让疑虑做我们的君王;除非另有一个确凿的君王来到,这个疑虑的君王是不能被推翻废黜的。

庶　子　天哪,这些安及尔斯的贱奴们在玩弄你们哩,两位王上;他们安安稳稳地站在城楼上,就像在戏园子里瞧热闹一般,指手划脚地看你们表演杀人流血的戏剧。请两位陛下听从我的计策,像耶路撒冷城里的暴动分子①一样,暂时化敌为友,用你们联合的力量,向这城市施行你们最严厉的惩罚。让东西两方同时架起英法两国满装着弹药的攻城巨炮,直到它们那使人心惊胆裂的吼声震碎了这傲慢的城市的坚硬的肋骨,把这些贱奴们所倚赖的垣墙摧为平地,使他们像在露天的空气中一般没有保障。这以后你们就可以分散你们联合的力量,举起各自的旗帜,脸对着脸,流血的剑锋对着剑锋,拼一个你死我活;那时候命运之神就可以在片刻之间选择她所宠爱的一方作为她施恩的对象,使他得到光荣的胜利。伟大的君王们,对于这一个狂妄的意见,你们觉得怎样? 这不是一个很巧妙的策略吗?

约翰王　苍天在上,我很喜欢这一个计策。法兰西,我们要不要集合我们的力量,把这安及尔斯摧为平地,然后再用战争决定谁是它的君王?

---

① 公元七十年罗马军攻打耶路撒冷的时候,城里正在进行内战的暴动分子,曾联合起来共同抵御侵略。

庶　子　你也像我们一样受到这愚蠢的城市的侮辱,要是你有一个国王的胆气,把你的炮口转过来对着这傲慢的城墙吧,我们也会和你们一致行动;等我们把它踏成平地以后,那时我们可以再来一决雌雄,杀它一个天昏地暗、日月无光。

腓力普王　就这样吧。说,你们预备向什么地方进攻？

约翰王　我们从西方直捣这城市的心脏。

利摩琪斯　我从北方进攻。

腓力普王　我们将要从南方向这城市抛下我们火雷的弹丸。

庶　子　啊,聪明的策略!从北方到南方,奥地利和法兰西彼此对准了各人发射;我要怂恿他们这样干。来,去吧,去吧!

市民甲　请听我们说,伟大的君王们;服从我们的请求,暂驻片刻,我将要贡献你们一个和平合作的方策;不损一剑,不伤一卒,就可以使你们得到这一座城市,让这些准备捐躯在战场上的活跃的生命将来还能寿终正寝。不要固执,听我说,伟大的君王们。

约翰王　说吧,我们愿意听一听你的意见。

市民甲　那位西班牙的女儿,白兰绮郡主,是英王的近亲;瞧吧,路易太子和那位可爱的女郎正是年龄相当的一对。要是英勇的情郎想要物色一位美貌的佳人,什么地方可以找得到比白兰绮更娇艳的？要是忠诚的情郎想要访求一位贞淑的贤媛,什么地方可以找得到比白兰绮更纯洁的？要是野心的情郎想要匹配一位名门的贵女,谁的血管里包含着比白兰绮郡主更高贵的血液？正像她一样,这位少年的太子在容貌、德性和血统上,也都十全十美。要是他有缺陷的话,那就是缺少了这样一个她;她唯一的美中不足,也就是缺少了这样一个他。他只是半个幸福的人,需要她去把他补足;

她是一个美妙的全体中的一部分,必须有了他方才完满。啊!像这样两道银色的水流,当它们合而为一的时候,是会使两旁的河岸倍添光彩的;两位国王,你们就是汇聚这两道水流的两道堤岸,要是你们促成了这位王子和这位郡主的良缘。这一个结合对于我们紧闭的城门将要成为比炮火更有力的武器;因为这段婚姻实现以后,无须弹药的威力,我们就会迅速大开我们的门户,欢迎你们进来。要是没有这一段婚姻,我们就要固守我们的城市;怒海不及我们顽强,雄狮不及我们自信,山岩不及我们坚定,不,残暴的死神也不及我们果决。

庶　子　这是一个意外的打击,把死神腐烂的尸骸上披着的破碎的衣服都吓得掉下来了!好大的一张嘴;死、山岳、岩石、海水,都被它一口气喷了出来,它讲起怒吼的雄狮,就像十三岁的小姑娘谈到小狗一般熟悉。哪一个炮手生下这强壮的汉子?他的话简直就是冒着浓烟、威力惊人的炮火;他用舌头殴打我们,我们的耳朵都受到他的痛击;他所说的每一个字,都比法国人的拳头更有力量。他妈的!自从我第一次叫我兄弟的父亲做爸爸以来,我从不曾给人家用话打得这样不能动弹过。

艾莉诺　(向约翰王旁白)我儿,听从这一个结合的建议,成全了这门婚事吧;给我的孙女一笔大大的嫁奁;因为凭着这次联姻,可以巩固你现在基础尚未稳定的王位,让那乳臭未干的小儿得不到阳光的照耀,像一朵富于希望的鲜花,结不出灿烂的果实。我看见法王的脸上好像有允从的意思;瞧他们在怎样交头接耳。趁他们心中活动的时候,竭力怂恿怂恿吧,免得一时被婉转的陈辞和天良的愧悔所感动的热诚,在瞬息之间又会冷淡下来,变得和从前一样。

市民甲　两位陛下为什么不答复我们这危城所提出的这一个善意的建议?

腓力普王　让英格兰先说吧,他是最先向这城市发言的。你怎么说?

约翰王　要是这位太子,你的尊贵的令郎,能够在这本美貌的书卷上读到"我爱"的字样,她的嫁奁的价值将要和一个女王相等;安佐和美好的妥伦、缅因、波亚叠以及为我们王冠的权威所及的大海这一边的全部领土,除了现在被我们所包围的这一个城市以外,将要成为她新床上的盛饰,使她拥有无限的尊荣富贵,正像她在美貌、教养和血统上,可以和世上任何一个公主相比一样。

腓力普王　你怎么说,孩子?瞧瞧这位郡主的脸吧。

路　易　我在瞧着呢,父王;在她的眼睛里我发现一个奇迹,我看见她的一汪秋水之中,荡漾着我自己的影子,它不过是您儿子的影子,可是却化为一轮太阳,使您的儿子反倒成为它的影子。我平生从不曾爱过我自己,现在在她眼睛的美妙的画板上,看见我自己粉饰的肖像,却不禁顾影自怜了。

(与白兰绮耳语。)

庶　子　粉饰的肖像在她眼睛的美妙的画板上!悬挂在她眉梢的颦蹙的皱纹上!站守在她的心头!他等于供认自己是爱情的叛徒,因为他已经被"分尸"、"悬挂"和"斩首"了。可惜高谈着这样的爱情的,却是像他这么一个伧夫俗子。

白兰绮　在这件事上,我的叔父的意志就是我的意志;要是他在您的身上发现有可以使他喜欢您的地方,我也一定会对他表示同意;更适当地说,我要全不费力地强迫我自己喜爱它们。我不愿恭维您,殿下,说我所看到的您的一切都是值得喜爱的;可是我可以这样说一句,即使让鄙俗的思想来评判您,我也找不出您身上有哪一点是值得憎恨的。

约翰王　这一对年轻人怎么说?你怎么说,我的侄女?

白兰绮　一切听凭叔父的高见;您怎么吩咐我,我就怎么做,这是我的本分。

约翰王　那么说吧,太子,你能够爱这个女郎吗?

路　易　不,您还是问我能不能不去爱她吧;因为我是最真诚地爱着她的。

约翰王　那么我就给你伏尔克森、妥伦、缅因、波亚叠和安佐五州作为她的妆奁,另外再加增英国国币三万马克①。法兰西的腓力普,要是你满意这样的处置,命令你的佳儿佳妇互相握手吧。

腓力普王　我很满意。我儿和这位年轻的郡主,你们握手吧。

利摩琪斯　把你们的嘴唇也接合起来;因为我记得清清楚楚,当我订婚的时候,我也来过这么一下的。

腓力普王　现在,安及尔斯的市民们,打开你们的城门,你们已经促成我们的和好,让我们双方同时进来吧;因为我们就要在圣玛丽教堂举行婚礼。康斯丹丝夫人不在我们的队伍里吗?我知道她不在这里,因为否则她一定会多方阻挠这一段婚姻的成就。她和她的儿子在什么地方?有谁知道的,请告诉我。

路　易　她在陛下的营帐里,非常悲哀愤激。

腓力普王　凭良心说,我们这次缔结的联盟,是不能疗治她的悲

---

① 英古币名,合十三先令四便士。

哀的。英格兰王兄,我们应该怎样安慰安慰这位寡居的夫人?我本来是为了争取她的权利而来,可是上帝知道,我却转换了方向,谋求我自身的利益了。

约翰王　我可以和解一切,因为我要封少年的亚瑟为布列塔尼公爵兼里士满伯爵,同时使他成为这一座富庶的城市的主人。请康斯丹丝夫人过来;差一个急足的使者去叫她来参加我们的婚礼。我相信即使我们不能充分满足她的心愿,至少也可以使她感到相当的满意,停止她的不平的叫嚣。去吧,让我们尽快举行这一次出人意外的盛典。(除庶子外均下;市民们退下城内。)

庶　子　疯狂的世界!疯狂的国王!疯狂的和解!约翰为了阻止亚瑟夺取他的全部的权利,甘心把他一部分的权利割舍放弃;法兰西,他是因为受到良心的驱策而披上盔甲的,义侠和仁勇的精神引导着他,使他以上帝的军人自命而踏上战场,却会勾搭上了那个惯会使人改变决心的狡猾的魔鬼,那个专事出卖信义的掮客,那个把国王、乞丐、老人、青年玩弄于股掌之间的毁盟的能手,那个使可怜的姑娘们失去她们一身仅有的"处女"二字空衔的骗子,那个笑脸迎人的绅士,使人心痒骨酥的"利益"。"利益",这颠倒乾坤的势力;这世界本来是安放得好好的,循着平稳的轨道前进,都是这"利益",这引人作恶的势力,这动摇不定的"利益",使它脱离了不偏不颇的正道,迷失了它正当的方向、目的和途径;就是这颠倒乾坤的势力,这"利益",这牵线的淫媒,这掮客,这变化无常的名词,蒙蔽了反复成性的法兰西的肉眼,使他放弃他的援助弱小的决心,从一场坚决的正义的战争,转向一场卑鄙恶劣的和平。为什么我要辱骂这"利益"呢?

那只是因为他还没有垂青到我的身上。并不是当灿烂的金银引诱我的手掌的时候,我会有紧握拳头的力量;只是因为我的手还不曾受过引诱,所以才像一个穷苦的乞儿一般,向富人发出他的咒骂。好,当我是一个穷人的时候,我要信口谩骂,说只有富有是唯一的罪恶;要是有了钱,我就要说,只有贫穷才是最大的坏事。既然国王们也会因"利益"而背弃信义;"利益",做我的君主吧,因为我要崇拜你!(下。)

# 第 三 幕

### 第一场　法国。法王营帐

　　康斯丹丝、亚瑟及萨立斯伯雷上。

康斯丹丝　去结婚啦！去缔结和平的盟约啦！虚伪的血和虚伪的血结合！去做起朋友来啦！路易将要得到白兰绮，白兰绮将要得到这几州的领土吗？不会有这样的事；你一定说错了，听错了。想明白了，再把你的消息重新告诉我。那是不可能的；你不过这样说说罢了。我想我不能信任你，因为你的话不过是一个庸人的妄语。相信我，家伙，我不相信你；我有的是一个国王的盟誓，那是恰恰和你的话相反的。你这样恐吓我，应该得到惩罚，因为我是个多病之人，受不起惊吓；我受尽人家的欺凌，所以我的心里是充满着惊恐的；一个没有丈夫的寡妇，时时刻刻害怕被人暗算；一个女人，天生的惊弓之鸟；即使你现在承认刚才不过向我开了个玩笑，我的受激动的心灵也不能就此安定下来，它将要整天惊惶而战栗。你这样摇头是什么意思？为什么你用这样悲哀的神情瞧着我的儿子？你把你的手按在你的胸前，这又是什么意思？为什么你的眼睛里噙着满眶的伤心之泪，就像一条水涨的河流,泛滥到它的堤岸之上?这些悲哀的表现果然可以证实你所说的话吗?那么你再说吧;我不要你把刚才所说的全部复述,只要你回答我一句话,你的消息是不是确实的。

萨立斯伯雷　它是全然确实的,正像你说的那班人是全然虚伪的一样;他们的所作所为可以证明我的话全然确实。

康斯丹丝　啊!要是你让我相信这种悲哀的消息,还是让这种悲哀把我杀死了吧。让我这颗相信的心和生命,像两个不共戴天的仇人狭路相逢,在遭遇的片刻之间就同时倒地死去吧。路易要娶白兰绮!啊,孩子!什么地方还有你的立足之处呢?法兰西和英格兰做了朋友,那我可怎么好呢?家伙,去吧!我见了你的脸就生气;这消息已经使你变成一个最丑恶的人。

萨立斯伯雷　好夫人,我不过告诉您别人所干的坏事,我自己可没有干错什么呀。

康斯丹丝　那坏事的本身是那样罪大恶极,谁要是说起了它,也会变成一个坏人。

亚　瑟　母亲,请您宽心点儿吧。

康斯丹丝　你还叫我宽心哩!要是你长得又粗恶,又难看,丢尽你母亲的脸;你的身上满是讨厌的斑点儿和丑陋的疤痕,跛脚、曲背、又黑、又笨,活像个妖怪,东一块西一块的全是些肮脏的黑痣和刺目的肉瘤,那我就可以用不着这样操心;因为我不会爱你,你也有忝你的高贵的身世,不配戴上一顶王冠。可是你长得这样俊美;在你出世的时候,亲爱的孩子,造化和命运协力使你成为一个伟大的人物。百合花和半开的玫瑰是造化给你的礼物;可是命运,啊!她却变了心肠,把你中途抛弃。她时时刻刻都在和你的叔父约翰卖弄风情;她还用她金色的手臂操纵着法兰西,使她蹂躏了君主的尊严,甘心替他们勾引成奸。法兰西是替命运女神和约翰王牵线的淫媒,那无耻的娼妇"命运",那篡位的僭王约翰!告诉我,家伙,法兰西不是背弃了他的盟誓吗?用恶毒的话把他痛骂一顿,否则你还是去吧,让我一个人独自忍受着这些悲哀。

萨立斯伯雷　恕我,夫人,您要是不跟我同去,叫我怎么回复两位王上呢?

康斯丹丝　你可以一个人回去,你必须一个人回去;我是不愿跟你同去的。我要让我的悲哀骄傲起来;因为忧愁是骄傲成性的,它甚至能压倒它的主人。让国王们聚集到我的面前来吧,因为我的悲哀是如此沉重,除了坚实的大地以外,什么也不能把它载负起来。我在这儿和悲哀坐在一起;这便是我的宝座,叫国王们来向它敬礼吧。(坐于地上。)

　　　约翰王、腓力普王、路易、白兰绮、艾莉诺、庶子、奥地利公爵及侍从等上。

腓力普王　真的,贤媳;这一个幸福的日子将要在法兰西永远成为欢乐的节日。为了庆祝今天的喜事,光明的太阳也停留在半空之中,做起炼金的术士来,用他宝眼的灵光,把寒伧的土壤变成灿烂的黄金。年年岁岁,这一天永远是一个值得纪念的良辰。

康斯丹丝　(起立)一个邪恶的日子,说什么吉日良辰!这一个日子有些什么值得纪念的功德?它干了些什么好事,值得在日历上用金字标明,和四时的佳节并列?不,还是把这一天从一周之中除去了吧,这一个耻辱、迫害、背信的日子。

要是它必须继续存在的话,让怀孕的妇人们祈祷她们腹中的一块肉不要在这一天呱呱坠地,免得她们的希望横遭摧残;除了这一天以外,让水手们不用担忧海上的风波;一切的交易只要不是在这一天缔结的,都可以顺利完成;无论什么事情,凡是在这一天开始的,都要得到不幸的结果,就是真理也会变成空虚的欺诳!

腓力普王　苍天在上,夫人,你没有理由诅咒我们今天美满的成就;我不是早就用我的君主的尊严向你担保过了吗?

康斯丹丝　你用虚有其表的尊严欺骗我,它在一经试验以后,就证明毫无价值。你已经背弃了盟誓,背弃了盟誓;你武装而来,为的是要溅洒我的仇人的血,可是现在你却用你自己的血增强我仇人的力量;战争的猛烈的铁掌和狰狞的怒容,已经在粉饰的和平和友好之下松懈消沉,我们所受的迫害,却促成了你们的联合。举起你们的武器来,诸天的神明啊,惩罚这些背信的国王们!一个寡妇在向你们呼吁;天啊,照顾我这没有丈夫的妇人吧!不要让这亵渎神明的日子在和平中安然度过;在日没以前,让这两个背信的国王发生争执而再动干戈吧!听我!啊,听我!

利摩琪斯　康斯丹丝夫人,安静点儿吧。

康斯丹丝　战争!战争!没有安静,没有和平!和平对于我也是战争。啊,利摩琪斯!啊,奥地利!你披着这一件战利品的血袍,不觉得惭愧吗?你这奴才,你这贱汉,你这懦夫!你这怯于明枪、勇于暗箭的奸贼!你这借他人声势,长自己威风的恶徒!你这投机取巧、助强凌弱的小人!你只知道趋炎附势,你也是个背信的家伙。好一个傻瓜,一个激昂慷慨的傻瓜,居然也会向我大言不惭,举手顿足,指天誓日地愿意为我尽力！你这冷血的奴才，你不是曾经用怒雷一般的音调慷慨声言，站在我这一方面吗？你不是发誓做我的兵士吗？你不是叫我信赖你的星宿，你的命运和你的力量吗？现在你却转到我的敌人那边去了？你披着雄狮的毛皮！羞啊！把它剥下来，套一张小牛皮在你那卑怯的肢体上吧！

利摩琪斯　啊！要是一个男人向我说这种话，我可是不答应的。

庶　　子　套一张小牛皮在你那卑怯的肢体上吧！

利摩琪斯　你敢这样说，混蛋，你不要命了吗？

庶　　子　套一张小牛皮在你那卑怯的肢体上吧！

约翰王　我不喜欢你这样胡说；你忘记你自己了。

　　　　　潘杜尔夫上。

腓力普王　教皇的圣使来了。

潘杜尔夫　祝福，你们这两位受命于天的人君！约翰王，我要向你传达我的神圣的使命。我，潘杜尔夫，米兰的主教，奉英诺森教皇的钦命来此，凭着他的名义，向你提出严正的质问，为什么你对教会，我们的圣母，这样存心藐视；为什么你要用威力压迫那被选为坎特伯雷大主教的史蒂芬·兰顿，阻止他就任圣职？凭着我们圣父英诺森教皇的名义，这就是我所要向你质问的。

约翰王　哪一个地上的名字可以向一个不受任何束缚的神圣的君王提出质难？主教，你不能提出一个比教皇更卑劣猥琐荒谬的名字来要求我答复他的讯问。你就这样回报他；从英格兰的嘴里，再告诉他这样一句话：没有一个意大利的教士可以在我们的领土之内抽取捐税；在上帝的监临之下，我是最高的元首，凭借主宰一切的上帝所给予我的权力，我可以独自统治我的国土,无须凡人的协助。你就把对教皇和他篡窃的权力的崇敬放在一边,这样告诉他吧!

腓力普王　英格兰王兄,你说这样的话是亵渎神圣的。

约翰王　虽然你和一切基督教国家的君主都被这好管闲事的教士所愚弄,害怕那可以用金钱赎回的诅咒,凭着那万恶的废物金钱的力量,向一个擅自出卖赦罪文书的凡人购买一纸豁免罪恶的左道的符箓;虽然你和一切被愚弄的君主不惜用捐税维持这一种欺人的巫术,可是我要用独自的力量反对教皇,把他的友人认为我的仇敌。

潘杜尔夫　那么,凭着我所有的合法的权力,你将要受到上天的诅咒,被摈于教门之外。凡是向异教徒背叛的人,上天将要赐福于他;不论何人,能够用任何秘密的手段取去你的可憎的生命的,将被称为圣教的功臣,死后将要升入圣徒之列。

康斯丹丝　啊!让我陪着罗马发出我的诅咒,让我的诅咒也成为合法吧。好主教神父,在我的刻毒的诅咒以后,请你高声回应阿门;因为没有受到像我所受这样的屈辱,谁也没有力量可以给他适当的诅咒。

潘杜尔夫　我的诅咒,夫人,是法律上所许可的。

康斯丹丝　让法律也许可我的诅咒吧;当法律不能主持正义的时候,至少应该让被害者有倾吐不平的合法权利。法律不能使我的孩子得到他的王国,因为占据着他的王国的人,同时也一手把持着法律。所以,法律的本身既然是完全错误,法律怎么能够禁止我的舌头诅咒呢?

潘杜尔夫　法兰西的腓力普,要是你不愿受诅咒,赶快放开那异教元凶的手,集合法国的军力向他讨伐,除非他向罗马降服。

艾莉诺　你脸色变了吗,法兰西?不要放开你的手。

康斯丹丝　留点儿神,魔鬼,要是法兰西悔恨了,缩回手去,地狱里就要失去一个灵魂。

利摩琪斯　腓力普王,听从主教的话。

庶　　子　套一张小牛皮在他那卑怯的肢体上。

利摩琪斯　好,恶贼,我必须暂时忍受这样的侮辱,因为——

庶　　子　你可以把这些侮辱藏在你的裤袋里。

约翰王　腓力普,你对这位主教怎么说?

康斯丹丝　他除了依从主教以外,还有什么话好说?

路　　易　想一想吧,父亲;我们现在所要抉择的,是从罗马取得一个重大的诅咒呢,还是失去英国的轻微的友谊。在这两者之间,我们应该舍轻就重。

白兰绮　轻的是罗马的诅咒,重的是英国的友谊。

康斯丹丝　啊,路易,抱定你的主见!魔鬼化成一个长发披肩的新娘的样子,在这儿诱惑你了。

白兰绮　康斯丹丝夫人所说的话,并不是从良心里发出来的,只是出于她自己的私怨。

康斯丹丝　啊,如果你承认我确有私怨,这种私怨的产生正是由于良心的死亡,因此你可以得出这样的结论:在我的私怨死去后,良心会重生;那么把我的私怨压下去,让良心振作起来吧;在我的私怨还在发作的时候,良心是受到践踏的。

约翰王　法王的心里有些动摇,他不回答这一个问题。

康斯丹丝　啊!离开他,给大家一个好好的答复。

利摩琪斯　决定吧,腓力普王,不要再犹疑不决了。

庶　　子　还是套上一张小牛皮吧,最可爱的蠢货。

腓力普王　我全然迷惑了,不知道应该怎么说才好。

潘杜尔夫　要是你被逐出教,受到诅咒,那时才更要心慌意乱哩。

腓力普王　好神父,请你设身处地替我想一想,告诉我要是你站在我的地位上,将要采取怎样的措置。这一只尊贵的手跟我的手是新近紧握在一起的,我们互相结合的灵魂,已经凭着神圣的盟誓的一切庄严的力量联系起来;我们最近所发表的言语,是我们两国之间和我们两王本人之间永矢不渝的忠诚、和平、友好和信爱;当这次和议成立不久以前,天知道,我们释嫌修好的手上还染着没有洗去的战血,无情的屠杀在我们手上留下了两个愤怒的国王的可怕的斗争的痕迹;难道这一双新近涤除血腥气、在友爱中连接的同样强壮的手,必须松开它们的紧握,放弃它们悔祸的诚意吗?难道我们必须以誓言为儿戏,欺罔上天,使自己成为反复其手、寒盟背信的小人,让和平的合欢的枕席为大军的铁蹄所蹂躏,使忠诚的和蔼的面容含着掩泣?啊!圣师,我的神父,让我们不要有这样的事!求你大发慈悲,收回成命,考虑一个比较温和的办法,使我们乐于遵从你的命令,同时可以继续保持我们的友谊。

潘杜尔夫　除了和英国敌对以外,一切命令都是不存在的。所以拿起武器来吧!为保卫我们的教会而战,否则让教会,我们的母亲,向她叛逆的儿子吐出她的诅咒,一个母亲的诅咒。法兰西,你可以握住毒蛇的舌头,怒狮的脚掌,饿虎的牙齿,可是和这个人握手言欢,是比那一切更危险的。

腓力普王　我可以收回我的手,可是不能取消我的誓言。

潘杜尔夫　那你就是要使忠信成为忠信的敌人,使盟誓和盟誓自相争战,使你的舌头反对你的舌头。啊!你应该最先履行你最先向上天所发的誓,那就是做保卫我们教会的战士。你后来所发的盟誓是违反你的本心的,你没有履行它的义务;因为一个人发誓要干的假如是一件坏事,那么反过来做好事就不能算是罪恶;对一件做了会引起恶果的事情,不予以履行恰恰是忠信的表现。与其向着错误的目标前进,不如再把这目标认错了,也许可以从间接的途径达到正当的大道;欺诳可以医治欺诳,正像火焰可以使一个新患热病的人浑身的热气冷却。宗教的信心是使人遵守誓言的唯一的力量,可是你所发的誓言,却和宗教作对;你既然发誓反对你原来的信誓,现在竟还想以誓言做你忠信的保证吗?当你不能肯定所发的誓言是否和忠信有矛盾的时候,那么一切誓言就要以不背弃原来的信誓为前提!不然发誓岂不成了一桩儿戏?但你所发的誓却恰恰背弃了原来的信誓;要再遵守它就是进一步的背信弃义。那样自相矛盾的誓言,是对于你自身的叛变,你应该秉持你的忠贞正大的精神,征服这些轻率谬妄的诱惑,我们将要用祈祷为你的后援,如果你肯于听从。不然的话,我们沉重的诅咒将要降临在你身上,使你无法摆脱,在它们黑暗的重压下绝望而死。

利摩琪斯  叛变,全然的叛变!

庶　子　怎么?一张小牛皮还堵不了你的嘴吗?

路　易　父亲,作战吧!

白兰绮　在你结婚的日子,向你妻子的亲人作战吗?什么!我们的喜宴上将要充满被杀的战士吗?叫嚣的喇叭,粗暴的战鼓,这些地狱中的喧声,将要成为我们的婚乐吗?啊,丈夫,听我说!唉!这丈夫的称呼,在我的嘴里是多么新鲜,直到现在,我的舌头上还不曾发出过这两个字眼儿;即使为了这

　　　　　一个名义的缘故,我向你跪下哀求,不要向我的叔父作战吧。
康斯丹丝　啊!我屈下我那因久跪而僵硬的膝盖向你祈求,你贤明的太子啊,不要变更上天预定的判决。
白兰绮　现在我可以看出你的爱情来了;什么力量对于你比你妻子的名字更能左右你的行动?
康斯丹丝　那支持着他,也就是你所倚为支持的人的荣誉。啊!你的荣誉,路易,你的荣誉!
路　易　陛下,这样有力的理由敦促着您,您还像是无动于衷,真叫我奇怪。
潘杜尔夫　我要向他宣告一个诅咒。
腓力普王　你没有这样的必要。英格兰,我决定和你绝交了。
康斯丹丝　啊,已失的尊严光荣地挽回了!
艾莉诺　啊,反复无常的法兰西的卑劣的叛变!
约翰王　法兰西,你将要在这个时辰内悔恨你这时所造成的错误。
庶　子　时间老人啊,你这钟匠,你这秃顶的掘墓人,你真能随心所欲地摆弄一切吗?那么好,法兰西将要悔恨自己的错误。
白兰绮　太阳为一片血光所笼罩,美好的白昼,再会吧!我应该跟着哪一边走呢?我是两方面的人,两方的军队各自握着我的一只手;任何一方我都不能释手,在他们的暴怒之中,像旋风一般,他们南北分驰,肢裂了我的身体。丈夫,我不能为你祈祷胜利;叔父,我必须祈祷你的失败;公公,我的良心不容许我希望你得到幸运;祖母,我不希望你的愿望得到满足。无论是谁得胜,我将要在得胜的那一方失败;决战还没有开始,早已注定了我的不幸的命运。

路　　易　　妻子,跟我去;你的命运是寄托在我的身上的。

白兰绮　　我的命运存在之处,也就是我的生命沦亡的所在。

约翰王　　侄儿,你去把我们的军队集合起来。(庶子下)法兰西,我的胸头燃烧着熊熊的怒火,除了血,法兰西的最贵重的血以外,什么也不能平息它的烈焰。

腓力普王　　在我们的血还没有把你的火浇灭以前,你自己的怒气将要把你烧成灰烬。小心点儿,你的末日就在眼前了。

约翰王　　说这样的话恫吓人,他自己的死期怕也不远了。让我们各自去准备厮杀吧!(各下。)

## 第二场　同前。安及尔斯附近平原

*号角声;两军交锋。庶子提奥地利公爵首级上。*

庶　　子　　嗳哟,今天热得好厉害!天空中一定有什么魔鬼在跟我们故意捣乱。奥地利的头在这儿,腓力普却还好好地活着。

*约翰王、亚瑟及赫伯特上。*

约翰王　　赫伯特,把这孩子看守好了。腓力普,快去,我的母亲在我们营帐里被敌人攻袭,我怕她已经给他们掳去了。

庶　　子　　陛下,我已经把太后救出;她老人家安全无恙,您放心吧。可是冲上去,陛下;不用再费多大力气,我们就可以胜利完成我们今天的战果。(同下。)

## 第三场　同　前

*号角声;两军交锋;吹号归队。约翰王、艾莉诺、亚瑟、庶子、*

赫伯特及群臣等上。

约翰王 （向艾莉诺）就这样吧；请母后暂时留守，坚强的兵力可以保卫您的安全。（向亚瑟）侄儿，不要满脸不高兴，你的祖母疼你，你的叔父将要像你的父亲一样爱护你。

亚　瑟　啊！我的母亲一定要伤心死了。

约翰王 （向庶子）侄儿，你先走一步，赶快到英国去吧！在我们没有到来以前，你要把那些聚敛的僧正们的肥满的私囊一起倒空，让被幽囚的财神重见天日；他们靠着国家升平的福，养得肠肥脑满，现在可得把他们的肉拿出来给饥饿的人们吃了。全力执行我的命令，不要宽纵了他们。

庶　子　当金子银子招手叫我上前的时候，铃铎、《圣经》和蜡烛都不能把我赶退。陛下，我去了。祖母，要是我有时也会想起上帝，我会祈祷您的平安的；让我向您吻手辞别。

艾莉诺　再会，贤孙。

约翰王　侄儿，再会。（庶子下。）

艾莉诺　过来，小亲人，听我说句话。（携亚瑟至一旁。）

约翰王　过来，赫伯特。啊，我的好赫伯特，我受你的好处太多啦；在这肉体的围墙之内，有一个灵魂是把你当做他的债主的，他预备用加倍的利息报偿你的忠心。我的好朋友，你的发自忠诚的誓言，深深地铭刻在我的胸头。把你的手给我。我有一件事要说，可是等适当的时候再说吧。苍天在上，赫伯特，我简直不好意思说我是多么看重你。

赫伯特　我的一切都是陛下的恩赐。

约翰王　好朋友，你现在还没有理由说这样的话，可是有一天你将会有充分的理由这样说；不论时间爬行得多么迂缓，总有一天我要大大地照顾你。我有一件事情要说，可是让它去吧。太阳高悬在天空,骄傲的白昼耽于世间的欢娱,正在嬉戏酣游,不会听我的说话;要是午夜的寒钟启动它的铜唇铁舌,向昏睡的深宵发出一响嘹亮的鸣声;要是我们所站的这一块土地是一块墓地;要是你的心头藏着一千种的冤屈,或者那阴沉的忧郁凝结了你的血液,使它停止轻快的跳动,使你的脸上收敛了笑容,而那痴愚无聊的笑容,对于我是可憎而不相宜的;或者,要是你能够不用眼睛看我,不用耳朵听我,不用舌头回答我,除了用心灵的冥会传达我们的思想以外,全然不凭借眼睛、耳朵和有害的言语的力量;那么,即使在众目昭彰的白昼,我也要向你的心中倾吐我的衷肠;可是,啊!我不愿。然而我是很喜欢你的;凭良心说,我想你对我也很忠爱。

赫伯特　苍天在上,陛下无论吩咐我干什么事,即使因此而不免一死,我也决不推辞。

约翰王　我难道不知道你会这样吗?好赫伯特!赫伯特,赫伯特,转过你的眼去,瞧瞧那个孩子。我告诉你,我的朋友,他是挡在我路上的一条蛇;无论我的脚踏到什么地方,他总是横卧在我的前面。你懂得我的意思吗?你是他的监守人。

赫伯特　我一定尽力监守他,不让他得罪陛下。

约翰王　死。

赫伯特　陛下?

约翰王　一个坟墓。

赫伯特　他不会留着活命。

约翰王　够了。我现在可以快乐起来了。赫伯特,我喜欢你;好,我不愿说我将要给你怎样的重赏;记着吧。母后,再会;我就去召集那些军队来听候您的支配。

艾莉诺　我的祝福一路跟随着你！

约翰王　到英国去,侄儿,去吧。赫伯特将要侍候你,他会尽力照料你的一切。喂！传令向卡莱进发！(同下。)

## 第四场　同前。法王营帐

腓力普王、路易、潘杜尔夫及侍从等上。

腓力普王　海上掀起一阵飓风,一整队失利的战舰就这样被吹得四散溃乱了。

潘杜尔夫　不要灰心！一切还可以有转机。

腓力普王　我们失利到这步田地,还有什么转机？我们不是打败了吗？安及尔斯不是失去了吗？亚瑟不是给掳去了吗？好多亲爱的朋友不是战死了吗？凶恶的约翰王不是冲破了法军的阻碍,回到英国去了吗？

路　易　凡是他所克服的土地,他都设下坚强的防御;行动那么迅速,布置又那么周密,在这样激烈的鏖战之中,能够有这样镇静的调度,真是极少前例的。谁曾经从书本上读到过,或是从别人的嘴里听到过与此类似的行动？

腓力普王　我可以容忍英格兰得到这样的赞美,只要我们也能够替我们的耻辱找到一些前例。

康斯丹丝上。

腓力普王　瞧,谁来啦！一个灵魂的坟墓;虽然她已厌弃生命,却不能不把那永生的精神锁闭在痛苦喘息的牢狱之中。夫人,请你跟我去吧。

康斯丹丝　瞧！现在瞧你们和平的结果。

腓力普王　忍耐,好夫人！安心,温柔的康斯丹丝！

康斯丹丝　不,我蔑视一切的劝告,一切的援助;我只欢迎那终结一切劝告的真正的援助者,死,死。啊,和蔼可爱的死!你芬芳的恶臭!健全的腐败!从那永恒之夜的卧榻上起来吧,你幸运者的憎恨和恐怖!我要吻你丑恶的尸骨,把我的眼球嵌在你那空洞的眼眶里,让蛆虫绕在我的手指上,用污秽的泥土塞住这呼吸的门户,使我自己成为一个和你同样腐臭的怪物。来,向我狞笑吧;我要认为你在微笑,像你的妻子一样吻你!受难者的爱人,啊!到我身边来!

腓力普王　啊,苦恼的好人儿,安静点儿吧!

康斯丹丝　不,不,只要有一口气可以呼喊,我是不愿意安静下来的。啊!但愿我的舌头装在雷霆的嘴里!那时我就要用巨声震惊世界;把那听不见一个女人的微弱的声音,不受凡人召唤的狰狞的枯骨从睡梦中唤醒。

潘杜尔夫　夫人,你的话全然是疯狂,不是悲哀。

康斯丹丝　你是一位神圣的教士,不该这样冤枉我;我没有疯。我扯下的这绺头发是我的;我的名字叫做康斯丹丝;我是吉弗雷的妻子;小亚瑟是我的儿子,他已经失去了!我没有疯;我巴不得祈祷上天,让我真的疯了!因为那时候我多半会忘了我自己;啊!要是我能够忘了我自己,我将要忘记多少悲哀!教诲我一些使我疯狂的哲理,主教,你将因此而被封为圣徒;因为我现在还没有疯,还有悲哀的感觉,我的理智会劝告我怎样可以解除这些悲哀,教我或是自杀,或是上吊。假如我疯了,我就会忘记我的儿子,或是疯狂地把一个布片缝成的娃娃当做是他。我没有疯。每一次灾祸的不同的痛苦,我都感觉得太清楚、太清楚了。

腓力普王　把你的头发束起来。啊!在她这一根根美好的头发之间,存在着怎样的友爱! 只要偶然有一颗银色的泪点儿落在它们上面,一万缕亲密的金丝就会胶合在一起,表示它们共同的悲哀;正像忠实而不可分的恋人们一样,在患难之中也不相遗弃。

康斯丹丝　杀到英国去吧,要是你愿意的话。

腓力普王　把你的头发束起来。

康斯丹丝　是的,我要把它们束起来。为什么我要把它们束起来呢? 当我扯去它们的束缚的时候,我曾经高声呼喊,"啊! 但愿我这一双手也能够救出我的儿子,正像它们使这些头发得到自由一样!"可是现在我却妒恨它们的自由,我要把它们重新束缚起来,因为我那可怜的孩子是一个囚人。主教神父,我曾经听见你说,我们将要在天堂里会见我们的亲友。假如那句话是真的,那么我将会重新看见我的儿子;因为自从第一个男孩子该隐的诞生起,直到在昨天夭亡的小儿为止,世上从来不曾生下过这样一个美好的人物。可是现在悲哀的蛀虫将要侵蚀我的娇蕊,逐去他脸上天然的美丽;他将要形销骨立,像一个幽魂或是一个患虐病的人;他将要这样死去;当他从坟墓中起来,我在天堂里会见他的时候,我再也不会认识他;所以我永远、永远不能再看见我的可爱的亚瑟了!

潘杜尔夫　你把悲哀过分重视了。

康斯丹丝　从来不曾生过儿子的人,才会向我说这样的话。

腓力普王　你喜欢悲哀,就像喜欢你的孩子一样。

康斯丹丝　悲哀代替了不在我眼前的我的孩子的地位;它躺在他的床上,陪着我到东到西,装扮出他的美妙的神情,复述他的言语,提醒我他一切可爱的美点,使我看见他的遗蜕的衣服,就像看见他的形体一样,所以我是有理由喜欢悲哀的。再会吧;要是你们也遭到像我这样的损失,我可以用更动听的言语安慰你们。我不愿梳理我头上的乱发,因为我的脑海里是这样紊乱混杂。主啊!我的孩子,我的亚瑟,我的可爱的儿!我的生命,我的欢乐,我的粮食,我的整个的世界!我的寡居的安慰,我的销愁的药饵!(下。)

腓力普王　我怕她会干出些什么意外的事情来,我要跟上去瞧瞧她。(下。)

路　　易　这世上什么也不能使我快乐。人生就像一段重复叙述的故事一般可厌,扰乱一个倦怠者的懒洋洋的耳朵;辛酸的耻辱已经损害了人世的美味,除了耻辱和辛酸以外,它便一无所有。

潘杜尔夫　在一场大病痊愈以前,就在开始复原的时候,那症状是最凶险的;灾祸临去之时,它的毒焰也最为可怕。你们今天战败了,有些什么损失呢?

路　　易　一切光荣、快乐和幸福的日子。

潘杜尔夫　要是你们这次得到胜利,这样的损失倒是免不了的。不,不,当命运有心眷顾世人的时候,她会故意向他们怒目而视。约翰王在这次他所自以为大获全胜的战争中,已经遭到了多大的损失,恐怕谁也意想不到。你不是因为亚瑟做了他的俘虏而伤心吗?

路　　易　我从心底里悲伤,正像捉了他去的人满心喜欢一样。

潘杜尔夫　你的思想正像你的血液一样年轻。现在听我用预言者的精神宣告吧;因为从我的言语中所发出的呼吸,也会替你扫除你的平坦的前途上的每一粒尘土、每一根草秆和每一种小小的障碍,使你安然达到英国的王座;所以听着吧。

约翰已经捉住了亚瑟,当温暖的生命活跃在那婴孩的血管里的时候,窃据非位的约翰决不会有一小时、一分钟或是一口气的安息。用暴力攫取的权威必须用暴力维持;站在易于滑跌的地面上的人,不惜抓住一根枯朽的烂木支持他的平稳。为要保全约翰的地位,必须让亚瑟倾覆;这是必然的结果,就让它这样吧。

路　　易　可是亚瑟倾覆以后,对我有什么利益呢?

潘杜尔夫　凭着你妻子白兰绮郡主所有的权利,你可以提出亚瑟所提的一切要求。

路　　易　像亚瑟一样,王位没有夺到,却把生命和一切全都牺牲了。

潘杜尔夫　你在这一个古老的世界上是多么少不更事!约翰在替你设谋定计;时势在替你造成机会;因为他为了自身的安全而溅洒了纯正的血液,他将会发现他的安全是危险而不可靠的。这一件罪恶的行为将会冷淡了全体人民对他的好感,使他失去他们忠诚的拥戴;他们将会抓住任何微细的机会,打击他的治权。每一次天空中星辰的运转,每一种自然界的现象,每一个雷雨阴霾的日子,每一阵平常的小风,每一件惯有的常事,他们都要附会曲解,说那些都是流星陨火、天灾地变、非常的预兆以及上帝的垂示,在明显地宣布对约翰的惩罚。

路　　易　也许他不会伤害小亚瑟的生命,只是把他监禁起来。

潘杜尔夫　啊!殿下,当他听见你的大军压境的时候,小亚瑟倘不是早已殒命,这一个消息也会使他不免于一死。那时候他的民心就要离弃他,欢迎新来的主人,从约翰的流血的指尖,挑出叛变和怨怒的毒脓来了。我想这一场骚乱已经近在眼前；啊！对于你还有什么比这更好的机会？那福康勃立琪家的庶子正在搜掠教会，不顾人道的指责；只要有十二个武装的法国人到了那边，振臂一呼，就会有一万个英国人前来归附他们，就像一个小小的雪块，在地上滚了几滚，立刻变成一座雪山一样。啊，尊贵的太子！跟我去见国王吧。现在他们的灵魂里已经罪恶贯盈，从他们内部的不安之中，我们可以造成一番怎样惊人的局面！到英国去吧；让我先去鼓动你的父王。

路　易　有力的理由造成有力的行动；我们去吧。只要您说一声是，我的父王决不会说不的。（同下。）

# 第 四 幕

### 第一场  诺桑普敦。堡中一室

　　　　赫伯特及二侍从上。

赫伯特　把这两块铁烧红了,站在这帏幕的后面;听见我一跺脚,你们就出来,把那孩子缚紧在椅上,不可有误。去,留心着吧。

侍从甲　我希望您确实得到了指令,叫我们这样干。

赫伯特　卑劣的猜疑!你放心吧,瞧我好了。(二侍从下)孩子,出来;我有话跟你说。

　　　　亚瑟上。

亚　瑟　早安,赫伯特。

赫伯特　早安,小王子。

亚　瑟　我这王子确实很小,因为我的名分本来应该使我大得多的。怎么?你看来不大高兴。

赫伯特　嗯,我今天确实没有平常那么高兴。

亚　瑟　嗳哟!我想除了我以外,谁也不应该不快乐的。可是我记得我在法国的时候,少年的公子哥儿们往往只为了游荡过度的缘故,变得像黑夜一般忧郁。凭着我的基督徒身份起誓,要是我出了监狱做一个牧羊人,我一定会一天到晚快快乐乐地不知道有什么忧愁。我在这里本来也可以很开心,可是我疑心我的叔父会加害于我;他怕我,我也怕他。我是吉弗雷的儿子,这难道是我的过失吗?不,不是的;我但愿上天使我成为您的儿子,要是您愿意疼我的话,赫伯特。

赫伯特　(旁白)要是我跟他谈下去,他这种天真的饶舌将会唤醒我的已死的怜悯;所以我必须把事情赶快办好。

亚　瑟　您不舒服吗,赫伯特?您今天的脸色不大好看。真的,我希望您稍微有点儿不舒服,那么我就可以终夜坐在您床边陪伴您了。我敢说我爱您是胜过您爱我的。

赫伯特　(旁白)他的话已经打动我的心。——读一读这儿写着的字句吧,小亚瑟。(出示文书,旁白)怎么,愚蠢的眼泪!你要把无情的酷刑撵出去吗?我必须赶快动手,免得我的决心化成温柔的妇人之泪,从我的眼睛里滚了下来——你不能读吗?它不是写得很清楚吗?

亚　瑟　像这样邪恶的主意,赫伯特,是不该写得这样清楚的。您必须用烧热的铁把我的两只眼睛一起烫瞎吗?

赫伯特　孩子,我必须这样做。

亚　瑟　您真会这样做吗?

赫伯特　真会。

亚　瑟　您能这样忍心吗?当您不过有点儿头痛的时候,我就把我的手帕替您扎住额角,那是我所有的一块最好的手帕,一位公主亲手织成送我的,我也从不曾问您要过;半夜里我还用我的手捧住您的头,像不息的分钟用它嘀嗒的声音安慰那沉重的时辰一样,我不停地问着您,"您要些什么?"

"您什么地方难受?"或是"我可以帮您做些什么事?"许多穷人家的儿子是会独自睡觉,不来向您说一句好话;可是您却有一个王子侍候您的疾病。呃,您也许以为我的爱出于假意,说它是狡猾的做作,那也随您的便吧。要是您必须虐待我是上天的意旨,那么我只好悉听您的处置。您要烫瞎我的眼睛吗?这一双从来不曾、也永远不会向您怒视的眼睛?

赫伯特　我已经发誓这样干了;我必须用热铁烫瞎你的眼睛。

亚　瑟　啊!只有这顽铁时代的人才会干这样的事!铁块它自己虽然烧得通红,当它接近我的眼睛的时候,也会吸下我的眼泪,让这些无罪的水珠浇熄它的怒焰;而且它将要生锈而腐烂,只是因为它曾经容纳着谋害我的眼睛的烈火。难道您比锤打的顽铁还要冷酷无情吗?要是一位天使下来告诉我,赫伯特将要烫瞎我的眼睛,我也决不会相信他,只有赫伯特亲口所说的话才会使我相信。

赫伯特　(顿足)出来!

　　　　　二侍从持绳、烙铁等重上。

赫伯特　照我吩咐你们的做吧。

亚　瑟　啊!救救我,赫伯特,救救我!这两个恶汉的凶暴的面貌,已经把我的眼睛吓得睁不开了。

赫伯特　喂,把那烙铁给我,把他绑在这儿。

亚　瑟　唉!你们何必这样凶暴呢?我又不会挣扎;我会像石头一般站住不动。看在上天的面上,赫伯特,不要绑我!不,听我说,赫伯特,把这两个人赶出去,我就会像一头羔羊似的安静坐下;我会一动不动,不躲避,也不说一句话,也不向这块铁怒目而视。只要您把这两个人撵走,无论您给我怎样的酷刑,我都可以宽恕您。

赫伯特　去,站在里边;让我一个人处置他。

侍从甲　我巴不得不参加这种事情。(二侍从下。)

亚　瑟　唉!那么我倒把我的朋友赶走了;他的面貌虽然凶恶,他的心肠却是善良的。叫他回来吧,也许他的恻隐之心可以唤醒您的同情。

赫伯特　来,孩子,准备着吧。

亚　瑟　没有挽回的余地了吗?

赫伯特　没有,你必须失去你的眼睛。

亚　瑟　天啊!要是您的眼睛里有了一粒微尘、一点儿粉屑、一颗泥沙、一只小小的飞虫、一根飘荡的游丝,妨碍了您那宝贵的视觉,您就会感到这些微细的东西也会给人怎样的难堪,那么像您现在这一种罪恶的决意,应该显得多么残酷。

赫伯特　这就是你给我的允许吗?得了,你的舌头不要再动了。

亚　瑟　为一双眼睛请命,是需要两条舌头同时说话的。不要叫我停住我的舌头;不要,赫伯特!或者您要是愿意的话,赫伯特,割下我的舌头,让我保全我的眼睛吧。啊!饶赦我的眼睛,即使它们除了对您瞧看以外,一点儿没有别的用处。瞧!不骗您,那刑具也冷了,不愿意伤害我。

赫伯特　我可以把它烧热的,孩子。

亚　瑟　不,真的,那炉中的火也已经因为悲哀而死去了;上天造下它来本来为要给人温暖,你们却利用它做非刑的工具。不信的话,您自己瞧吧:这块燃烧的煤毫无恶意,上天的气息已经吹灭它的活力,把忏悔的冷灰撒在它的头上了。

赫伯特　可是我可以用我的气息把它重新吹旺,孩子。

亚　瑟　要是您把它吹旺了,赫伯特,您不过使它对您的行为感觉羞愧而涨得满脸通红。也许它的火星会跳进您的眼里，正像一头不愿争斗的狗，反咬那唆使它上去的主人一样。一切您所用来伤害我的工具，都拒绝执行它们的工作；凶猛的火和冷酷的铁，谁都知道它们是残忍无情的东西，也会大发慈悲，只有您才没有一点儿怜悯之心。

赫伯特　好，做一个亮眼的人活着吧；即使你的叔父把他所有的钱财一起给我，我也不愿碰一碰你的眼睛；尽管我已经发过誓，孩子，的确预备用这烙铁烫瞎它们。

亚　瑟　啊！现在您才像个赫伯特，刚才那一会儿您都是喝醉的。

赫伯特　静些！别说了。再会。你的叔父必须知道你已经死去；我要用虚伪的消息告诉这些追踪的密探。可爱的孩子，安安稳稳地睡吧，整个世界的财富，都不能使赫伯特加害于你。

亚　瑟　天啊！我谢谢您，赫伯特。

赫伯特　住口！别说了，悄悄地跟我进去。我为你担着莫大的风险呢！（同下。）

## 第二场　同前。宫中大厅

约翰王戴王冠，彭勃洛克、萨立斯伯雷及群臣等上。王就座。

约翰王　我在这儿再度升上我的宝座，再度戴上我的王冠，我希望再度为欢悦的眼睛所瞻仰。

彭勃洛克　这"再度"二字，虽然为陛下所乐用，其实是多余的；您已经加过冕了，您的至高的威权从来不曾失坠，臣民拥戴的忠诚从来不曾动摇；四境之内，没有作乱的阴谋，也没有人渴望着新的变化和改革。

萨立斯伯雷　所以,炫耀着双重的豪华,在尊贵的爵号之上添加饰美的谀辞,把纯金镀上金箔,替纯洁的百合花涂抹粉彩,紫罗兰的花瓣上浇洒人工的香水,研磨光滑的冰块,或是替彩虹添上一道颜色,或是企图用微弱的烛火增加那灿烂的太阳的光辉,实在是浪费而可笑的多事。

彭勃洛克　倘不是陛下的旨意必须成就,这一种举动正像重讲一则古老的故事,因不合时宜,而在复述中显得絮烦可厌。

萨立斯伯雷　那为众人所熟识的旧日的仪式,已经在这次典礼中毁损了它纯真的面目;像扯着满帆的船遇到风势的转变一样,它迷惑了人们思想的方向,引起种种的惊疑猜虑,不知道披上这一件崭新的衣裳是什么意思。

彭勃洛克　当工人们拼命想把他们的工作做得格外精巧的时候,因为贪心不足的缘故,反而给他们原有的技能带来损害;为一件过失辩解,往往使这过失显得格外重大,正像用布块缝补一个小小的窟窿眼儿,反而欲盖弥彰一样。

萨立斯伯雷　在陛下这次重新加冕以前,我们就已经提出过这样的劝告;可是陛下不以为然,那我们当然只有仰体宸衷,不敢再持异议,因为在陛下的天聪独断之前,我们必须捐弃一切个人的私见。

约翰王　这一次再度加冕的一部分理由,我已经对你们说过了,我想这些理由都是很有力的;等我的忧虑减除以后,我还可以告诉你们一些更有力的理由。现在你们只要向我提出任何改革的建议,你们就可以看出我是多么乐于采纳你们的意见,接受你们的要求。

彭勃洛克　那么我就代表这里的一切人们,说出他们心里所要说的话；为我自己、为他们，但更重要的是：为了我们大家都密切关怀的陛下的安全，我们诚意地要求将亚瑟释放；他的拘禁已经引起啧啧不满的人言，到处都在发表这样危险的议论：照他们说起来，只有做了错事的人，才会心怀戒惧，要是您所据有的一切都是您的合法的权益，那么为什么您的戒惧之心要使您把您的幼弱的亲人幽禁起来，用愚昧的无知闭塞他的青春，不让他享受一切发展身心活动的利益？为了不让我们的敌人利用这一件事实作为借口，我们敬如陛下所命，提出这一个要求：他的自由；这并不是为了我们自身的利益，我们的幸福是有赖于陛下的，他的自由才是陛下的幸福。

    *赫伯特上。*

约翰王 那么很好，我就把这孩子交给你们教导。赫伯特，你有些什么消息？（*招赫伯特至一旁。*）

彭勃洛克 这个人就是原定要执行那流血惨案的凶手，他曾经把他的密令给我的一个朋友看过。他的眼睛里隐现着一件万恶的重罪的影子；他那阴郁的脸上透露着烦躁不安的心情。我担心我们所害怕的事情他已经奉命执行了。

萨立斯伯雷 王上的脸色因为私心和天良交战的缘故，一会儿变红，一会儿变白，正像信使们在兵戎相见的两阵之间不停地奔跑。他的感情已经紧张到快要爆发了。

彭勃洛克 当它爆发的时候，我怕我们将要听到一个可爱的孩子惨遭毒手的消息。

约翰王 我们不能拉住死亡的铁手；各位贤卿，我虽然有意允从你们的要求，可惜你们所要求的对象已经不在人世；他告诉我们亚瑟昨晚死了。

萨立斯伯雷　我们的确早就担心他的病是无药可医的。

彭勃洛克　我们的确早就听说这孩子在自己还没有觉得害病以前,就已经与死为邻了。这件事情不管是在今生,还是在来生,总会遭到报应的。

约翰王　你们为什么向我这样横眉怒目的?你们以为我有操纵命运的力量,支配生死的权威吗?

萨立斯伯雷　这显然是奸恶的阴谋;可惜身居尊位的人,却会干出这种事来。好,愿你王业昌隆!再会!

彭勃洛克　等一等,萨立斯伯雷伯爵;我也要跟你同去,找寻这可怜的孩子的遗产,一座被迫葬身的坟墓便是他的小小的王国。他的血统应该统治这岛国的全部,现在却只占有三英尺的土地;好一个万恶的世界!这件事情是不能这样忍受下去的;我们的怨愤将会爆发,我怕这一天不久就会到来。(群臣同下。)

约翰王　他们一个个怒火中烧。我好后悔。建立在血泊中的基础是不会稳固的,靠着他人的死亡换到的生命也决不会确立不败。

　　　　一使者上。

约翰王　你的眼睛里充满着恐怖,你脸上的血色到哪儿去了?这样阴沉的天空是必须等一场暴风雨来把它廓清的;把你的暴风雨倾吐出来吧。法国怎么样啦?

使　者　法国到英国来啦。从来不曾有一个国家为了侵伐邻邦的缘故,征集过这样一支雄厚的军力。他们已经学会了您的敏捷的行军;因为您还没有听见他们在准备动手,已经传来了他们全军抵境的消息。

约翰王　啊!我们这方面的探子都在什么地方喝醉了?他们到

哪儿睡觉去了？我的母亲管些什么事，这样一支军队在法国调集，她却没有听到消息？

使　者　陛下，她的耳朵已经为黄土所掩塞了；太后是在四月一日驾崩的。我还听人说，陛下，康斯丹丝夫人就在太后去世的三天以前发疯而死；可是这是我偶然听到的流言，不知道是真是假。

约翰王　停止你的快步吧，惊人的变故！啊！让我和你做一次妥协，等我先平息了我的不平的贵族们的怒气。什么！母后死了！那么我在法国境内的领邑都要保不住了！你说得这样确确实实的在这儿登陆的那些法国军队是受谁节制的？

使　者　他们都受太子的节制。

约翰王　你这些恶消息已经使我心神无主了。

*庶子及彼得·邦弗雷特上。*

约翰王　呀，世人对于你所干的事有些什么反响？不要用更多的恶消息塞进我的头脑，因为我的头里已经充满了恶消息。

庶　子　要是您害怕听见最恶的消息，那么就让那最不幸的祸事不声不响地降在您的头上吧。

约翰王　原谅我，侄儿，意外的祸事像怒潮般冲来，使我一时失去了主意；可是现在我的头已经伸出水面，可以自由呼吸了，无论什么人讲的无论什么话，我都可以耐心听下去。

庶　子　我所搜集到的金钱的数目，可以说明我在教士们中间工作的成绩。可是当我一路上回来的时候，我发现到处的人民都怀着诞妄的狂想，谣言和无聊的怪梦占据在他们的心头，不知道害怕些什么，可是充满了恐惧。这儿有一个预言者，是我从邦弗雷特的街道上带来的；我看见几百个人跟在他的背后,他用粗劣刺耳的诗句向他们歌唱,说是在升天节①的正午以前,陛下将要除下王冠。

约翰王　你这愚妄的梦想者,为什么你要这样说?

彼　　得　因为我预知将会发生这样的事实。

约翰王　赫伯特,带他下去;把他关起来。他说我将要在那天正午除下我的王冠,让他自己也就在那时候上绞架吧。留心把他看押好了,再回来见我,因为我还要差遣你。(赫伯特率彼得下)啊,我的好侄儿,你听见外边的消息,知道谁到了吗?

庶　　子　法国人,陛下;人们嘴里都在谈论这件事。我还遇见俾高特勋爵和萨立斯伯雷伯爵,他们的眼睛都像赤热的火球,带领着其余的许多人,要去找寻亚瑟的坟墓;据他们说,他是昨晚您下密令杀掉的。

约翰王　好侄儿,去,把你自己插身在他们的中间。我有法子可以挽回他们的好感;带他们来见我。

庶　　子　我就去找寻他们。

约翰王　好,可是事不宜迟,越快越好。啊!当异邦的敌人用他们强大的军容侵凌我的城市的时候,不要让我自己的臣民也成为我的仇敌。愿你做一个脚上插着羽翼的麦鸠利,像思想一般迅速地从他们的地方飞回到我的身边。

庶　　子　我可以从这激变的时世学会怎样迅速行动的方法。

约翰王　说这样的话,不愧为一个富于朝气的壮士。(庶子下)你也跟他同去;因为也许他需要一个使者在我和那些贵族之间传递消息,你就去担任这件工作吧。

---

① 升天节(Ascension-day),耶稣死后升天的一日,即复活节后第四十日。

使　者　很好,陛下。(下。)

约翰王　我的母亲死了!

　　　　赫伯特重上。

赫伯特　陛下,他们说昨晚有五个月亮同时出现:四个停着不动,还有一个围绕着那四个飞快地旋转。

约翰王　五个月亮!

赫伯特　老头儿和老婆子们都在街道上对这种怪现象发出危险的预言。小亚瑟的死是他们纷纷谈论的题目;当他们讲起他的时候,他们摇着头,彼此低声说话;那说话的人紧紧握住听话的人的手腕,那听话的人一会儿皱皱眉,一会儿点点头,一会儿滚动着眼珠,做出种种惊骇的姿态。我看见一个铁匠提着锤这样站着不动,他的铁已经在砧上冷了,他却张开了嘴恨不得把一个裁缝所说的消息一口吞咽下去;那裁缝手里拿着剪刀尺子,脚上跋着一双拖鞋,因为一时匆忙,把它们左右反穿了,他说起好几千善战的法国人已经在肯特安营立寨;这时候旁边就有一个瘦瘦的肮脏的工匠打断他的话头,提到亚瑟的死。

约翰王　为什么你要用这种恐惧充塞我的心头?为什么你老是开口闭口地提到小亚瑟的死?他是死在你手里的;我有极大的理由希望他死,可是你没有杀死他的理由。

赫伯特　没有,陛下!您没有指使我吗?

约翰王　国王们最不幸的事,就是他们的身边追随着一群逢迎取媚的奴才,把他们一时的喜怒当做了神圣的谕旨,狐假虎威地杀戮无辜的生命;这些佞臣们往往会在君王的默许之下曲解法律,窥承主上的意志,虽然也许那只是未经熟虑的一时的愤怒。

赫伯特　这是您亲笔写下的敕令,亲手盖下的御印,指示我怎样行动。

约翰王　啊!当上天和人世举行最后清算的时候,这笔迹和这钤记将要成为使我沦于永劫的铁证。看见了罪恶的工具,多么容易使人造成罪恶!假如那时你不在我的身旁,一个天造地设的适宜于干这种卑鄙的恶事的家伙,这一个谋杀的念头就不会在我的脑中发生;可是我因为注意到你的凶恶的面貌,觉得你可以担当这一件流血的暴行,特别适宜执行这样危险的使命,所以我才向你略微吐露杀死亚瑟的意思,而你因为取媚一个国王的缘故,居然也就恬不为意地伤害了一个王子的生命。

赫伯特　陛下——

约翰王　当我隐隐约约提到我心里所蓄的念头的时候,你只要摇一摇头,或者略示踌躇,或者用怀疑的眼光瞧着我,好像要叫我说得明白一些似的,那么深心的羞愧就会使我说不出话来,我就会中止我的话头,也许你的恐惧会引起我自己心中的恐惧;可是你却从我的暗示中间懂得我的意思,并且用暗示跟我进行罪恶的谈判,毫不犹豫地接受我的委托,用你那粗暴的手干下了那为我们两人所不敢形诸唇舌的卑劣的行为。离开我的眼前,再也不要看见我!我的贵族们抛弃了我;外国的军队已经威胁到我的国门之前;在我这肉体的躯壳之内,战争和骚乱也在破坏这血液与呼吸之王国的平和,我的天良因为我杀死我的侄儿,正在向我兴起问罪之师。

赫伯特　准备抵抗您那其余的敌人吧,我可以替您和您的灵魂缔结和平。小亚瑟并没有死;我这手还是纯洁而无罪的,不曾染上一点殷红的血迹。在我这胸膛之内，从来不曾进入过杀人行凶的恶念；您单凭着我的外貌，已经冤枉了好人，虽然我的形状生得这般丑恶，可是它却包藏着一颗善良的心，断不会举起屠刀，杀害一个无辜的小儿。

约翰王　亚瑟还没有死吗？啊！你赶快到那些贵族们的地方去，把这消息告诉他们，让他们平息怒火，重尽他们顺服的人臣之道。原谅我在一时气愤之中对你的面貌做了错误的批评；因为我的恼怒是盲目的，在想象之中，我的谬误的眼睛看你满身血迹，因此把你看得比你实际的本人更为可憎。啊！不要回答；快去把那些愤怒的贵族们带到我的密室里来，一分钟也不要耽搁。我吩咐你得太慢了；你快飞步前去。（各下。）

## 第三场　同前。城堡前

亚瑟上，立城墙上。

亚　瑟　城墙很高，可是我决心跳下去。善良的大地啊，求你大发慈悲，不要伤害我！不会有什么人认识我；即使有人认识，穿着这一身船童的服装，也可以遮掩我的真相。我很害怕；可是我要冒险一试。要是我下去了，没有跌坏我的肢体，我一定要千方百计离开这地方；即使走了也不免一死，总比留着等死好些。（跳下）嗳哟！这些石头上也有我叔父的精神；上天收去我的灵魂，英国保藏我的尸骨！（死。）

彭勃洛克、萨立斯伯雷及俾高特上。

萨立斯伯雷　两位大人，我要到圣爱德蒙兹伯雷去和他相会。那是我们的万全之计，在这扰攘的时世中，这样一个善意的建议是不可推却的。

彭勃洛克　那封主教的信是谁送来的？

萨立斯伯雷　茂伦伯爵,一位法国的贵人,他在给我的私信里所讲起的太子的盛情,要比这信上所写的广大得多哩。

俾高特　那么让我们明天早上去会他吧。

萨立斯伯雷　我们应该说在明天早上出发;因为,两位大人,我们要赶两整天的路程,才可以谈得到相会哩。

庶子上。

庶　子　难得我们今天又碰见了,列位愤愤不平的大人们！我奉王上之命,请列位立刻前去。

萨立斯伯雷　王上已经用不着我们了;我们不愿用我们纯洁的荣誉,文饰他那纤薄而污秽的外衣,更不愿追随在那到处留下血印的足跟之后。你回去这样告诉他吧;我们已经知道这件事的丑恶真相了。

庶　子　随你们怎样想都可以,我总以为最好还是说两句好话。

萨立斯伯雷　替我们说话的是我们的悲哀,不是我们的礼貌。

庶　子　可是你们的悲哀是没有理由的,所以你们应该保持你们的礼貌。

彭勃洛克　足下,足下,愤怒是有它的权利的。

庶　子　不错,它的唯一的权利是伤害它自己的主人。

萨立斯伯雷　这儿就是监狱。(见亚瑟)什么人躺在这儿？

彭勃洛克　死神啊！你把这纯洁而美好的王子攫夺了去,你可以骄傲起来了。地上没有一个窟窿可以隐藏这一件恶事。

萨立斯伯雷　那杀人的凶手好像也痛恨他自己所干的事,有意把它暴露在众目之前,鼓动人们为死者复仇。

俾高特　也许当他准备把这绝妙的姿容投下坟墓的时候,忽然觉得那寒伧的坟墓不配容纳这样一具高贵的尸身。

萨立斯伯雷　理查爵士,你觉得怎样?你有没有看到过、读到过,或是听到过这样的事?你能够想到这样的事吗?虽然你已经亲眼看见了,你能够想象果然会有这样的事在你眼前发生吗?要是你没有看见这种情形,你能够想象一件同样的事实吗?这是突破一切杀人罪案的最高峰,瞠目的愤怒呈献于怜悯的泪眼之前的一场最可耻的惨剧、一件最野蛮的暴行、一个最卑劣的打击。

彭勃洛克　过去的一切杀人罪案,在这一件暴行之前都要被赦为无罪,这一件空前无比的暴行,将要使未来的罪恶蒙上圣洁的面目;有了这一件惊人的惨案作为前例,杀人流血都不过是一场儿戏。

庶　子　这是一件不可饶恕的残忍的行为;不知哪一个人下这样无情的毒手,要是他果然是遭人毒手的话。

萨立斯伯雷　要是他果然是遭人毒手的话!我们早就预料到会有怎样的事发生;这是赫伯特干的可耻的工作,那国王是主使授意的人;我的灵魂永远不再服从他的号令。跪在这可爱的生命的残迹之前,我燃起一瓣心香,向他无言的静穆呈献一个誓言,一个神圣的誓言,自今以往,我要摈斥世间的种种欢娱,决不耽于逸乐,苟安游惰,直到我这手上染着光荣的复仇之血为止。

彭勃洛克
俾　高　特　我们的灵魂虔诚地为你的誓言作证。

　　　　赫伯特上。

赫伯特　列位大人,我正在忙着各处寻找你们哩。亚瑟没有死;王上叫你们去。

萨立斯伯雷　啊！他好大胆,当着死人的面前还会厚脸撒谎。
　　　　　　滚开,你这可恨的恶人！去！
赫伯特　我不是恶人。
萨立斯伯雷　(拔剑)我必须僭夺法律的权威吗？
庶　子　您的剑是很亮的,大人；把它收起来吧。
萨立斯伯雷　等我把它插到一个杀人犯的胸膛里去再说。
赫伯特　退后一步,萨立斯伯雷大人,退后一步。苍天在上,我想我的剑是跟您的剑同样锋利的。我希望您不要忘记您自己,也不要强迫我采取正当的防卫,那对于您是一件危险的事,因为我在您的盛怒之下,也许会忘记您的高贵尊荣的身份和地位。
俾高特　呸,下贱的东西！你敢向贵人挑战吗？
赫伯特　那我怎么敢？可是即使在一个皇帝的面前,我也敢保卫我的无罪的生命。
萨立斯伯雷　你是一个杀人的凶手。
赫伯特　不要用您自己的生命证实您的话；我不是杀人的凶手。
　　　　谁说着和事实相反的话,他就是说谎。
彭勃洛克　把他碎尸万段！
庶　子　我说,你们还是不要争吵吧。
萨立斯伯雷　站开,否则莫怪我的剑不生眼睛碰坏了你,福康勃立琪。
庶　子　你还是去向魔鬼的身上碰碰吧,萨立斯伯雷。要是你向我蹙一蹙眉,抬一抬脚,或是逗着你的暴躁的脾气,给我一点儿侮辱,我就当场结果你的生命。赶快收好你的剑；否则我要把你和你那炙肉的铁刺一起剁个稀烂,让你以为魔鬼从地狱里出来了。

俾高特　你预备怎样呢,声名卓著的福康勃立琪?帮助一个恶人和凶手吗?

赫伯特　俾高特大人,我不是什么恶人凶手。

俾高特　谁杀死这位王子的?

赫伯特　我在不满一小时以前离开他,他还是好好的。我尊敬他,我爱他;为了他可爱的生命的夭亡,我要在哭泣中消耗我的残生。

萨立斯伯雷　不要相信他眼睛里这种狡猾的泪水,奸徒们是不会缺少这样的急泪的;他玩惯了这一套把戏,所以能够做作得好像真是出于一颗深情而无罪的心中的滔滔的泪河一样。跟我去吧,你们这些从灵魂里痛恨屠场中的血腥气的人们;我已经为罪恶的臭气所窒息了。

俾高特　向伯雷出发,到法国太子那里去!

彭勃洛克　告诉国王,他可以到那里去打听我们的下落。(彭勃洛克、萨立斯伯雷、俾高特同下。)

庶　子　好一个世界!你知道这件好事是谁干的吗?假如果然是你把他杀死的,赫伯特,你的灵魂就要打下地狱,即使上帝的最博大为怀的悲悯也不能使你超生了。

赫伯特　听我说,大人。

庶　子　嘿!我告诉你吧:你要永堕地狱,什么都比不上你的黑暗;你比魔王路锡福还要罪加一等;你将要成为地狱里最丑的恶鬼,要是你果然杀死了这个孩子。

赫伯特　凭着我的灵魂起誓——

庶　子　即使你对于这件无比残酷的行为不过表示了你的同意,你也没有得救的希望了。要是你缺少一根绳子,从蜘蛛肚子里抽出来的最细的蛛丝也可以把你绞死;一根灯心草可以作为吊死你的梁木；要是你愿意投水的话，只要在汤匙里略微放一点儿水，就可以抵得过整个的大洋，把你这样一个恶人活活溺死。我对于你这个人很有点儿不放心呢。

赫伯特　要是我曾经实行、与谋，或是起意劫夺这美丽的躯壳里的温柔的生命，愿地狱里所有的酷刑都不足以惩罚我的罪恶。我离开他的时候，他还是好好的。

庶　子　去，把他抱起来。我简直发呆了，在这遍地荆棘的多难的人世之上，我已经迷失我的路程。你把整个英国多么轻易地举了起来！全国的生命、公道和正义已经从这死了的王裔的躯壳里飞到天上去了；英国现在所剩下的，只有一个强大繁荣的国家的无主的权益，供有力者的争持攫夺。为了王权这一根啃剩的肉骨，蛮横的战争已经耸起它的愤怒的羽毛，当着和平的温柔的眼前大肆咆哮；外侮和内患同时并发，广大的混乱正在等候着霸占的权威的迅速崩溃，正像一只饿鸦眈眈注视着濒死的病兽一般。能够束紧腰带，拉住衣襟，冲过这场暴风雨的人是有福的。把这孩子抱着，赶快跟我见王上去。要干的事情多着呢，上天也在向这国土蹙紧它的眉头。（同下。）

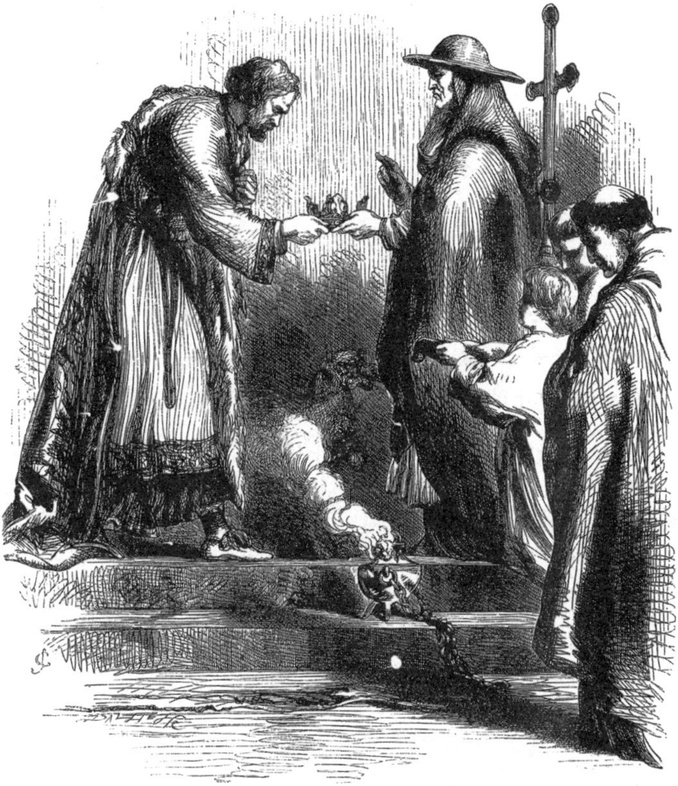

# 第 五 幕

### 第一场　诺桑普敦。宫中一室

　　约翰王、潘杜尔夫持王冠及侍从等上。

约翰王　现在我已经把我的荣冠交在你的手里了。

潘杜尔夫　（以王冠授约翰王）从我这代表教皇的手里,重新领回你的尊荣和威权吧。

约翰王　现在请你遵守你的神圣的诺言,到法国人那儿去,运用教皇圣上给你的全部权力,在战火烧到我们身上之前,阻止他们进军。我们那些怨愤不平的州郡都在纷纷叛变,我们的人民都不愿服从王命,反而向异族的君主输诚纳款。这一种人心思乱的危局,只能仰仗你的大力安定下来。所以千万不要耽搁吧;因为这是一个重病的时世,必须赶快设法医治,否则就要不可救药了。

潘杜尔夫　这场风波原是我因为你轻侮教皇而掀动起来的,现在你既已诚心悔改,我这三寸不烂之舌仍旧可以使这场风波化为无事,让你这风云险恶的国土重见晴和的气象。记住,在今天升天节,因为你已经向教皇宣誓效忠,我要去叫法国人放下他们的武器。（下。）

约翰王　今天是升天节吗?那预言者不是说过,在升天节正午以前,我要摘下我的王冠吗?果然有这样的事。我还以为我将被迫放弃我的王冠;可是,感谢上天,这一回却是自动的。

　　　　庶子上。

庶　　子　肯特已经全城降敌,只有多佛的城堡还在我军手中。伦敦像一个好客的主人一样,已经开门迎接法国太子和他的军队进去。您那些贵族们不愿接受您的命令,全都投奔您的敌人去了;剩下来的少数站在您这一方面的人们,也都吓得惊惶失措,一个个存着首鼠两端的心理。

约翰王　那些贵族们听见了亚瑟未死的消息,还不肯回来吗?

庶　　子　他们发现他的尸身被人丢在街上,就像一具空空的宝箱,那藏在里面的生命的珠宝,已经不知被哪一个恶人劫夺去了。

约翰王　赫伯特那混蛋对我说他没有死。

庶　　子　凭着我的灵魂起誓,他是这样说的,因为他并不知情。可是您为什么这样意气消沉?您的脸色为什么郁郁寡欢?您一向是雄心勃勃的,请在行动上表现您的英雄气概吧;不要让世人看见恐惧和悲观的疑虑主宰着一位君王的眼睛。愿您像这动乱的时代一般活跃;愿您自己成为一把火,去抵御那燎原的烈焰;给威胁者以威胁,用无畏的眼光把夸口的恐吓者吓退;那些惯于摹仿大人物的行为的凡庸群众,将要看着您的榜样而增加勇气,鼓起他们不屈不挠的坚决的精神。去!像庄严的战神一样,在战场上大显您的神威,充分表现您的勇气和必胜的信心。嘿!难道我们甘心让他们直入狮穴,难道我们这一头雄狮将要在他们的威吓之下战栗吗？啊！让我们不要给人笑话。采取主动，趁着敌人还没有进门，赶快跑出门外去给他迎头痛击。

约翰王　教皇的使节刚才来过，我已经和他建立圆满的和解；他答应劝告法国太子撤退他率领的军队。

庶　子　啊,可耻的联盟！难道我们在敌军压境的时候,还想依仗别人主持公道,向侵略的武力妥协献媚,和它谈判卑劣的和议吗？难道一个乳臭未干的小儿,一个娇养的纨袴少年,居然可以在我们的土地上耀武扬威,在这个久经战阵的国家里横行无忌,把他那招展的旌旗遮蔽我们的天空,而不遇到一点儿阻力吗？陛下,让我们武装起来;也许那主教无法斡旋你们的和平;即使他有这样的力量,至少也要让他们看看我们是有防御的决心的。

约翰王　那么就归你全权指挥一切吧。

庶　子　好,去吧,拿出勇气来！哪怕敌人比现在更猖狂,我敢说我们的力量也足以应付。（同下。）

## 第二场　圣爱德蒙兹伯雷附近平原。法军营地

路易、萨立斯伯雷、茂伦、彭勃洛克、俾高特各穿武装及兵士等同上。

路　易　茂伦伯爵,把这件文书另外抄录一份,留作存案;原件仍旧交还给这几位大人。我们的意旨已经写在它上面,凭着这一纸盟约,可以使他们和我们都明白为什么要立下这庄严的盟誓,并且保持双方坚定不变的忠诚。

萨立斯伯雷　它在我们这方面是永远不会破坏的。尊贵的太

子,虽然我们宣誓对于您的行动竭诚赞助,自愿掬献我们的一片赤心,可是相信我,殿下,像这样创巨痛深的时代的疮痍,必须让叛逆的卑鄙的手替它敷上药膏,为了医治一处陈年的疡肿,造成了许多新的伤口,这却是我所十分痛心的。啊!我衷心悲伤,因为我必须拔出我腰间的利剑,使人间平添多少寡妇;我那被蹂躏的祖国,却在高呼着萨立斯伯雷的名字,要求我的援助和保卫!可是这时代已经染上了重大的沉疴,为了救护我们垂死的正义,只有以乱戡乱,用无情的暴力摧毁暴力。啊,我的悲哀的朋友们!我们都是这岛国的儿子,现在却会看到这样不幸的一天,追随在外族的铁蹄之后,踏上它的温柔的胸膛,这不是一件可痛的事吗?当我一想到为了不得已的原因,我们必须反颜事仇,和祖国的敌人为伍,借着异邦的旌旗的掩护来到这里,我就恨不得为这番耻辱痛哭一场。什么!来到这里?啊,我的祖国!要是你能够迁移一个地方,要是那环抱你的海神的巨臂,在不知不觉中把你搬到了异教徒的海岸之上,那么这两支基督徒的军队也许可以消除敌意,携手合作,不再自相残杀了!

路　易　你这一番慷慨陈辞,已经充分表现了你的忠义的精神;在你胸中交战的高贵的情绪,是可以惊天地而泣鬼神的。啊!你在不得已的情势和正义的顾虑之间,已经做过一次多么英勇的战争!让我替你拭去那晶莹地流在你颊上的高贵的露珠;我的心曾经在一个妇人的眼泪之前融化,那不过是一场普通的感情的横溢;可是像这样滔滔倾泻的男儿热泪,这样从灵魂里迸发出来的狂风暴雨,却震惊了我的眼睛,比看见穹隆的天宇上充满了吐火的流星更使我惊愕感叹。扬起你的眉来,声名卓著的萨立斯伯雷,用你伟大的心把这场暴风雨逐去;让那些从未见过一个被激怒的巨人世界的,除了酒食醉饱、嬉戏闲谈以外,不知尚有何事的婴儿的眼睛去流它们的眼泪吧。来,来;你将要伸手探取无穷的幸运,正像路易自己一样,你们各位出力帮助了我,也都要跟我同享富贵。

　　　　*潘杜尔夫率侍从上。*

路　　易　我想是一个天使方才在说话。瞧,教皇的圣使来向我们传达上天的旨意,用神圣的诏语宣布我们的行动为正义了。

潘杜尔夫　祝福,法兰西的尊贵的王子!我来此非为别事,就是要告诉你约翰王已经和罗马复和了;他的灵魂已经返归正道,不再敌对神圣的教会,罗马的伟大的圣廷。所以现在你可以卷起你那耀武的旌旗,把横暴的战争的野性压服下去,让它像一头受人豢养的雄狮,温驯地伏在和平的足前,不再伤害生灵,只留着一副凶猛的外貌。

路　　易　请阁下原谅,我不愿回去。我是堂堂大国的储君,不是可以给人利用、听人指挥的;世上无论哪一个政府都不能驱使我做它的忠仆和工具。您最初鼓唇弄舌,煽旺了这一个被讨伐的王国跟我自己之间的已冷的战灰,替它添薪加炭,燃起这一场燎原的烈火;现在火势已盛,再想凭着您嘴里这一口微弱的气息把它吹灭,是怎么也办不到的了。您指教我认识我的权利,让我明白我对于这国土可以提出些什么要求;我这一次冒险的雄心是被您激起的,现在您却来告诉我约翰已经和罗马缔结和平了吗?那样的和平跟我有什么相干?我凭着我的因婚姻而取得的资格,继亚瑟之后,要求这一个国土的主权;现在它已经被我征服了一半,我却必须撤兵回去,因为约翰已经和罗马缔结和平吗?我是罗马的奴隶吗?罗马花费过多少金钱,供给过多少人力,拿出过多少军械,支持这一场战役?不是我一个人独当全责吗?除了我以及隶属于我的统治的人们以外,谁在这次战争里流过一滴汗,出过一点儿力?这些岛国的居民,当我经过他们的城市的时候,不是都向我高呼"吾王万岁"吗?我在这一场争夺王冠的赌博之中,不是已经稳操胜算了吗?难道我现在必须自毁前功?不,不,凭着我的灵魂发誓,我决不干那样的事。

潘杜尔夫　你所看见的只是事实的表面。

路　易　表面也好,内面也好,我这次征集这一支精锐的雄师,遴选这些全世界最勇猛的战士,本来是要从危险和死亡的巨口之下,博取胜利的光荣,在我的目的没有达到以前,我决不愿白手空归。(喇叭声)什么喇叭这样高声地叫唤我们?

　　　　　庶子率侍从上。

庶　子　按照正当的平等原则,请你们听我说几句话;我是奉命来此传言的。神圣的米兰主教阁下,敝国王上叫我来探问您替他干的事情进行得怎样。我听了您的答复就可以凭着我所受的权力,宣布我们王上的旨意。

潘杜尔夫　太子一味固执,不肯接受我的调停;他坚决表示不愿放下武器。

庶　子　凭着愤怒所吞吐的热血起誓,这孩子说得不错。现在听我们英国的国王说话吧,因为我是代表他发言的。他已经准备好了;这是他当然而应有的措置。对于你们这一次猴子学人的无礼的进兵,这一场全武行的化装舞蹈,这一出轻举妄动的把戏,这一种不懂事的放肆,这一支孩子气的军队,我们的王上唯有置之一笑;他已经充分准备好把这场儿戏的战争和这些侏儒的武力扫荡出他的国境以外。他的强力的巨掌曾经在你们的门前把你们打得不敢伸出头来,有的像吊桶一般跳下井里,有的蹲伏在马棚里的柴草上,有的把自己关在箱里橱里,有的钻在猪圈里,有的把地窖和牢狱作为他们安全的藏身之处,一听到你们国家的乌鸦叫,也以为是一个英国兵士的声音而吓得瑟瑟发抖;难道这一只曾经在你们的巢穴之内给你们重创的胜利的铁手,会在这儿减弱它的力量吗?不,告诉你们吧,那勇武的君王已经穿起武装,像一只盘旋高空的猛鹰,目光灼灼地注视着它巢中的雏鸟,随时准备翻身突下,打击那意图侵犯的敌人。你们这些堕落的、忘恩的叛徒,你们这些剖裂你们亲爱的英格兰母亲的肚腹的残酷的尼禄①,害羞吧;因为你们自己国中的妇人和面色苍白的少女,都像女战士一般踏着鼓声前进;她们已经脱下顶针,套上臂鞲,放下针线,掮起长枪,她们温柔的心,都凝成铁血一般的意志了。

路　易　你的恐吓已经完毕,可以平安回去了;我承认你的骂人的本领比我高强。再会吧;我们的时间是宝贵的,不能浪费口舌,跟你这种人争吵。

潘杜尔夫　让我说一句话。

庶　子　不,我还有话说哩。

路　易　你们两人的话我都不要听。敲起鼓来;让战争的巨舌申说我的权利、报告我的到来吧。

---

① 尼禄(Nero),罗马暴君,曾弑亲母。

庶　子　　不错,你们的鼓被人一打,就会叫喊起来;正像你们被我们痛打以后,也会叫喊起来一样。只要用你的鼓激起一下回声,你就可以听见另一面鼓向它发出同样巨大的反响;把你的鼓再打一下,那一面鼓也会紧接着它的震惊天耳的鸣声,发出雷霆般的怒吼;因为勇武的约翰不相信这位朝三暮四的圣使。——他本来不需要他的协助,不过把他玩弄玩弄而已。——他已经带领大军来近了;他的额上高坐着白骨的死神,准备在今天饱餐千万个法兰西人的血肉。

路　易　　敲起你们的鼓来,让我们领略领略你们的威风。

庶　子　　你放心吧,太子,今天总要教你看看我们的颜色。

(各下。)

## 第三场　同前。战场

号角声。约翰王及赫伯特上。

约翰王　今天我们胜负如何?啊!告诉我,赫伯特。

赫伯特　形势恐怕很不利。陛下御体觉得怎样?

约翰王　这一场缠绕了我很久的热病,使我痛苦异常。啊!我的心头怪难受的。

一使者上。

使　者　　陛下,您那勇敢的亲人福康勃立琪请陛下急速离开战场,他还叫我回去告诉他您预备到哪一条路上去。

约翰王　对他说,我就到史温斯丹去,在那儿的寺院里暂时安息。

使　者　　请宽心吧,因为法国太子所盼望的大量援军,三天之前已经在古德温沙滩上触礁沉没。这消息是理查爵士刚刚得到的。法军士气消沉,已经在开始撤退了。
约翰王　唉!这一阵凶恶的热病焚烧着我的身体,不让我欢迎这一个大好的消息。向史温斯丹出发;赶快把我抬上舁床;衰弱占据我的全身,我要昏过去了。(同下。)

## 第四场　同前。战场的另一部分

　　　　　　萨立斯伯雷、彭勃洛克、俾高特及余人等上。

萨立斯伯雷　我想不到英王还会有这许多朋友。
彭勃洛克　重新振作起来吧;鼓励鼓励法军的士气;要是他们打了败仗,我们也就跟着完了。
萨立斯伯雷　那个鬼私生子福康勃立琪不顾死活,到处冲杀,是他一个人支撑了今天的战局。
彭勃洛克　人家说约翰王病得很厉害,已经离开战地了。

　　　　　　若干兵士扶茂伦负伤上。

茂　伦　搀着我到那些英国的叛徒跟前去。
萨立斯伯雷　我们得势的时候,人家可不这样称呼我们的。
彭勃洛克　这是茂伦伯爵。
萨立斯伯雷　他受了重伤,快要死了。
茂　伦　逃走吧,高贵的英国人;你们是像商品一样被人买卖的;从叛逆的错误的迷途上找寻一个出口,重新收回你们所抛掉的忠诚吧。访寻约翰王的下落,跪在他的足前;因为路易要是在这扰攘的一天得到胜利,他是会割下你们的头颅酬答你们的辛劳的。他已经在圣爱德蒙兹伯雷的圣坛之前发过这样的誓了,我和许多人都跟他在一起;就是在那个圣坛之前,我们向你们宣誓亲密的合作和永久的友好。

萨立斯伯雷　这样的事是可能的吗？这句话是真的吗？

茂　　伦　丑恶的死亡不是已经近在我的眼前，我不是仅仅延续着一丝生命的残喘，在流血中逐渐淹灭，正像一个蜡像在火焰之旁逐渐融化一样吗？一切欺骗对于我都已毫无用处，这世上现在还有什么事情可以使我向人说欺骗的话？我必须死在这里，靠着真理而永生，这既然是一件千真万确的事实，为什么我还要以虚伪对人呢？我再说一遍，要是路易得到胜利，除非他毁弃了誓言，你们的眼睛是再也看不见一个新的白昼在东方透露它的光明了。就在这一个夜里，它的黑暗的有毒的气息早已吞吐在那衰老无力、厌倦于长昼的夕阳的赤热的脸上，就在这一个罪恶的夜里，你们将要终止你们的呼吸，用你们各人的生命偿付你们叛逆的代价；要是路易借着你们的助力得到胜利的话。为我向你们王上身边的一位赫伯特致意；我因为想到我对他的交情，同时因为我的祖父是个英国人，所以激动天良，向你们招认了这一切。我所要向你们要求的唯一的酬报，就是请你们搀扶我到一处僻静的所在，远离战场的喧嚣，让我在平和中思索我的残余的思想，使我的灵魂借着冥想和虔诚的祈愿的力量脱离我的躯壳。

萨立斯伯雷　我们相信你的话。我真心欢迎这一个大好的机会，可以让我们从罪恶的歧途上回过身去，重寻我们的旧辙；像一阵势力减弱的退潮一样，让我们离弃我们邪逆反常的故径，俯就为我们所蔑视的堤防，驯顺而安静地归返我们的海洋、我们伟大的约翰王的足前。让我助你一臂之力，搀扶你离开这里，因为我看见死亡的残酷的苦痛已经显现在你的眼中。去，我的朋友们！让我们再做一次新的逃亡；这新的逃亡是幸运的,因为它趋向的目的是旧日的正义。(众扶茂伦同下。)

## 第五场　同前。法军营地

路易率扈从上。

路　易　太阳仿佛不愿沉没,继续停留在空中,使西天染满了一片羞红,当英国人拖着他们沉重无力的脚步从他们自己的阵地上退却的时候。啊！我们今天好不威风,在这样剧烈的血战以后,我们放射一阵示威的炮声,向光荣的白昼道别,卷起我们凌乱的旌旗,在空旷的战场上整队归来;这一片血染的平原,几乎已经为我们所控制了。

一使者上。

使　者　太子殿下在什么地方?
路　易　这儿。什么消息?
使　者　茂伦伯爵已经阵亡;英国的贵族们听从他的劝告,又向我们倒戈背叛;您长久盼望着的援军,在古德温沙滩上一起触礁沉没了。
路　易　啊,恶劣的消息！你真是罪该万死！我今晚满腔的高兴都被你一扫而空了。哪一个人对我说过在昏暗的夜色还没有分开我们疲乏的两军的时候,约翰王已经在一两小时以前逃走了?
使　者　不管谁说这句话,它倒是真确的事实,殿下。
路　易　好,今晚大家好生安息,加倍提防;我将要比白昼起身得更早,试一试明天的命运。(同下。)

## 第六场　史温斯丹庵院附近的广场

　　　　庶子及赫伯特自相对方向上。

赫伯特　那边是谁？喂，报出名来！快说，否则我要放箭了。
庶　子　一个朋友。你是什么人？
赫伯特　我是英格兰方面的。
庶　子　你到哪里去？
赫伯特　那干你什么事？你可以问我，为什么我不可以问你？
庶　子　你是赫伯特吧？
赫伯特　你猜得不错；我可以相信你是我的朋友，因为你这样熟识我的声音。你是谁？
庶　子　随你以为我是谁都行；要是你愿意抬举我的话，你也可以把我当做普兰塔琪纳特家的旁系子孙。
赫伯特　好坏的记性！再加上模糊的夜色，使我有眼无珠，多多失礼了。英勇的战士，我的耳朵居然会辨别不出它所熟悉的声音，真要请你原谅。
庶　子　算了，算了，不用客气。外边有什么消息？
赫伯特　我正在这黑夜之中东奔西走，寻找您哩。
庶　子　那么闲话少说，什么消息？
赫伯特　啊！我的好殿下，只有一些和这暮夜相称的黑暗、阴郁、惊人而可怖的消息。
庶　子　让我看看这恶消息所造成的伤口吧；我不是女人，不会见了它发晕的。
赫伯特　王上恐怕已经误服了一个寺僧的毒药；我离开他的时候，差不多已经不能言语。我因为怕你突然知道了这件事情,不免手忙脚乱,所以急忙出来报告你这个噩耗,让你对于这番意外的变故可以有个准备。

庶　子　他怎么服下去的?谁先替他尝过?

赫伯特　一个寺僧,我告诉你;一个蓄意弑君的奸徒;他尝了一口药,不一会儿,他的脏腑就突然爆裂了。王上还会说话,也许还可以救治。

庶　子　你离开王上的时候,有谁在旁边看护他?

赫伯特　呀,你不知道吗?那些贵族们都回来了,他们还把亨利亲王也带着同来。王上听从亨利亲王的请求,已经宽恕了他们;他们现在都在王上的左右。

庶　子　抑制你的愤怒,尊严的上天,不要叫我们忍受我们所不能忍受的打击!我告诉你,赫伯特,我的军队今晚经过林肯沼泽地的时候,被潮水卷去了一半;我自己骑在马上,总算逃脱了性命。你先走吧!带我见王上去;我怕他等不到见我一面,就已经死了。(同下。)

## 第七场　史温斯丹庵院的花园

亨利亲王、萨立斯伯雷及俾高特上。

亨利亲王　已经太迟了。他的血液完全中了毒;他那清明的头脑,那被某些人认为灵魂的脆弱的居室的,已经在发出毫无伦次的谵语,预示着生命的终结。

彭勃洛克上。

彭勃洛克　王上还在说话;他相信要是把他带到露天的地方去,可以减轻一些那在他身体内部燃烧着的毒药的热性。

亨利亲王　把他带到这儿花园里来吧。(俾高特下)他还在说胡话吗?

彭勃洛克　他已经比您离开他的时候安静得多了;刚才他还唱过歌。

亨利亲王　啊,疾病中的幻觉!剧烈的痛苦在长时间的延续之中,可以使人失去痛苦的感觉。死亡已经侵袭过他的外部,那无形的毒手正在向心灵进攻,用无数谵妄的幻想把它刺击,它们在包围进占这一个最后据点的时候,挤成了混乱的一团。奇怪的是死亡也会歌唱。我是这一只惨白无力的天鹅的雏鸟,目送着他为自己唱着悲哀的挽歌而死去,从生命的脆弱的簧管里,奏出安魂的乐曲,使他的灵魂和肉体得到永久的安息。

萨立斯伯雷　宽心吧,亲王;因为您的天赋的使命,是整顿他所遗留下来的这一个混杂凌乱的局面。

　　　　　俾高特率侍从等舁约翰王坐椅中重上。

约翰王　哎,现在我的灵魂可以有一点儿回旋的余地了;它不愿从窗子里或是从门户里出去。在我的胸头是这样一个炎热的盛夏,把我的脏腑都一起炙成了灰;我是一张写在羊皮纸上的文书,受着这样烈火的烘焙,全身都皱缩而焦枯了。

亨利亲王　陛下御体觉得怎样?

约翰王　毒侵骨髓,病入膏肓;死了,被舍弃,被遗弃了;你们也没有一个人肯去叫冬天来,把他冰冷的手指探进我的喉中,或是让我的国内的江河流过我的火热的胸口,或是请求北方的寒风吻一吻我的焦燥的嘴唇,用寒冷给我一些安慰。我对你们并没有多大的要求;我只恳求一些寒冷的安慰;你们却这样吝啬无情,连这一点也拒绝了我。

亨利亲王　啊!但愿我的眼泪也有几分力量,能够解除您的痛苦。

约翰王　你眼泪中的盐质也是热的。在我的身体之内是一座地狱,那毒药就是狱中的魔鬼,对那不可救赎的罪恶的血液横加凌虐。

　　　　　庶子上。

庶　子　啊!我满心焦灼,恨不得插翅飞到陛下的跟前。

约翰王　啊,侄儿!你是来闭我的眼睛的。像一艘在生命海中航行的船只,我的心灵的缆索已经碎裂焚毁,只留着仅余的一线,维系着这残破的船身;等你向我报告过你的消息以后,它就要漂荡到不可知的地方去了;你所看见的眼前的我,那时候将要变成一堆朽骨,毁灭尽了它的君主的庄严。

庶　子　法国太子正在准备向这儿进攻,天知道我们有些什么力量可以对付他;因为当我向有利的地形移动我的军队,在经过林肯沼泽地的时候,一夜之间一阵突然冲来的潮水把我大部分的人马都卷去了。(约翰王死。)

萨立斯伯雷　你把这些致命的消息送进了一只失去生命的耳中。我的陛下!我的主上!刚才还是一个堂堂的国王,现在已经变成这么一副模样。

亨利亲王　我也必须像他一样前进,像他一样停止我的行程。昔为君王,今为泥土;这世上还有什么保障,什么希望,什么凭借?

庶　子　您就这样去了吗?我还要留在世上,为您复仇雪恨,然后我的灵魂将要在天上侍候您,正像在地上我是您的仆人一样。现在,现在,你们这些复返正轨的星辰,你们的力量呢?现在你们可以表现你们悔悟的诚意了。立刻跟我回到战场上去,把毁灭和永久的耻辱推出我们衰弱的国土之外。

让我们赶快去迎击敌人,否则敌人立刻就要找到我们头上来了;那法国太子正在我们的背后张牙舞爪呢。

萨立斯伯雷　这样看来,你所知道的还不及我们详细。潘杜尔夫主教正在里边休息,他在半小时以前从法国太子那儿来到这里,代表太子向我们提出求和的建议,宣布他们准备立刻撤兵停战的决意;我们认为那样的建议是并不损害我们的荣誉而不妨加以接受的。

庶　子　我们必须格外加强我们的防御,他才会知难而退。

萨立斯伯雷　不,他们可以说已经在开始撤退了;因为他已经把许多车辆遣发到海滨去,并且把他的争端委托主教代行处理。要是你同意的话,今天下午,你、我,还有其他的各位大人,就可以和这位主教举行谈判,商议出一个圆满的结果来。

庶　子　就这样吧。您,我的尊贵的亲王,还有别的各位不用出席会议的王子们,必须亲临主持您的父王的葬礼。

亨利亲王　他的遗体必须在华斯特安葬,因为这是他临终的遗命。

庶　子　那么就在那里安葬吧。愿殿下继承先王的遗统,肩负祖国的光荣,永享无穷的洪福!我用最卑恭的诚意跪在您的足前,向您掬献我的不变的忠勤和永远的臣服。

萨立斯伯雷　我们也敬向殿下呈献同样的忠忱,永远不让它沾上丝毫污点。

亨利亲王　我有一个仁爱的灵魂,要向你们表示它的感谢,可是除了流泪以外,不知道还有什么其他的方式。

庶　子　啊!让我们仅仅把应有的悲伤付给这时代吧,因为它早就收受过我们的哀痛了。我们的英格兰从来不曾,也永远不会屈服在一个征服者的骄傲的足前,除非它先用自己的手把自己伤害。现在它的这些儿子们已经回到母国的怀抱里,尽管全世界都是我们的敌人,向我们三面进攻,我们也可以击退他们。只要英格兰对它自己尽忠,天大的灾祸都不能震撼我们的心胸。(同下。)

# 仲夏夜之梦

朱生豪 译
方 平 校

# A Midsummer Night's Dream

# 剧中人物

忒修斯　雅典公爵

伊吉斯　赫米娅之父

拉　山　德 ⎫
狄米特律斯 ⎭ 同恋赫米娅

菲劳斯特莱特　忒修斯的掌戏乐之官

昆斯　木匠

斯纳格　细工木匠

波顿　织工

弗鲁特　修风箱者

斯诺特　补锅匠

斯塔佛林　裁缝

希波吕忒　阿玛宗女王,忒修斯之未婚妻

赫米娅　伊吉斯之女,恋拉山德

海丽娜　恋狄米特律斯


奥布朗　仙王

提泰妮娅　仙后

迫克　又名好人儿罗宾

豆花⎫
蛛网⎬ 小神仙
飞蛾⎪
芥子⎭

其他侍奉仙王仙后的小仙人们
忒修斯及希波吕忒的侍从

## 地　　点

雅典及附近的森林

# 第 一 幕

### 第一场　雅典。忒修斯宫中

忒修斯、希波吕忒、菲劳斯特莱特及侍从等上。

忒修斯　美丽的希波吕忒,现在我们的婚期已快要临近了,再过四天幸福的日子,新月便将出来;但是唉!这个旧的月亮消逝得多么慢,她耽延了我的希望,像一个老而不死的后母或寡妇,尽是消耗着年轻人的财产。

希波吕忒　四个白昼很快地便将成为黑夜,四个黑夜很快地可以在梦中消度过去,那时月亮便将像新弯的银弓一样,在天上临视我们的良宵。

忒修斯　去,菲劳斯特莱特,激起雅典青年们的欢笑的心情,唤醒了活泼泼的快乐精神,把忧愁驱到坟墓里去;那个脸色惨白的家伙,是不应该让他参加在我们的结婚行列中的。(菲劳斯特莱特下)希波吕忒,我用我的剑向你求婚,用威力的侵凌赢得了你的芳心;①但这次我要换一个调子,我将用豪

---

① 忒修斯(Theseus)是希腊神话里的英雄,曾远征阿玛宗(Amazon),克之,娶其女王希波吕忒(Hippolyta)。

华、夸耀和狂欢来举行我们的婚礼。

    伊吉斯、赫米娅、拉山德、狄米特律斯上。

伊吉斯 威名远播的忒修斯公爵,祝您幸福!

忒修斯 谢谢你,善良的伊吉斯。你有什么事情?

伊吉斯 我怀着满心的气恼,来控诉我的孩子,我的女儿赫米娅。走上前来,狄米特律斯。殿下,这个人,是我答应把我女儿嫁给他的。走上前来,拉山德。殿下,这个人引诱坏了我的孩子。你,你,拉山德,你写诗句给我的孩子,和她交换着爱情的纪念物;你在月夜到她的窗前用做作的声调歌唱着假作多情的诗篇;你用头发编成的腕环、戒指、虚华的饰物、琐碎的玩具、花束、糖果——这些可以强烈地骗诱一个稚嫩的少女之心的"信使"来偷得她的痴情;你用诡计盗取了她的心,煽惑她使她对我的顺从变成倔强的顽抗。殿下,假如她现在当着您的面仍旧不肯嫁给狄米特律斯,我就要要求雅典自古相传的权利,因为她是我的女儿,我可以随意处置她;按照我们的法律,逢到这样的情况,她要是不嫁给这位绅士,便应当立时处死。

忒修斯 你有什么话说,赫米娅?当心一点吧,美貌的姑娘!你的父亲对于你应当是一尊神明;你的美貌是他给与的,你就像在他手中捏成的一块蜡像,他可以保全你,也可以毁灭你。狄米特律斯是一个很好的绅士呢。

赫米娅 拉山德也很好啊。

忒修斯 他本人当然很好;但是要做你的丈夫,如果不能得到你父亲的同意,那么比起来他就要差一筹了。

赫米娅 我真希望我的父亲和我有同样的看法。

忒修斯 实在还是你应该依从你父亲的看法才对。

赫米娅　请殿下宽恕我！我不知道是什么一种力量使我如此大胆，也不知道在这里披诉我的心思将会怎样影响到我的美名，但是我要敬问殿下，要是我拒绝嫁给狄米特律斯，就会有什么最恶的命运临到我的头上？

忒修斯　不是受死刑，便是永远和男人隔绝。因此，美丽的赫米娅，仔细问一问你自己的心愿吧！考虑一下你的青春，好好地估量一下你血脉中的搏动；倘然不肯服从你父亲的选择，想想看能不能披上尼姑的道服，终生幽闭在阴沉的庵院中，向着凄凉寂寞的明月唱着暗淡的圣歌，做一个孤寂的修道女了此一生？她们能这样抑制热情，到老保持处女的贞洁，自然应当格外受到上天的眷宠；但是结婚的女子有如被采下炼制过的玫瑰，香气留存不散，比之孤独地自开自谢，奄然朽腐的花儿，在尘俗的眼光看来，总是要幸福得多了。

赫米娅　就让我这样自开自谢吧，殿下，我不愿意把我的贞操奉献给我心里并不敬服的人。

忒修斯　回去仔细考虑一下。等到新月初生的时候——我和我的爱人缔结永久的婚约的一天——你必须作出决定，倘不是因为违抗你父亲的意志而准备一死，便是听从他而嫁给狄米特律斯；否则就得在狄安娜的神坛前立誓严守戒律，终生不嫁。

狄米特律斯　悔悟吧，可爱的赫米娅！拉山德，放弃你那没有理由的要求，不要再跟我确定了的权利抗争吧！

拉山德　你已经得到她父亲的爱，狄米特律斯，让我保有着赫米娅的爱吧；你去跟她的父亲结婚好了。

伊吉斯　无礼的拉山德！一点不错，我欢喜他，我愿意把属于我所有的给他；她是我的，我要把我在她身上的一切权利都授

159

给狄米特律斯。

拉山德　殿下,我和他出身一样好;我和他一样有钱;我的爱情比他深得多;我的财产即使不比狄米特律斯更多,也决不会比他少;比起这些来更值得夸耀的是,美丽的赫米娅爱的是我。那么为什么我不能享有我的权利呢?讲到狄米特律斯,我可以当他的面宣布,他曾经向奈达的女儿海丽娜调过情,把她弄得神魂颠倒;那位可爱的姑娘还痴心地恋着他,把这个缺德的负心汉当偶像一样崇拜。

忒修斯　的确我也听到过不少闲话,曾经想和狄米特律斯谈谈这件事;但是因为自己的事情太多,所以忘了。来,狄米特律斯;来,伊吉斯;你们两人跟我来,我有些私人的话要开导你们。你,美丽的赫米娅,好好准备着,丢开你的情思,依从你父亲的意志,否则雅典的法律将要把你处死,或者使你宣誓独身;我们没有法子变更这条法律。来,希波吕忒;怎样,我的爱人?狄米特律斯和伊吉斯,走吧;我必须差你们为我们的婚礼办些事,还要跟你们商量一些和你们有点关系的事。

伊吉斯　我们敢不欣然跟从殿下。(除拉山德、赫米娅外均下。)

拉山德　怎么啦,我的爱人!为什么你的脸颊这样惨白?你脸上的蔷薇怎么会凋谢得这样快?

赫米娅　多半是因为缺少雨露,但我眼中的泪涛可以灌溉它们。

拉山德　唉!我在书上读到的,在传说或历史中听到的,真正的爱情,所走的道路永远是崎岖多阻;不是因为血统的差异——

赫米娅　不幸啊,尊贵的要向微贱者屈节臣服!

拉山德　便是因为年龄上的悬殊——

赫米娅　可憎啊,年老的要和年轻人发生关系!

拉山德　或者因为信从了亲友们的选择——

赫米娅　倒霉啊,选择爱人要依赖他人的眼光!

拉山德　或者,即使彼此两情悦服,但战争、死亡或疾病却侵害着它,使它像一个声音、一片影子、一段梦、黑夜中的一道闪电那样短促,在一刹那间展现了天堂和地狱,但还来不及说一声"瞧啊!"黑暗早已张开口把它吞噬了。光明的事物,总是那样很快地变成了混沌。

赫米娅　既然真心的恋人们永远要受磨折似乎已是一条命运的定律,那么让我们练习着忍耐吧;因为这种磨折,正和忆念、幻梦、叹息、希望和哭泣一样,都是可怜的爱情缺不了的随从者。

拉山德　你说得很对。听我吧,赫米娅。我有一个寡居的伯母,很有钱,却没有儿女,她看待我就像亲生的独子一样。她的家离开雅典二十英里路;温柔的赫米娅,我可以在那边和你结婚,雅典法律的利爪不能追及我们。要是你爱我,请你在明天晚上溜出你父亲的屋子,走到郊外三英里路地方的森林里——我就是在那边遇见你和海丽娜一同庆祝五月节①的——我将在那面等你。

赫米娅　我的好拉山德!凭着丘匹德的最坚强的弓,凭着他的金镞的箭,凭着维纳斯的鸽子的纯洁,凭着那结合灵魂、祐祐爱情的神力,凭着古代迦太基女王焚身的烈火,当她看见她那负心的特洛亚人扬帆而去的时候,凭着一切男子所毁弃的约誓——那数目是远超过于女子所曾说过的,我向你发誓,明天一定会到你所指定的那地方和你相会。

拉山德　愿你不要失约,情人。瞧,海丽娜来了。

---

①　英国旧俗于五月一日早起以露盥身,采花唱歌。

海丽娜上。

赫米娅　上帝保佑美丽的海丽娜！你到哪里去？

海丽娜　你称我"美丽"吗？请你把那两个字收回了吧！狄米特律斯爱着你的美丽；幸福的美丽啊！你的眼睛是两颗明星，你的甜蜜的声音比之小麦青青、山楂蓓蕾的时节送入牧人耳中的云雀之歌还要动听。疾病是能染人的；唉！要是美貌也能传染的话，美丽的赫米娅，我但愿染上你的美丽：我要用我的耳朵捕获你的声音，用我的眼睛捕获你的睇视，用我的舌头捕获你那柔美的旋律。要是除了狄米特律斯之外，整个世界都是属于我所有，我愿意把一切捐弃，但求化身为你。啊！教给我怎样流转眼波，用怎么一种魔力操纵着狄米特律斯的心？

赫米娅　我向他皱着眉头，但是他仍旧爱我。

海丽娜　唉，要是你的颦蹙能把那种本领传授给我的微笑就好了！

赫米娅　我给他咒骂，但他给我爱情。

海丽娜　唉，要是我的祈祷也能这样引动他的爱情就好了！

赫米娅　我越是恨他，他越是跟随着我。

海丽娜　我越是爱他，他越是讨厌我。

赫米娅　海丽娜，他的傻并不是我的错。

海丽娜　但那是你的美貌的错处；要是那错处是我的就好了！

赫米娅　宽心吧，他不会再见我的脸了；拉山德和我将要逃开此地。在我不曾遇见拉山德之前，雅典对于我就像是一座天堂；啊，我的爱人身上，存在着一种多么神奇的力量，竟能把天堂变成一座地狱！

拉山德　海丽娜，我们不愿瞒你。明天夜里，当月亮在镜波中反映她的银色的容颜、晶莹的露珠点缀在草叶尖上的时候——那往往是情奔最适当的时候,我们预备溜出雅典的城门。

赫米娅　我的拉山德和我将要相会在林中,就是你我常常在那边淡雅的樱草花的花坛上躺着彼此吐露柔情的衷曲的所在,从那里我们便将离别雅典,去访寻新的朋友,和陌生人作伴了。再会吧,亲爱的游侣!请你为我们祈祷;愿你重新得到狄米特律斯的心!不要失约,拉山德;我们现在必须暂时忍受一下离别的痛苦,到明晚夜深时再见面吧!

拉山德　一定的,我的赫米娅。(赫米娅下)海丽娜,别了;如同你恋着他一样,但愿狄米特律斯也恋着你!(下。)

海丽娜　有些人比起其他的人来是多么幸福!在全雅典大家都认为我跟她一样美;但那有什么相干呢?狄米特律斯是不这么认为的;除了他一个人之外大家都知道的事情,他不会知道。正如他那样错误地迷恋着赫米娅的秋波一样,我也是只知道爱慕他的才智;一切卑劣的弱点,在恋爱中都成为无足重轻,而变成美满和庄严。爱情是不用眼睛而用心灵看着的,因此生着翅膀的丘匹德常被描成盲目;而且爱情的判断全然没有理性,光有翅膀,不生眼睛,一味表示出鲁莽的急躁,因此爱神便据说是一个孩儿,因为在选择方面他常会弄错。正如顽皮的孩子惯爱发假誓一样,司爱情的小儿也到处赌着口不应心的咒。狄米特律斯在没有看见赫米娅之前,也曾像下雹一样发着誓,说他是完全属于我的,但这阵冰雹一感到身上的一丝热力,便立刻溶解了,无数的盟言都化为乌有。我要去告诉他美丽的赫米娅的出奔;他知道了以后,明夜一定会到林中去追寻她。如果为着这次的通报消息,我能得到一些酬谢,我的代价也一定不小;但我的目的是要补报我的苦痛,使我能再一次聆接他的音容。(下。)

## 第二场　同前。昆斯家中

*昆斯、斯纳格、波顿、弗鲁特、斯诺特、斯塔佛林上。*

昆　斯　咱们一伙人都到了吗?

波　顿　你最好照着名单一个儿一个儿拢总地点一下名。

昆　斯　这儿是每个人名字都在上头的名单,整个雅典都承认,在公爵跟公爵夫人结婚那晚上当着他们的面前扮演咱们这一出插戏,这张名单上的弟兄们是再合适也没有的了。

波　顿　第一,好彼得·昆斯,说出来这出戏讲的是什么,然后再把扮戏的人名字念出来,好有个头脑。

昆　斯　好,咱们的戏名是《最可悲的喜剧,以及皮拉摩斯和提斯柏①的最残酷的死》。

波　顿　那一定是篇出色的东西,咱可以担保,而且是挺有趣的。现在,好彼得·昆斯,照着名单把你的角儿们的名字念出来吧。列位,大家站开。

昆　斯　咱一叫谁的名字,谁就答应。尼克·波顿,织布的。

波　顿　有。先说咱应该扮哪一个角儿,然后再挨次叫下去。

昆　斯　你,尼克·波顿,派着扮皮拉摩斯。

波　顿　皮拉摩斯是谁呀?一个情郎呢,还是一个霸王?

昆　斯　是一个情郎,为着爱情的缘故,他挺勇敢地把自

---

① 皮拉摩斯(Pyramus)和提斯柏(Thisbe)的故事见奥维德《变形记》第四章。

己毁了。

波　　顿　要是演得活龙活现,那还得掉下几滴泪来。要是咱演起来的话,让看客们大家留心着自个儿的眼睛吧;咱要叫全场痛哭流涕,管保风云失色。把其余的人叫下去吧。但是扮霸王挺适合咱的胃口了。咱会把厄剌克勒斯扮得非常好,或者什么吹牛的角色,管保吓破了人的胆。

　　　　　山岳狂怒的震动,
　　　　　　裂开了牢狱的门;
　　　　　太阳在远方高升,
　　　　　　慑伏了神灵的魂。

　　那真是了不得!现在把其余的名字念下去吧。这是厄剌克勒斯的神气,霸王的神气;情郎还得忧愁一点。

昆　　斯　法兰西斯·弗鲁特,修风箱的。

弗鲁特　有,彼得·昆斯。

昆　　斯　你得扮提斯柏。

弗鲁特　提斯柏是谁呀?一个游行的侠客吗?

昆　　斯　那是皮拉摩斯必须爱上的姑娘。

弗鲁特　嗷,真的,别叫咱扮一个娘儿们;咱的胡子已经长起来啦。

昆　　斯　那没有问题;你得套上假脸扮演,你可以小着声音讲话。

波　　顿　咱也可以把脸孔罩住,提斯柏也让咱来扮吧。咱会细声细气地说话,"提斯妮!提斯妮!""啊呀!皮拉摩斯,奴的情哥哥,是你的提斯柏,你的亲亲爱爱的姑娘!"

昆　　斯　不行,不行,你必须扮皮拉摩斯。弗鲁特,你必须扮提斯柏。

波　　顿　好吧,叫下去。

昆　　斯　罗宾·斯塔佛林,当裁缝的。

斯塔佛林　有,彼得·昆斯。

昆　　斯　罗宾·斯塔佛林,你扮提斯柏的母亲。汤姆·斯诺特,补锅子的。

斯诺特　有,彼得·昆斯。

昆　　斯　你扮皮拉摩斯的爸爸;咱自己扮提斯柏的爸爸;斯纳格,做细木工的,你扮一只狮子:咱想这本戏就此分配好了。

斯纳格　你有没有把狮子的台词写下?要是有的话,请你给我,因为我记性不大好。

昆　　斯　你不用预备,你只要嚷嚷就算了。

波　　顿　让咱也扮狮子吧。咱会嚷嚷,叫每一个人听见了都非常高兴;咱会嚷着嚷着,连公爵都传下谕旨来说,"让他再嚷下去吧!让他再嚷下去吧!"

昆　　斯　你要嚷得那么可怕,吓坏了公爵夫人和各位太太小姐们,吓得她们尖声叫起来;那准可以把咱们一起给吊死了。

众　　人　那准会把咱们一起给吊死,每一个母亲的儿子都逃不了。

波　　顿　朋友们,你们说的很是;要是你把太太们吓昏了头,她们一定会不顾三七二十一把咱们给吊死。但是咱可以把声音压得高一些,不,提得低一些;咱会嚷得就像一只吃奶的小鸽子那么地温柔,嚷得就像一只夜莺。

昆　　斯　你只能扮皮拉摩斯;因为皮拉摩斯是一个讨人欢喜的小白脸,一个体面人,就像你可以在夏天看到的那种人;他又是一个可爱的堂堂绅士模样的人;因此你必须扮皮拉摩斯。

波　顿　行,咱就扮皮拉摩斯。顶好咱挂什么须?

昆　斯　那随你便吧。

波　顿　咱可以挂你那稻草色的须,你那橙黄色的须,你那紫红色的须,或者你那法国金洋钱色的须,纯黄色的须。

昆　斯　你还是光着脸蛋吧。列位,这儿是你们的台词。咱请求你们,恳求你们,要求你们,在明儿夜里念熟,趁着月光,在郊外一英里路地方的森林里咱们碰头,在那边咱们要排练排练;因为要是咱们在城里排练,就会有人跟着咱们,咱们的玩意儿就要泄漏出去。同时咱要开一张咱们演戏所需要的东西的单子。请你们大家不要误事。

波　顿　咱们一定在那边碰头;咱们在那边排练起来可以像样点儿,胆大点儿。大家辛苦干一下,要干得非常好。再会吧。

昆　斯　咱们在公爵的橡树底下再见。

波　顿　好了,可不许失约。(同下。)

# 第 二 幕

## 第一场　雅典附近的森林

　　　　　一小仙及迫克自相对方向上。

迫　克　喂,精灵!你飘流到哪里去?
小　仙　越过了溪谷和山陵,
　　　　穿过了荆棘和丛薮,
　　　　越过了围场和园庭,
　　　　穿过了激流和爝火:
　　　　我在各地漂游流浪,
　　　　轻快得像是月亮光;
　　　　我给仙后奔走服务,
　　　　草环①上缀满轻轻露。
　　　　亭亭的莲馨花是她的近侍,
　　　　黄金的衣上饰着点点斑痣;
　　　　那些是仙人们投赠的红玉,
　　　　中藏着一缕缕的芳香馥郁;

---

①　野地上有时发现环形的茂草,传谓仙人夜间在此跳舞所成。

>　　　我要在这里访寻几滴露水,
>　　　给每朵花挂上珍珠的耳坠。
>　　　再会,再会吧,你粗野的精灵!
>　　　因为仙后的大驾快要来临。

迫　克　今夜大王在这里大开欢宴,
　　　　千万不要让他俩彼此相见;
　　　　奥布朗的脾气可不是顶好,
　　　　为着王后的固执十分着恼;
　　　　她偷到了一个印度小王子,
　　　　就像心肝一样怜爱和珍视;
　　　　奥布朗看见了有些儿眼红,
　　　　想要把他充作自己的侍童;
　　　　可是她哪里便肯把他割爱,
　　　　满头花朵她为他亲手插戴。
　　　　从此林中、草上、泉畔和月下,
　　　　他们一见面便要破口相骂;
　　　　小妖们往往吓得胆战心慌,
　　　　没命地钻向橡斗中间躲藏。

小　仙　要是我没有把你认错,你大概便是名叫罗宾好人儿的狡狯的、淘气的精灵了。你就是惯爱吓唬乡村的女郎,在人家的牛乳上撮去了乳脂,使那气喘吁吁的主妇整天也搅不出奶油来;有时你暗中替人家磨谷,有时弄坏了酒使它不能发酵;夜里走路的人,你把他们引入了迷路,自己却躲在一旁窃笑;谁叫你"大仙"或是"好迫克"的,你就给他幸运,帮他作工:那就是你吗?

迫　克　仙人,你说得正是;我就是那个快活的夜游者。我在奥布朗跟前想出种种笑话来逗他发笑,看见一头肥胖精壮的马儿,我就学着雌马的嘶声把它迷昏了头;有时我化作一颗焙熟的野苹果,躲在老太婆的酒碗里,等她举起碗想喝的时候,我就拍的弹到她嘴唇上,把一碗麦酒都倒在她那皱瘪的喉皮上;有时我化作三脚的凳子,满肚皮人情世故的婶婶刚要坐下来一本正经讲她的故事,我便从她的屁股底下滑走,把她翻了一个大元宝,一头喊"好家伙!"一头咳呛个不住,于是周围的人大家笑得前仰后合,他们越想越好笑,鼻涕眼泪都笑了出来,发誓说从来不曾逢到过比这更有趣的事。但是让开路来,仙人,奥布朗来了。

小　仙　娘娘也来了。他要是走开了才好!

　　　　　　奥布朗及提泰妮娅各带侍从自相对方向上。

奥布朗　真不巧又在月光下碰见你,骄傲的提泰妮娅!

提泰妮娅　嘿,嫉妒的奥布朗!神仙们,快快走开;我已经发誓不和他同游同寝了。

奥布朗　等一等,坏脾气的女人!我不是你的夫君吗?

提泰妮娅　那么我也一定是你的尊夫人了。但是你从前溜出了仙境,扮作牧人的样子,整天吹着麦笛,唱着情歌,向风骚的牧女调情,这种事我全知道。今番你为什么要从迢迢的印度平原上赶到这里来呢?无非是为着那位身材高大的阿玛宗女王,你的穿靴子的爱人,要嫁给忒修斯了,所以你得来向他们道贺道贺。

奥布朗　你怎么好意思说出这种话来,提泰妮娅,把我的名字和希波吕忒牵涉在一起侮蔑我?你自己知道你和忒修斯的私情瞒不过我。不是你在朦胧的夜里引导他离开被他所俘虏的佩丽古娜?不是你使他负心地遗弃了美丽的伊葛尔、爱丽亚邓和安提奥巴？

**提泰妮娅**　这些都是因为嫉妒而捏造出来的谎话。自从仲夏之初，我们每次在山上、谷中、树林里、草场上、细石铺底的泉旁或是海滨的沙滩上聚集，预备和着鸣啸的风声跳环舞的时候，总是被你吵断我们的兴致。风因为我们不理会他的吹奏，生了气，便从海中吸起了毒雾；毒雾化成瘴雨下降地上，使每一条小小的溪河都耀武扬威地泛滥到岸上；因此牛儿白白牵着轭，农夫枉费了他的血汗，青青的嫩禾还没有长上芒须便腐烂了；空了的羊栏露出在一片汪洋的田中，乌鸦饱啖着瘟死了的羊群的尸体；跳舞作乐的草泥坂上满是湿泥，杂草乱生的曲径因为没有人行走，已经无法辨认。人们在五月天要穿冬季的衣服；晚上再听不到欢乐的颂歌。执掌潮汐的月亮，因为再也听不见夜间颂神的歌声，气得脸孔发白，在空气中播满了湿气，人一沾染上就要害风湿症。因为天时不正，季候也反了常：白头的寒霜倾倒在红颜的蔷薇的怀里，年迈的冬神却在薄薄的冰冠上嘲讽似的缀上了夏天芬芳的蓓蕾的花环。春季、夏季、丰收的秋季、暴怒的冬季，都改换了他们素来的装束，惊愕的世界不能再凭着他们的出产辨别出谁是谁来。这都因为我们的不和所致，我们是一切灾祸的根源。

**奥布朗**　那么你就该设法补救；这全然在你的手中。为什么提泰妮娅要违拗她的奥布朗呢？我所要求的，不过是一个小小的换儿①做我的侍童罢了。

**提泰妮娅**　请你死了心吧，拿整个仙境也不能从我手里换得这

---

①　传说仙人常于夜间将人家美丽小儿窃去，以愚蠢的妖童换置其处。

个孩子。他的母亲是我神坛前的一个信徒,在芬芳的印度的夜里,她常常在我身旁闲谈,陪我坐在海边的黄沙上,凝望着海上的商船;我们一起笑着,看那些船帆因狂荡的风而怀孕,一个个凸起了肚皮;她那时正也怀孕着这个小宝贝,便学着船帆的样子,美妙而轻快地凌风而行,为我往岸上寻取各种杂物,回来时就像航海而归,带来了无数的商品。但她因为是一个凡人,所以在产下这孩子时便死了。为着她的缘故我才抚养她的孩子,也为着她的缘故我不愿舍弃他。

奥布朗　你预备在这林中耽搁多少时候?

提泰妮娅　也许要到忒修斯的婚礼以后。要是你肯耐心地和我们一起跳舞,看看我们月光下的游戏,那么跟我们一块儿走吧;不然的话,请你不要见我,我也决不到你的地方来。

奥布朗　把那个孩子给我,我就和你一块儿走。

提泰妮娅　把你的仙国跟我掉换都别想。神仙们,去吧!要是我再多留一刻,我们就要吵起来了。(率侍从等下。)

奥布朗　好,去你的吧!为着这次的侮辱,我一定要在你离开这座林子之前给你一些惩罚。我的好迫克,过来。你记不记得有一次我坐在一个海岬上,望见一个美人鱼骑在海豚的背上,她的歌声是这样婉转而谐美,镇静了狂暴的怒海,好几个星星都疯狂地跳出了它们的轨道,为了听这海女的音乐?

迫　克　我记得。

奥布朗　就在那个时候,你看不见,但我能看见持着弓箭的丘匹德在冷月和地球之间飞翔;他瞄准了坐在西方宝座上的一个美好的童贞女,很灵巧地从他的弓上射出他的爱情之箭,好像它能刺透十万颗心的样子。可是只见小丘匹德的火箭在如水的冷洁的月光中熄灭,那位童贞的女王心中一尘不染,沉浸在纯洁的思念中安然无恙;但是我看见那支箭却落下在西方一朵小小的花上,那花本来是乳白色的,现在已因爱情的创伤而被染成紫色,少女们把它称作"爱懒花"。去给我把那花采来。我曾经给你看过它的样子;它的汁液如果滴在睡着的人的眼皮上,无论男女,醒来一眼看见什么生物,都会发疯似的对它恋爱。给我采这种花来;在鲸鱼还不曾游过三哩路之前,必须回来复命。

迫　克　我可以在四十分钟内环绕世界一周。(下。)

奥布朗　这种花汁一到了手,我便留心着等提泰妮娅睡了的时候把它滴在她的眼皮上;她一醒来第一眼看见的东西,无论是狮子也好,熊也好,狼也好,公牛也好,或者好事的猕猴、忙碌的无尾猿也好,她都会用最强烈的爱情追求它。我可以用另一种草解去这种魔力,但第一我先要叫她把那个孩子让给我。可是谁到这儿来啦?凡人看不见我,让我听听他们的谈话。

　　　　狄米特律斯上,海丽娜随其后。

狄米特律斯　我不爱你,所以别跟着我。拉山德和美丽的赫米娅在哪儿?我要把拉山德杀死,但我的命却悬在赫米娅手中。你对我说他们私奔到这座林子里,因此我赶到这儿来;可是因为遇不见我的赫米娅,我简直要在这林子里发疯啦。滚开!快走,不许再跟着我!

海丽娜　是你吸引我跟着你的,你这硬心肠的磁石!可是你所吸的却不是铁,因为我的心像钢一样坚贞。要是你去掉你的吸引力,那么我也就没有力量再跟着你了。

狄米特律斯　是我引诱你吗?我曾经向你说过好话吗?我不是

曾经明明白白地告诉过你,我不爱你,而且也不能爱你吗?

海丽娜　即使那样,也只是使我爱你爱得更加厉害。我是你的一条狗,狄米特律斯;你越是打我,我越是向你献媚。请你就像对待你的狗一样对待我吧,踢我、打我、冷淡我、不理我,都好,只容许我跟随着你,虽然我是这么不好。在你的爱情里我要求的地位还能比一条狗都不如吗?但那对于我已经是十分可贵了。

狄米特律斯　不要过分惹起我的厌恨吧;我一看见你就头痛。

海丽娜　可是我不看见你就心痛。

狄米特律斯　你太不顾虑你自己的体面了,竟擅自离开城中,把你自己交托在一个不爱你的人手里;你也不想想你的贞操多么值钱,就在黑夜中这么一个荒凉的所在盲目地听从着不可知的命运。

海丽娜　你的德行使我安心这样做:因为当我看见你面孔的时候,黑夜也变成了白昼,因此我并不觉得现在是在夜里;你在我的眼里是整个世界,因此在这座林中我也不愁缺少伴侣:要是整个世界都在这儿瞧着我,我怎么还是单身独自一人呢?

狄米特律斯　我要逃开你,躲在丛林之中,任凭野兽把你怎样处置。

海丽娜　最凶恶的野兽也不像你那样残酷。你要逃开我就逃开吧;从此以后,古来的故事要改过了:逃走的是阿波罗,追赶的是达芙妮①;鸽子追逐着鹰隼;温柔的牝鹿追捕着猛虎;

---

① 希腊罗马神话中日神阿波罗(Apollo)爱仙女达芙妮(Daphne),达芙妮避之而化为月桂树。

然而弱者追求勇者,结果总是徒劳无益的。
狄米特律斯　我不高兴听你再唠叨下去。让我走吧;要是你再跟着我,相信我,在这座林中你要被我欺负的。
海丽娜　嗯,在神庙中,在市镇上,在乡野里,你到处欺负我。唉,狄米特律斯!你的虐待我已经使我们女子蒙上了耻辱。我们是不会像男人一样为爱情而争斗的;我们应该被人家求爱,而不是向人家求爱。(狄米特律斯下)我要立意跟随你;我愿死在我所深爱的人的手中,好让地狱化为天宫。(下。)
奥布朗　再会吧,女郎!当他还没有离开这座树林,你将逃避他,他将追求你的爱情。

　　　　　迫克重上。

奥布朗　你已经把花采来了吗?欢迎啊,浪游者!
迫　克　是的,它就在这儿。
奥布朗　请你把它给我。
　　　　我知道一处茴香盛开的水滩,
　　　　长满着樱草和盈盈的紫罗兰,
　　　　馥郁的金银花,芬泽的野蔷薇,
　　　　漫天张起了一幅芬芳的锦帷。
　　　　有时提泰妮娅在群花中酣醉,
　　　　柔舞清歌低低地抚着她安睡;
　　　　小花蛇在那里丢下发亮的皮,
　　　　小仙人拿来当做合身的外衣。
　　　　我要洒一点花汁在她的眼上,
　　　　让她充满了各种可憎的幻象。
　　　　其余的你带了去在林中访寻,

一个娇好的少女见弃于情人；
　　倘见那薄幸的青年在她近前，
　　就把它轻轻地点上他的眼边。
　　他的身上穿着雅典人的装束，
　　你须仔细辨认清楚，不许弄错；
　　小心地执行着我谆谆的盼咐，
　　让他无限的柔情都向她倾吐。
　　等第一声雄鸡啼时我们再见。

迫　克　放心吧，主人，一切如你的意念。（各下。）

## 第二场　林中的另一处

　　提泰妮娅及其小仙侍从等上。

提泰妮娅　来，跳一回舞，唱一曲神仙歌，然后在一分钟内余下来的三分之一的时间里，大家散开去；有的去杀死麝香玫瑰嫩苞中的蛀虫；有的去和蝙蝠作战，剥下它们的翼革来为我的小妖儿们做外衣；剩下的去驱逐每夜啼叫、看见我们这些伶俐的小精灵们而惊骇的猫头鹰。现在唱歌给我催眠吧；唱罢之后，大家各做各的事，让我休息一会儿。

　　小仙们唱：

　　　　　　一

　　　　两舌的花蛇，多刺的猬，
　　　　不要打扰着她的安睡；
　　　　蝾螈和蜥蜴，不要行近，
　　　　仔细毒害了她的宁静。

　　　　夜莺，鼓起你的清弦，

为我们唱一曲催眠:

睡啦,睡啦,睡睡吧! 睡啦,睡啦,睡睡吧!

一切害物远走高飏,

不要行近她的身旁;

晚安,睡睡吧!

二

织网的蜘蛛,不要过来;

长脚的蛛儿快快走开!

黑背的蜣螂,不许走近;

不许莽撞,蜗牛和蚯蚓。

夜莺,鼓起你的清弦,

为我们唱一曲催眠:

睡啦,睡啦,睡睡吧! 睡啦,睡啦,睡睡吧!

一切害物远走高飏,

不要行近她的身旁;

晚安,睡睡吧!

一小仙　去吧! 现在一切都已完成,

只须留着一个人作哨兵。(众小仙下,提泰妮娅睡。)

奥布朗上,挤花汁滴在提泰妮娅眼皮上。

奥布朗　等你眼睛一睁开,

你就看见你的爱,

为他担起相思债:

山猫、豹子、大狗熊,

野猪身上毛蓬蓬;

等你醒来一看见

丑东西在你身边,

芳心可可为他恋。(下。)

拉山德及赫米娅上。

拉山德　好人,你在林中东奔西走,疲乏得快要昏倒了。说老实话,我已经忘记了我们的路。要是你同意,赫米娅,让我们休息一下,等待到天亮再说。

赫米娅　就照你的意思吧,拉山德。你去给你自己找一处睡眠的所在,因为我要在这花坛安息我的形骸。

拉山德　一块草地可以作我们两人枕首的地方;两个胸膛一条心,应该合睡一个眠床。

赫米娅　哎,不要,亲爱的拉山德;为着我的缘故,我的亲亲,再躺远一些,不要挨得那么近。

拉山德　啊,爱人!不要误会了我的无邪的本意,恋人们原是能够领会彼此所说的话的。我是说我的心和你的心连结在一起,已经打成一片,分不开来;两个心胸彼此用盟誓连系,共有着一片忠贞。因此不要拒绝我睡在你的身旁,赫米娅,我一点没有坏心肠。

赫米娅　拉山德真会说话。要是赫米娅疑心拉山德有坏心肠,愿她从此不能堂堂做人。但是好朋友,为着爱情和礼貌的缘故,请睡得远一些;在人间的礼法上,保持这样的距离对于束身自好的未婚男女,是最为合适的。这么远就行了。晚安,亲爱的朋友!愿爱情永无更改,直到你生命的尽头!

拉山德　依着你那祈祷我应和着阿门!阿门!我将失去我的生命,如其我失去我的忠贞!(略就远处退卧)这里是我的眠床了;但愿睡眠给与你充分的休养!

赫米娅　那愿望我愿意和你分享!(二人入睡。)

迫克上。

迫　克　我已经在森林中间走遍，
　　　　但雅典人可还不曾瞧见，
　　　　我要把这花液在他眼上
　　　　试一试激动爱情的力量。
　　　　静寂的深宵！啊,谁在这厢？
　　　　他身上穿着雅典的衣裳。
　　　　我那主人所说的正是他，
　　　　狠心地欺负那美貌娇娃；
　　　　她正在这一旁睡得酣熟，
　　　　不顾到地上的潮湿龌龊：
　　　　美丽的人儿！她竟然不敢
　　　　睡近这没有心肝的恶汉。（挤花汁滴拉山德眼上）
　　　　我已在你眼睛上,坏东西！
　　　　倾注着魔术的力量神奇；
　　　　等你醒来的时候,让爱情
　　　　从此扰乱你睡眠的安宁！
　　　　别了,你醒来我早已去远，
　　　　奥布朗在盼我和他见面。（下。）

　　　　狄米特律斯及海丽娜奔驰上。

海丽娜　你杀死了我也好,但是请你停步吧,亲爱的狄米特律斯！
狄米特律斯　我命令你走开,不要这样缠扰着我！
海丽娜　啊！你要把我丢在黑暗中吗？请不要这样！
狄米特律斯　站住！否则叫你活不成。我要独自走我的路。（下。）

海丽娜　唉！这痴心的追赶使我乏得透不过气来。我越是千求万告,越是惹他憎恶。赫米娅无论在什么地方都是那么幸福,因为她有一双天赐的迷人的眼睛。她的眼睛怎么会这样明亮呢？不是为着泪水的缘故,因为我的眼睛被眼泪洗着的时候比她更多。不,不,我是像一头熊那么难看,就是野兽看见我也会因害怕而逃走;因此难怪狄米特律斯会这样逃避我,就像逃避一个丑妖怪一样。哪一面欺人的坏镜子使我居然敢把自己跟赫米娅的明星一样的眼睛相比呢？但是谁在这里？拉山德！躺在地上！死了吗,还是睡了？我看不见有血,也没有伤处。拉山德,要是你没有死,好朋友,醒醒吧！

拉山德　（醒）我愿为着你赴汤蹈火,玲珑剔透的海丽娜！上天在你身上显出他的本领,使我能在你的胸前看透你的心。狄米特律斯在哪里？嘿！那个难听的名字让他死在我的剑下多么合适！

海丽娜　不要这样说,拉山德！不要这样说！即使他爱你的赫米娅又有什么关系？上帝！那又有什么关系？赫米娅仍旧是爱着你的,所以你应该心满意足了。

拉山德　跟赫米娅心满意足吗？不,我真悔恨和她在一起度着的那些可厌的时辰。我不爱赫米娅,我爱的是海丽娜;谁不愿意把一只乌鸦换一头白鸽呢？男人的意志是被理性所支配的,理性告诉我你比她更值得敬爱。凡是生长的东西,不到季节,总不会成熟:我过去由于年轻,我的理性也不曾成熟;但是现在我的智慧已经充分成长,理性指挥着我的意志,把我引到了你的眼前;在你的眼睛里我可以读到写在最丰美的爱情的经典上的故事。

海丽娜　我怎么忍受得下这种尖刻的嘲笑呢？我什么时候得罪了你，使你这样讥讽我呢？我从来不曾得到过，也永远不会得到，狄米特律斯的一瞥爱怜的眼光，难道那还不够，难道那还不够，年轻人，你必须再这样挖苦我的短处吗？真的，你侮辱了我；真的，用这种卑鄙的样子向我献假殷勤。但是再会吧！我还以为你是个较有教养的上流人哩。唉！一个女子受到了这一个男人的摈拒，还得忍受那一个男子的揶揄。（下。）

拉山德　她没有看见赫米娅。赫米娅，睡你的吧，再不要走近拉山德的身边吧！一个人吃饱了太多的甜食，能使胸胃中发生强烈的厌恶，改信正教的人最是痛心疾首于以往欺骗他的异端邪说；你就是我的甜食和异端邪说，让你被一切的人所憎恶吧，但没有别人比我更憎恶你了。我的一切生命之力啊，用爱和力来尊崇海丽娜，做她的忠实的骑士吧！（下。）

赫米娅　（醒）救救我，拉山德！救救我！用出你全身力量来，替我在胸口上撵掉这条蠕动的蛇。哎呀，天哪！做了怎样的梦！拉山德，瞧我怎样因害怕而颤抖着。我觉得仿佛一条蛇在嚼食我的心，而你坐在一旁，瞧着它的残酷的肆虐微笑。拉山德！怎么！换了地方了？拉山德！好人！怎么！听不见？去了？没有声音，不说一句话？唉！你在哪儿？要是你听见我，答应一声呀！凭着一切爱情的名义，说话呀！我害怕得差不多要晕倒了。仍旧一声不响！我明白你已不在近旁了；要是我寻不到你，我定将一命丧亡！（下。）

# 第 三 幕

## 第一场　林中。提泰妮娅熟睡未醒

　　　　昆斯、斯纳格、波顿、弗鲁特、斯诺特、斯塔佛林上。

波　顿　咱们都会齐了吗？

昆　斯　妙极了,妙极了,这儿真是给咱们练戏用的一块再方便也没有的地方。这块草地可以做咱们的戏台,这一丛山楂树便是咱们的后台。咱们可以认真扮演一下；就像当着公爵殿下的面前一样。

波　顿　彼得·昆斯,——

昆　斯　你说什么,波顿好家伙？

波　顿　在这本《皮拉摩斯和提斯柏》的喜剧里,有几个地方准难叫人家满意。第一,皮拉摩斯该得拔出剑来结果自己的性命,这是太太小姐们受不了的。你说可对不对？

斯诺特　凭着圣母娘娘的名字,这可真的不是玩儿的事。

斯塔佛林　我说咱们把什么都做完了之后,这一段自杀可不用表演。

波　顿　不必,咱有一个好法子。给咱写一段开场诗,让这段开场诗大概这么说：咱们的剑是不会伤人的；实实在在皮拉摩斯并不真的把自己干掉了；顶好再那么声明一下，咱扮着皮拉摩斯的，并不是皮拉摩斯，实在是织工波顿：这么一下她们就不会受惊了。

昆　　斯　　好吧，就让咱们有这么一段开场诗，咱可以把它写成八六体①。

波　　顿　　把它再加上两个字，让它是八个字八个字那么的吧。

斯诺特　　太太小姐们见了狮子不会哆嗦吗？

斯塔佛林　　咱担保她们一定会害怕。

波　　顿　　列位，你们得好好想一想：把一头狮子——老天爷保佑咱们！——带到太太小姐们的中间，还有比这更荒唐得可怕的事吗？在野兽中间，狮子是再凶恶不过的。咱们可得考虑考虑。

斯诺特　　那么说，就得再写一段开场诗，说他并不是真狮子。

波　　顿　　不，你应当把他的名字说出来，他的脸蛋的一半要露在狮子头颈的外边；他自己就该说着这样或者诸如此类的话："太太小姐们，"或者说，"尊贵的太太小姐们，咱要求你们，"或者说，"咱请求你们，"或者说，"咱恳求你们，不用害怕，不用发抖；咱可以用生命给你们担保。要是你们想咱真是一头狮子，那咱才真是倒霉啦！不，咱完全不是这种东西；咱是跟别人一样的人。"这么着让他说出自己的名字来，明明白白地告诉她们，他是细工木匠斯纳格。

昆　　斯　　好吧，就这么办。但是还有两件难事：第一，咱们要把月亮光搬进屋子里来；你们知道皮拉摩斯和提斯柏是在月亮底下相见的。

---

① 八音节六音节相间的诗体。

斯纳格　咱们演戏的那天可有月亮吗?

波　顿　拿历本来,拿历本来!瞧历本上有没有月亮,有没有月亮。

昆　斯　有的,那晚上有好月亮。

波　顿　啊,那么你就可以把咱们演戏的大厅上的一扇窗打开,月亮就会打窗子里照进来啦。

昆　斯　对了;否则就得叫一个人一手拿着柴枝,一手举起灯笼,登场说他是假扮或是代表着月亮。现在还有一件事,咱们在大厅里应该有一堵墙;因为故事上说,皮拉摩斯和提斯柏是彼此凑着一条墙缝讲话的。

斯纳格　你可不能把一堵墙搬进来。你怎么说,波顿?

波　顿　让什么人扮做墙头;让他身上涂着些灰泥黏土之类,表明他是墙头;让他把手指举起作成那个样儿,皮拉摩斯和提斯柏就可以在手指缝里低声谈话了。

昆　斯　那样的话,一切就都已齐全了。来,每个老娘的儿子都坐下来,念着你们的台词。皮拉摩斯,你开头;你说完了之后,就走进那簇树后;这样大家可以按着尾白①挨次说下去。

　　　　　迫克自后上。

迫　克　那一群伧夫俗子胆敢在仙后卧榻之旁鼓唇弄舌?哈,在那儿演戏!让我做一个听戏的吧;要是看到机会的话,也许我还要做一个演员哩。

昆　斯　说吧,皮拉摩斯。提斯柏,站出来。

---

① 尾白,指一句特定的台词。第一个演员念到"尾白"时,第二个演员便开始接话。

波　顿

　　　　提斯柏,花儿开得十分腥——

昆　斯　十分香,十分香。

波　顿

　　　　——开得十分香;

　　　　你的气息,好人儿,也是一个样。

　　　　听,那边有一个声音,你且等一等,

　　　　一会儿咱再来和你诉衷情。(下。)

迫　克　请看皮拉摩斯变成了怪妖精。(下。)

弗鲁特　现在该咱说了吧?

昆　斯　是的,该你说。你得弄清楚,他是去瞧瞧什么声音去的,等一会儿就要回来。

弗鲁特

　　　　最俊美的皮拉摩斯,脸孔红如红玫瑰,

　　　　　　肌肤白得赛过纯白的百合花,

　　　　活泼的青年,最可爱的宝贝,

　　　　　　忠心耿耿像一匹顶好的马。

　　　　皮拉摩斯,咱们在宁尼①的坟头相会。

昆　斯　"尼纳斯的坟头",老兄。你不要就把这句说出来,那是要你答应皮拉摩斯的;你把要你说的话不管什么尾白不尾白都一古脑儿说出来啦。皮拉摩斯,进来;你的尾白已经说过了,是"顶好的马"。

弗鲁特

---

① 宁尼(Ninny)是尼纳斯(Ninus)之讹,古代尼尼微城的建立者。宁尼照字面讲有"傻子"之意。

噢。——忠心耿耿像一匹顶好的马。

迫克重上；波顿戴驴头随上。

波　　顿　美丽的提斯柏，咱是整个儿属于你的！

昆　　斯　怪事！怪事！咱们见了鬼啦！列位，快逃！快逃！救命哪！（众下。）

迫　　克　我要把你们带领得团团乱转，

　　　　　　经过一处处沼地、草莽和林薮；

　　　　　有时我化作马，有时化作猎犬，

　　　　　　化作野猪、没头的熊或是磷火；

　　　　　我要学马样嘶，犬样吠，猪样噑，

　　　　　　熊一样的咆哮，野火一样燃烧。（下。）

波　　顿　他们干么都跑走了呢？这准是他们的恶计，要把咱吓一跳。

斯诺特重上。

斯诺特　啊，波顿！你变了样子啦！你头上是什么东西呀？

波　　顿　是什么东西？你瞧见你自己变成了一头蠢驴啦，是不是？（斯诺特下。）

昆斯重上。

昆　　斯　天哪！波顿！天哪！你变啦！（下。）

波　　顿　咱看透他们的鬼把戏；他们要把咱当作一头蠢驴，想出法子来吓咱。可是咱决不离开这块地方，瞧他们怎么办。咱要在这儿跑来跑去；咱要唱个歌儿，让他们听见了知道咱可一点不怕。（唱）

　　　　　山乌嘴巴黄沉沉，

　　　　　　浑身长满黑羽毛，

　　　　　画眉唱得顶认真，

声音尖细是欧鹩。

提泰妮娅　（醒）什么天使使我从百花的卧榻上醒来呢？

波　　顿　鹅鸰，麻雀，百灵鸟，

还有杜鹃爱骂人，

大家听了心头恼，

可是谁也不回声。①

真的，谁耐烦跟这么一头蠢鸟斗口舌呢？即使它骂你是乌龟，谁又高兴跟他争辩呢？

提泰妮娅　温柔的凡人，请你唱下去吧！我的耳朵沉醉在你的歌声里，我的眼睛又为你的状貌所迷惑；在第一次见面的时候，你的美姿已使我不禁说出而且矢誓着我爱你了。

波　　顿　咱想，奶奶，您这可太没有理由。不过说老实话，现今世界上理性可真难得跟爱情碰头；也没有哪位正直的邻居大叔给他俩撮合撮合做朋友，真是抱歉得很。哈，我有时也会说说笑话。

提泰妮娅　你真是又聪明又美丽。

波　　顿　不见得，不见得。可是咱要是有本事跑出这座林子，那已经很够了。

提泰妮娅　请不要跑出这座林子！不论你愿不愿，你一定要留在这里。我不是一个平常的精灵，夏天永远听从我的命令；我真是爱你，因此跟我去吧。我将使神仙们侍候你，他们会从海底里捞起珍宝献给你；当你在花茵上睡去的时候，他们会给你歌唱；而且我要给你洗涤去俗体的污垢，使你身轻得

---

① 杜鹃下卵于他鸟的巢中，故用以喻奸夫，但其后 cuckold（由 cuckoo 化出）一字却用作好妇本夫的代名词。杜鹃的鸣声即为 cuckoo，不啻骂人为"乌龟"；但因闻者不能知其妻子是否贞洁，故虽恼而不敢作声。

像个精灵一样。豆花！蛛网！飞蛾！芥子！

　　　　　　四神仙上。

豆　花　有。

蛛　网　有。

飞　蛾　有。

芥　子　有。

四　仙　（合）差我们到什么地方去？

提泰妮娅　恭恭敬敬地侍候这先生，
　　　　　蹦蹦跳跳地追随他前行；
　　　　　给他吃杏子、鹅莓和桑椹，
　　　　　紫葡萄和无花果儿青青。
　　　　　去把野蜂的蜜囊儿偷取，
　　　　　剪下蜂股的蜂蜡做烛炬，
　　　　　在流萤的火睛里点了火，
　　　　　照着我的爱人晨兴夜卧；
　　　　　再摘下彩蝶儿粉翼娇红，
　　　　　搁去他眼上的月光溶溶。
　　　　　来，向他鞠一个深深的躬。

豆　花　万福，凡人！

蛛　网　万福！

飞　蛾　万福！

芥　子　万福！

波　顿　请你们列位先生多多担待担待在下。请教大号是——？

蛛　网　蛛网。

波　顿　很希望跟您交个朋友，好蛛网先生；要是咱指头儿割破了的话,咱要大胆用用您。① 善良的先生,您的尊号是——?

豆　花　豆花。

波　顿　啊,请多多给咱向您令堂豆荚奶奶和令尊豆壳先生致意。好豆花先生,咱也很希望跟您交个朋友。先生,您的雅号是——?

芥　子　芥子。

波　顿　好芥子先生,咱知道您是个饱历艰辛的人;那块庞大无比的牛肉曾经把您家里好多人都吞去了。不瞒您说,您的亲戚们方才还害得我掉下几滴苦泪呢。咱希望跟您交个朋友,好芥子先生。

提泰妮娅　来,侍候着他,引路到我的闺房。

　　　　　月亮今夜有一颗多泪的眼睛;
　　　　小花们也都陪着她眼泪汪汪,
　　　　　悲悼横遭强暴而失去的童贞。
　　　　　吩咐那好人静静走不许作声。(同下。)

## 第二场　林中的另一处

　　奥布朗上。

奥布朗　不知道提泰妮娅有没有醒来;她一醒来,就要热烈地爱上了她第一眼看到的无论什么东西了。这边来的是我的使者。

　　迫克上。

---

① 俗云蛛丝能止血。

奥布朗　啊,疯狂的精灵!在这座夜的魔林里现在有什么事情发生?

迫　克　姑娘爱上了一个怪物了。当她昏昏睡熟的时候,在她的隐秘的神圣的卧室之旁,来了一群村汉;他们都是在雅典市集上作工过活的粗鲁的手艺人,聚集在一起练着戏,预备在忒修斯结婚的那天表演。在这一群蠢货的中间,一个最蠢的蠢材扮演着皮拉摩斯;当他退场走进一簇丛林里去的时候,我就抓住了这个好机会,给他的头上罩上一只死驴的头壳。一会儿为了答应他的提斯柏,这位好伶人又出来了。他们一看见了他,就像雁子望见了蹑足行近的猎人,又像一大群灰鸦听见了枪声轰然飞起乱叫、四散着横扫过天空一样,大家没命逃走了;又因为我们的跳舞震动了地面,一个个横仆竖倒,嘴里乱喊着救命。他们本来就是那么糊涂,这回吓得完全丧失了神智,没有知觉的东西也都来欺侮他们了:野茨和荆棘抓破了他们的衣服;有的失去了袖子,有的落掉了帽子,败军之将,无论什么东西都是予取予求的。在这种惊惶中我领着他们走去,把变了样子的可爱的皮拉摩斯孤单单地留下;就在那时候,提泰妮娅醒了转来,立刻爱上了一头驴子了。

奥布朗　这比我所能想得到的计策还好。但是你有没有依照我的吩咐,把那爱汁滴在那个雅典人的眼上呢?

迫　克　那我也已经乘他睡熟的时候办好了。那个雅典女人就在他的身边,因此他一醒来,一定便会看见她。

*狄米特律斯及赫米娅上。*

奥布朗　站过来些,这就是那个雅典人。

迫　克　这女人一点不错;那男人可不是。

狄米特律斯  唉!为什么你这样骂着深爱你的人呢?那种毒骂是应该加在你仇敌身上的。

赫米娅  现在我不过把你数说数说罢了;我应该更厉害地对付你,因为我相信你是可咒诅的。要是你已经乘着拉山德睡着的时候把他杀了,那么把我也杀了吧;已经两脚踏在血泊中,索性让杀人的血淹没你的膝盖吧。太阳对于白昼,也没有像他对于我那样的忠心。当赫米娅睡熟的时候,他会悄悄地离开她吗?我宁愿相信地球的中心可以穿成孔道,月亮会从里面钻了过去,在地球的那一端跟她的兄长白昼捣乱。一定是你已经把他杀死了;因为只有杀人的凶徒,脸上才会这样惨白而可怖。

狄米特律斯  被杀者的脸色应该是这样的,你的残酷已经洞穿我的心,因此我应该有那样的脸色;但是你这杀人的,瞧上去却仍然是那么辉煌莹洁,就像那边天上闪耀着的金星一样。

赫米娅  你这种话跟我的拉山德有什么关系?他在哪里呀?啊,好狄米特律斯,把他还给了我吧!

狄米特律斯  我宁愿把他的尸体喂我的猎犬。

赫米娅  滚开,贱狗!滚开,恶狗!你使我失去姑娘家的柔顺,再也忍不住了。你真的把他杀了吗?从此之后,别再把你算作人吧!啊,看在我的面上,老老实实告诉我,告诉我,你,一个清醒的人,看见他睡着,而把他杀了吗?嗳唷,真勇敢!一条蛇、一条毒蛇,都比不上你;因为它的分叉的毒舌,还不及你的毒心更毒!

狄米特律斯  你的脾气发得好没来由。我并没有杀死拉山德,他也并没有死,照我所知道的。

赫米娅　那么请你告诉我他很安全。

狄米特律斯　要是我告诉你,我将得到什么好处呢?

赫米娅　你可以得到永远不再看见我的权利。我从此离开你那可憎的脸;无论他死也罢活也罢,你再不要和我相见。(下。)

狄米特律斯　在她这样盛怒之中,我还是不要跟着她。让我在这儿暂时停留一会儿。

　　　　睡眠欠下了沉忧的债,

　　　　心头加重了沉忧的担;

　　　　我且把黑甜乡暂时寻访,

　　　　还了些还不尽的糊涂账。(卧下睡去。)

奥布朗　你干了些什么事呢?你已经大大地弄错了,把爱汁去滴在一个真心的恋人的眼上。为了这次错误,本来忠实的将要改变心肠,而不忠实的仍旧和以前一样。

迫　克　一切都是命运在作主;保持着忠心的不过一个人;变心的,把盟誓起了一个毁了一个的,却有百万个人。

奥布朗　比风还快地到林中各处去访寻名叫海丽娜的雅典女郎吧。她是全然为爱情而憔悴的,痴心的叹息耗去了她脸上的血色。用一些幻象把她引到这儿来:我将在这个人的眼睛上施上魔法,准备他们的见面。

迫　克　我去,我去,瞧我一会儿便失了踪迹;

　　　　鞑靼人的飞箭都赶不上我的迅疾。(下。)

奥布朗　这一朵紫色的小花,

　　　　尚留着爱神的箭疤,

　　　　让它那灵液的力量,

　　　　渗进他眸子的中央。

>             当他看见她的时光,
>             让她显出庄严妙相,
>             如同金星照亮天庭,
>             让他向她婉转求情。
>
> *迫克重上。*

迫　克　报告神仙界的头脑,
　　　　海丽娜已被我带到,
　　　　她后面随着那少年,
　　　　正在哀求着她眷怜。
　　　　瞧瞧那痴愚的形状,
　　　　人们真蠢得没法想!

奥布朗　站开些;他们的声音
　　　　将要惊醒睡着的人。

迫　克　两男合爱着一女,
　　　　这把戏真够有趣;
　　　　最妙是颠颠倒倒,
　　　　看着才叫人发笑。

> *拉山德及海丽娜上。*

拉山德　为什么你要以为我的求爱不过是向你嘲笑呢?嘲笑和戏谑是永不会伴着眼泪而来的;瞧,我在起誓的时候是怎样感泣着!这样的誓言是不会被人认作虚诳的。明明有着可以证明是千真万确的表记,为什么你会以为我这一切都是出于讪笑呢?

海丽娜　你越来越俏皮了。要是人们所说的真话都是互相矛盾的,那么神圣的真话将成了一篇鬼话。这些誓言都是应当向赫米娅说的;难道你把她丢弃了吗?把你对她和对我的誓言放在两个秤盘里,一定称不出轻重来,因为都是像空话那样虚浮。

拉山德　当我向她起誓的时候,我实在一点见识都没有。

海丽娜　照我想起来,你现在把她丢弃了,也不像是有见识的。

拉山德　狄米特律斯爱着她,但他不爱你。

狄米特律斯　(醒)啊,海伦①!完美的女神!圣洁的仙子!我要用什么来比并你的秀眼呢,我的爱人?水晶是太昏暗了。啊,你的嘴唇,那吻人的樱桃,瞧上去是多么成熟,多么诱人!你一举起你那洁白的妙手,被东风吹着的陶洛斯高山上的积雪,就显得像乌鸦么黛黑了。让我吻一吻那纯白的女王,这幸福的象征吧!

海丽娜　唉,倒霉!该死!我明白你们都在拿我取笑;假如你们是懂得礼貌和有教养的人,一定不会这样侮辱我。我知道你们都讨厌着我,那么就讨厌我好了,为什么还要联合起来讥讽我呢?你们瞧上去都像堂堂男子,如果真是堂堂男子,就不该这样对待一个有身份的妇女:发着誓,赌着咒,过誉着我的好处,但我可以断定你们的心里却在讨厌我。你们两人是情敌,一同爱着赫米娅,现在转过身来一同把海丽娜嘲笑,真是大丈夫的行为,干得真漂亮,为着取笑的缘故逼一个可怜的女人流泪!高尚的人决不会这样轻侮一个闺女,逼到她忍无可忍,只是因为给你们寻寻开心。

拉山德　你太残忍,狄米特律斯,不要这样;因为你爱着赫米娅,这你知道我是十分明白的。现在我用全心和好意把我在赫米娅的爱情中的地位让给你;但你也得把海丽娜的爱情让

---

①　海伦是海丽娜的爱称。

给我,因为我爱她,并且将要爱她到死。

海丽娜　从来不曾有过嘲笑者浪费过这样无聊的口舌。

狄米特律斯　拉山德,保留着你的赫米娅吧,我不要;要是我曾经爱过她,那爱情现在也已经消失了。我的爱不过像过客一样暂时驻留在她的身上,现在它已经回到它的永远的家,海丽娜的身边,再不到别处去了。

拉山德　海伦,他的话是假的。

狄米特律斯　不要侮蔑你所不知道的真理,否则你将以生命的危险重重补偿你的过失。瞧!你的爱人来了;那边才是你的爱人。

　　　赫米娅上。

赫米娅　黑夜使眼睛失去它的作用,但却使耳朵的听觉更为灵敏;它虽然妨碍了视觉的活动,却给予听觉加倍的补偿。我的眼睛不能寻到你,拉山德;但多谢我的耳朵,使我能听见你的声音。你为什么那样忍心地离开了我呢?

拉山德　爱情驱着一个人走的时候,为什么他要滞留呢?

赫米娅　哪一种爱情能把拉山德驱开我的身边?

拉山德　拉山德的爱情使他一刻也不能停留;美丽的海丽娜,她照耀着夜天,使一切明亮的繁星黯然无色。为什么你要来寻找我呢?难道这还不能使你知道我因为厌恶你的缘故,才这样离开你吗?

赫米娅　你说的不是真话;那不会是真的。

海丽娜　瞧!她也是他们的一党。现在我明白了他们三个人一起联合了用这种恶戏欺凌我。欺人的赫米娅!最没有良心的丫头!你竟然和这种人一同算计着向我开这种卑鄙的玩笑作弄我吗?我们两人从前的种种推心置腹,约为姊妹的盟誓,在一起怨恨疾促的时间这样快便把我们拆分的那种时光,啊!你难道都已经忘记了吗?我们在同学时的那种情谊,一切童年的天真,你都已经完全丢在脑后了吗?赫米娅,我们两人曾经像两个巧手的神匠,在一起绣着同一朵花,描着同一个图样,我们同坐在一个椅垫上,齐声曼吟着同一个歌儿,就像我们的手、我们的身体、我们的声音、我们的思想,都是连在一起不可分的样子。我们这样生长在一起,正如并蒂的樱桃,看似两个,其实却连生在一起;我们是结在同一茎上的两颗可爱的果实,我们的身体虽然分开,我们的心却只有一个——原来我们的身子好比两个互通婚姻的名门,我们的心好比男家女家的纹章合而为一。难道你竟把我们从前的友好丢弃不顾,而和男人们联合着嘲弄你的可怜的朋友吗?这种行为太没有朋友的情谊,而且也不合一个少女的身份。不单是我,我们全体女人都可以攻击你,虽然受到委屈的只是我一个。

赫米娅　你这种愤激的话真使我惊奇。我并没有嘲弄你;似乎你在嘲弄我哩。

海丽娜　你不曾唆使拉山德跟随我,假意称赞我的眼睛和面孔吗?你那另一个爱人,狄米特律斯,不久之前还曾要用他的脚踢开我,你不曾使他称我为女神、仙子,神圣而希有的、珍贵的、超乎一切的人吗?为什么他要向他所讨厌的人说这种话呢?拉山德的灵魂里是充满了你的爱的,为什么他反而要摈斥你,却要把他的热情奉献给我,倘不是因为你的指使,因为你们曾经预先商量好?即使我不像你那样有人爱怜,那样被人追求不舍,那样走好运,即使我是那样倒霉,得不到我所爱的人的爱情,那和你又有什么关系呢?你应该可怜我才是，不应该反而来侮蔑我。

赫米娅　我不懂你说这种话的意思。

海丽娜　好，尽管装腔下去，扮着这一副苦脸，等我一转背，就要向我作嘴脸了；大家彼此眨眨眼睛，把这个绝妙的玩笑尽管开下去吧，将来会记载在历史上的。假如你们是有同情心，懂得礼貌的，就不该把我当作这样的笑柄。再会吧；一半也是我自己不好，死别或生离不久便可以补赎我的错误。

拉山德　不要走，温柔的海丽娜！听我解释。我的爱！我的生命！我的灵魂！美丽的海丽娜！

海丽娜　多好听的话！

赫米娅　亲爱的，不要那样嘲笑她。

狄米特律斯　要是她的恳求不能使你不说那种话，我将强迫你闭住你的嘴。

拉山德　她想恳求我，你想强迫我，可是都无济于事。你的威胁正和她的软弱的祈告同样没有力量。海伦，我爱你！凭着我的生命起誓，我爱你！谁说我不爱你的，我愿意用我的生命证明他说谎；为了你我是乐意把生命捐弃的。

狄米特律斯　我说我比他更要爱你得多。

拉山德　要是你这样说，那么把剑拔出来证明一下吧。

狄米特律斯　好，快些，来！

赫米娅　拉山德，这一切究竟是怎么一回事呢？

拉山德　走开，你这黑鬼①！

狄米特律斯　不，不——你可不能骗我而自己逃走；假意说着来

---

① 因赫米娅肤色微黑，故云。第二幕中有"把一只乌鸦换一头白鸽"之语，亦此意；海丽娜肤色白皙，故云白鸽也。

来，却在准备乘机溜去。你是个不中用的汉子，来吧！

拉山德　（向赫米娅）放开手，你这猫！你这牛蒡子！贱东西，放开手！否则我要像摔掉身上一条蛇那样摔掉你了。

赫米娅　为什么你变得这样凶暴？究竟是什么缘故呢，爱人？

拉山德　你的爱人！走开，黑鞑子！走开！可厌的毒物，叫人恶心的东西，给我滚吧！

赫米娅　你还是在开玩笑吗？

海丽娜　是的，你也是在开玩笑。

拉山德　狄米特律斯，我一定不失信于你。

狄米特律斯　你的话可有些不能算数，因为人家的柔情在牵系住你。我可信不过你的话。

拉山德　什么！难道要我伤害她、打她、杀死她吗？虽然我厌恨她，我还不至于这样残忍。

赫米娅　啊！还有什么事情比之你厌恨我更残忍呢？厌恨我！为什么呢？天哪！究竟是怎么一回事呢，我的好人？难道我不是赫米娅了吗？难道你不是拉山德了吗？我现在生得仍旧跟以前一个样子。就在这一夜里你还曾爱过我；但就在这一夜里你离开了我。那么你真的——唉，天哪！——存心离开我吗？

拉山德　一点不错，而且再不要看见你的脸了；因此你可以断了念头，不必疑心，我的话是千真万确的：我厌恨你，我爱海丽娜，一点不是开玩笑。

赫米娅　天啊！你这骗子！你这花中的蛀虫！你这爱情的贼！哼！你乘着黑夜，悄悄地把我的爱人的心偷了去吗？

海丽娜　真好！难道你一点女人家的羞耻都没有，一点不晓得难为情，不晓得自重了吗？哼！你一定要引得我破口说出难听的话来吗？哼！哼！你这装腔作势的人！你这给人家愚弄的小玩偶！

赫米娅　小玩偶！噢，原来如此。现在我才明白了她为什么把她的身材跟我的比较；她自夸她生得长，用她那身材，那高高的身材，赢得了他的心。因为我生得矮小，所以他便把你看得高不可及了吗？我是怎样一个矮法？你这涂脂抹粉的花棒儿！请你说，我是怎样矮法？矮虽矮，我的指爪还挖得着你的眼珠哩！

海丽娜　先生们，虽然你们都在嘲弄我，但我求你们别让她伤害我。我从来不曾使过性子；我也完全不懂得怎样跟人家闹架儿；我是一个胆小怕事的女子。不要让她打我。也许因为她比我矮些，你们就以为我打得过她吧。

赫米娅　生得矮些！听，又来了！

海丽娜　好赫米娅，不要对我这样凶！我一直是爱你的，赫米娅，有什么事总跟你商量，从来不曾对你作过欺心的事；除了这次，为了对于狄米特律斯的爱情的缘故，我把你私奔到这座林中的事告诉了他。他追踪着你；为了爱，我又追踪着他；但他一直是斥骂着我，威吓着我说要打我、踢我，甚至于要杀死我。现在你让我悄悄地走了吧；我愿带着我的愚蠢回到雅典去，不再跟着你们了。让我走；你瞧我是多么傻多么痴心！

赫米娅　好，你走就走吧，谁在拦你？

海丽娜　一颗发痴的心，但我把它丢弃在这里了。

赫米娅　噢，给了拉山德了是不是？

海丽娜　不，给了狄米特律斯。

拉山德　不要怕，她不会伤害你的，海丽娜。

狄米特律斯　当然不会的,先生;即使你帮着她也不要紧。

海丽娜　啊,她一发起怒来,真是又凶又狠。在学校里她就是出名的雌老虎;很小的时候便那么凶了。

赫米娅　又是"很小"!老是矮啊小啊的说个不住!为什么你让她这样讥笑我呢?让我跟她拚命去。

拉山德　滚开,你这矮子!你这发育不全的三寸丁!你这小珠子!你这小青豆!

狄米特律斯　她用不着你帮忙,因此不必那样乱献殷勤。让她去;不许你嘴里再提到海丽娜,不要你来给她撑腰。要是你再向她略献殷勤,就请你当心着吧!

拉山德　现在她已经不再拉住我了;你要是有胆子,跟我来吧,我们倒要试试看究竟海丽娜该属于谁。

狄米特律斯　跟你来!嘿,我要和你并着肩走呢。(拉山德、狄米特律斯二人下。)

赫米娅　你,小姐,这一切的纷扰都是因为你的缘故。嗳,别逃啊!

海丽娜　我怕你,我不敢跟脾气这么大的你在一起。打起架来,你的手比我快得多;但我的腿比你长些,逃起来你追不上我。(下。)

赫米娅　我简直莫名其妙,不知道说些什么话好。(下。)

奥布朗　这是你的大意所致;要不是你弄错了,一定是你故意在捣蛋。

迫　克　相信我,仙王,是我弄错了。你不是对我说只要认清楚那人穿着雅典人的衣裳?照这样说起来我完全不曾错,因为我是把花汁滴在一个雅典人的眼上。事情会弄到这样我是满快活的,因为他们的吵闹看着怪有趣味。

奥布朗　你瞧这两个恋人找地方决斗去了,因此,罗宾,快去把夜天遮暗了;你就去用像冥河的水一样黑的浓雾盖住了星空,再引这两个声势汹汹的仇人迷失了路,不要让他们碰在一起。有时你学着拉山德的声音痛骂狄米特律斯,叫他气得直跳,有时学着狄米特律斯的样子斥责拉山德:用这种法子把他们两个分开,直到他们奔波得精疲力竭,死一样的睡眠拖着铅样沉重的腿和蝙蝠的翅膀爬上了他们的额上;然后你把这草挤出汁来涂在拉山德的眼睛上,它能够解去一切的错误,使他的眼睛恢复从前的眼光。等他们醒来之后,这一切的戏谑,就会像是一场梦景或是空虚的幻象;这一班恋人们便将回到雅典去,而且将订下白头到老、永无尽期的盟约。在我差遣你去做这件事的时候,我要去访问我的王后,向她讨那个印度孩子;然后我要解除她眼中所见的怪物的幻觉,一切事情都将和平解决。

迫　克　这事我们必须赶早办好,主公,
　　　　因为黑夜已经驾起他的飞龙;
　　　　晨星,黎明的先驱,已照亮苍穹;
　　　　一个个鬼魂四散地奔返殡宫:
　　　　还有那横死的幽灵抱恨长终,
　　　　道旁水底有他们的白骨成丛,
　　　　为怕白昼揭露了丑恶的形容,
　　　　早已向重泉归寝,相伴着蛆虫;
　　　　他们永远见不到日光的融融,
　　　　只每夜在暗野里凭吊着凄风。

奥布朗　但你我可完全不能比并他们;
　　　　晨光中我惯和猎人一起游巡,

　　　　　如同林居人一样踏访着丛林；
　　　　　即使东方开启了火红的天门，
　　　　　大海上照耀万道灿烂的光针，
　　　　　青碧的大海化成了一片黄金。
　　　　　但我们应该早早办好这事情，
　　　　　最好别把它迁延着直到天明。(下。)

迫　　克　奔到这边来，奔过那边去；
　　　　我要领他们，奔来又奔去。
　　　　林间和市上，无人不怕我；
　　　　我要领他们，走尽林中路。
　　　　这儿来了一个。

　　　　　拉山德重上。

拉山德　你在哪里，骄傲的狄米特律斯？说出来！

迫　　克　在这儿，恶徒！把你的剑拔出来准备着吧。你在哪里？

拉山德　我立刻就过来。

迫　　克　那么跟我来吧，到平坦一点的地方。(拉山德随声音下。)

　　　　　狄米特律斯重上。

狄米特律斯　拉山德，你再开口啊！你逃走了，你这懦夫！你逃走了吗？说话呀！躲在那一堆树丛里吗？你躲在哪里呀？

迫　　克　你这懦夫！你在向星星们夸口，向树林子挑战，但是却不敢过来吗？来，卑怯汉！来，你这小孩子！我要好好抽你一顿。谁要跟你比剑才真倒霉！

狄米特律斯　呀，你在那边吗？

迫　　克　跟我的声音来吧；这儿不是适宜我们战斗的地方。(同下。)

　　　　　拉山德重上。

拉山德　他走在我的前头,老是挑拨着我上前;一等我走到他叫喊着的地方,他又早已不在。这个坏蛋比我脚步快得多,我追得快,他可逃得更快,使我在黑暗崎岖的路上绊了一跤。让我在这儿休息一下吧。(躺下)来吧,你仁心的白昼!只要你一露出你的一线灰白的微光,我就可以看见狄米特律斯而洗雪这次仇恨了。(睡去。)

　　　　　迫克及狄米特律斯重上。

迫　克　哈!哈!哈!懦夫!你为什么不来?

狄米特律斯　要是你有胆量的话,等着我吧;我全然明白你跑在我前面,从这儿蹿到那儿,不敢站住,也不敢见我的面。你现在是在什么地方?

迫　克　过来,我在这儿。

狄米特律斯　哼,你在摆布我。要是天亮了我看见你的面孔,你好好地留点儿神;现在,去你的吧!疲乏逼着我倒下在这寒冷的地上,等候着白天的降临。(躺下睡去。)

　　　　　海丽娜重上。

海丽娜　疲乏的夜啊!冗长的夜啊!减少一些你的时辰吧!从东方出来的安慰,快照耀起来吧!好让我借着晨光回到雅典去,离开这一群人,他们大家都讨厌着可怜的我。慈悲的睡眠,有时你闭上了悲伤的眼睛,求你暂时让我忘却了自己的存在吧!(躺下睡去。)

迫　克　两男加两女,四个无错误;
　　　　三人已在此,一人在何处?
　　　　哈哈她来了,满脸愁云罩;
　　　　爱神真不好,惯惹人烦恼!

　　　　赫米娅重上。

赫米娅　从来不曾这样疲乏过,从来不曾这样伤心过!我的身上沾满了露水,我的衣裳被荆棘所抓破;我跑也跑不动,爬也爬不动了;我的两条腿再也不能听从我的心愿。让我在这儿休息一下以待天明。要是他们真要决斗的话,愿天保佑拉山德吧!(躺下睡去。)

迫　克　梦将残,睡方酣,
　　　　神仙药,祛幻觉,
　　　　百般迷梦全消却。(挤草汁于拉山德眼上)
　　　　醒眼见,旧人脸,
　　　　乐满心,情不禁,
　　　　从此欢爱复深深。
　　　　一句俗语说得好,
　　　　各人各有各的宝,
　　　　等你醒来就知道:
　　　　　　哥儿爱姐儿,
　　　　　　两两无参差;
　　　　　　失马复得马,
　　　　　　一场大笑话!(下。)

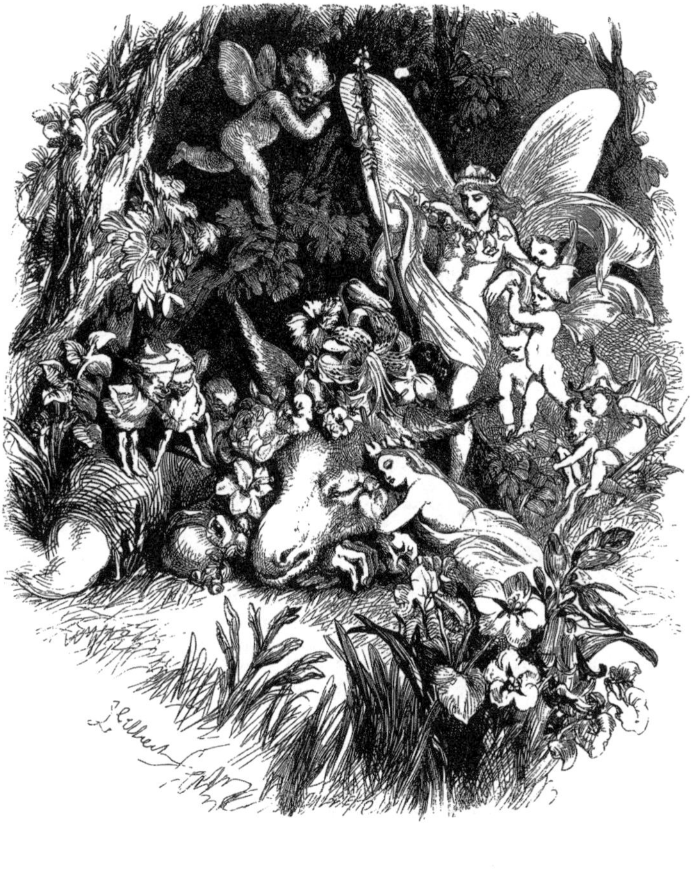

# 第四幕

### 第一场　林中。拉山德、狄米特律斯、海丽娜、赫米娅酣睡未醒

提泰妮娅及波顿上,众仙随侍;奥布朗潜随其后。

提泰妮娅　来,坐下在这花床上。我要爱抚你的可爱的脸颊;我要把麝香玫瑰插在你柔软光滑的头颅上;我要吻你的美丽的大耳朵,我的温柔的宝贝!

波　顿　豆花呢?

豆　花　有。

波　顿　替咱把头搔搔,豆花儿。蛛网先生在哪儿?

蛛　网　有。

波　顿　蛛网先生,好先生,把您的刀拿好,替咱把那蓟草叶尖上的红屁股的野蜂儿杀了;然后,好先生,替咱把蜜囊儿拿来。干那事的时候可别太性急,先生;而且,好先生,当心别把蜜囊儿给弄破了;要是您在蜜囊里头淹死了,那咱可不很乐意,先生。芥子先生在哪儿?

芥　子　有。

波　顿　把您的小手儿给我,芥子先生。请您不要多礼吧,好

先生。

芥　　子　你有什么吩咐？

波　　顿　没有什么，好先生，只是帮蛛网骑士替咱搔搔痒。咱一定得理发去，先生，因为咱觉得脸上毛得很。咱是一头感觉非常灵敏的驴子，要是一根毛把咱触痒了，咱就非得搔一下子不可。

提泰妮娅　你要不要听一些音乐，我的好人？

波　　顿　咱很懂得一点儿音乐。咱们来一下子锣鼓吧。

提泰妮娅　好人，你要吃些什么呢？

波　　顿　真的，来一堆刍秣吧；您要是有好的干麦秆，也可以给咱大嚼一顿。咱想，咱怪想吃那么一捆干草；好干草，美味的干草，什么也比不上它。

提泰妮娅　我有一个善于冒险的小神仙，可以给你到松鼠的仓里取些新鲜的榛栗来。

波　　顿　咱宁可吃一把两把干豌豆。但是谢谢您，吩咐您那些人们别惊动咱吧，咱想要睡他妈的一觉。

提泰妮娅　睡吧，我要把你抱在我的臂中。神仙们，往各处散开去吧。（众仙下）菟丝也正是这样温柔地缠附着芬芳的金银花；女萝也正是这样缱绻着榆树的皱折的臂枝。啊，我是多么爱你！我是多么热恋着你！（同睡去。）

　　　迫克上。

奥布朗　（上前）欢迎，好罗宾！你见没见这种可爱的情景？我对于她的痴恋开始有点不忍了。刚才我在树林后面遇见她正在为这个可憎的蠢货找寻爱情的礼物，我就谴责她，跟她争吵起来，因为那时她把芬芳的鲜花制成花环，环绕着他那毛茸茸的额角；原来在嫩芯上晶莹饱满、如同东方的明珠一样的露水,如今却含在那一朵朵美艳的小花的眼中,像是盈盈欲泣的眼泪,痛心着它们所受的耻辱。我把她尽情嘲骂一番之后,她低声下气地请求我息怒,于是我便乘机向她索讨那个换儿;她立刻把他给了我,差她的仙侍把他送到了我的寝宫。现在我已经把这个孩子弄到手,我将解去她眼中这种可憎的迷惑。好迫克,你去把这雅典村夫头上的变形的头盖揭下,等他和大家一同醒来的时候,好让他回到雅典去,把这晚间发生的一切事情只当作一场梦魇。但是先让我给仙后解去了魔法吧。(以草触她的眼睛)

　　回复你原来的本性,

　　解去你眼前的幻景;

　　这一朵女贞花采自月姊园庭,

　　它会使爱情的小卉失去功能。

　　喂,我的提泰妮娅,醒醒吧,我的好王后!

提泰妮娅　我的奥布朗!我看见了怎样的幻景!好像我爱上了一头驴子啦。

奥布朗　那边就是你的爱人。

提泰妮娅　这一切事情怎么会发生的呢?啊,现在我看见他的样子是多么惹气!

奥布朗　静一会儿。罗宾,把他的头壳揭下了。提泰妮娅,叫他们奏起音乐来吧,让这五个人睡得全然失去了知觉。

提泰妮娅　来,奏起催眠的乐声柔婉!(音乐。)

迫　　克　等你一觉醒来,蠢汉,

　　　用你的傻眼睛瞧看。

奥布朗　奏下去,音乐!来,我的王后,让我们携手同行,让我们的舞蹈震动这些人睡着的地面。现在我们已经言归于好,明天夜半将要一同到忒修斯公爵的府中跳着庄严的欢舞，祝福他家繁荣昌盛。这两对忠心的恋人也将在那里和忒修斯同时举行婚礼，大家心中充满了喜乐。

迫　克　仙王,仙王,留心听,
　　　　我听见云雀歌吟。

奥布朗　王后,让我们静静
　　　　追随着夜的踪影;
　　　　我们环绕着地球,
　　　　快过明月的光流。

提泰妮娅　夫君,请你在一路
　　　　告诉我一切缘故,
　　　　这些人来自何方,
　　　　当我熟睡的时光。(同下。幕内号角声。)

忒修斯、希波吕忒、伊吉斯及侍从等上。

忒修斯　你们中间谁去把猎奴唤来。我们已把五月节的仪式遵行,现在才只是清晨,我的爱人应当听一听猎犬的音乐。把它们放在西面的山谷里;快去把猎奴唤来。美丽的王后,让我们到山顶上去,领略着猎犬们的吠叫和山谷中的回声应和在一起的妙乐吧。

希波吕忒　我曾经同赫剌克勒斯和卡德摩斯①一起在克里特林中行猎,他们用斯巴达的猎犬追赶着巨熊,那种雄壮的吠声我真是第一次听到;除了丛林之外,天空和群山,以及一切附近的区域,似乎混成了一片交互的呐喊。我从来不曾听见过那样谐美的喧声,那样悦耳的雷鸣。

---

① 卡德摩斯(Cadmus)是希腊神话里忒拜城的建立者。

忒修斯　我的猎犬也是斯巴达种,一样的颊肉下垂,一样的黄沙的毛色;它们的头上垂着两片挥拂晨露的耳朵;它们的膝骨是弯曲的,并且像忒萨利亚种的公牛一样喉头长着垂肉。它们在追逐时不很迅速,但它们的吠声彼此高下相应,就像钟声那样合调。无论在克里特、斯巴达或是忒萨利亚,都不曾有过这么一队猎狗,应和着猎人的号角和呼召,吠得这样好听;你听见了之后便可以自己判断。但是且慢!这些都是什么仙女?

伊吉斯　殿下,这儿躺着的是我的女儿;这是拉山德;这是狄米特律斯;这是海丽娜,奈达老人的女儿。我不知道他们怎么都在这儿。

忒修斯　他们一定早起守五月节,因为闻知了我们的意旨,所以赶到这儿来参加我们的典礼。但是,伊吉斯,今天不是赫米娅应该决定她的选择的日子吗?

伊吉斯　是的,殿下。

忒修斯　去,叫猎奴们吹起号角来惊醒他们。(幕内号角及呐喊声,拉山德、狄米特律斯、赫米娅、海丽娜四人惊醒跳起)早安,朋友们!情人节早已过去了,你们这一辈林鸟到现在才配起对吗?①

拉山德　请殿下恕罪!(偕余人并跪下。)

忒修斯　请你们站起来吧。我知道你们两人是对头冤家,怎么会变得这样和气,大家睡在一块儿,没有一点猜忌,再不怕敌人了呢?

拉山德　殿下,我现在还是糊里糊涂,不知道应当怎样回答您的

---

① 情人节(St. Valentine's Day)在二月十四日,据说众鸟于是日择偶。

问话;但是我敢发誓说我真的不知道怎么会在这儿;但是我想——我要说老实话,我现在记起来了,一点不错,我是和赫米娅一同到这儿来的;我们想要逃出雅典,避过了雅典法律的峻严,我们便可以——

伊吉斯　够了,够了,殿下;话已经说得够了。我要求依法,依法惩办他。他们打算,他们打算逃走,狄米特律斯,他们打算用那种手段欺弄我们,使你的妻子落空,使我给你的允许也落空。

狄米特律斯　殿下,海丽娜告诉了我他们的出奔,告诉了我他们到这儿林中来的目的;我在盛怒之下追踪他们,同时海丽娜因为痴心的缘故也追踪着我。但是,殿下,我不知道什么一种力量——但一定是有一种力量——使我对于赫米娅的爱情会像霜雪一样溶解,现在想起来,就像回忆一段童年时所爱好的一件玩物一样;我一切的忠信、一切的心思、一切乐意的眼光,都是属于海丽娜一个人了。我在没有认识赫米娅之前,殿下,就已经和她订过盟约;但正如一个人在生病的时候一样,我厌弃着这一道珍馐,等到健康恢复,就会回复正常的胃口。现在我希求着她,珍爱着她,思慕着她,将要永远忠心于她。

忒修斯　俊美的恋人们,我们相遇得很巧;等会儿我们便可以再听你们把这段话讲下去。伊吉斯,你的意志只好屈服一下了;这两对少年不久便将跟我们一起在神庙中缔结永久的鸳盟。现在清晨快将过去,我们本来准备的行猎只好中止。跟我们一起到雅典去吧;三三成对地,我们将要大张盛宴。来,希波吕忒。(忒修斯、希波吕忒、伊吉斯及侍从下。)

狄米特律斯　这些事情似乎微细而无从捉摸,好像化为云雾的

　　　　　远山一样。

赫米娅　我觉得好像这些事情我都用昏花的眼睛看着,一切都化作了层叠的两重似的。

海丽娜　我也是这样想。我得到了狄米特律斯,像是得到了一颗宝石,好像是我自己的,又好像不是我自己的。

狄米特律斯　你们真能断定我们现在是醒着吗?我觉得我们还是在睡着做梦。你们是不是以为公爵方才在这儿,叫我们跟他走吗?

赫米娅　是的,我的父亲也在。

海丽娜　还有希波吕忒。

拉山德　他确曾叫我们跟他到神庙里去。

狄米特律斯　那么我们真的已经醒了。让我们跟着他走;一路上讲着我们的梦。(同下。)

波　顿　(醒)轮到咱说尾白的时候,请你们叫咱一声,咱就会答应;咱下面的一句是,"最美丽的皮拉摩斯。"喂!喂!彼得·昆斯!弗鲁特,修风箱的!斯诺特,补锅子的!斯塔佛林!他妈的!悄悄地溜走了,把咱撇下在这儿一个人睡觉吗?咱看见了一个奇怪得了不得的幻象,咱做了一个梦。没有人说得出那是怎样的一个梦;要是谁想把这个梦解释一下,那他一定是一头驴子。咱好像是——没有人说得出那是什么东西;咱好像是——咱好像有——但要是谁敢说出来咱好像有什么东西,那他一定是一个蠢材。咱那个梦啊,人们的眼睛从来没有听到过,人们的耳朵从来没有看见过,人们的手也尝不出来是什么味道,人们的舌头也想不出来是什么道理,人们的心也说不出来究竟那是怎样的一个梦。咱要叫彼得·昆斯给咱写一首歌儿咏一下这个梦,题目就叫做"波顿的梦",因为这个梦可没有个底儿①;咱要在演完戏之后当着公爵大人的面前唱这个歌——或者更好些,还是等咱死了之后再唱吧。(下。)

## 第二场　雅典。昆斯家中

　　　　昆斯、弗鲁特、斯诺特、斯塔佛林上。

昆　斯　你们差人到波顿家里去过了吗?他还没有回家吗?
斯塔佛林　一点消息都没有。他准是给妖精拐了去了。
弗鲁特　要是他不回来,那么咱们的戏就要搁起来啦;它不能再演下去,是不是?
昆　斯　那当然演不下去啰;整个雅典城里除了他之外就没有第二个人可以演皮拉摩斯。
弗鲁特　谁也演不了;他在雅典手艺人中间简直是最聪明的一个。
昆　斯　对,而且也是顶好的人;他有一副好喉咙,吊起膀子来真是顶呱呱的。
弗鲁特　你说错了,你应当说"吊嗓子"。吊膀子,老天爷!那是一件难为情的事。

　　　　斯纳格上。

斯纳格　列位,公爵大人刚从神庙里出来,还有两三位贵人和小姐们也在同时结了婚。要是咱们的玩意儿能够干下去,咱们一定大家都有好处。
弗鲁特　哎呀,可爱的波顿好家伙!他从此就不能再拿到六便

---

① 波顿,原文 Bottom,意为"底";所以这里是一句双关语。

士一天的恩俸了。他准可以拿到六便士一天的。咱可以赌咒公爵大人见了他扮演皮拉摩斯,一定会赏给他六便士一天。他应该可以拿到六便士一天的;扮演了皮拉摩斯,应该拿六便士一天,少一个子儿都不行。

　　　　波顿上。

波　顿　孩儿们在什么地方?心肝们在什么地方?

昆　斯　波顿!哎呀,顶好顶好的日子,顶吉利顶吉利的时辰!

波　顿　列位,咱要讲古怪事儿给你们听,可不许问咱什么事;要是咱对你们说了,咱不算是真的雅典人。咱要把一切全都告诉你们,一个字也不漏掉。

昆　斯　讲给咱们听吧,好波顿。

波　顿　关于咱自己的事可一个字也不能告诉你们。咱要报告给你们知道的是,公爵大人已经用过正餐了。把你们的行头收拾起来,胡须上要用坚牢的穿绳,舞靴上要结簇新的缎带;立刻在宫门前集合;各人温熟了自己的台词;总而言之一句话,咱们的戏已经送上去了。无论如何,可得叫提斯柏穿一件干净一点的衬衫;还有扮演狮子的那位别把指甲铰掉,因为那是要露出在外面当作狮子的脚爪的。顶要紧的,列位老板们,别吃洋葱和大蒜,因为咱们可不能把人家熏倒胃口;咱一定会听见他们说,"这是一出香甜的喜剧。"完了,去吧!去吧!(同下。)

# 第 五 幕

### 第一场　雅典。忒修斯宫中

*忒修斯、希波吕忒、菲劳斯特莱特及大臣侍从等上。*

希波吕忒　忒修斯，这些恋人们所说的话真是奇怪得很。

忒修斯　奇怪得不像会是真实。我永不相信这种古怪的传说和胡扯的神话。情人们和疯子们都富于纷乱的思想和成形的幻觉，他们所理会到的永远不是冷静的理智所能充分了解。疯子、情人和诗人，都是幻想的产儿：疯子眼中所见的鬼，多过于广大的地狱所能容纳；情人，同样是那么疯狂，能从埃及人的黑脸上看见海伦①的美貌；诗人的眼睛在神奇的狂放的一转中，便能从天上看到地下，从地下看到天上。想象会把不知名的事物用一种形式呈现出来，诗人的笔再使它们具有如实的形象，空虚的无物也会有了居处和名字。强烈的想象往往具有这种本领，只要一领略到一些快乐，就会相信那种快乐的背后有一个赐予的人；夜间一转到恐惧的念头，一株灌木一下子便会变成一头熊。

---

① 海伦（Helen）是希腊神话里著名的美人，特洛亚战争就是由她引起的。

希波吕忒　但他们所说的一夜间全部的经历,以及他们大家心理上都受到同样影响的一件事实,可以证明那不会是幻想。虽然那故事是怪异而惊人,却并不令人不能置信。

忒修斯　这一班恋人们高高兴兴地来了。

　　　拉山德、狄米特律斯、赫米娅、海丽娜上。

忒修斯　恭喜,好朋友们！恭喜！愿你们心灵里永远享受着没有阴翳的爱情日子！

拉山德　愿更大的幸福永远追随着殿下的起居！

忒修斯　来,我们应当用什么假面剧或是舞蹈来消磨在尾餐和就寝之间的三点钟悠长的岁月呢？我们一向掌管戏乐的人在哪里？有哪几种余兴准备着？有没有一出戏剧可以祛除难挨的时辰里按捺不住的焦灼呢？叫菲劳斯特莱特过来。

菲劳斯特莱特　有,伟大的忒修斯。

忒修斯　说,你有些什么可以缩短这黄昏的节目？有些什么假面剧？有些什么音乐？要是一点娱乐都没有,我们怎么把这迟迟的时间消度过去呢？

菲劳斯特莱特　这儿是一张预备好的各种戏目的单子,请殿下自己拣选哪一项先来。（呈上单子。）

忒修斯　"与马①作战,由一个雅典太监和竖琴而唱"。那个我们不要听；我已经告诉过我的爱人这一段表彰我的姻兄赫剌克勒斯武功的故事了。"醉酒者之狂暴,特剌刻歌人惨遭肢裂的始末。"②那是老调,当我上次征服忒拜凯旋回

---

① 马人（Centaurs）是希腊神话中一种半人半马的怪物,赫剌克勒斯曾战而胜之。
② 特剌刻歌人系指希腊神话中的著名歌手俄耳甫斯（Orpheus）；其歌声能感动百兽草木；后被酗酒妇人肢裂而死。

来的时候就已经表演过了。"九缪斯神①痛悼学术的沦亡"。那是一段犀利尖刻的讽刺,不适合于婚礼时的表演。"关于年轻的皮拉摩斯及其爱人提斯柏的冗长的短戏,非常悲哀的趣剧"。悲哀的趣剧!冗长的短戏!那简直是说灼热的冰,发烧的雪。这种矛盾怎么能调和起来呢?

菲劳斯特莱特　殿下,一出一共只有十来个字那么长的戏,当然是再短没有了;然而即使只有十个字,也会嫌太长,叫人看了厌倦;因为在全剧之中,没有一个字是用得恰当的,没有一个演员是支配得适如其分的。那本戏的确很悲哀,殿下,因为皮拉摩斯在戏里要把自己杀死。可是我看他们预演那一场的时候,我得承认确曾使我的眼中充满了眼泪;但那些泪都是在纵声大笑的时候忍俊不住而流下来的,再没有人流过比那更开心的泪水了。

忒修斯　扮演这戏的是些什么人呢?

菲劳斯特莱特　都是在这儿雅典城里做工过活的胼手胝足的汉子。他们从来不曾用过头脑,今番为了准备参加殿下的婚礼,才辛辛苦苦地把这本戏记诵起来。

忒修斯　好,就让我们听一下吧。

菲劳斯特莱特　不,殿下,那是不配烦渎您的耳朵的。我已经听完过他们一次,简直一无足取;除非你嘉纳他们的一片诚心和苦苦背诵的辛勤。

忒修斯　我要把那本戏听一次,因为纯朴和忠诚所呈献的礼物,总是可取的。去把他们带来。各位夫人女士们,大家请坐下。(菲劳斯特莱特下。)

---

① 九缪斯神(Nine Muses)即司文学艺术的九女神。

希波吕忒　我不欢喜看见微贱的人做他们力量所不及的事,忠诚因为努力的狂妄而变成毫无价值。

忒修斯　啊,亲爱的,你不会看见他们糟到那地步。

希波吕忒　他说他们根本不会演戏。

忒修斯　那更显得我们的宽宏大度,虽然他们的劳力毫无价值,他们仍能得到我们的嘉纳。我们可以把他们的错误作为取笑的资料。我们不必较量他们那可怜的忠诚所不能达到的成就,而该重视他们的辛勤。凡是我所到的地方,那些有学问的人都预先准备好欢迎辞迎接我;但是一看见了我,便发抖、脸色变白,句子没有说完便中途顿住,背熟了的话梗在喉中,吓得说不出来,结果是一句欢迎我的话都没有说。相信我,亲爱的,从这种无言中我却领受了他们一片欢迎的诚意;在诚惶诚恐的忠诚的畏怯上表示出来的意味,并不少于一条娓娓动听的辩舌和无所忌惮的口才。因此,爱人,照我所能观察到的,无言的纯朴所表示的情感,才是最丰富的。

　　　　菲劳斯特莱特重上。

菲劳斯特莱特　请殿下吩咐,念开场诗的预备登场了。

忒修斯　让他上来吧。(喇叭奏花腔。)

　　　　昆斯上,念开场诗。

昆　斯

　　　要是咱们,得罪了请原谅。

　　　　咱们本来是,一片的好意,

　　　　想要显一显。薄薄的伎俩,

　　　　那才是咱们原来的本意。

　　　　因此列位咱们到这儿来。

　　　　为的要让列位欢笑欢笑,

>否则就是不曾。到这儿来,
>
>>如果咱们。惹动列位气恼。
>
>>一个个演员,都将,要登场,
>
>>你们可以仔细听个端详。①

忒修斯　这家伙简直乱来。

拉山德　他念他的开场诗就像骑一头顽劣的小马一样,乱冲乱撞,该停的地方不停,不该停的地方偏偏停下。殿下,这是一个好教训:单是会讲话不能算数,要讲话总该讲得像个路数。

希波吕忒　真的,他就像一个小孩子学吹笛,呜哩呜哩了一下,可是全不入调。

忒修斯　他的话像是一段纠缠在一起的链索,并没有欠缺,可是全弄乱了。跟着是谁登场呢?

>皮拉摩斯及提斯柏、墙、月光、狮子上。

昆　　斯

>列位大人,也许你们会奇怪这一班人跑出来干么。尽管奇怪吧,自然而然地你们总会明白过来。这个人是皮拉摩斯,要是你们想要知道的话;这位美丽的姑娘不用说便是提斯柏啦。这个人身上涂着石灰和黏土,是代表墙头的,那堵隔开这两个情人的坏墙头;他们这两个可怜的人只好在墙缝里低声谈话,这是要请大家明白的。这个人提着灯笼,牵着犬,拿着柴枝,是代表月亮;因为你们要知道,这两个情人觉得在月光底下到尼纳斯的坟头见面谈情倒也不坏。这一头可怕的畜生名叫狮子,那晚上忠实的提斯柏先到约会的地方,给它吓

---

① 此段句读完全错误。

跑了,或者不如说是被它惊走了;她在逃走的时候脱落了她的外套,那件外套因为给那恶狮子咬住在它那张血嘴里,所以沾满了血斑。隔了不久,皮拉摩斯,那个高个儿的美少年,也来了,一见他那忠实的提斯柏的外套躺在地上死了,便赤楞楞地一声拔出一把血淋淋的该死的剑来,对准他那热辣辣的胸脯里豁拉拉地刺了进去。那时提斯柏却躲在桑树的树荫里,等到她发现了这回事,便把他身上的剑拔出来,结果了她自己的性命。至于其余的一切,可以让狮子、月光、墙头和两个情人详详细细地告诉你们,当他们上场的时候。(昆斯及皮拉摩斯、提斯柏、狮子、月光同下。)

忒修斯　我不知道狮子要不要说话。

狄米特律斯　殿下,这可不用怀疑,要是一班驴子都会讲人话,狮子当然也会说话啦。

墙

小子斯诺特是也,在这本戏文里扮做墙头;须知此墙不是他墙,乃是一堵有裂缝的墙,凑着那条裂缝,皮拉摩斯和提斯柏两个情人常常偷偷地低声谈话。这一把石灰、这一撮黏土、这一块砖头,表明咱是一堵真正的墙头,并非滑头冒牌之流。这便是那条从右到左的缝儿,这两个胆小的情人就在那儿谈着知心话儿。

忒修斯　石灰和泥土筑成的东西,居然这样会说话,难得难得!

狄米特律斯　殿下,我从来也不曾听见过一堵墙居然能说出这样俏皮的话来。

忒修斯　皮拉摩斯走近墙边来了。静听!

皮拉摩斯重上。

皮拉摩斯

> 板着脸孔的夜啊！漆黑的夜啊！
> 夜啊，白天一去，你就来啦！
> 夜啊！夜啊！唉呀！唉呀！唉呀！
> 咱担心咱的提斯柏要失约啦！
> 墙啊！亲爱的、可爱的墙啊！
> 你硬生生地隔开了咱们两人的家！
> 墙啊！亲爱的，可爱的墙啊！
> 露出你的裂缝，让咱向里头瞧瞧吧！（墙举手叠指作裂缝状）谢谢你，殷勤的墙！上帝大大保佑你！
> 但是咱瞧见些什么呢？咱瞧不见伊。
> 刁恶的墙啊！不让咱瞧见可爱的伊；
> 愿你倒霉吧，因为你竟这样把咱欺！

忒修斯　这墙并不是没有知觉的，我想他应当反骂一下。

皮拉摩斯　没有的事，殿下，真的，他不能。"把咱欺"是该提斯柏接下去的尾白；她现在就要上场啦，咱就要在墙缝里看她。你们瞧着吧，下面做下去正跟咱告诉你们的完全一样。那边她来啦。

> 提斯柏重上。

提斯柏

> 墙啊！你常常听得见咱的呻吟，
> 　　怨你生生把咱共他两两分拆！
> 咱的樱唇常跟你的砖石亲吻，
> 　　你那用泥泥胶得紧紧的砖石。

皮拉摩斯

> 咱瞧见一个声音；让咱去望望，

不知可能听见提斯柏的脸庞。

提斯柏！

**提斯柏**

你是咱的好人儿，咱想。

**皮拉摩斯**

尽你想吧，咱是你风流的情郎。

好像里芒德①，咱此心永无变更。

**提斯柏**

咱就像海伦，到死也决不变心。

**皮拉摩斯**

沙发勒斯对待普洛克勒斯不过如此②。

**提斯柏**

你就是普洛克勒斯，咱就是沙发勒斯。

**皮拉摩斯**

啊，在这堵万恶的墙缝中请给咱一吻！

**提斯柏**

咱吻着墙缝，可全然吻不到你的嘴唇。

**皮拉摩斯**

你肯不肯到宁尼的坟头去跟咱相聚？

**提斯柏**

活也好，死也好，咱一准立刻动身前去。(二人下。)

---

① 里芒德是里昂德之讹，爱恋少女希罗，游泳过河时淹死。下行扮演提斯柏的弗鲁特误以海伦为希罗。

② 沙发勒斯为塞发勒斯(Cephalus)之讹，为黎明女神所恋，但彼卒忠于其妻普洛克里斯(Procris)，此处误为普洛克勒斯。

墙     现在咱已把墙头扮好,

　　　因此咱便要拔脚跑了。(下。)

忒修斯　现在隔在这两份人家之间的墙头已经倒下了。

狄米特律斯　殿下,墙头要是都像这样随随便便偷听人家的谈话,可真没法好想。

希波吕忒　我从来没有听到过比这再蠢的东西。

忒修斯　最好的戏剧也不过是人生的一个缩影;最坏的只要用想象补足一下,也就不会坏到什么地方去。

希波吕忒　那该是靠你的想象,而不是靠他们的想象。

忒修斯　要是他们在我们的想象里并不比在他们自己的想象里更坏,那么他们也可以算得顶好的人了。两个好东西登场了,一个是人,一个是狮子。

　　　狮子及月光重上。

狮　子     各位太太小姐们,你们那柔弱的心一见了地板上爬着的一头顶小的老鼠就会害怕,现在看见一头凶暴的狮子发狂地怒吼,多少要发起抖来吧?但是请你们放心,咱实在是细木工匠斯纳格,既不是凶猛的公狮,也不是一头母狮;要是咱真的是一头狮子冲到了这儿,那咱才大倒其霉!

忒修斯　一头非常善良的畜生,有一颗好良心。

狄米特律斯　殿下,这是我所看见过的最好的畜生了。

拉山德　这头狮子按勇气说只好算是一只狐狸。

忒修斯　对了,而且按他那小心翼翼的样子说起来倒像是一头鹅。

狄米特律斯　可不能那么说,殿下;因为他的"勇气"还敌不过他的"小心",可是一头狐狸却能把一头鹅拖了走。

忒修斯　我肯定说,他的"小心"推不动他的"勇气",就像一头鹅拖不动一头狐狸。好,别管他吧,让我们听月亮说话。

月　光　
　　　　这盏灯笼代表着角儿弯弯的新月;——

狄米特律斯　他应当把角装在头上。

忒修斯　他并不是新月,圆圆的哪里有个角儿?

月　光　
　　　　这盏灯笼代表着角儿弯弯的新月;咱好像就是月亮里的仙人。

忒修斯　这该是最大的错误了。应该把这个人放进灯笼里去;否则他怎么会是月亮里的仙人呢?

狄米特律斯　他因为怕烛火要恼火,所以不敢进去。

希波吕忒　这月亮真使我厌倦;他应该变化变化才好!

忒修斯　照他那昏昏沉沉的样子看起来,他大概是一个残月;但是为着礼貌和一切的理由,我们得忍耐一下。

拉山德　说下去,月亮。

月　光　总而言之,咱要告诉你们的是,这灯笼便是月亮;咱便是月亮里的仙人;这柴枝是咱的柴枝;这狗是咱的狗。

狄米特律斯　嗨,这些都应该放进灯笼里去才对,因为它们都是在月亮里的。但是静些,提斯柏来了。

　　　　　　提斯柏重上。

提斯柏　
　　　　这是宁尼老人的坟。咱的好人儿呢?

狮　子　(吼)呜!——(提斯柏奔下。)

狄米特律斯　吼得好,狮子!

忒修斯　奔得好,提斯柏!

希波吕忒　照得好,月亮! 真的,月亮照得姿势很好。(狮子撕破提斯柏的外套后下。)

忒修斯　撕得好,狮子!

狄米特律斯　于是皮拉摩斯来了。

拉山德　于是狮子不见了。

　　　　皮拉摩斯重上。

皮拉摩斯

　　可爱的月亮,咱多谢你的阳光;
　　　谢谢你,因为你照得这么皎洁!
　　靠着你那慈和的闪烁的金光,
　　　咱将要饱餐着提斯柏的秀色。
　　　　但是且住,啊该死!
　　　　瞧哪,可怜的骑士,
　　　这是一场什么惨景!
　　　　眼睛,你看不看见?
　　　　这种事怎会出现?
　　　可爱的宝贝啊,亲亲!
　　　　你的好外套一件,
　　　怎么全都是血点?
　　　过来吧,狰狞的凶神!
　　　　快把生命的羁缠
　　　从此后一刀割断;
　　　今朝咱了结了残生!

忒修斯　这一种情感再加上一个好朋友的死,很可以使一个人

　　　　脸带愁容。

希波吕忒　该死！我倒真有点可怜这个人。

皮拉摩斯

　　　　苍天啊！你为什么要造下狮子，
　　　　　让它在这里蹂躏了咱的爱人？
　　　　她在一切活着爱着的人中，是
　　　　　一个最美最美最最美的美人。
　　　　　　淋漓地流吧，眼泪！
　　　　　　咱要把宝剑一挥，
　　　　　　当着咱的胸头划破：
　　　　　　　一剑刺过了左胸，
　　　　　　　叫心儿莫再跳动，
　　　　　　这样咱就死啰死啰！（以剑自刺）
　　　　　　现在咱已经身死，
　　　　　　现在咱已经去世，
　　　　　　咱灵魂儿升到天堂；
　　　　　　　太阳，不要再照耀！
　　　　　　　月亮，给咱拔脚跑！（月光下）
　　　　　　咱已一命、一命丧亡。（死。）

狄米特律斯　不是双亡，是单亡，因为他是孤零零地死去。

拉山德　他现在死去，不但成不了双，而且成不了单；他已经变成"没有"啦。

忒修斯　要是就去请外科医生来，也许还可以把他医活转来，叫他做一头驴子。

希波吕忒　提斯柏还要回来找她的情人，月亮怎么这样性急，这会儿就走了呢？

忒修斯　她可以在星光底下看见他的,现在她来了。她再痛哭流涕一下子,戏文也就完了。

　　　　提斯柏重上。

希波吕忒　我想对于这样一个宝货皮拉摩斯,她可以不必浪费口舌;我希望她说得短一点儿。

狄米特律斯　她跟皮拉摩斯较量起来真是半斤八两。上帝保佑我们不要嫁到这种男人,也保佑我们不要娶着这种妻子!

拉山德　她那秋波已经看见他了。

狄米特律斯　于是悲声而言曰:——

提斯柏

　　睡着了吗,好人儿?
　　　啊!死了,咱的鸽子?
　　皮拉摩斯啊,快醒醒!
　　　说呀!说呀!哑了吗?
　　唉,死了!一堆黄沙
　　将要盖住你的美睛。
　　　嘴唇像百合花开,
　　　鼻子像樱桃可爱,
　　黄花像是你的脸孔,
　　　一齐消失、消失了,
　　　有情人同声哀悼!
　　他眼睛绿得像青葱。
　　　命运女神三姊妹,
　　　快快到我这里来,
　　伸出你玉手像白面,
　　　伸进血里泡一泡——

　　　　既然克擦一剪刀,
　　　你割断他的生命线。
　　　　舌头,不许再多言!
　　　　凭着这一柄好剑,
　　　赶快把咱胸膛刺穿。(以剑自刺)
　　　　再会,我的朋友们!
　　　　提斯柏已经毕命;
　　　再见吧,再见吧,再见!(死。)

忒修斯　他们的葬事要让月亮和狮子来料理了吧?

狄米特律斯　是的,还有墙头。

波　顿　(跳起)不,咱对你们说,那堵隔开他们两家的墙早已经倒了。你们要不要瞧瞧收场诗,或者听一场咱们两个伙计的贝格摩①舞?

忒修斯　请把收场诗免了吧,因为你们的戏剧无须再请求人家原谅;扮戏的人一个个死了,我们还能责怪谁不成? 真的,要是写那本戏的人自己来扮皮拉摩斯,把他自己吊死在提斯柏的袜带上,那倒真是一出绝妙的悲剧。实在你们这次演得很不错。现在把你们的收场诗搁在一旁,还是跳起你们的贝格摩舞来吧。(跳舞)夜钟已经敲过了十二点;恋人们,睡觉去吧,现在已经差不多是神仙们游戏的时间了。我担心我们明天早晨会起不来,因为今天晚上睡得太迟。这出粗劣的戏剧却使我们不觉把冗长的时间打发走了。好朋友们,去睡吧。我们要用半月工夫把这喜庆延续,夜夜有不同的欢乐。(众下。)

---

① 贝格摩(Bergamo)为米兰(Milan)东北地名,以产小丑著名。

## 第二场 同 前

迫克上。

迫 克　饿狮在高声咆哮；
　　　　豺狼在向月长嗥；
　　　　农夫们鼾息沉沉，
　　　　完毕一天的辛勤。
　　　　火把还留着残红，
　　　　　鸱鸮叫得人胆战，
　　　　传进愁人的耳中，
　　　　　仿佛见殓衾飘飐。
　　　　现在夜已经深深，
　　　　　坟墓都裂开大口，
　　　　吐出了百千幽灵，
　　　　　荒野里四散奔走。
　　　　我们跟着赫卡忒①，
　　　　　离开了阳光赫奕，
　　　　像一场梦景幽凄，
　　　　　追随黑暗的踪迹。
　　　　且把这吉屋打扫，
　　　　　供大家一场欢闹；
　　　　驱走扰人的小鼠，

---

① 赫卡忒(Hecate)为下界的女神。原文作"triple Hecate"，其像有时为三个身体三个头，有时为一个身体三个头，相背而立。

还得揩干净门户。

　　　　　　奥布朗、提泰妮娅及侍从等上。

奥布朗　　屋中消沉的火星
　　　　　　微微地尚在闪耀；
　　　　　跳跃着每个精灵
　　　　　　像花枝上的小鸟；
　　　　　随我唱一支曲调，
　　　　　　一齐轻轻地舞蹈。

提泰妮娅　先要把歌儿练熟，
　　　　　　每个字玉润珠圆；
　　　　　然后齐声唱祝福，
　　　　　　手携手缥缈回旋。（歌舞。）

奥布朗　　趁东方尚未发白，
　　　　　让我们满屋溜跶；
　　　　　先去看一看新床，
　　　　　祝福它吉利祯祥。
　　　　　这三对新婚伉俪，
　　　　　愿他们永无离贰；
　　　　　生下男孩和女娃，
　　　　　无妄无灾福气大；
　　　　　一个个相貌堂堂，
　　　　　没有一点儿破相；
　　　　　不生黑痣不缺唇，
　　　　　更没有半点瘢痕。
　　　　　凡是不祥的胎记，
　　　　　不会在身上发现。

　　　　　用这神圣的野露，

　　　　　你们去浇洒门户，

　　　　　祝福屋子的主人，

　　　　　永享着福禄康宁。

　　　　　快快去，莫犹豫；

　　　　　天明时我们重聚。（除迫克外皆下。）

迫　克　（向观众）

　　　　　要是我们这辈影子

　　　　　有拂了诸位的尊意，

　　　　　就请你们这样思量，

　　　　　一切便可得到补偿；

　　　　　这种种幻景的显现，

　　　　　不过是梦中的妄念；

　　　　　这一段无聊的情节，

　　　　　真同诞梦一样无力。

　　　　　先生们，请不要见笑！

　　　　　倘蒙原宥，定当补报。

　　　　　万一我们幸而免脱

　　　　　这一遭嘘嘘的指斥，

　　　　　我们决不忘记大恩，

　　　　　迫克生平不会骗人。

　　　　　否则尽管骂我混蛋。

　　　　　我迫克祝大家晚安。

　　　　　再会了！肯赏个脸儿的话，

　　　　　就请拍两下手，多谢多谢！（下。）

# 威尼斯商人

朱 生 豪 译
方　　 平 校

THE MERCHANT OF VENICE

Act IV. Sc. 1.

# 剧 中 人 物

威尼斯公爵

摩洛哥亲王 ⎫
阿拉贡亲王 ⎭ 鲍西娅的求婚者

安东尼奥　威尼斯商人

巴萨尼奥　安东尼奥的朋友

葛莱西安诺 ⎫
萨莱尼奥　⎬ 安东尼奥和巴萨尼奥的朋友
萨拉里诺　⎭

罗兰佐　杰西卡的恋人

夏洛克　犹太富翁

杜伯尔　犹太人,夏洛克的朋友

朗斯洛特·高波　小丑,夏洛克的仆人

老高波　朗斯洛特的父亲

里奥那多　巴萨尼奥的仆人

鲍尔萨泽 ⎫
斯丹法诺 ⎭ 鲍西娅的仆人

鲍西娅　富家嗣女

尼莉莎　鲍西娅的侍女
杰西卡　夏洛克的女儿

威尼斯众士绅、法庭官吏、狱吏、鲍西娅家中的仆人及其他侍从

## 地　　点

一部分在威尼斯；一部分在大陆上的贝尔蒙特，鲍西娅邸宅所在地

# 第一幕

### 第一场 威尼斯。街道

*安东尼奥、萨拉里诺及萨莱尼奥上。*

安东尼奥　真的,我不知道我为什么这样闷闷不乐。你们说你们见我这样子,心里觉得很厌烦,其实我自己也觉得很厌烦呢;可是我怎样会让忧愁沾上身,这种忧愁究竟是怎么一种东西,它是从什么地方产生的,我却全不知道;忧愁已经使我变成了一个傻子,我简直有点自己不了解自己了。

萨拉里诺　您的心是跟着您那些扯着满帆的大船在海洋上簸荡着呢;它们就像水上的达官富绅,炫示着它们的豪华,那些小商船向它们点头敬礼,它们却睬也不睬,凌风直驶。

萨莱尼奥　相信我,老兄,要是我也有这么一笔买卖在外洋,我一定要用大部分的心思牵挂它;我一定常常拔草观测风吹的方向,在地图上查看港口码头的名字;凡是足以使我担心那些货物的命运的一切事情,不用说都会引起我的忧愁。

萨拉里诺　吹凉我的粥的一口气,也会吹痛我的心,只要我想到海面上的一阵暴风将会造成怎样一场灾祸。我一看见沙漏的时计,就会想起海边的沙滩,仿佛看见我那艘满载货物的商船倒插在沙里,船底朝天,它的高高的桅樯吻着它的葬身之地。要是我到教堂里去,看见那用石块筑成的神圣的殿堂,我怎么会不立刻想起那些危险的礁石,它们只要略微碰一碰我那艘好船的船舷,就会把满船的香料倾泻在水里,让汹涌的波涛披戴着我的绸缎绫罗;方才还是价值连城的,一转瞬间尽归乌有?要是我想到了这种情形,我怎么会不担心这种情形也许会果然发生,从而发起愁来呢?不用对我说,我知道安东尼奥是因为担心他的货物而忧愁。

安东尼奥　不,相信我;感谢我的命运,我的买卖的成败并不完全寄托在一艘船上,更不是倚赖着一处地方;我的全部财产,也不会因为这一年的盈亏而受到影响,所以我的货物并不能使我忧愁。

萨拉里诺　啊,那么您是在恋爱了。

安东尼奥　呸!哪儿的话!

萨拉里诺　也不是在恋爱吗?那么让我们说,您忧愁,因为您不快乐;就像您笑笑跳跳,说您很快乐,因为您不忧愁,实在再简单也没有了。凭二脸神雅努斯起誓,老天造下人来,真是无奇不有:有的人老是眯着眼睛笑,好像鹦鹉见了吹风笛的人一样;有的人终日皱着眉头,即使涅斯托发誓说那笑话很可笑,他听了也不肯露一露他的牙齿,装出一个笑容来。

*巴萨尼奥、罗兰佐及葛莱西安诺上。*

萨莱尼奥　您的一位最尊贵的朋友,巴萨尼奥,跟葛莱西安诺、罗兰佐都来了。再见;您现在有了更好的同伴,我们可以少陪啦。

萨拉里诺　倘不是因为您的好朋友来了,我一定要叫您快乐了才走。

安东尼奥　你们的友谊我是十分看重的。照我看来,恐怕还是你们自己有事,所以借着这个机会想抽身出去吧?

萨拉里诺　早安,各位大爷。

巴萨尼奥　两位先生,咱们什么时候再聚在一起谈谈笑笑?你们近来跟我十分疏远了。难道非走不可吗?

萨拉里诺　您什么时候有空,我们一定奉陪。(萨拉里诺、萨莱尼奥下。)

罗兰佐　巴萨尼奥大爷,您现在已经找到安东尼奥,我们也要少陪啦;可是请您千万别忘记吃饭的时候咱们在什么地方会面。

巴萨尼奥　我一定不失约。

葛莱西安诺　安东尼奥先生,您的脸色不大好,您把世间的事情看得太认真了;一个人思虑太多,就会失却做人的乐趣。相信我,您近来真是变的太厉害啦。

安东尼奥　葛莱西安诺,我把这世界不过看作一个世界,每一个人必须在这舞台上扮演一个角色,我扮演的是一个悲哀的角色。

葛莱西安诺　让我扮演一个小丑吧。让我在嘻嘻哈哈的欢笑声中不知不觉地老去;宁可用酒温暖我的肠胃,不要用折磨自己的呻吟冰冷我的心。为什么一个身体里面流着热血的人,要那么正襟危坐,就像他祖宗爷爷的石膏像一样呢?明明醒着的时候,为什么偏要像睡去了一般?为什么动不动翻脸生气,把自己气出了一场黄疸病来?我告诉你吧,安东尼奥——因为我爱你,所以我才对你说这样的话:世界上有一种人,他们的脸上装出一副心如止水的神气,故意表示他们的冷静,好让人家称赞他们一声智慧深沉,思想渊博;他们的神气之间,好像说,"我的说话都是纶音天语,我要是一张开嘴唇来,不许有一头狗乱叫!"啊,我的安东尼奥,我看透这一种人,他们只是因为不说话,博得了智慧的名声;可是我可以确定说一句,要是他们说起话来,听见的人,谁都会骂他们是傻瓜的。等有机会的时候,我再告诉你关于这种人的笑话吧;可是请你千万别再用悲哀做钓饵,去钓这种无聊的名誉了。来,好罗兰佐。回头见;等我吃完了饭,再来向你结束我的劝告。

罗兰佐　好,咱们在吃饭的时候再见吧。我大概也就是他所说的那种以不说话为聪明的人,因为葛莱西安诺不让我有说话的机会。

葛莱西安诺　嘿,你只要再跟我两年,就会连你自己说话的口音也听不出来。

安东尼奥　再见,我会把自己慢慢儿训练得多说话一点的。

葛莱西安诺　那就再好没有了;只有干牛舌和没人要的老处女,才是应该沉默的。(葛莱西安诺、罗兰佐下。)

安东尼奥　他说的这一番话有些什么意思?

巴萨尼奥　葛莱西安诺比全威尼斯城里无论哪一个人都更会拉上一大堆废话。他的道理就像藏在两桶砻糠里的两粒麦子,你必须费去整天工夫才能够把它们找到,可是找到了它们以后,你会觉得费这许多气力找它们出来,是一点不值得的。

安东尼奥　好,您今天答应告诉我您立誓要去秘密拜访的那位姑娘的名字,现在请您告诉我吧。

巴萨尼奥　安东尼奥,您知道得很清楚,我怎样为了维持我外强中干的体面,把一份微薄的资产都挥霍光了;现在我对于家道中落、生活紧缩,倒也不怎么在乎了;我最大的烦恼是怎样可以解脱我背上这一重重由于挥霍而积欠下来的债务。无论在钱财方面或是友谊方面,安东尼奥,我欠您的债都是顶多的;因为你我交情深厚,我才敢大胆把我心里所打算的怎样了清这一切债务的计划全部告诉您。

安东尼奥　好巴萨尼奥,请您告诉我吧。只要您的计划跟您向来的立身行事一样光明正大,那么我的钱囊可以让您任意取用,我自己也可以供您驱使;我愿意用我所有的力量,帮助您达到目的。

巴萨尼奥　我在学校里练习射箭的时候,每次把一枝箭射得不知去向,便用另一枝同样射程的箭向着同一方向射去,眼睛看准了它掉在什么地方,就往往可以把那失去的箭找回来;这样,冒着双重的险,就能找到两枝箭。我提起这一件儿童时代的往事作为譬喻,因为我将要对您说的话,完全是一种很天真的思想。我欠了您很多的债,而且像一个不听话的孩子一样,把借来的钱一起挥霍完了;可是您要是愿意向着您放射第一枝箭的方向,再射出您的第二枝箭,那么这一回我一定会把目标看准,即使不把两枝箭一起找回来,至少也可以把第二枝箭交还给您,让我仍旧对于您先前给我的援助做一个知恩图报的负债者。

安东尼奥　您是知道我的为人的,现在您用这种譬喻的话来试探我的友谊,不过是浪费时间罢了;您要是怀疑我不肯尽力相助,那就比花掉我所有的钱还要对不起我。所以您只要对我说我应该怎么做,如果您知道哪件事是我的力量所能办到的,我一定会给您办到。您说吧。

巴萨尼奥　在贝尔蒙特有一位富家的嗣女,长得非常美貌,尤其值得称道的,她有非常卓越的德性;从她的眼睛里,我有时接到她的脉脉含情的流盼。她的名字叫做鲍西娅,比起古代凯图的女儿,勃鲁托斯的贤妻鲍西娅来,毫无逊色。这广大的世界也没有漠视她的好处,四方的风从每一处海岸上带来了声名籍籍的求婚者;她的光亮的长发就像是传说中的金羊毛,把她所住的贝尔蒙特变做了神话中的王国,引诱着无数的伊阿宋①前来向她追求。啊,我的安东尼奥!只要我有相当的财力,可以和他们中间无论哪一个人匹敌,那么我觉得我有充分的把握,一定会达到愿望的。

安东尼奥　你知道我的全部财产都在海上;我现在既没有钱,也没有可以变换现款的货物。所以我们还是去试一试我的信用,看它在威尼斯城里有些什么效力吧;我一定凭着我这一点面子,能借多少就借多少,尽我最大的力量供给你到贝尔蒙特去见那位美貌的鲍西娅。去,我们两人就去分头打听什么地方可以借到钱,我就用我的信用做担保,或者用我自己的名义给你借下来。(同下。)

## 第二场　贝尔蒙特。鲍西娅家中一室

鲍西娅及尼莉莎上。

鲍西娅　真的,尼莉莎,我这小小的身体已经厌倦了这个广大的世界了。

尼莉莎　好小姐,您的不幸要是跟您的好运气一样大,那么无怪

---

① 伊阿宋(Iason),希腊神话中的英雄,曾远征黑海东面的科尔喀斯取金羊毛,克服重重困难,终于成功。

您会厌倦这个世界的；可是照我的愚见看来，吃得太饱的人，跟挨饿不吃东西的人，一样是会害病的，所以中庸之道才是最大的幸福：富贵催人生白发，布衣蔬食易长年。

鲍西娅　很好的句子。

尼莉莎　要是能够照着它做去，那就更好了。

鲍西娅　倘使做一件事情就跟知道应该做什么事情一样容易，那么小教堂都要变成大礼拜堂，穷人的草屋都要变成王侯的宫殿了。一个好的说教师才会遵从他自己的训诲；我可以教训二十个人，吩咐他们应该做些什么事，可是要我做这二十个人中间的一个，履行我自己的教训，我就要敬谢不敏了。理智可以制定法律来约束感情，可是热情激动起来，就会把冷酷的法令蔑弃不顾；年轻人是一头不受拘束的野兔，会跳过老年人所设立的理智的藩篱。可是我这样大发议论，是不会帮助我选择一个丈夫的。唉，说什么选择！我既不能选择我所中意的人，又不能拒绝我所憎厌的人；一个活着的女儿的意志，却要被一个死了的父亲的遗嘱所箝制。尼莉莎，像我这样不能选择，也不能拒绝，不是太叫人难堪了吗？

尼莉莎　老太爷生前道高德重，大凡有道君子临终之时，必有神悟；他既然定下这抽签取决的方法，叫谁能够在这金、银、铅三匣之中选中了他预定的一只，便可以跟您匹配成亲，那么能够选中的人，一定是值得您倾心相爱的。可是在这些已经到来向您求婚的王孙公子中间，您对于哪一个最有好感呢？

鲍西娅　请你列举他们的名字，当你提到什么人的时候，我就对他下几句评语；凭着我的评语，你就可以知道我对于他们各人的印象。

尼莉莎　第一个是那不勒斯的亲王。

鲍西娅　嗯,他真是一匹小马;他不讲话则已,讲起话来,老是说他的马怎么怎么;他因为能够亲自替自己的马装上蹄铁,算是一件天大的本领。我很有点儿疑心他的令堂太太是跟铁匠有过勾搭的。

尼莉莎　还有那位巴拉廷伯爵呢?

鲍西娅　他一天到晚皱着眉头,好像说,"你要是不爱我,随你的便。"他听见笑话也不露一丝笑容。我看他年纪轻轻,就这么愁眉苦脸,到老来只好一天到晚痛哭流涕了。我宁愿嫁给一个骷髅,也不愿嫁给这两人中间的任何一个;上帝保佑我不要落在这两个人手里!

尼莉莎　您说那位法国贵族勒·滂先生怎样?

鲍西娅　既然上帝造下他来,就算他是个人吧。凭良心说,我知道讥笑人是一桩罪过,可是他!嘿!他的马比那不勒斯亲王那一匹好一点,他的皱眉头的坏脾气也胜过那位巴拉廷伯爵。什么人的坏处他都有一点,可是一点没有他自己的特色;听见画眉唱歌,他就会手舞足蹈;见了自己的影子,也会跟它比剑。我倘然嫁给他,等于嫁给二十个丈夫;要是他瞧不起我,我会原谅他,因为即使他爱我爱到发狂,我也是永远不会报答他的。

尼莉莎　那么您说那个英国的少年男爵,福康勃立琪呢?

鲍西娅　你知道我没有对他说过一句话,因为我的话他听不懂,他的话我也听不懂;他不会说拉丁话、法国话、意大利话;至于我的英国话是如何高明,你是可以替我出席法庭作证的。他的模样倒还长得不错,可是唉!谁高兴跟一个哑巴做手势谈话呀？他的装束多么古怪！我想他的紧身衣是在意大利买的，他的裤子是在法国买的，他的软帽是在德国买的，至于他的行为举止，那是他从四面八方学来的。

尼莉莎　您觉得他的邻居，那位苏格兰贵族怎样？

鲍西娅　他很懂得礼尚往来的睦邻之道，因为那个英国人曾经赏给他一记耳光，他就发誓说，一有机会，立即奉还；我想那法国人是他的保人，他已经签署契约，声明将来加倍报偿哩。

尼莉莎　您看那位德国少爷，萨克逊公爵的侄子怎样？

鲍西娅　他在早上清醒的时候，就已经很坏了，一到下午喝醉了酒，尤其坏透；当他顶好的时候，叫他是个人还有点不够资格，当他顶坏的时候，他简直比畜生好不了多少。要是最不幸的祸事降临到我身上，我也希望永远不要跟他在一起。

尼莉莎　要是他要求选择，结果居然给他选中了预定的匣子，那时候您倘然拒绝嫁给他，那不是违背老太爷的遗命了吗？

鲍西娅　为了预防万一起见，我要请你替我在错误的匣子上放好一杯满满的莱茵河葡萄酒；要是魔鬼在他的心里，诱惑在他的面前，我相信他一定会选中那一只匣子的。什么事情我都愿意做，尼莉莎，只要别让我嫁给一个酒鬼。

尼莉莎　小姐，您放心吧，您再也不会嫁给这些贵人中间的任何一个的。他们已经把他们的决心告诉了我，说除了您父亲所规定的用选择匣子决定取舍的办法以外，要是他们不能用别的方法得到您的应允，那么他们决定动身回国，不再麻烦您了。

鲍西娅　要是没有人愿意照我父亲的遗命把我娶去，那么即使我活到一千岁，也只好终身不字。我很高兴这一群求婚者都是这么懂事,因为他们中间没有一个人我不是唯望其速去的;求上帝赐给他们一路顺风吧!

尼莉莎　小姐,您还记不记得,当老太爷在世的时候,有一个跟着蒙特佛拉侯爵到这儿来的文武双全的威尼斯人?

鲍西娅　是的,是的,那是巴萨尼奥;我想这是他的名字。

尼莉莎　正是,小姐;照我这双痴人的眼睛看起来,他是一切男子中间最值得匹配一位佳人的。

鲍西娅　我很记得他,他果然值得你的夸奖。

　　　　一仆人上。

鲍西娅　啊!什么事?

仆　人　小姐,那四位客人要来向您告别;另外还有第五位客人,摩洛哥亲王,差了一个人先来报信,说他的主人亲王殿下今天晚上就要到这儿来了。

鲍西娅　要是我能够竭诚欢迎这第五位客人,就像我竭诚欢送那四位客人一样,那就好了。假如他有圣人般的德性,偏偏生着一副魔鬼样的面貌,那么与其让他做我的丈夫,还不如让他听我的忏悔。来,尼莉莎。喂,你前面走。正是——
垂翅狂蜂方出户,寻芳浪蝶又登门。(同下。)

## 第三场　威尼斯。广场

　　　　巴萨尼奥及夏洛克上。

夏洛克　三千块钱,嗯?

巴萨尼奥　是的,大叔,三个月为期。

夏洛克　三个月为期,嗯?

巴萨尼奥　我已经对你说过了,这一笔钱可以由安东尼奥签立借据。

夏洛克　安东尼奥签立借据,嗯?

巴萨尼奥　你愿意帮助我吗?你愿意应承我吗?可不可以让我知道你的答复?

夏洛克　三千块钱,借三个月,安东尼奥签立借据。

巴萨尼奥　你的答复呢?

夏洛克　安东尼奥是个好人。

巴萨尼奥　你有没有听见人家说过他不是个好人?

夏洛克　啊,不,不,不,不;我说他是个好人,我的意思是说他是个有身价的人。可是他的财产却还有些问题:他有一艘商船开到特里坡利斯,另外一艘开到西印度群岛,我在交易所里还听人说起,他有第三艘船在墨西哥,第四艘到英国去了,此外还有遍布在海外各国的买卖;可是船不过是几块木板钉起来的东西,水手也不过是些血肉之躯,岸上有旱老鼠,水里也有水老鼠,有陆地的强盗,也有海上的强盗,还有风波礁石各种危险。不过虽然这么说,他这个人是靠得住的。三千块钱,我想我可以接受他的契约。

巴萨尼奥　你放心吧,不会有错的。

夏洛克　我一定要放了心才敢把债放出去,所以还是让我再考虑考虑吧。我可不可以跟安东尼奥谈谈?

巴萨尼奥　不知道你愿不愿意陪我们吃一顿饭?

夏洛克　是的,叫我去闻猪肉的味道,吃你们拿撒勒先知①把魔鬼赶进去的脏东西的身体!我可以跟你们做买卖,讲交易,谈天散步,以及诸如此类的事情,可是我不能陪你们吃东西

---

① 拿撒勒先知即耶稣。

喝酒做祷告。交易所里有些什么消息？那边来的是谁？

<small>安东尼奥上。</small>

巴萨尼奥　这位就是安东尼奥先生。

夏洛克　（旁白）他的样子多么像一个摇尾乞怜的税吏！我恨他因为他是个基督徒,可是尤其因为他是个傻子,借钱给人不取利钱,把咱们在威尼斯城里干放债这一行的利息都压低了。要是我有一天抓住他的把柄,一定要痛痛快快地向他报复我的深仇宿怨。他憎恶我们神圣的民族,甚至在商人会集的地方当众辱骂我,辱骂我的交易,辱骂我辛辛苦苦赚下来的钱,说那些都是盘剥得来的腌臜钱。要是我饶过了他,让我们的民族永远没有翻身的日子。

巴萨尼奥　夏洛克,你听见吗？

夏洛克　我正在估计我手头的现款,照我大概记得起来的数目,要一时凑足三千块钱,恐怕办不到。可是那没有关系,我们族里有一个犹太富翁杜伯尔,可以供给我必要的数目。且慢！您打算借几个月？（向安东尼奥）您好,好先生；哪一阵好风把尊驾吹了来啦？

安东尼奥　夏洛克,虽然我跟人家互通有无,从来不讲利息,可是为了我的朋友的急需,这回我要破一次例。（向巴萨尼奥）他有没有知道你需要多少？

夏洛克　嗯,嗯,三千块钱。

安东尼奥　三个月为期。

夏洛克　我倒忘了,正是三个月,您对我说过的。好,您的借据呢？让我瞧一瞧。可是听着,好像您说您从来借钱不讲利息。

安东尼奥　我从来不讲利息。

夏洛克　当雅各替他的舅父拉班牧羊的时候①——这个雅各是我们圣祖亚伯兰的后裔,他的聪明的母亲设计使他做第三代的族长,是的,他是第三代——

安东尼奥　为什么说起他呢?他也是取利息的吗?

夏洛克　不,不是取利息,不是像你们所说的那样直接取利息。听好雅各用些什么手段:拉班跟他约定,生下来的小羊凡是有条纹斑点的,都归雅各所有,作为他牧羊的酬劳;到晚秋的时候,那些母羊因为淫情发动,跟公羊交合,这个狡狯的牧人就乘着这些毛畜正在进行传种工作的当儿,削好了几根木棒,插在淫浪的母羊的面前,它们这样怀下了孕,一到生产的时候,产下的小羊都是有斑纹的,所以都归雅各所有。这是致富的妙法,上帝也祝福他;只要不是偷窃,会打算盘总是好事。

安东尼奥　雅各虽然幸而获中,可是这也是他按约应得的酬报;上天的意旨成全了他,却不是出于他自己的力量。你提起这一件事,是不是要证明取利息是一件好事?还是说金子银子就是你的公羊母羊?

夏洛克　这我倒不能说;我只是叫它像母羊生小羊一样地快快生利息。可是先生,您听我说。

安东尼奥　你听,巴萨尼奥,魔鬼也会引证《圣经》来替自己辩护哩。一个指着神圣的名字作证的恶人,就像一个脸带笑容的奸徒,又像一只外观美好、心中腐烂的苹果。唉,奸伪的表面是多么动人!

夏洛克　三千块钱,这是一笔可观的整数。三个月——一年照

---

①　见《旧约·创世记》。

十二个月计算——让我看看利钱应该有多少。

安东尼奥　好,夏洛克,我们可不可以仰仗你这一次?

夏洛克　安东尼奥先生,好多次您在交易所里骂我,说我盘剥取利,我总是忍气吞声,耸耸肩膀,没有跟您争辩,因为忍受迫害本来是我们民族的特色。您骂我异教徒,杀人的狗,把唾沫吐在我的犹太长袍上,只因为我用我自己的钱博取几个利息。好,看来现在是您来向我求助了;您跑来见我,您说,"夏洛克,我们要几个钱,"您这样对我说。您把唾沫吐在我的胡子上,用您的脚踢我,好像我是您门口的一条野狗一样;现在您却来问我要钱,我应该怎样对您说呢? 我要不要这样说,"一条狗会有钱吗? 一条恶狗能够借人三千块钱吗?"或者我应不应该弯下身子,像一个奴才似的低声下气,恭恭敬敬地说,"好先生,您在上星期三用唾沫吐在我身上;有一天您用脚踢我;还有一天您骂我狗;为了报答您这许多恩典,所以我应该借给您这么些钱吗?"

安东尼奥　我恨不得再这样骂你、唾你、踢你。要是你愿意把这钱借给我,不要把它当作借给你的朋友——哪有朋友之间通融几个钱也要斤斤较量地计算利息的道理?——你就把它当作借给你的仇人吧;倘使我失了信用,你尽管拉下脸来照约处罚就是了。

夏洛克　嗳哟,瞧您生这么大的气! 我愿意跟您交个朋友,得到您的友情;您从前加在我身上的种种羞辱,我愿意完全忘掉;您现在需要多少钱,我愿意如数供给您,而且不要您一个子儿的利息;可是您却不愿意听我说下去。我这完全是一片好心哩。

安东尼奥　这倒果然是一片好心。

夏洛克　我要叫你们看看我到底是不是一片好心。跟我去找一个公证人，就在那儿签好了约；我们不妨开个玩笑，在约里载明要是您不能按照约中所规定的条件，在什么日子、什么地点还给我一笔什么数目的钱，就得随我的意思，在您身上的任何部分割下整整一磅白肉，作为处罚。

安东尼奥　很好，就这么办吧；我愿意签下这样一张约，还要对人家说这个犹太人的心肠倒不坏呢。

巴萨尼奥　我宁愿安守贫困，不能让你为了我的缘故签这样的约。

安东尼奥　老兄，你怕什么；我决不会受罚的。就在这两个月之内，离开签约满期还有一个月，我就可以有九倍这笔借款的数目进门。

夏洛克　亚伯兰老祖宗啊！瞧这些基督徒因为自己待人刻薄，所以疑心人家对他们不怀好意。请您告诉我，要是他到期不还，我照着约上规定的条款向他执行处罚了，那对我又有什么好处？从人身上割下来的一磅肉，它的价值可以比得上一磅羊肉、牛肉或是山羊肉吗？我为了要博得他的好感，所以才向他卖这样一个交情；要是他愿意接受我的条件，很好，否则就算了。千万请你们不要误会我这一番诚意。

安东尼奥　好，夏洛克，我愿意签约。

夏洛克　那么就请您先到公证人的地方等我，告诉他这一张游戏的契约怎样写法；我就去马上把钱凑起来，还要回到家里去瞧瞧，让一个靠不住的奴才看守着门户，有点放心不下；然后我立刻就来瞧您。

安东尼奥　那么你去吧，善良的犹太人。（夏洛克下）这犹太人快要变做基督徒了，他的心肠变得好多啦。

巴萨尼奥　我不喜欢口蜜腹剑的人。

安东尼奥　好了好了,这又有什么要紧?再过两个月,我的船就要回来了。(同下。)

# 第 二 幕

## 第一场　贝尔蒙特。鲍西娅家中一室

　　喇叭奏花腔。摩洛哥亲王率侍从；鲍西娅、尼莉莎及婢仆等同上。

摩洛哥亲王　不要因为我的肤色而憎厌我；我是骄阳的近邻，我这一身黝黑的制服，便是它的威焰的赐予。给我在终年不见阳光、冰山雪柱的极北找一个最白皙姣好的人来，让我们刺血察验对您的爱情，看看究竟是他的血红还是我的血红。我告诉你，小姐，我这副容貌曾经吓破了勇士的肝胆；凭着我的爱情起誓，我们国土里最有声誉的少女也曾为它害过相思。我不愿变更我的肤色，除非为了取得您的欢心，我的温柔的女王！

鲍西娅　讲到选择这一件事，我倒并不单单凭信一双善于挑剔的少女的眼睛；而且我的命运由抽签决定，自己也没有任意取舍的权力；可是我的父亲倘不曾用他的远见把我束缚住了，使我只能委身于按照他所规定的方法赢我的男子，那么您，声名卓著的王子，您的容貌在我的心目之中，并不比我所已经看到的那些求婚者有什么逊色。

摩洛哥亲王　单是您这一番美意,已经使我万分感激了;所以请您带我去瞧瞧那几个匣子,试一试我的命运吧。凭着这一柄曾经手刃波斯王并且使一个三次战败苏里曼苏丹的波斯王子授首的宝剑起誓,我要瞪眼吓退世间最狰狞的猛汉,跟全世界最勇武的壮士比赛胆量,从母熊的胸前夺下哺乳的小熊;当一头饿狮咆哮攫食的时候,我要向它揶揄侮弄,为了要博得你的垂青,小姐。可是唉!即使像赫剌克勒斯那样的盖世英雄,要是跟他的奴仆赌起骰子来,也许他的运气还不如一个下贱之人——而赫剌克勒斯终于在他的奴仆的手里送了命①。我现在听从着盲目的命运的指挥,也许结果终于失望,眼看着一个不如我的人把我的意中人挟走,而自己在悲哀中死去。

鲍西娅　您必须信任命运,或者死了心放弃选择的尝试,或者当您开始选择以前,先立下一个誓言,要是选得不对,终身不再向任何女子求婚;所以还是请您考虑考虑吧。

摩洛哥亲王　我的主意已决,不必考虑了;来,带我去试我的运气吧。

鲍西娅　第一先到教堂里去;吃过了饭,您就可以试试您的命运。

摩洛哥亲王　好,成功失败,在此一举!正是不挟美人归,壮士无颜色。(奏喇叭;众下。)

## 第二场　威尼斯。街道

朗斯洛特·高波上。

---

① 希腊英雄赫剌克勒斯从其侍从手里穿上一件毒衣,因而致死。

朗斯洛特　要是我从我的主人这个犹太人的家里逃走,我的良心是一定要责备我的。可是魔鬼拉着我的臂膀,引诱着我,对我说,"高波,朗斯洛特·高波,好朗斯洛特,拔起你的腿来,开步,走!"我的良心说,"不,留心,老实的朗斯洛特;留心,老实的高波;"或者就是这么说,"老实的朗斯洛特·高波,别逃跑;用你的脚跟把逃跑的念头踢得远远的。"好,那个大胆的魔鬼却劝我卷起铺盖滚蛋;"去呀!"魔鬼说,"去呀!看在老天的面上,鼓起勇气来,跑吧!"好,我的良心挽住我心里的脖子,很聪明地对我说,"朗斯洛特我的老实朋友,你是一个老实人的儿子,"——或者还不如说一个老实妇人的儿子,因为我的父亲的确有点儿不大那个,有点儿很丢脸的坏脾气——好,我的良心说,"朗斯洛特,别动!"魔鬼说,"动!"我的良心说,"别动!""良心,"我说,"你说得不错;""魔鬼,"我说,"你说得有理。"要是听良心的话,我就应该留在我的主人那犹太人家里,上帝恕我这样说,他也是一个魔鬼;要是从犹太人的地方逃走,那么我就要听从魔鬼的话,对不住,他本身就是魔鬼。可是我说,那犹太人一定就是魔鬼的化身;凭良心说话,我的良心劝我留在犹太人地方,未免良心太狠。还是魔鬼的话说得像个朋友。我要跑,魔鬼;我的脚跟听从着你的指挥;我一定要逃跑。

　　老高波携篮上。

老高波　年轻的先生,请问一声,到犹太老爷的家里怎么走?

朗斯洛特　(旁白)天啊!这是我的亲生的父亲,他的眼睛因为有八九分盲,所以不认识我。待我戏弄他一下。

老高波　年轻的少爷先生,请问一声,到犹太老爷的家里怎么走?

朗斯洛特　你在转下一个弯的时候,往右手转过去;临了一次转弯的时候,往左手转过去;再下一次转弯的时候,什么手也不用转,曲曲弯弯地转下去,就转到那犹太人的家里了。

老高波　哎哟,这条路可不容易走哩!您知道不知道有一个住在他家里的朗斯洛特,现在还在不在他家里?

朗斯洛特　你说的是朗斯洛特少爷吗?(旁白)瞧着我吧,现在我要诱他流起眼泪来了。——你说的是朗斯洛特少爷吗?

老高波　不是什么少爷,先生,他是一个穷人的儿子;他的父亲,不是我说一句,是个老老实实的穷光蛋,多谢上帝,他还活得好好的。

朗斯洛特　好,不要管他的父亲是个什么人,咱们讲的是朗斯洛特少爷。

老高波　他是您少爷的朋友,他就叫朗斯洛特。

朗斯洛特　对不住,老人家,所以我要问你,你说的是朗斯洛特少爷吗?

老高波　是朗斯洛特,少爷。

朗斯洛特　所以就是朗斯洛特少爷。老人家,你别提起朗斯洛特少爷啦;因为这位年轻的少爷,根据天命气数鬼神这一类阴阳怪气的说法,是已经去世啦,或者说得明白一点是已经归天啦。

老高波　哎哟,天哪!这孩子是我老年的拐杖,我的唯一的靠傍哩。

朗斯洛特　(旁白)我难道像一根棒儿,或是一根柱子?一根撑棒,或是一根拐杖?——爸爸,您不认识我吗?

老高波　唉,我不认识您,年轻的少爷;可是请您告诉我,我的孩子——上帝安息他的灵魂!——究竟是活着还是死了?

朗斯洛特　您不认识我吗,爸爸?

老高波　唉,少爷,我是个瞎子;我不认识您。

朗斯洛特　噢,真的,您就是眼睛明亮,也许会不认识我,只有聪明的父亲才会知道自己的儿子。好,老人家,让我告诉您关于您儿子的消息吧。请您给我祝福;真理总会显露出来,杀人的凶手总会给人捉住;儿子虽然会暂时躲过去,事实到最后总是瞒不过的。

老高波　少爷,请您站起来。我相信您一定不会是朗斯洛特,我的孩子。

朗斯洛特　废话少说,请您给我祝福:我是朗斯洛特,从前是您的孩子,现在是您的儿子,将来也还是您的小子。

老高波　我不能想象您是我的儿子。

朗斯洛特　那我倒不知道应该怎样想法了;可是我的确是在犹太人家里当仆人的朗斯洛特,我也相信您的妻子玛格蕾就是我的母亲。

老高波　她的名字果真是玛格蕾。你倘然真的就是朗斯洛特,那么你就是我亲生血肉了。上帝果然灵圣!你长了多长的一把胡子啦!你脸上的毛,比我那拖车子的马儿道平尾巴上的毛还多呐!

朗斯洛特　这样看起来,那么道平的尾巴一定是越长越短了;我还清楚记得,上一次我看见它的时候,它尾巴上的毛比我脸上的毛多得多哩。

老高波　上帝啊!你真是变了样子啦!你跟主人合得来吗?我给他带了点儿礼物来了。你们现在合得来吗?

朗斯洛特　合得来,合得来;可是从我自己这一方面讲,我既然已经决定逃跑,那么非到跑了一程路之后,我是决不会停下来的。我的主人是个十足的犹太人；给他礼物！还是给他一根上吊的绳子吧。我替他做事情，把身体都饿瘦了；您可以用我的肋骨摸出我的每一条手指来。爸爸，您来了我很高兴。把您的礼物送给一位巴萨尼奥大爷吧，他是会赏漂亮的新衣服给用人穿的。我要是不能服侍他，我宁愿跑到地球的尽头去。啊，运气真好！正是他来了。到他跟前去，爸爸。我要是再继续服侍这个犹太人，连我自己都要变做犹太人了。

  巴萨尼奥率里奥那多及其他侍从上。

巴萨尼奥 你们就这样做吧，可是要赶快点儿，晚饭顶迟必须在五点钟预备好。这几封信替我分别送出；叫裁缝把制服做起来；回头再请葛莱西安诺立刻到我的寓所里来。（一仆下。）

朗斯洛特 上去，爸爸。

老高波 上帝保佑大爷！

巴萨尼奥 谢谢你，有什么事？

老高波 大爷，这一个是我的儿子，一个苦命的孩子——

朗斯洛特 不是苦命的孩子，大爷，我是犹太富翁的跟班，不瞒大爷说，我想要——我的父亲可以给我证明——

老高波 大爷，正像人家说的，他一心一意地想要侍候——

朗斯洛特 总而言之一句话，我本来是侍候那个犹太人的，可是我很想要——我的父亲可以给我证明——

老高波 不瞒大爷说，他的主人跟他有点儿意见不合——

朗斯洛特 干脆一句话，实实在在说，这犹太人欺侮了我，他叫我——我的父亲是个老头子，我希望他可以替我向您证明——

老高波　我这儿有一盘烹好的鸽子送给大爷,我要请求大爷一件事——

朗斯洛特　废话少说,这请求是关于我的事情,这位老实的老人家可以告诉您;不是我说一句,我这父亲虽然是个老头子,却是个苦人儿。

巴萨尼奥　让一个人说话。你们究竟要什么?

朗斯洛特　侍候您,大爷。

老高波　正是这一件事,大爷。

巴萨尼奥　我认识你;我可以答应你的要求;你的主人夏洛克今天曾经向我说起,要把你举荐给我。可是你不去侍候一个有钱的犹太人,反要来做一个穷绅士的跟班,恐怕没有什么好处吧。

朗斯洛特　大爷,一句老古话刚好说着我的主人夏洛克跟您:他有的是钱,您有的是上帝的恩惠。

巴萨尼奥　你说得很好。老人家,你带着你的儿子,先去向他的旧主人告别,然后再来打听我的住址。(向侍从)给他做一身比人格外鲜艳一点的制服,不可有误。

朗斯洛特　爸爸,进去吧。我不能得到一个好差使吗?我生了嘴不会说话吗?好,(视手掌)在意大利要是有谁生得一手比我还好的掌纹,我一定会交好运的。好,这儿是一条笔直的寿命线;这儿有不多几个老婆;唉!十五个老婆算得什么,十一个寡妇,再加上九个黄花闺女,对于一个男人也不算太多啊。还要三次溺水不死,有一次几几乎在一张天鹅绒的床边送了性命,好险呀好险!好,要是命运之神是个女的,这一回她倒是个很好的娘儿。爸爸,来,我要用一霎眼的功夫向那犹太人告别。(朗斯洛特及老高波下。)

巴萨尼奥　好里奥那多,请你记好,这些东西买到以后,把它们安排停当,就赶紧回来,因为我今晚要宴请我的最有名望的相识;快去吧。

里奥那多　我一定给您尽力办去。

　　　　　葛莱西安诺上。

葛莱西安诺　你家主人呢?

里奥那多　他就在那边走着,先生。(下。)

葛莱西安诺　巴萨尼奥大爷!

巴萨尼奥　葛莱西安诺!

葛莱西安诺　我要向您提出一个要求。

巴萨尼奥　我答应你。

葛莱西安诺　您不能拒绝我;我一定要跟您到贝尔蒙特去。

巴萨尼奥　啊,那么我只好让你去了。可是听着,葛莱西安诺,你这个人太随便,太不拘礼节,太爱高声说话了;这几点本来对于你是再合适不过的,在我们的眼睛里也不以为嫌,可是在陌生人家里,那就好像有点儿放肆啦。请你千万留心在你的活泼的天性里尽力放进几分冷静去,否则人家见了你这样狂放的行为,也许会对我发生误会,害我不能达到我的希望。

葛莱西安诺　巴萨尼奥大爷,听我说。我一定会装出一副安详的态度,说起话来恭而敬之,难得赌一两句咒,口袋里放一本祈祷书,脸孔上堆满了庄严;不但如此,在念食前祈祷的时候,我还要把帽子拉下来遮住我的眼睛,叹一口气,说一句"阿门";我一定遵守一切礼仪,就像人家有意装得循规蹈矩去讨他老祖母的欢喜一样。要是我不照这样的话做去,您以后不用相信我好了。

巴萨尼奥　好,我们倒要瞧瞧你装得像不像。

葛莱西安诺　今天晚上可不算;您不能按照我今天晚上的行动来判断我。

巴萨尼奥　不,今天晚上就这样做,那未免太杀风景了。我倒要请你今天晚上痛痛快快地欢畅一下,因为我已经跟几个朋友约定,大家都要尽兴狂欢。现在我还有点事情,等会儿见。

葛莱西安诺　我也要去找罗兰佐,还有那些人;晚饭的时候我们一定来看您。(各下。)

### 第三场　同前。夏洛克家中一室

*杰西卡及朗斯洛特上。*

杰西卡　你这样离开我的父亲,使我很不高兴;我们这个家是一座地狱,幸亏有你这淘气的小鬼,多少解除了几分闷气。可是再会吧,朗斯洛特,这一块钱你且拿了去;你在晚饭的时候,可以看见一位叫做罗兰佐的,是你新主人的客人,这封信你替我交给他,留心别让旁人看见。现在你快去吧,我不敢让我的父亲瞧见我跟你谈话。

朗斯洛特　再见!眼泪哽住了我的舌头。顶美丽的异教徒,顶温柔的犹太人!要不是有个基督徒来把你拐跑,就算我有眼无珠。再会吧!这些傻气的泪点,快要把我的男子气概都淹没啦。再见!

杰西卡　再见,好朗斯洛特。(朗斯洛特下)唉,我真是罪恶深重,竟会羞于做我父亲的孩子!可是虽然我在血统上是他的女儿,在行为上却不是他的女儿。罗兰佐啊!你要是能够守信不渝,我将要结束我内心的冲突,皈依基督教,做你的亲爱的妻子。(下。)

## 第四场　同前。街道

> 葛莱西安诺、罗兰佐、萨拉里诺及萨莱尼奥同上。

**罗兰佐**　不,咱们就在吃晚饭的时候溜了出去,在我的寓所里化装好了,只消一点钟工夫就可以把事情办好回来。

**葛莱西安诺**　咱们还没有好好儿准备呢。

**萨拉里诺**　咱们还没有提到过拿火炬的人。

**萨莱尼奥**　那一定要经过一番训练,否则叫人瞧着笑话;依我看来,还是不用了吧。

**罗兰佐**　现在还不过四点钟;咱们还有两个钟头可以准备起来。

> 朗斯洛特持函上。

**罗兰佐**　朗斯洛特朋友,你带什么消息来了?

**朗斯洛特**　请您把这封信拆开来,好像它会告诉您。

**罗兰佐**　我认识这笔迹;这几个字写得真好看;写这封信的那双手,是比这信纸还要洁白的。

**葛莱西安诺**　一定是情书。

**朗斯洛特**　大爷,小的告辞了。

**罗兰佐**　你还要到哪儿去?

**朗斯洛特**　呃,大爷,我要去请我的旧主人犹太人今天晚上陪我的新主人基督徒吃饭。

**罗兰佐**　慢着,这几个钱赏给你;你去回复温柔的杰西卡,我不会误她的约;留心说话的时候别给旁人听见。各位,去吧。(朗斯洛特下)你们愿意去准备今天晚上的假面跳舞会吗?

我已经有了一个拿火炬的人了。

萨拉里诺　是,我立刻就去准备起来。

萨莱尼奥　我也就去。

罗兰佐　再过一点钟左右,咱们大家在葛莱西安诺的寓所里相会。

萨拉里诺　很好。(萨拉里诺、萨莱尼奥同下。)

葛莱西安诺　那封信不是杰西卡写给你的吗?

罗兰佐　我必须把一切都告诉你。她已经教我怎样带着她逃出她父亲的家,告诉我她随身带了多少金银珠宝,已经准备好怎样一身小童的服装。要是她的父亲那个犹太人有一天会上天堂,那一定因为上帝看在他善良的女儿面上特别开恩;恶运再也不敢侵犯她,除非因为她的父亲是一个奸诈的犹太人。来,跟我一块儿去;你可以一边走一边读这封信。美丽的杰西卡将要替我拿着火炬。(同下。)

## 第五场　同前。夏洛克家门前

　　　　夏洛克及朗斯洛特上。

夏洛克　好,你就可以知道,你就可以亲眼瞧瞧夏洛克老头子跟巴萨尼奥有什么不同啦。——喂,杰西卡!——我家里容得你狼吞虎咽,别人家里是不许你这样放肆的——喂,杰西卡!——我家里还让你睡觉打鼾,把衣服胡乱撕破——喂,杰西卡!

朗斯洛特　喂,杰西卡!

夏洛克　谁叫你喊的?我没有叫你喊呀。

朗斯洛特　您老人家不是常常怪我一定要等人家吩咐了才做

事吗?

　　　　杰西卡上。

夏洛克　杰西卡，人家请我去吃晚饭；这儿是我的钥匙，你好生收管着。可是我去干吗呢？人家又不是真心邀请我，他们不过拍拍我的马屁而已。可是我因为恨他们，倒要去这一趟，受用受用这个浪子基督徒的酒食。杰西卡，我的孩子，留心照看门户。我实在有点不愿意去；昨天晚上我做梦看见钱袋，恐怕不是个吉兆，叫我心神难安。

朗斯洛特　老爷，请您一定去；我家少爷在等着您赏光呢。

夏洛克　我也在等着他赏我一记耳光哩。

朗斯洛特　他们已经商量好了；我并不说您可以看到一场假面跳舞，可是您要是果然看到了，那就怪不得我在上一个黑曜日①早上六点钟会流起鼻血来啦，那一年正是在圣灰节星期三第四年的下午。

夏洛克　怎么！还有假面跳舞吗？听好，杰西卡，把家里的门锁上了；听见鼓声和弯笛子的怪叫声音，不许爬到窗槛子上张望，也不要伸出头去，瞧那些脸上涂得花花绿绿的傻基督徒们打街道上走过。把我这屋子的耳朵都封起来——我说的是那些窗子；别让那些无聊的胡闹的声音钻进我的清静的屋子。凭着雅各的牧羊杖发誓，我今晚真有点不想出去参加什么宴会。可是就去这一次吧。小子，你先回去，说我就来了。

朗斯洛特　那么我先去了，老爷。小姐，留心看好窗外；"跑来

---

① 黑曜日(Black-Monday)即复活节礼拜一。此名的由来，据说是因一三六〇年四月十四日的复活节礼拜一，英王爱德华三世进攻巴黎，正值暴风雨，兵士多冻死。流鼻血为不吉之兆，故云。

一个基督徒,不要错过好姻缘。"(下。)

夏洛克　嘿,那个夏甲的傻瓜后裔①说些什么?

杰西卡　没有说什么,他只是说,"再会,小姐。"

夏洛克　这蠢才人倒还好,就是食量太大;做起事来,慢腾腾的像条蜗牛一般;白天睡觉的本领,比野猫还胜过几分;我家里可容不得懒惰的黄蜂,所以才打发他走了,让他去跟着那个靠借债过日子的败家精,正好帮他消费。好,杰西卡,进去吧;也许我一会儿就回来。记住我的话,把门随手关了。"缚得牢,跑不了",这是一句千古不磨的至理名言。(下。)

杰西卡　再会;要是我的命运不跟我作梗,那么我将要失去一个父亲,你也要失去一个女儿了。(下。)

## 第六场　同　前

*葛莱西安诺及萨拉里诺戴假面同上。*

葛莱西安诺　这儿屋檐下便是罗兰佐叫我们守望的地方。

萨拉里诺　他约定的时间快要过去了。

葛莱西安诺　他会迟到真是件怪事,因为恋人们总是赶在时钟的前面的。

萨拉里诺　啊!维纳斯的鸽子飞去缔结新欢的盟约,比之履行旧日的诺言,总是要快上十倍。

葛莱西安诺　那是一定的道理。谁在席终人散以后,他的食欲还像初入座时候那么强烈?哪一匹马在冗长的归途上,会

---

① 夏甲(Hagar)为犹太人始祖亚伯兰(后上帝改其名为亚伯拉罕)正妻撒拉的婢女,撒拉因无子,劝亚伯兰纳夏甲为次妻;夏甲生子后,遭撒拉之妒,与其子并遭斥逐。见《旧约·创世记》。此处所云"夏甲后裔",系表示"贱种"之意。

像它起程时那么长驱疾驰？世间的任何事物，追求时候的兴致总要比享用时候的兴致浓烈。一艘新下水的船只扬帆出港的当儿，多么像一个娇养的少年，给那轻狂的风儿爱抚搂抱！可是等到它回来的时候，船身已遭风日的侵蚀，船帆也变成了百结的破衲，它又多么像一个落魄的浪子，给那轻狂的风儿肆意欺凌！

萨拉里诺　罗兰佐来啦；这些话你留着以后再说吧。

　　　　罗兰佐上。

罗兰佐　两位好朋友，累你们久等了，对不起得很；实在是因为我有点事情，急切里抽身不出。等你们将来也要偷妻子的时候，我一定也替你们守这么些时候。过来，这儿就是我的犹太岳父所住的地方。喂！里面有人吗？

　　　　杰西卡男装自上方上。

杰西卡　你是哪一个？我虽然认识你的声音，可是为了免得错认人，请你把名字告诉我。

罗兰佐　我是罗兰佐，你的爱人。

杰西卡　你果然是罗兰佐，也的确是我的爱人；除了你，谁会使我爱得这个样子呢？罗兰佐，除了你之外，谁还知道我究竟是不是属于你的呢？

罗兰佐　上天和你的思想，都可以证明你是属于我的。

杰西卡　来，把这匣子接住了，你拿了去会大有好处。幸亏在夜里，你瞧不见我，我改扮成这个怪样子，怪不好意思哩。可是恋爱是盲目的，恋人们瞧不见他们自己所干的傻事；要是他们瞧得见的话，那么丘匹德瞧见我变成了一个男孩子，也会红起脸来哩。

罗兰佐　下来吧，你必须替我拿着火炬。

杰西卡　怎么！我必须拿着烛火,照亮自己的羞耻吗?像我这样子,已经太轻狂了,应该遮掩遮掩才是,怎么反而要在别人面前露脸?

罗兰佐　亲爱的,你穿上这一身漂亮的男孩子衣服,人家不会认出你来的。快来吧,夜色已经在不知不觉中浓了起来,巴萨尼奥在等着我们去赴宴呢。

杰西卡　让我把门窗关好,再收拾些银钱带在身边,然后立刻就来。(自上方下。)

葛莱西安诺　凭着我的头巾发誓,她真是个基督徒,不是个犹太人。

罗兰佐　我从心底里爱着她。要是我有判断的能力,那么她是聪明的;要是我的眼睛没有欺骗我,那么她是美貌的;她已经替自己证明她是忠诚的;像她这样又聪明、又美丽、又忠诚,怎么不叫我把她永远放在自己的灵魂里呢?

　　　　杰西卡上。

罗兰佐　啊,你来了吗?朋友们,走吧!我们的舞侣们现在一定在那儿等着我们了。(罗兰佐、杰西卡、萨拉里诺同下。)

　　　　安东尼奥上。

安东尼奥　那边是谁?

葛莱西安诺　安东尼奥先生!

安东尼奥　咦,葛莱西安诺!还有那些人呢?现在已经九点钟啦,我们的朋友们大家在那儿等着你们。今天晚上的假面跳舞会取消了;风势已转,巴萨尼奥就要立刻上船。我已经差了二十个人来找你们了。

葛莱西安诺　那好极了;我巴不得今天晚上就开船出发。(同下。)

## 第七场　贝尔蒙特。鲍西娅家中一室

　　　　喇叭奏花腔。鲍西娅及摩洛哥亲王各率侍从上。

鲍西娅　去把帐幕揭开,让这位尊贵的王子瞧瞧那几个匣子。现在请殿下自己选择吧。

摩洛哥亲王　第一只匣子是金的,上面刻着这几个字:"谁选择了我,将要得到众人所希求的东西。"第二只匣子是银的,上面刻着这样的约许:"谁选择了我,将要得到他所应得的东西。"第三只匣子是用沉重的铅打成的,上面刻着像铅一样冷酷的警告:"谁选择了我,必须准备把他所有的一切作为牺牲。"我怎么可以知道我选得错不错呢?

鲍西娅　这三只匣子中间,有一只里面藏着我的小像;您要是选中了那一只,我就是属于您的了。

摩洛哥亲王　求神明指示我!让我看;我且先把匣子上面刻着的字句再推敲一遍。这一个铅匣子上面说些什么?"谁选择了我,必须准备把他所有的一切作为牺牲。"必须准备牺牲;为什么?为了铅吗?为了铅而牺牲一切吗?这匣子说的话儿倒有些吓人。人们为了希望得到重大的利益,才会不惜牺牲一切;一颗贵重的心,决不会屈躬俯就鄙贱的外表;我不愿为了铅的缘故而作任何的牺牲。那个色泽皎洁的银匣子上面说些什么?"谁选择了我,将要得到他所应得的东西。"得到他所应得的东西!且慢,摩洛哥,把你自己的价值作一下公正的估计吧。照你自己判断起来,你应该得到很高的评价,可是也许凭着你这几分长处,还不配娶到这样一位小姐;然而我要是疑心我自己不够资格,那未免太小看自己了。得到我所应得的东西！当然那就是指这位小姐而说的；讲到家世、财产、人品、教养，我在哪一点上配不上她？可是超乎这一切之上，凭着我这一片深情，也就应该配得上她了。那么我不必迟疑，就选了这一个匣子吧。让我再瞧瞧那金匣子上说些什么话："谁选择了我，将要得到众人所希求的东西。"啊，那正是这位小姐了；整个儿的世界都希求着她，他们从地球的四角迢迢而来，顶礼这位尘世的仙真：赫堪尼亚的沙漠和广大的阿拉伯的辽阔的荒野，现在已经成为各国王子们前来瞻仰美貌的鲍西娅的通衢大道；把唾沫吐在天庭面上的傲慢不逊的海洋，也不能阻止外邦的远客，他们越过汹涌的波涛，就像跨过一条小河一样，为了要看一看鲍西娅的绝世姿容。在这三只匣子中间，有一只里面藏着她的天仙似的小像。难道那铅匣子里会藏着她吗？想起这样一个卑劣的思想，就是一种亵渎；就算这是个黑暗的坟，里面放的是她的寿衣，也都嫌罪过。那么她是会藏在那价值只及纯金十分之一的银匣子里面吗？啊，罪恶的思想！这样一颗珍贵的珠宝，决不会装在比金子低贱的匣子里。英国有一种金子铸成的钱币，表面上刻着天使的形象；这儿的天使，拿金子做床，却躲在黑暗里。把钥匙交给我；我已经选定了，但愿我的希望能够实现！

鲍西娅　亲王，请您拿着这钥匙；要是这里边有我的小像，我就是您的了。（摩洛哥亲王开金匣。）

摩洛哥亲王　哎哟，该死！这是什么？一个死人的骷髅，那空空的眼眶里藏着一张有字的纸卷。让我读一读上面写着什么。

　　　　发闪光的不全是黄金，

> 古人的说话没有骗人；
> 多少世人出卖了一生，
> 不过看到了我的外形，
> 蛆虫占据着镀金的坟。
> 你要是又大胆又聪明，
> 手脚壮健，见识却老成，
> 就不会得到这样回音：
> 再见，劝你冷却这片心。
>
> 冷却这片心；真的是枉费辛劳！
> 永别了，热情！欢迎，凛冽的寒飑！
> 再见，鲍西娅；悲伤塞满了心胸，
> 莫怪我这败军之将去得匆匆。（率侍从下；喇叭奏花腔。）

鲍西娅　他去得倒还知趣。把帐幕拉下。但愿像他一样肤色的人，都像他一样选不中。（同下。）

## 第八场　威尼斯。街道

萨拉里诺及萨莱尼奥上。

萨拉里诺　啊，朋友，我看见巴萨尼奥开船，葛莱西安诺也跟他同船去；我相信罗兰佐一定不在他们船里。

萨莱尼奥　那个恶犹太人大呼小叫地吵到公爵那儿去，公爵已经跟着他去搜巴萨尼奥的船了。

萨拉里诺　他去迟了一步，船已经开出。可是有人告诉公爵，说他们曾经看见罗兰佐跟他的多情的杰西卡在一艘平底船里；而且安东尼奥也向公爵证明他们并不在巴萨尼奥的船上。

萨莱尼奥　那犹太狗像发疯似的,样子都变了,在街上一路乱叫乱跳乱喊,"我的女儿!啊,我的银钱!啊,我的女儿!跟一个基督徒逃走啦!啊,我的基督徒的银钱!公道啊!法律啊!我的银钱,我的女儿!一袋封好的、两袋封好的银钱,给我的女儿偷去了!还有珠宝!两颗宝石,两颗珍贵的宝石,都给我的女儿偷去了!公道啊!把那女孩子找出来!她身边带着宝石,还有银钱。"

萨拉里诺　威尼斯城里所有的小孩子们,都跟在他背后,喊着:他的宝石呀,他的女儿呀,他的银钱呀。

萨莱尼奥　安东尼奥应该留心那笔债款不要误了期,否则他要在他身上报复的。

萨拉里诺　对了,你想起得不错。昨天我跟一个法国人谈天,他对我说起,在英、法二国之间的狭隘的海面上,有一艘从咱们国里开出去的满载着货物的船只出事了。我一听见这句话,就想起安东尼奥,但愿那艘船不是他的才好。

萨莱尼奥　你最好把你听见的消息告诉安东尼奥;可是你要轻描淡写地说,免得害他着急。

萨拉里诺　世上没有一个比他更仁厚的君子。我看见巴萨尼奥跟安东尼奥分别,巴萨尼奥对他说他一定尽早回来,他就回答说,"不必,巴萨尼奥,不要为了我的缘故而误了你的正事,你等到一切事情圆满完成以后再回来吧;至于我在那犹太人那里签下的约,你不必放在心上,你只管高高兴兴,一心一意地进行着你的好事,施展你的全副精神,去博得美人的欢心吧。"说到这里,他的眼睛里已经噙着一包眼泪,他就回转身去,把他的手伸到背后,亲亲热热地握着巴萨尼奥的手；他们就这样分别了。

萨莱尼奥　我看他只是为了他的缘故才爱这世界的。咱们现在就去找他，想些开心的事儿替他解解愁闷，你看好不好？

萨拉里诺　很好很好。（同下。）

## 第九场　贝尔蒙特。鲍西娅家中一室

尼莉莎及一仆人上。

尼莉莎　赶快，赶快，扯开那帐幕；阿拉贡亲王已经宣过誓，就要来选匣子啦。

喇叭奏花腔。阿拉贡亲王及鲍西娅各率侍从上。

鲍西娅　瞧，尊贵的王子，那三个匣子就在这儿；您要是选中了有我的小像藏在里头的那一只，我们就可以立刻举行婚礼；可是您要是失败了的话，那么殿下，不必多言，您必须立刻离开这儿。

阿拉贡亲王　我已经宣誓遵守三项条件：第一，不得告诉任何人我所选的是哪一只匣子；第二，要是我选错了匣子，终身不得再向任何女子求婚；第三，要是我选不中，必须立刻离开此地。

鲍西娅　为了我这微贱的身子来此冒险的人，没有一个不曾立誓遵守这几个条件。

阿拉贡亲王　我已经有所准备了。但愿命运满足我的心愿！一只是金的，一只是银的，还有一只是下贱的铅的。"谁选择了我，必须准备把他所有的一切作为牺牲。"你要我为你牺牲，应该再好看一点才是。那个金匣子上面说的什么？哈！让我来看吧："谁选择了我，将要得到众人所希求的东西。"

众人所希求的东西！那"众人"也许是指那无知的群众，他们只知道凭着外表取人，信赖着一双愚妄的眼睛，不知道窥察到内心，就像燕子把巢筑在风吹雨淋的屋外的墙壁上，自以为可保万全，不想到灾祸就会接踵而至。我不愿选择众人所希求的东西，因为我不愿随波逐流，与庸俗的群众为伍。那么还是让我瞧瞧你吧，你这白银的宝库；待我再看一遍刻在你上面的字句："谁选择了我，将要得到他所应得的东西。"说得好，一个人要是自己没有几分长处，怎么可以妄图非分？尊荣显贵，原来不是无德之人所可以忝窃的。唉！要是世间的爵禄官职，都能够因功授赏，不藉钻营，那么多少脱帽侍立的人将会高冠盛服，多少发号施令的人将会唯唯听命，多少卑劣鄙贱的渣滓可以从高贵的种子中间筛分出来，多少隐暗不彰的贤才异能，可以从世俗的糠秕中间剔选出来，大放它们的光泽！闲话少说，还是让我考虑考虑怎样选择吧。"谁选择了我，将要得到他所应得的东西。"那么我就要取我分所应得的东西了。把这匣子上的钥匙给我，让我立刻打开藏在这里面的我的命运。（开银匣。）

鲍西娅　您在这里面瞧见些什么？怎么呆住了一声也不响？

阿拉贡亲王　这是什么？一个眯着眼睛的傻瓜的画像，上面还写着字句！让我读一下看。唉！你跟鲍西娅相去得多么远！你跟我的希望，跟我所应得的东西又相去得多么远！"谁选择了我，将要得到他所应得的东西。"难道我只应该得到一副傻瓜的嘴脸吗？那便是我的奖品吗？我不该得到好一点的东西吗？

鲍西娅　毁谤和评判，是两件作用不同、性质相反的事。

阿拉贡亲王　这儿写着什么？

　　　　这银子在火里烧过七遍；
　　　　那永远不会错误的判断，
　　　　也必须经过七次的试炼。
　　　　有的人终身向幻影追逐，
　　　　只好在幻影里寻求满足。
　　　　我知道世上尽有些呆鸟，
　　　　空有着一个镀银的外表；
　　　　随你娶一个怎样的妻房，
　　　　摆脱不了这傻瓜的皮囊；
　　　　去吧，先生，莫再耽搁时光！

　　　　　　我要是再留在这儿发呆，
　　　　　　愈显得是个十足的蠢才；
　　　　　　顶一颗傻脑袋来此求婚，
　　　　　　带两个蠢头颅回转家门。
　　　　　　别了，美人，我愿遵守誓言，
　　　　　　默忍着心头愤怒的熬煎。（阿拉贡亲王率侍从下。）

鲍西娅　正像飞蛾在烛火里伤身，
　　　　这些傻瓜们自恃着聪明，
　　　　免不了被聪明误了前程。

尼莉莎　古话说得好，上吊娶媳妇，
　　　　都是一个人注定的天数。

鲍西娅　来，尼莉莎，把帐幕拉下了。

　　　一仆人上。

仆　人　小姐呢？

鲍西娅　在这儿；尊驾有什么见教？

仆　人　小姐,门口有一个年轻的威尼斯人,说是来通知一声,他的主人就要来啦;他说他的主人叫他先来向小姐致意,除了一大堆恭维的客套以外,还带来了几件很贵重的礼物。小的从来没有见过这么一位体面的爱神的使者;预报繁茂的夏季快要来临的四月的天气,也不及这个为主人先驱的俊仆温雅。

鲍西娅　请你别说下去了吧;你把他称赞得这样天花乱坠,我怕你就要说他是你的亲戚了。来,来,尼莉莎,我倒很想瞧瞧这一位爱神差来的体面的使者。

尼莉莎　爱神啊,但愿来的是巴萨尼奥!(同下。)

# 第 三 幕

## 第一场　威尼斯。街道

*萨莱尼奥及萨拉里诺上。*

萨莱尼奥　交易所里有什么消息？

萨拉里诺　他们都在那里说安东尼奥有一艘满装着货物的船在海峡里倾覆了；那地方的名字好像是古德温，是一处很危险的沙滩，听说有许多大船的残骸埋葬在那里，要是那些传闻之辞是确实可靠的话。

萨莱尼奥　我但愿那些谣言就像那些吃饱了饭没事做、嚼嚼生姜或者一把鼻涕一把眼泪地假装为了她第三个丈夫死去而痛哭的那些婆子们所说的鬼话一样靠不住。可是那的确是事实——不说啰哩啰苏的废话，也不说枝枝节节的闲话——这位善良的安东尼奥，正直的安东尼奥——啊，我希望我有一个可以充分形容他的好处的字眼！——

萨拉里诺　好了好了，别说下去了吧。

萨莱尼奥　嘿！你说什么！总归一句话，他损失了一艘船。

萨拉里诺　但愿这是他最末一次的损失。

萨莱尼奥　让我赶快喊"阿门"，免得给魔鬼打断了我的祷告，

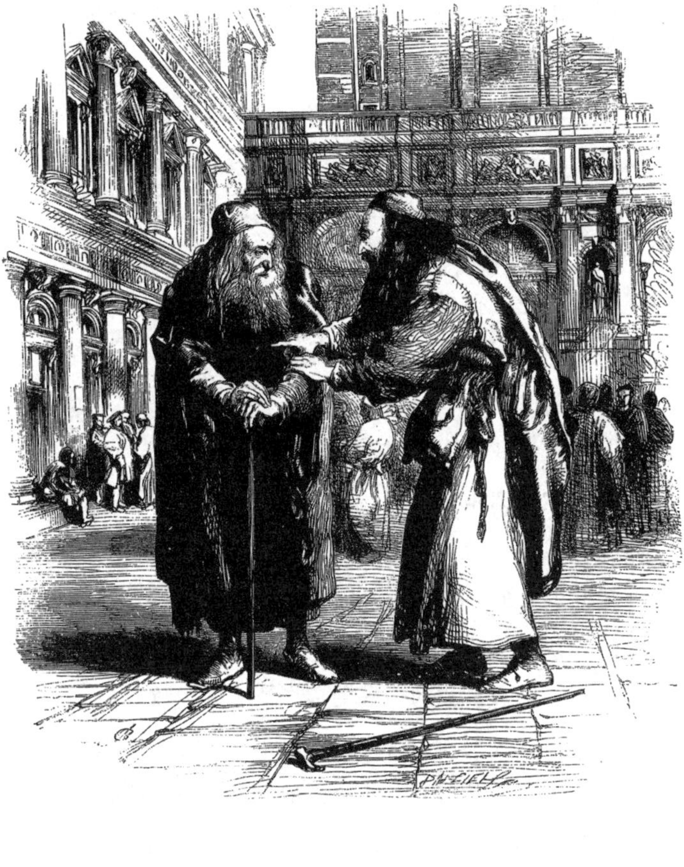

因为他已经扮成一个犹太人的样子来啦。

夏洛克上。

萨莱尼奥　啊,夏洛克! 商人中间有什么消息?

夏洛克　有什么消息! 我的女儿逃走啦,这件事情是你比谁都格外知道得详细的。

萨拉里诺　那当然啦,就是我也知道她飞走的那对翅膀是哪一个裁缝替她做的。

萨莱尼奥　夏洛克自己也何尝不知道,她羽毛已长,当然要离开娘家啦。

夏洛克　她干出这种不要脸的事来,死了一定要下地狱。

萨拉里诺　倘然魔鬼做她的判官,那是当然的事情。

夏洛克　我自己的血肉跟我过不去!

萨莱尼奥　说什么,老东西,活到这么大年纪,还跟你自己过不去?

夏洛克　我是说我的女儿是我自己的血肉。

萨拉里诺　你的肉跟她的肉比起来,比黑炭和象牙还差得远;你的血跟她的血比起来,比红葡萄酒和白葡萄酒还差得远。可是告诉我们,你听没听见人家说起安东尼奥在海上遭到了损失?

夏洛克　说起他,又是我的一桩倒霉事情。这个败家精,这个破落户,他不敢在交易所里露一露脸;他平常到市场上来,穿着得多么齐整,现在可变成一个叫化子啦。让他留心他的借约吧;他老是骂我盘剥取利;让他留心他的借约吧;他是本着基督徒的精神,放债从来不取利息的;让他留心他的借约吧。

萨拉里诺　我相信要是他不能按约偿还借款,你一定不会要他的肉的;那有什么用处呢?

夏洛克　拿来钓鱼也好；即使他的肉不中吃，至少也可以出出我这一口气。他曾经羞辱过我，夺去我几十万块钱的生意，讥笑着我的亏蚀，挖苦着我的盈余，侮蔑我的民族，破坏我的买卖，离间我的朋友，煽动我的仇敌；他的理由是什么？只因为我是一个犹太人。难道犹太人没有眼睛吗？难道犹太人没有五官四肢、没有知觉、没有感情、没有血气吗？他不是吃着同样的食物，同样的武器可以伤害他，同样的医药可以疗治他，冬天同样会冷，夏天同样会热，就像一个基督徒一样吗？你们要是用刀剑刺我们，我们不是也会出血的吗？你们要是搔我们的痒，我们不是也会笑起来的吗？你们要是用毒药谋害我们，我们不是也会死的吗？那么要是你们欺侮了我们，我们难道不会复仇吗？要是在别的地方我们都跟你们一样，那么在这一点上也是彼此相同的。要是一个犹太人欺侮了一个基督徒，那基督徒怎样表现他的谦逊？报仇。要是一个基督徒欺侮了一个犹太人，那么照着基督徒的榜样，那犹太人应该怎样表现他的宽容？报仇。你们已经把残虐的手段教给我，我一定会照着你们的教训实行，而且还要加倍奉敬哩。

　　　　一仆人上。

仆　人　两位先生，我家主人安东尼奥在家里要请两位过去谈谈。

萨拉里诺　我们正在到处找他呢。

　　　　杜伯尔上。

萨莱尼奥　又是一个他的族中人来啦；世上再也找不到第三个像他们这样的人，除非魔鬼自己也变成了犹太人。（萨莱尼奥、萨拉里诺及仆人下。）

夏洛克　啊,杜伯尔!热那亚有什么消息?你有没有找到我的女儿?

杜伯尔　我所到的地方,往往听见人家说起她,可是总找不到她。

夏洛克　哎呀,糟糕!糟糕!糟糕!我在法兰克府出两千块钱买来的那颗金刚钻也丢啦!咒诅到现在才降落到咱们民族头上;我到现在才觉得它的厉害。那一颗金刚钻就是两千块钱,还有别的贵重的贵重的珠宝。我希望我的女儿死在我的脚下,那些珠宝都挂在她的耳朵上;我希望她就在我的脚下入土安葬,那些银钱都放在她的棺材里!不知道他们的下落吗?哼,我不知道为了寻访他们,又花去了多少钱。你这你这——损失上再加损失!贼子偷了这么多走了,还要花这么多去寻访贼子,结果仍旧是一无所得,出不了这一口怨气。只有我一个人倒霉,只有我一个人叹气,只有我一个人流眼泪!

杜伯尔　倒霉的不单是你一个人。我在热那亚听人家说,安东尼奥——

夏洛克　什么?什么?什么?他也倒了霉吗?他也倒了霉吗?

杜伯尔　——有一艘从特里坡利斯来的大船,在途中触礁。

夏洛克　谢谢上帝!谢谢上帝!是真的吗?是真的吗?

杜伯尔　我曾经跟几个从那船上出险的水手谈过话。

夏洛克　谢谢你,好杜伯尔。好消息,好消息!哈哈!什么地方?在热那亚吗?

杜伯尔　听说你的女儿在热那亚一个晚上花去八十块钱。

夏洛克　你把一把刀戳进我心里!我再也瞧不见我的银子啦!一下子就是八十块钱!八十块钱!

杜伯尔　有几个安东尼奥的债主跟我同路到威尼斯来,他们肯定地说他这次一定要破产。

夏洛克　我很高兴。我要摆布摆布他;我要叫他知道些厉害。我很高兴。

杜伯尔　有一个人给我看一个指环,说是你女儿拿它向他买了一头猴子。

夏洛克　该死该死!杜伯尔,你提起这件事,真叫我心里难过;那是我的绿玉指环,是我的妻子莉娅在我们没有结婚的时候送给我的;即使人家把一大群猴子来向我交换,我也不愿把它给人。

杜伯尔　可是安东尼奥这次一定完了。

夏洛克　对了,这是真的,一点不错。去,杜伯尔,现在离开借约满期还有半个月,你先给我到衙门里走动走动,花费几个钱。要是他愆了约,我要挖出他的心来;只要威尼斯没有他,生意买卖全凭我一句话了。去,去,杜伯尔,咱们在会堂里见面。好杜伯尔,去吧;会堂里再见,杜伯尔。(各下。)

## 第二场　贝尔蒙特。鲍西娅家中一室

巴萨尼奥、鲍西娅、葛莱西安诺、尼莉莎及侍从等上。

鲍西娅　请您不要太急,停一两天再赌运气吧;因为要是您选得不对,咱们就不能再在一块儿,所以请您暂时缓一下吧。我心里仿佛有一种什么感觉——可是那不是爱情——告诉我我不愿失去您;您一定也知道,嫌憎是不会向人说这种话的。一个女孩儿家本来不该信口说话,可是唯恐您不能懂得我的意思,我真想留您在这儿住上一两个月,然后再让您为我冒险一试。我可以教您怎样选才不会有错；可是这样我就要违犯了誓言，那是断断不可的；然而那样您也许会选错；要是您选错了，您一定会使我起了一个有罪的愿望，懊悔我不该为了不敢背誓而忍心让您失望。顶可恼的是您这一双眼睛，它们已经瞧透了我的心，把我分成两半：半个我是您的，还有那半个我也是您的——不，我的意思是说那半个我是我的，可是既然是我的，也就是您的，所以整个儿的我都是您的。唉！都是这些无聊的世俗礼法，使人们不能享受他们合法的权利；所以我虽然是您的，却又不是您的。要是结果真是这样，造孽的是那命运，不是我。我说得太噜苏了，可是我的目的是要尽量拖延时间，不放您马上就去选择。

巴萨尼奥　让我选吧；我现在这样提心吊胆，才像给人拷问一样受罪呢。

鲍西娅　给人拷问，巴萨尼奥！那么您给我招认出来，在您的爱情之中，隐藏着什么奸谋？

巴萨尼奥　没有什么奸谋，我只是有点怀疑忧惧，但恐我的痴心化为徒劳；奸谋跟我的爱情正像冰炭一样，是无法相容的。

鲍西娅　嗯，可是我怕你是因为受不住拷问的痛苦，才说这样的话。一个人给绑上了刑床，还不是要他怎样讲就怎样讲？

巴萨尼奥　您要是答应赦我一死，我愿意招认真情。

鲍西娅　好，赦您一死，您招认吧。

巴萨尼奥　"爱"便是我所能招认的一切。多谢我的刑官，您教给我怎样免罪的答话了！可是让我去瞧瞧那几个匣子，试试我的运气吧。

鲍西娅　那么去吧！在那三个匣子中间，有一个里面锁着我的小像;您要是真的爱我,您会把我找出来的。尼莉莎,你跟其余的人都站开些。在他选择的时候,把音乐奏起来,要是他失败了,好让他像天鹅一样在音乐声中死去;把这譬喻说得更确当一些,我的眼睛就是他葬身的清流。也许他会胜利的;那么那音乐又像什么呢?那时候音乐就像忠心的臣子俯伏迎迓新加冕的君王的时候所吹奏的号角,又像是黎明时分送进正在做着好梦的新郎的耳中,催他起来举行婚礼的甜柔的琴韵。现在他去了,他的沉毅的姿态,就像年轻的赫剌克勒斯奋身前去,在特洛亚人的呼叫声中,把他们祭献给海怪的处女拯救出来一样①,可是他心里却藏着更多的爱情;我站在这儿做牺牲,她们站在旁边,就像泪眼模糊的特洛亚妇女们,出来看这场争斗的结果。去吧,赫剌克勒斯!我的生命悬在你手里,但愿你安然生还;我这观战的人心中比你上场作战的人还要惊恐万倍!

巴萨尼奥独白时,乐队奏乐唱歌。

### 歌

告诉我爱情生长在何方?
还是在脑海?还是在心房?
它怎样发生?它怎样成长?
  回答我,回答我。
爱情的火在眼睛里点亮,
凝视是爱情生活的滋养,
它的摇篮便是它的坟堂。

---

① 希腊神话,特洛亚王答应向海怪献祭他的女儿赫西俄涅,最后希腊英雄赫剌克勒斯斩杀海怪,救出赫西俄涅。

>让我们把爱的丧钟鸣响,
>>丁当!丁当!
>>丁当!丁当!(众和)

巴萨尼奥　外观往往和事物的本身完全不符,世人却容易为表面的装饰所欺骗。在法律上,哪一件卑鄙邪恶的陈诉不可以用娓娓动听的言词掩饰它的罪状?在宗教上,哪一桩罪大罪极的过失不可以引经据典,文过饰非,证明它的确上合天心?任何彰明昭著的罪恶,都可以在外表上装出一副道貌岸然的样子。多少没有胆量的懦夫,他们的心其实软弱得就像下不去脚的流沙,他们的肝如果剖出来看一看,大概比乳汁还要白,可是他们的颊上却长着天神一样威武的须髯,人家只看着他们的外表,也就居然把他们当作英雄一样看待!再看那些世间所谓美貌吧,那是完全靠着脂粉装点出来的,愈是轻浮的女人,所涂的脂粉也愈重;至于那些随风飘扬像蛇一样的金丝鬈发,看上去果然漂亮,不知道却是从坟墓中死人的骷髅上借来的①。所以装饰不过是一道把船只诱进凶涛险浪的怒海中去的陷人的海岸,又像是遮掩着一个黑丑蛮女的一道美丽的面幕;总而言之,它是狡诈的世人用来欺诱智士的似是而非的真理。所以,你炫目的黄金,米达斯王的坚硬的食物②,我不要你;你惨白的银子,在人们手里来来去去的下贱的奴才,我也不要你;可是你,寒伧的铅,你的形状只能使人退走,一点没有吸引人的力量,然而你的质朴却比巧妙的言辞更能打动我的心,我就选了

---

① 伊丽莎白时代妇女,有戴金色假发的风气。
② 米达斯(Midas),弗里吉亚(Phrygia)王,祷神求点金术,神允之,触指成金,食物亦成金。

你吧,但愿结果美满!

鲍西娅 （旁白）一切纷杂的思绪,多心的疑虑、卤莽的绝望、战栗的恐惧、酸性的猜嫉,多么快地烟消云散了!爱情啊!把你的狂喜节制一下,不要让你的欢乐溢出界限,让你的情绪越过分寸;你使我感觉到太多的幸福,请你把它减轻几分吧,我怕我快要给快乐窒息而死了!

巴萨尼奥 这里面是什么?（开铅匣）美丽的鲍西娅的副本!这是谁的神化之笔,描画出这样一位绝世的美人?这双眼睛是在转动吗?还是因为我的眼球在转动,所以仿佛它们也在随着转动?她的微启的双唇,是因为她嘴里吐出来的甘美芳香的气息而分裂的;唯有这样甘美的气息才能分开这样甜蜜的朋友。画师在描画她的头发的时候,一定曾经化身为蜘蛛,织下了这么一个金丝的发网,来诱捉男子们的心;哪一个男子见了它,不会比飞蛾投入蛛网还快地陷下网罗呢?可是她的眼睛!他怎么能够睁着眼睛把它们画出来呢?他在画了一只眼睛以后,我想它的逼人的光芒一定会使他自己目眩神夺,再也描画不成其余的一只。可是瞧,我用尽一切赞美的字句,还不能充分形容出这一个画中幻影的美妙;然而这幻影跟它的实体比较起来,又是多么望尘莫及!这儿是一纸手卷,宣判着我的命运。

　　你选择不凭着外表,
　　　果然给你直中鹄心!
　　胜利既已入你怀抱,
　　　你莫再往别处追寻。
　　这结果倘使你满意,
　　　就请接受你的幸运,

　　　　赶快回转你的身体,
　　　　　给你的爱深深一吻。
　　　　　　温柔的纶音!美人,请恕我大胆,(吻鲍西娅)
　　　　　　我奉命来把彼此的深情交换。
　　　　　　像一个夺标的健儿驰骋身手,
　　　　　　耳旁只听见沸腾的人声如吼,
　　　　　　虽然明知道胜利已在他手掌,
　　　　　　却不敢相信人们在向他赞赏。
　　　　　　绝世的美人,我现在神眩目晕,
　　　　　　仿佛闯进了一场离奇的梦境;
　　　　　　除非你亲口证明这一切是真,
　　　　　　我再也不相信我自己的眼睛。

鲍西娅　巴萨尼奥公子,您瞧我站在这儿,不过是这样的一个人。虽然为了我自己的缘故,我不愿妄想自己比现在的我更好一点;可是为了您的缘故,我希望我能够六十倍胜过我的本身,再加上一千倍的美丽,一万倍的富有;我但愿我有无比的贤德、美貌、财产和亲友,好让我在您的心目中占据一个很高的位置。可是我这一身却是一无所有,我只是一个不学无术、没有教养、缺少见识的女子;幸亏她的年纪还不是顶大,来得及发愤学习;她的天资也不是顶笨,可以加以教导;尤其大幸的,她有一颗柔顺的心灵,愿意把它奉献给您,听从您的指导,把您当作她的主人、她的统治者和她的君王。我自己以及我所有的一切,现在都变成您的所有了;刚才我还拥有着这一座华丽的大厦,我的仆人都听从着我的指挥,我是支配我自己的女王,可是就在现在,这屋子、这些仆人和这一个我,都是属于您的了,我的夫君。凭着这一个指环,我把这一切完全呈献给您;要是您让这指环离开您的身边,或者把它丢了,或者把它送给别人,那就预示着您的爱情的毁灭,我可以因此责怪您的。

巴萨尼奥　小姐,您使我说不出一句话来,只有我的热血在我的血管里跳动着向您陈诉。我的精神是在一种恍惚的状态中,正像喜悦的群众在听到他们所爱戴的君王的一篇美妙的演辞以后那种心灵眩惑的神情,除了口头的赞叹和内心的欢乐以外,一切的一切都混和起来,化成白茫茫的一片模糊。要是这指环有一天离开这手指,那么我的生命也一定已经终结;那时候您可以放胆地说,巴萨尼奥已经死了。

尼莉莎　姑爷,小姐,我们站在旁边,眼看我们的愿望成为事实,现在该让我们来道喜了。恭喜姑爷!恭喜小姐!

葛莱西安诺　巴萨尼奥大爷和我的温柔的夫人,愿你们享受一切的快乐!因为我敢说,你们享尽一切快乐,也剥夺不了我的快乐。我有一个请求,要是你们决定在什么时候举行嘉礼,我也想跟你们一起结婚。

巴萨尼奥　很好,只要你能够找到一个妻子。

葛莱西安诺　谢谢大爷,您已经替我找到一个了。不瞒大爷说,我这一双眼睛瞧起人来,并不比您大爷慢;您瞧见了小姐,我也看中了使女;您发生了爱情,我也发生了爱情。大爷,我的手脚并不比您慢啊。您的命运靠那几个匣子决定,我也是一样;因为我在这儿千求万告,身上的汗出了一身又是一身,指天誓日地说到唇干舌燥,才算得到这位好姑娘的一句回音,答应我要是您能够得到她的小姐,我也可以得到她的爱情。

鲍西娅　这是真的吗,尼莉莎?

尼莉莎　是真的,小姐,要是您赞成的话。

巴萨尼奥　葛莱西安诺,你也是出于真心吗?

葛莱西安诺　是的,大爷。

巴萨尼奥　我们的喜宴有你们的婚礼添兴,那真是喜上加喜了。

葛莱西安诺　我们要跟他们打赌一千块钱,看谁先养儿子。

尼莉莎　什么,还要赌一笔钱?

葛莱西安诺　不,我们怕是赢不了的,还是不下赌注了吧。可是谁来啦?罗兰佐和他的异教徒吗?什么!还有我那威尼斯老朋友萨莱尼奥?

　　　　罗兰佐、杰西卡及萨莱尼奥上。

巴萨尼奥　罗兰佐、萨莱尼奥,虽然我也是初履此地,让我僭用着这里主人的名义,欢迎你们的到来。亲爱的鲍西娅,请您允许我接待我这几个同乡朋友。

鲍西娅　我也是竭诚欢迎他们。

罗兰佐　谢谢。巴萨尼奥大爷,我本来并没有想到要到这儿来看您,因为在路上碰见萨莱尼奥,给他不由分说地硬拉着一块儿来啦。

萨莱尼奥　是我拉他来,大爷,我是有理由的。安东尼奥先生叫我替他向您致意。(给巴萨尼奥一信。)

巴萨尼奥　在我没有拆开这信以前,请你告诉我我的好朋友近来好吗?

萨莱尼奥　他没有病,除非有点儿心病;也并不轻松,除非打开了心结。您看了他的信,就可以知道他的近况。

葛莱西安诺　尼莉莎,招待招待那位客人。把你的手给我,萨莱尼奥。威尼斯有些什么消息?那位善良的商人安东尼奥怎样?我知道他听见了我们的成功,一定会十分高兴;我们是两个伊阿宋,把金羊毛取了来啦。

萨莱尼奥　我希望你们能够把他失去的金羊毛取了回来,那就好了。

鲍西娅　那信里一定有些什么坏消息,巴萨尼奥的脸色都变白了;多半是一个什么好朋友死了,否则不会有别的事情会把一个堂堂男子激动到这个样子。怎么,越来越糟了!恕我冒渎,巴萨尼奥,我是您自身的一半,这封信所带给您的任何不幸的消息,也必须让我分一半去。

巴萨尼奥　啊,亲爱的鲍西娅!这信里所写的,是自有纸墨以来最悲惨的字句。好小姐,当我初次向您倾吐我的爱慕之忱的时候,我坦白地告诉您,我的高贵的家世是我仅有的财产,那时我并没有向您说谎;可是,亲爱的小姐,单单把我说成一个两袖清风的寒士,还未免夸张过分,因为我不但一无所有,而且还负着一身债务;不但欠了我的一个好朋友许多钱,还累他为了我的缘故,欠了他仇家的钱。这一封信,小姐,那信纸就像是我朋友的身体,上面的每一个字,都是一处血淋淋的创伤。可是,萨莱尼奥,那是真的吗?难道他的船舶都一起遭难了?竟没有一艘平安到港吗?从特里坡利斯、墨西哥、英国、里斯本、巴巴里和印度来的船只,没有一艘能够逃过那些毁害商船的礁石的可怕的撞击吗?

萨莱尼奥　一艘也没有逃过。而且即使他现在有钱还那犹太人,那犹太人也不肯收他。我从来没有见过这种家伙,样子像人,却一心一意只想残害他的同类;他不分昼夜地向公爵絮叨,说是他们倘不给他主持公道,那么威尼斯根本不成其为自由邦。二十个商人、公爵自己,还有那些最有名望的士绅,都曾劝过他,可是谁也不能叫他回心转意,放弃他狠毒的控诉；他一口咬定，要求按照约文的规定，处罚安东尼奥违约。

杰西卡　我在家里的时候，曾经听见他向杜伯尔和丘斯，他的两个同族的人谈起，说他宁可取安东尼奥身上的肉，不愿收受比他的欠款多二十倍的钱。要是法律和威权不能阻止他，那么可怜的安东尼奥恐怕难逃一死了。

鲍西娅　遭到这样危难的人，是不是您的好朋友？

巴萨尼奥　我的最亲密的朋友，一个心肠最仁慈的人，热心为善，多情尚义，在他身上存留着比任何意大利人更多的古代罗马的侠义精神。

鲍西娅　他欠那犹太人多少钱？

巴萨尼奥　他为了我的缘故，向他借了三千块钱。

鲍西娅　什么，只有这一点数目吗？还他六千块钱，把那借约毁了；两倍六千块钱，或者照这数目再倍三倍都可以，可是万万不能因为巴萨尼奥的过失，害这样一位好朋友损伤一根毛发。先和我到教堂里去结为夫妇，然后你就到威尼斯去看你的朋友；鲍西娅决不让你抱着一颗不安宁的良心睡在她的身旁。你可以带偿还这笔小小借款的二十倍那么多的钱去；债务清了以后，就带你的忠心的朋友到这儿来。我的侍女尼莉莎陪着我在家里，仍旧像未嫁的时候一样，守候着你们的归来。来，今天就是你结婚的日子，大家快快乐乐，好好招待你的朋友们。你既然是用这么大的代价买来的，我一定格外爱你。可是让我听听你朋友的信。

巴萨尼奥　"巴萨尼奥挚友如握：弟船只悉数遇难，债主煎迫，家业荡然。犹太人之约，业已愆期；履行罚则，殆无生望。足下前此欠弟债项，一切勾销，惟盼及弟未死之前，来相临视。或

　　　　　　足下燕婉情浓,不忍遽别,则亦不复相强,此信置之可也。"
鲍西娅　　啊,亲爱的,快把一切事情办好,立刻就去吧!
巴萨尼奥　　既然蒙您允许,我就赶快收拾动身;可是——
　　　　　　此去经宵应少睡,长留魂魄系相思。(同下。)

## 第三场　威尼斯。街道

　　　　夏洛克、萨拉里诺、安东尼奥及狱吏上。

夏洛克　狱官,留心看住他;不要对我讲什么慈悲。这就是那个放债不取利息的傻瓜。狱官,留心看住他。

安东尼奥　再听我说句话,好夏洛克。

夏洛克　我一定要照约实行;你倘然想推翻这一张契约,那还是请你免开尊口的好。我已经发过誓,非得照约实行不可。你曾经无缘无故骂我狗,既然我是狗,那么你可留心着我的狗牙齿吧。公爵一定会给我主持公道的。你这糊涂的狱官,我真不懂你老是会答应他的请求,陪着他到外边来。

安东尼奥　请你听我说。

夏洛克　我一定要照约实行,不要听你讲什么鬼话;我一定要照约实行,所以请你闭嘴吧。我不像那些软心肠流眼泪的傻瓜们一样,听了基督徒的几句劝告,就会摇头叹气,懊悔屈服。别跟着我,我不要听你说话,我要照约实行。(下。)

萨拉里诺　这是人世间一头最顽固的恶狗。

安东尼奥　别理他;我也不愿再费无益的唇舌向他哀求了。他要的是我的命,我也知道他的原因。有好多次,人家落在他手里,还不出钱来,弄得走投无路,跑来向我呼吁,是我帮助他们解除他的压迫,所以他才恨我。

萨拉里诺　我相信公爵一定不会允许他执行这一种处罚。

安东尼奥　公爵不能变更法律的规定,因为威尼斯的繁荣,完全倚赖着各国人民的来往通商,要是剥夺了异邦人应享的权利,一定会使人对威尼斯的法治精神发生重大的怀疑。去吧,这些不如意的事情,已经把我搅得心力交瘁,我怕到明天身上也许剩不满一磅肉来,偿还我这位不怕血腥气的债主了。狱官,走吧。求上帝,让巴萨尼奥来亲眼看见我替他还债,我就死而无怨了！(同下。)

## 第四场　贝尔蒙特。鲍西娅家中一室

*鲍西娅、尼莉莎、罗兰佐、杰西卡及鲍尔萨泽上。*

罗兰佐　夫人,不是我当面恭维您,您的确有一颗高贵真诚、不同凡俗的仁爱的心;尤其像这次敦促尊夫就道,宁愿割舍儿女的私情,这一种精神毅力,真令人万分钦佩。可是您倘使知道受到您这种好意的是个什么人,您所救援的是怎样一个正直的君子,他对于尊夫的交情又是怎样深挚,我相信您一定会格外因为做了这一件好事而自傲,一件寻常的善举可不能让您得到那么大的快乐。

鲍西娅　我做了好事从来不后悔,现在也当然不会。因为凡是常在一块儿谈心游戏的朋友,彼此之间都有一重相互的友爱,他们在容貌上、风度上、习性上,也必定相去不远;所以在我想来,这位安东尼奥既然是我丈夫的心腹好友,他的为人一定很像我的丈夫。要是我的猜想果然不错,那么我把一个跟我的灵魂相仿的人从残暴的迫害下救赎出来,花了这一点儿代价,算得什么！可是这样的话,太近于自吹自擂了，所以别说了吧，还是谈些其他的事情。罗兰佐，在我的丈夫没有回来以前，我要劳驾您替我照管家里；我自己已经向天许下密誓，要在祈祷和默念中过着生活，只让尼莉莎一个人陪着我，直到我们两人的丈夫回来。在两哩路之外有一所修道院，我们就预备住在那儿。我向您提出这一个请求，不只是为了个人的私情，还有其他事实上的必要，请您不要拒绝我。

罗兰佐　夫人，您有什么吩咐，我无不乐于遵命。

鲍西娅　我的仆人们都已知道我的决心，他们会把您和杰西卡当作巴萨尼奥和我自己一样看待。后会有期，再见了。

罗兰佐　但愿美妙的思想和安乐的时光追随在您的身旁！

杰西卡　愿夫人一切如意！

鲍西娅　谢谢你们的好意，我也愿意用同样的愿望祝福你们。再见，杰西卡。（杰西卡、罗兰佐下）鲍尔萨泽，我一向知道你诚实可靠，希望你永远做一个诚实可靠的人。这一封信你给我火速送到帕度亚，交给我的表兄培拉里奥博士亲手收拆；要是他有什么回信和衣服交给你，你就赶快带着它们到码头上，乘公共渡船到威尼斯去。不要多说话，去吧；我会在威尼斯等你。

鲍尔萨泽　小姐，我尽快去就是了。（下。）

鲍西娅　来，尼莉莎，我现在还要干一些你没有知道的事情；我们要在我们的丈夫还没有想到我们之前去跟他们相会。

尼莉莎　我们要让他们看见我们吗？

鲍西娅　他们将会看见我们，尼莉莎，可是我们要打扮得叫他们认不出我们的本来面目。我可以拿无论什么东西跟你打赌，要是我们都扮成了少年男子，我一定比你漂亮点儿，带起刀子来也比你格外神气点儿;我会沙着喉咙讲话,就像一个正在发育的男孩子一样;我会把两个姗姗细步并成一个男人家的阔步;我会学着那些爱吹牛的哥儿们的样子,谈论一些击剑比武的玩意儿,再随口编造些巧妙的谎话,什么谁家的千金小姐爱上了我啦,我不接受她的好意,她害起病来死啦,我怎么心中不忍,后悔不该害了人家的性命啦,以及二十个诸如此类的无关紧要的谎话,人家听见了,一定以为我走出学校的门还不满一年。这些爱吹牛的娃娃们的鬼花样儿我有一千种在脑袋里,都可以搬出来应用。

尼莉莎　怎么,我们要扮成男人吗?

鲍西娅　为什么不?来,车子在林苑门口等着我们;我们上了车,我可以把我的整个计划一路告诉你。快去吧,今天我们要赶二十哩路呢。(同下。)

## 第五场　同前。花园

　　　　朗斯洛特及杰西卡上。

朗斯洛特　真的,不骗您,父亲的罪恶是要子女承当的,所以我倒真的在替您捏着一把汗呢。我一向喜欢对您说老实话,所以现在我也老老实实把我心里所担忧的事情告诉您;您放心吧,我想您总免不了下地狱。只有一个希望也许可以帮帮您的忙,可是那也是个不大高妙的希望。

杰西卡　请问你,是什么希望呢?

朗斯洛特　嗯,您可以存着一半儿的希望,希望您不是您的父亲所生,不是这个犹太人的女儿。

杰西卡　这个希望可真的太不高妙啦;这样说来,我的母亲的罪恶又要降到我的身上来了。

朗斯洛特　那倒也是真的,您不是为您的父亲下地狱,就是为您的母亲下地狱;逃过了凶恶的礁石,逃不过危险的漩涡。好,您下地狱是下定了。

杰西卡　我可以靠着我的丈夫得救;他已经使我变成一个基督徒了。

朗斯洛特　这就是他大大的不该。咱们本来已经有很多的基督徒,简直快要挤都挤不下啦;要是再这样把基督徒一批一批制造出来,猪肉的价钱一定会飞涨,大家吃起猪肉来,恐怕每人只好分到一片薄薄的咸肉了。

杰西卡　朗斯洛特,你这样胡说八道,我一定要告诉我的丈夫。他来啦。

　　　　罗兰佐上。

罗兰佐　朗斯洛特,你要是再拉着我的妻子在壁角里说话,我真的要吃起醋来了。

杰西卡　不,罗兰佐,你放心好了,我已经跟朗斯洛特翻脸啦。他老实不客气地告诉我,上天不会对我发慈悲,因为我是一个犹太人的女儿;他又说你不是国家的好公民,因为你把犹太人变成了基督徒,提高了猪肉的价钱。

罗兰佐　要是政府向我质问起来,我自有话说。可是,朗斯洛特,你把那黑人的女儿弄大了肚子,这该是什么罪名呢?

朗斯洛特　那个摩尔姑娘会失去理智,给人弄大肚子,固然是件严重的事;可是如果她算不上是个规矩女人,那么我才是看错人啦。

罗兰佐　看,连傻瓜都会说起俏皮话来啦!照这样下去,连口才最好的才子,也只好哑口无言了。到时候就只听见八哥在那儿咭咭呱呱出风头！给我进去，小鬼，叫他们准备好开饭了。

朗斯洛特　先生,他们早已准备好了；他们都是有肚子的呢。

罗兰佐　老天爷,你的嘴真尖利！那么关照他们把饭菜准备起来。

朗斯洛特　饭和菜,他们也准备好了,大爷。您应当说：把饭菜端上来。

罗兰佐　那么就有劳尊驾吩咐下去：把饭菜端上来。

朗斯洛特　小的可没有这样大的气派,不敢这样使唤人啊。

罗兰佐　要怎样才能跟你讲得清楚！你可是打算把你的看家本领在今天一齐使出来？我求你啦——我是个老实人,不会跟你瞎扯。去对你那些同伴们说,桌子可以铺起来,饭菜可以端上来,我们要进来吃饭啦。

朗斯洛特　是,先生,我就去叫他们把饭菜铺起来,桌子端上来；至于您进不进来吃饭,那可悉随尊便。（下。）

罗兰佐　啊,看他心眼儿多么"尖巧",说话多么"合拍"！这个傻瓜,脑子里塞满了一大堆"动听的"字眼。我知道有好多傻瓜,地位比他高,跟他一样,"满腹锦绣",一件事扯到哪儿他不管,只是卖弄了再说。你好吗,杰西卡？亲爱的好人儿,现在告诉我,你对于巴萨尼奥的夫人有什么意见？

杰西卡　好到没有话说。巴萨尼奥大爷娶到这样一位好夫人,享尽了人世天堂的幸福,自然应该不会走上邪路了。要是有两个天神打赌,各自拿一个人间的女子做赌注,如其一个是鲍西娅,那么还有一个必须另外加上些什么,才可以彼此相抵,因为这一个寒伧的世界还不能产生一个跟她同样好的人来。

罗兰佐　他娶到了这么一个好妻子,你也嫁着了我这么一个好丈夫。

杰西卡　那可要先问问我的意见。

罗兰佐　可以可以,可是先让我们吃了饭再说。

杰西卡　不,让我趁着胃口没有倒之前,先把你恭维两句。

罗兰佐　不,你有话还是留到吃饭的时候说吧;那么不论你说得好说得坏,我都可以连着饭菜一起吞下去。

杰西卡　好,你且等着听我怎样说你吧。(同下。)

# 第 四 幕

## 第一场　威尼斯。法庭

　　公爵、众绅士、安东尼奥、巴萨尼奥、葛莱西安诺、萨拉里诺、萨莱尼奥及余人等同上。

公　爵　安东尼奥有没有来？

安东尼奥　有,殿下。

公　爵　我很为你不快乐；你是来跟一个心如铁石的对手当庭质对,一个不懂得怜悯、没有一丝慈悲心的不近人情的恶汉。

安东尼奥　听说殿下曾经用尽力量劝他不要过为已甚,可是他一味坚执,不肯略作让步。既然没有合法的手段可以使我脱离他的怨毒的掌握,我只有用默忍迎受他的愤怒,安心等待着他的残暴的处置。

公　爵　来人,传那犹太人到庭。

萨拉里诺　他在门口等着；他来了,殿下。

　　夏洛克上。

公　爵　大家让开些,让他站在我的面前。夏洛克,人家都以为——我也是这样想——你不过故意装出这一副凶恶的姿态，到了最后关头，就会显出你的仁慈恻隐来，比你现在这种表面上的残酷更加出人意料；现在你虽然坚持着照约处罚，一定要从这个不幸的商人身上割下一磅肉来，到了那时候，你不但愿意放弃这一种处罚，而且因为受到良心上的感动，说不定还会豁免他一部分的欠款。你看他最近接连遭逢的巨大损失，足以使无论怎样富有的商人倾家荡产，即使铁石一样的心肠，从来不知道人类同情的野蛮人，也不能不对他的境遇发生怜悯。犹太人，我们都在等候你一句温和的回答。

夏洛克　我的意思已经向殿下告禀过了；我也已经指着我们的圣安息日起誓，一定要照约执行处罚；要是殿下不准许我的请求，那就是蔑视宪章，我要到京城里去上告，要求撤销贵邦的特权。您要是问我为什么不愿接受三千块钱，宁愿拿一块腐烂的臭肉，那我可没有什么理由可以回答您，我只能说我欢喜这样，这是不是一个回答？要是我的屋子里有了耗子，我高兴出一万块钱叫人把它们赶掉，谁管得了我？这不是回答了您吗？有的人不爱看张开嘴的猪，有的人瞧见一头猫就要发脾气，还有人听见人家吹风笛的声音，就忍不住要小便；因为一个人的感情完全受着喜恶的支配，谁也做不了自己的主。现在我就这样回答您：为什么有人受不住一头张开嘴的猪，有人受不住一头有益无害的猫，还有人受不住咿咿唔唔的风笛声音，这些都是毫无充分的理由的，只是因为天生的癖性，使他们一受到刺激，就会情不自禁地现出丑相来；所以我不能举什么理由，也不愿举什么理由，除了因为我对于安东尼奥抱着久积的仇恨和深刻的反感，所以才会向他进行这一场对于我自己并没有好处的诉讼。

现在您不是已经得到我的回答了吗？

巴萨尼奥　你这冷酷无情的家伙，这样的回答可不能作为你的残忍的辩解。

夏洛克　我的回答本来不是为了讨你的欢喜。

巴萨尼奥　难道人们对于他们所不喜欢的东西，都一定要置之死地吗？

夏洛克　哪一个人会恨他所不愿意杀死的东西？

巴萨尼奥　初次的冒犯，不应该就引为仇恨。

夏洛克　什么！你愿意给毒蛇咬两次吗？

安东尼奥　请你想一想，你现在跟这个犹太人讲理，就像站在海滩上，叫那大海的怒涛减低它的奔腾的威力，责问豺狼为什么害母羊为了失去它的羔羊而哀啼，或是叫那山上的松柏，在受到天风吹拂的时候，不要摇头摆脑，发出谡谡的声音。要是你能够叫这个犹太人的心变软——世上还有什么东西比它更硬呢？——那么还有什么难事不可以做到？所以我请你不用再跟他商量什么条件，也不用替我想什么办法，让我爽爽快快受到判决，满足这犹太人的心愿吧。

巴萨尼奥　借了你三千块钱，现在拿六千块钱还你好不好？

夏洛克　即使这六千块钱中间的每一块钱都可以分做六份，每一份都可以变成一块钱，我也不要它们；我只要照约处罚。

公　　爵　你这样一点没有慈悲之心，将来怎么能够希望人家对你慈悲呢？

夏洛克　我又不干错事，怕什么刑罚？你们买了许多奴隶，把他们当作驴狗骡马一样看待，叫他们做种种卑贱的工作，因为他们是你们出钱买来的。我可不可以对你们说，让他们自由，叫他们跟你们的子女结婚？为什么他们要在重担之下流着血汗？让他们的床铺得跟你们的床同样柔软,让他们的舌头也尝尝你们所吃的东西吧,你们会回答说:"这些奴隶是我们所有的。"所以我也可以回答你们:我向他要求的这一磅肉,是我出了很大的代价买来的;它是属于我的,我一定要把它拿到手里。您要是拒绝了我,那么你们的法律去见鬼吧！威尼斯城的法令等于一纸空文。我现在等候着判决,请快些回答我,我可不可以拿到这一磅肉？

公　爵　我已经差人去请培拉里奥,一位有学问的博士,来替我们审判这件案子;要是他今天不来,我可以有权宣布延期判决。

萨拉里诺　殿下,外面有一个使者刚从帕度亚来,带着这位博士的书信,等候着殿下的召唤。

公　爵　把信拿来给我;叫那使者进来。

巴萨尼奥　高兴起来吧,安东尼奥！喂,老兄,不要灰心！这犹太人可以把我的肉、我的血、我的骨头、我的一切都拿去,可是我决不让你为了我的缘故流一滴血。

安东尼奥　我是羊群里一头不中用的病羊,死是我的应分;最软弱的果子最先落到地上,让我也就这样结束了我的一生吧。巴萨尼奥,我只要你活下去,将来替我写一篇墓志铭,那你就是做了再好不过的事。

*尼莉莎扮律师书记上。*

公　爵　你是从帕度亚培拉里奥那里来的吗？

尼莉莎　是,殿下。培拉里奥叫我向殿下致意。(呈上一信。)

巴萨尼奥　你这样使劲儿磨着刀干吗？

夏洛克　从那破产的家伙身上割下那磅肉来。

葛莱西安诺　狠心的犹太人,你不是在鞋口上磨刀,你这把刀是放在你的心口上磨；无论哪种铁器，就连刽子手的钢刀，都赶不上你这刻毒的心肠一半的锋利。难道什么恳求都不能打动你吗？

夏洛克　不能，无论你说得多么婉转动听，都没有用。

葛莱西安诺　万恶不赦的狗，看你死后不下地狱！让你这种东西活在世上，真是公道不生眼睛。你简直使我的信仰发生摇动，相信起毕达哥拉斯①所说畜生的灵魂可以转生人体的议论来了；你的前生一定是一头豺狼，因为吃了人给人捉住吊死，它那凶恶的灵魂就从绞架上逃了出来，钻进了你那老娘的腌臜的胎里，因为你的性情正像豺狼一样残暴贪婪。

夏洛克　除非你能够把我这一张契约上的印章骂掉，否则像你这样拉开了喉咙直嚷，不过白白伤了你的肺，何苦来呢？好兄弟，我劝你还是让你的脑子休息一下吧，免得它损坏了，将来无法收拾。我在这儿要求法律的裁判。

公　爵　培拉里奥在这封信上介绍一位年轻有学问的博士出席我们的法庭。他在什么地方？

尼莉莎　他就在这儿附近等着您的答复，不知道殿下准不准许他进来？

公　爵　非常欢迎。来，你们去三四个人，恭恭敬敬领他到这儿来。现在让我们把培拉里奥的来信当庭宣读。

书　记　（读）"尊翰到时，鄙人抱疾方剧；适有一青年博士鲍尔萨泽君自罗马来此，致其慰问，因与详讨犹太人与安东尼奥一案，遍稽群籍，折衷是非，遂恳其为鄙人庖代，以应殿下之召。凡鄙人对此案所具意见，此君已深悉无遗；其学问才

---

①　毕达哥拉斯（Pythagoras）为主张灵魂轮回说的古希腊哲学家。

识,虽穷极赞辞,亦不足道其万一,务希勿以其年少而忽之,盖如此少年老成之士,实鄙人生平所仅见也。倘蒙延纳,必能不辱使命。敬祈钧裁。"

公　爵　你们已经听到了博学的培拉里奥的来信。这儿来的大概就是那位博士了。

　　　　　鲍西娅扮律师上。

公　爵　把您的手给我。足下是从培拉里奥老前辈那儿来的吗?

鲍西娅　正是,殿下。

公　爵　欢迎欢迎;请上坐。您有没有明了今天我们在这儿审理的这件案子的两方面的争点?

鲍西娅　我对于这件案子的详细情形已经完全知道了。这儿哪一个是那商人,哪一个是犹太人?

公　爵　安东尼奥,夏洛克,你们两人都上来。

鲍西娅　你的名字就叫夏洛克吗?

夏洛克　夏洛克是我的名字。

鲍西娅　你这场官司打得倒也奇怪,可是按照威尼斯的法律,你的控诉是可以成立的。(向安东尼奥)你的生死现在操在他的手里,是不是?

安东尼奥　他是这样说的。

鲍西娅　你承认这借约吗?

安东尼奥　我承认。

鲍西娅　那么犹太人应该慈悲一点。

夏洛克　为什么我应该慈悲一点?把您的理由告诉我。

鲍西娅　慈悲不是出于勉强,它是像甘霖一样从天上降下尘世;它不但给幸福于受施的人,也同样给幸福于施与的人;它有超乎一切的无上威力,比皇冠更足以显出一个帝王的高贵:御杖不过象征着俗世的威权,使人民对于君上的尊严凛然生畏;慈悲的力量却高出于权力之上,它深藏在帝王的内心,是一种属于上帝的德性,执法的人倘能把慈悲调剂着公道,人间的权力就和上帝的神力没有差别。所以,犹太人,虽然你所要求的是公道,可是请你想一想,要是真的按照公道执行起赏罚来,谁也没有死后得救的希望;我们既然祈祷着上帝的慈悲,就应该按照祈祷的指点,自己做一些慈悲的事。我说了这一番话,为的是希望你能够从你的法律的立场上作几分让步;可是如果你坚持着原来的要求,那么威尼斯的法庭是执法无私的,只好把那商人宣判定罪了。

夏洛克　我自己做的事,我自己当!我只要求法律允许我照约执行处罚。

鲍西娅　他是不是无力偿还这笔借款?

巴萨尼奥　不,我愿意替他当庭还清;照原数加倍也可以;要是这样他还不满足,那么我愿意签署契约,还他十倍的数目,拿我的手、我的头、我的心做抵押;要是这样还不能使他满足,那就是存心害人,不顾天理了。请堂上运用权力,把法律稍为变通一下,犯一次小小的错误,干一件大大的功德,别让这个残忍的恶魔逞他杀人的兽欲。

鲍西娅　那可不行,在威尼斯谁也没有权力变更既成的法律;要是开了这一个恶例,以后谁都可以借口有例可援,什么坏事情都可以干了。这是不行的。

夏洛克　一个但尼尔①来做法官了!真的是但尼尔再世!聪明

---

① 但尼尔(Daniel),以色列人的著名士师,以善于折狱称。

的青年法官啊，我真佩服你！

鲍西娅　请你让我瞧一瞧那借约。

夏洛克　在这儿，可尊敬的博士；请看吧。

鲍西娅　夏洛克，他们愿意出三倍的钱还你呢。

夏洛克　不行，不行，我已经对天发过誓啦，难道我可以让我的灵魂背上毁誓的罪名吗？不，把整个儿的威尼斯给我，我都不能答应。

鲍西娅　好，那么就应该照约处罚；根据法律，这犹太人有权要求从这商人的胸口割下一磅肉来。还是慈悲一点，把三倍原数的钱拿去，让我撕了这张约吧。

夏洛克　等他按照约中所载条款受罚以后，再撕不迟。您瞧上去像一个很好的法官；您懂得法律，您讲的话也很有道理，不愧是法律界的中流砥柱，所以现在我就用法律的名义，请您立刻进行宣判，凭着我的灵魂起誓，谁也不能用他的口舌改变我的决心。我现在但等着执行原约。

安东尼奥　我也诚心请求堂上从速宣判。

鲍西娅　好，那么就是这样：你必须准备让他的刀子刺进你的胸膛。

夏洛克　啊，尊严的法官！好一位优秀的青年！

鲍西娅　因为这约上所订定的惩罚，对于法律条文的涵义并无抵触。

夏洛克　很对很对！啊，聪明正直的法官！想不到你瞧上去这样年轻，见识却这么老练！

鲍西娅　所以你应该把你的胸膛袒露出来。

夏洛克　对了，"他的胸部"，约上是这么说的；——不是吗，尊严的法官？——"附近心口的所在"，约上写得明明白白的。

鲍西娅　不错,称肉的天平有没有预备好?

夏洛克　我已经带来了。

鲍西娅　夏洛克,去请一位外科医生来替他堵住伤口,费用归你负担,免得他流血而死。

夏洛克　约上有这样的规定吗?

鲍西娅　约上并没有这样的规定;可是那又有什么相干呢?肯做一件好事总是好的。

夏洛克　我找不到;约上没有这一条。

鲍西娅　商人,你还有什么话说吗?

安东尼奥　我没有多少话要说;我已经准备好了。把你的手给我,巴萨尼奥,再会吧!不要因为我为了你的缘故遭到这种结局而悲伤,因为命运对我已经特别照顾了:她往往让一个不幸的人在家产荡尽以后继续活下去,用他凹陷的眼睛和满是皱纹的额角去挨受贫困的暮年;这一种拖延时日的刑罚,她已经把我豁免了。替我向尊夫人致意,告诉她安东尼奥的结局;对她说我怎样爱你,又怎样从容就死;等到你把这一段故事讲完以后,再请她判断一句,巴萨尼奥是不是曾经有过一个真心爱他的朋友。不要因为你将要失去一个朋友而懊恨,替你还债的人是死而无怨的;只要那犹太人的刀刺得深一点,我就可以在一刹那的时间把那笔债完全还清。

巴萨尼奥　安东尼奥,我爱我的妻子,就像我自己的生命一样;可是我的生命、我的妻子以及整个的世界,在我的眼中都不比你的生命更为贵重;我愿意丧失一切,把它们献给这恶魔做牺牲,来救出你的生命。

鲍西娅　尊夫人要是就在这儿听见您说这样话,恐怕不见得会感谢您吧。

葛莱西安诺　我有一个妻子,我可以发誓我是爱她的;可是我希望她马上归天,好去求告上帝改变这恶狗一样的犹太人的心。

尼莉莎　幸亏尊驾在她的背后说这样的话,否则府上一定要吵得鸡犬不宁了。

夏洛克　这些便是相信基督教的丈夫!我有一个女儿,我宁愿她嫁给强盗的子孙,不愿她嫁给一个基督徒,别再浪费光阴了;请快些儿宣判吧。

鲍西娅　那商人身上的一磅肉是你的;法庭判给你,法律许可你。

夏洛克　公平正直的法官!

鲍西娅　你必须从他的胸前割下这磅肉来;法律许可你,法庭判给你。

夏洛克　博学多才的法官!判得好!来,预备!

鲍西娅　且慢,还有别的话哩。这约上并没有允许你取他的一滴血,只是写明着"一磅肉";所以你可以照约拿一磅肉去,可是在割肉的时候,要是流下一滴基督徒的血,你的土地财产,按照威尼斯的法律,就要全部充公。

葛莱西安诺　啊,公平正直的法官!听着,犹太人;啊,博学多才的法官!

夏洛克　法律上是这样说吗?

鲍西娅　你自己可以去查查明白。既然你要求公道,我就给你公道,而且比你所要求的更地道。

葛莱西安诺　啊,博学多才的法官!听着,犹太人;好一个博学多才的法官!

夏洛克　那么我愿意接受还款；照约上的数目三倍还我，放了那基督徒。

巴萨尼奥　钱在这儿。

鲍西娅　别忙！这犹太人必须得到绝对的公道。别忙！他除了照约处罚以外，不能接受其他的赔偿。

葛莱西安诺　啊，犹太人！一个公平正直的法官，一个博学多才的法官！

鲍西娅　所以你准备着动手割肉吧。不准流一滴血，也不准割得超过或是不足一磅的重量；要是你割下来的肉，比一磅略微轻一点或是重一点，即使相差只有一丝一毫，或者仅仅一根汗毛之微，就要把你抵命，你的财产全部充公。

葛莱西安诺　一个再世的但尼尔，一个但尼尔，犹太人！现在你可掉在我的手里了，你这异教徒！

鲍西娅　那犹太人为什么还不动手？

夏洛克　把我的本钱还我，放我去吧。

巴萨尼奥　钱我已经预备好在这儿，你拿去吧。

鲍西娅　他已经当庭拒绝过了；我们现在只能给他公道，让他履行原约。

葛莱西安诺　好一个但尼尔，一个再世的但尼尔！谢谢你，犹太人，你教会我说这句话。

夏洛克　难道我单单拿回我的本钱都不成吗？

鲍西娅　犹太人，除了冒着你自己生命的危险割下那一磅肉以外，你不能拿一个钱。

夏洛克　好，那么魔鬼保佑他去享用吧！我不打这场官司了。

鲍西娅　等一等，犹太人，法律上还有一点牵涉你。威尼斯的法律规定：凡是一个异邦人企图用直接或间接手段，谋害任何公民,查明确有实据者,他的财产的半数应当归受害的一方所有,其余的半数没入公库,犯罪者的生命悉听公爵处置,他人不得过问。你现在刚巧陷入这一条法网,因为根据事实的发展,已经足以证明你确有运用直接间接手段,危害被告生命的企图,所以你已经遭逢着我刚才所说起的那种危险了。快快跪下来,请公爵开恩吧。

葛莱西安诺　求公爵开恩,让你自己去寻死吧;可是你的财产现在充了公,一根绳子也买不起啦,所以还是要让公家破费把你吊死。

公　　爵　让你瞧瞧我们基督徒的精神,你虽然没有向我开口,我自动饶恕了你的死罪。你的财产一半划归安东尼奥,还有一半没入公库;要是你能够诚心悔过,也许还可以减处你一笔较轻的罚款。

鲍西娅　这是说没入公库的一部分,不是说划归安东尼奥的一部分。

夏洛克　不,把我的生命连着财产一起拿了去吧,我不要你们的宽恕。你们拿掉了支撑房子的柱子,就是拆了我的房子;你们夺去了我的养家活命的根本,就是活活要了我的命。

鲍西娅　安东尼奥,你能不能够给他一点慈悲?

葛莱西安诺　白送给他一根上吊的绳子吧;看在上帝的面上,不要给他别的东西!

安东尼奥　要是殿下和堂上愿意从宽发落,免予没收他的财产的一半,我就十分满足了;只要他能够让我接管他的另外一半的财产,等他死了以后,把它交给最近和他的女儿私奔的那位绅士;可是还要有两个附带的条件:第一,他接受了这样的恩典,必须立刻改信基督教;第二,他必须当庭写下一张文契,声明他死了以后,他的全部财产传给他的女婿罗兰佐和他的女儿。

公　爵　他必须履行这两个条件,否则我就撤销刚才所宣布的赦令。

鲍西娅　犹太人,你满意吗?你有什么话说?

夏洛克　我满意。

鲍西娅　书记,写下一张授赠产业的文契。

夏洛克　请你们允许我退庭,我身子不大舒服。文契写好了送到我家里,我在上面签名就是了。

公　爵　去吧,可是临时变卦是不成的。

葛莱西安诺　你在受洗礼的时候,可以有两个教父;要是我做了法官,我一定给你请十二个教父①,不是领你去受洗,是送你上绞架。(夏洛克下。)

公　爵　先生,我想请您到舍间去用餐。

鲍西娅　请殿下多多原谅,我今天晚上要回帕度亚去,必须现在就动身,恕不奉陪了。

公　爵　您这样贵忙,不能容我略尽寸心,真是抱歉得很。安东尼奥,谢谢这位先生,你这回全亏了他。(公爵、众士绅及侍从等下。)

巴萨尼奥　最可尊敬的先生,我跟我这位敝友今天多赖您的智慧,免去了一场无妄之灾;为了表示我们的敬意,这三千块钱本来是预备还那犹太人的,现在就奉送给先生,聊以报答您的辛苦。

安东尼奥　您的大恩大德,我们是永远不忘记的。

---

①　当时法庭审判罪犯,由十二人组成陪审团。

鲍西娅　一个人做了心安理得的事,就是得到了最大的酬报;我这次帮两位的忙,总算没有失败,已经引为十分满足,用不着再谈什么酬谢了。但愿咱们下次见面的时候,两位仍旧认识我。现在我就此告辞了。

巴萨尼奥　好先生,我不能不再向您提出一个请求,请您随便从我们身上拿些什么东西去,不算是酬谢,只算是留个纪念。请您答应我两件事儿:既不要推却,还要原谅我的要求。

鲍西娅　你们这样殷勤,倒叫我却之不恭了。(向安东尼奥)把您的手套送给我,让我戴在手上留个纪念吧;(向巴萨尼奥)为了纪念您的盛情,让我拿了这戒指去。不要缩回您的手,我不再向您要什么了;您既然是一片诚意,想来总也不会拒绝我吧。

巴萨尼奥　这指环吗,好先生?唉!它是个不值钱的玩意儿;我不好意思把这东西送给您。

鲍西娅　我什么都不要,就是要这指环;现在我想我非把它要来不可了。

巴萨尼奥　这指环的本身并没有什么价值,可是因为有其他的关系,我不能把它送人。我愿意搜访威尼斯最贵重的一枚指环来送给您,可是这一枚却只好请您原谅了。

鲍西娅　先生,您原来是个口头上慷慨的人;您先教我怎样伸手求讨,然后再教我懂得了一个叫化子会得到怎样的回答。

巴萨尼奥　好先生,这指环是我的妻子给我的;她把它套上我的手指的时候,曾经叫我发誓永远不把它出卖、送人或是遗失。

鲍西娅　人们在吝惜他们的礼物的时候,都可以用这样的话做推托的。要是尊夫人不是一个疯婆子,她知道了我对于这指环是多么受之无愧,一定不会因为您把它送掉了而跟您长久反目的。好,愿你们平安!(鲍西娅、尼莉莎同下。)

安东尼奥　我的巴萨尼奥少爷,让他把那指环拿去吧;看在他的功劳和我的交情份上,违犯一次尊夫人的命令,想来不会有什么要紧。

巴萨尼奥　葛莱西安诺,你快追上他们,把这指环送给他;要是可能的话,领他到安东尼奥的家里去。去,赶快!(葛莱西安诺下)来,我就陪着你到你府上;明天一早咱们两人就飞到贝尔蒙特去。来,安东尼奥。(同下。)

## 第二场　同前。街道

　　　　鲍西娅及尼莉莎上。

鲍西娅　打听打听这犹太人住在什么地方,把这文契交给他,叫他签了字。我们要比我们的丈夫先一天到家,所以一定得在今天晚上动身。罗兰佐拿到了这一张文契,一定高兴得不得了。

　　　　葛莱西安诺上。

葛莱西安诺　好先生,我好容易追上了您。我家大爷巴萨尼奥再三考虑之下,决定叫我把这指环拿来送给您,还要请您赏光陪他吃一顿饭。

鲍西娅　那可没法应命;他的指环我受下了,请你替我谢谢他。我还要请你给我这小兄弟带路到夏洛克老头儿的家里。

葛莱西安诺　可以可以。

尼莉莎　大哥,我要向您说句话儿。(向鲍西娅旁白)我要试一试我能不能把我丈夫的指环拿下来。我曾经叫他发誓永远不离手。

鲍西娅　你一定能够。我们回家以后,一定可以听听他们指天誓日,说他们是把指环送给男人的;可是我们要压倒他们,比他们发更厉害的誓。你快去吧,你知道我会在什么地方等你。

尼莉莎　来,大哥,请您给我带路。(各下。)

# 第 五 幕

### 第一场　贝尔蒙特。通至鲍西娅住宅的林荫路

　　罗兰佐及杰西卡上。

罗兰佐　好皎洁的月色！微风轻轻地吻着树枝,不发出一点声响;我想正是在这样一个夜里,特洛伊罗斯登上了特洛亚的城墙,遥望着克瑞西达所寄身的希腊人的营幕,发出他的深心中的悲叹。

杰西卡　正是在这样一个夜里,提斯柏心惊胆战地踩着露水,去赴她情人的约会,因为看见了一头狮子的影子,吓得远远逃走。

罗兰佐　正是在这样一个夜里,狄多手里执着柳枝,站在辽阔的海滨,招她的爱人回到迦太基来。

杰西卡　正是在这样一个夜里,美狄亚采集了灵芝仙草,使衰迈的埃宋返老还童。①

---

① 埃宋(Aeson)即伊阿宋之父,得伊阿宋的妻子美狄亚(Medea)之灵药而返老还童。故事见奥维德《变形记》第七章。

罗兰佐　正是在这样一个夜里,杰西卡从犹太富翁的家里逃了出来,跟着一个不中用的情郎从威尼斯一直走到贝尔蒙特。

杰西卡　正是在这样一个夜里,年轻的罗兰佐发誓说他爱她,用许多忠诚的盟言偷去了她的灵魂,可是没有一句话是真的。

罗兰佐　正是在这样一个夜里,可爱的杰西卡像一个小泼妇似的,信口毁谤她的情人,可是他饶恕了她。

杰西卡　倘不是有人来了,我可以搬弄出比你所知道的更多的夜的典故来。可是听!这不是一个人的脚步声吗?

　　　　斯丹法诺上。

罗兰佐　谁在这静悄悄的深夜里跑得这么快?

斯丹法诺　一个朋友。

罗兰佐　一个朋友!什么朋友?请问朋友尊姓大名?

斯丹法诺　我的名字是斯丹法诺,我来向你们报个信,我家女主人在天明以前,就要到贝尔蒙特来了;她一路上看见圣十字架,便停步下来,长跪祷告,祈求着婚姻的美满。

罗兰佐　谁陪她一起来?

斯丹法诺　没有什么人,只是一个修道的隐士和她的侍女。请问我家主人有没有回来?

罗兰佐　他没有回来,我们也没有听到他的消息。可是,杰西卡,我们进去吧;让我们按照着礼节,准备一些欢迎这屋子的女主人的仪式。

　　　　朗斯洛特上。

朗斯洛特　索拉!索拉!哦哈呵!索拉!索拉!

罗兰佐　谁在那儿嚷?

朗斯洛特　索拉!你看见罗兰佐大爷吗?罗兰佐大爷!索拉!索拉!

罗兰佐　别嚷啦,朋友;他就在这儿。

朗斯洛特　索拉!哪儿?哪儿?

罗兰佐　这儿。

朗斯洛特　对他说我家主人差一个人带了许多好消息来了;他在天明以前就要回家来啦。(下。)

罗兰佐　亲爱的,我们进去,等着他们回来吧。不,还是不用进去。我的朋友斯丹法诺,请你进去通知家里的人,你们的女主人就要来啦,叫他们准备好乐器到门外来迎接。(斯丹法诺下)月光多么恬静地睡在山坡上!我们就在这儿坐下来,让音乐的声音悄悄送进我们的耳边;柔和的静寂和夜色,是最足以衬托出音乐的甜美的。坐下来,杰西卡。瞧,天宇中嵌满了多少灿烂的金钹;你所看见的每一颗微小的天体,在转动的时候都会发出天使般的歌声,永远应和着嫩眼的天婴的妙唱。在永生的灵魂里也有这一种音乐,可是当它套上这一具泥土制成的俗恶易朽的皮囊以后,我们便再也听不见了。

　　　　众乐工上。

罗兰佐　来啊!奏起一支圣歌来唤醒狄安娜女神;用最温柔的节奏倾注到你们女主人的耳中,让她被乐声吸引着回来。(音乐。)

杰西卡　我听见了柔和的音乐,总觉得有些惆怅。

罗兰佐　这是因为你有一个敏感的灵魂。你只要看一群不服管束的畜生,或是那野性未驯的小马,逗着它们奔放的血气,乱跳狂奔,高声嘶叫,倘然偶尔听到一声喇叭,或是任何乐调,就会一齐立定,它们狂野的眼光,因为中了音乐的魅力,变成温和的注视。所以诗人会造出俄耳甫斯用音乐感动木石、平息风浪的故事,因为无论怎样坚硬顽固狂暴的事物,音乐都可以立刻改变它们的性质;灵魂里没有音乐,或是听了甜蜜和谐的乐声而不会感动的人,都是擅于为非作恶、使奸弄诈的;他们的灵魂像黑夜一样昏沉,他们的感情像鬼域一样幽暗;这种人是不可信任的。听这音乐!

    鲍西娅及尼莉莎自远处上。

鲍西娅 那灯光是从我家里发出来的。一枝小小的蜡烛,它的光照耀得多么远!一件善事也正像这枝蜡烛一样,在这罪恶的世界上发出广大的光辉。

尼莉莎 月光明亮的时候,我们就瞧不见灯光。

鲍西娅 小小的荣耀也正是这样给更大的光荣所掩。国王出巡的时候摄政的威权未尝不就像一个君主,可是一到国王回来,他的威权就归于乌有,正像溪涧中的细流注入大海一样。音乐!听!

尼莉莎 小姐,这是我们家里的音乐。

鲍西娅 没有比较,就显不出长处;我觉得它比在白天好听得多哪。

尼莉莎 小姐,那是因为晚上比白天静寂的缘故。

鲍西娅 如果没有人欣赏,乌鸦的歌声也就和云雀一样;要是夜莺在白天杂在群鹅的聒噪里歌唱,人家决不以为它比鹪鹩唱得更美。多少事情因为逢到有利的环境,才能够达到尽善的境界,博得一声恰当的赞赏!喂,静下来!月亮正在拥着她的情郎酣睡,不肯就醒来呢。(音乐停止。)

罗兰佐 要是我没有听错,这分明是鲍西娅的声音。

鲍西娅 我的声音太难听,所以一下子就给他听出来了,正像瞎子能够辨认杜鹃一样。

罗兰佐　好夫人,欢迎您回家来!

鲍西娅　我们在外边为我们的丈夫祈祷平安,希望他们能够因我们的祈祷而多福。他们已经回来了吗?

罗兰佐　夫人,他们还没有来;可是刚才有人来送过信,说他们就要来了。

鲍西娅　进去,尼莉莎,吩咐我的仆人们,叫他们就当我们两人没有出去过一样;罗兰佐,您也给我保守秘密;杰西卡,您也不要多说。(喇叭声。)

罗兰佐　您的丈夫来啦,我听见他的喇叭的声音。我们不是搬嘴弄舌的人,夫人,您放心好了。

鲍西娅　这样的夜色就像一个昏沉的白昼,不过略微惨淡点儿;没有太阳的白天,瞧上去也不过如此。

　　　　巴萨尼奥、安东尼奥、葛莱西安诺及侍从等上。

巴萨尼奥　要是您在没有太阳的地方走路,我们就可以和地球那一面的人共同享有着白昼。

鲍西娅　让我发出光辉,可是不要让我像光一样轻浮;因为一个轻浮的妻子,是会使丈夫的心头沉重的,我决不愿意巴萨尼奥为了我而心头沉重。可是一切都是上帝做主!欢迎您回家来,夫君!

巴萨尼奥　谢谢您,夫人。请您欢迎我这位朋友;这就是安东尼奥,我曾经受过他无穷的恩惠。

鲍西娅　他的确使您受惠无穷,因为我听说您曾经使他受累无穷呢。

安东尼奥　没有什么,现在一切都已经圆满解决了。

鲍西娅　先生,我们非常欢迎您的光临;可是口头的空言不能表示诚意,所以一切客套的话,我都不说了。

葛莱西安诺　（向尼莉莎）我凭着那边的月亮起誓,你冤枉了我;我真的把它送给了那法官的书记。好人,你既然把这件事情看得这么重,那么我但愿拿了去的人是个割掉了鸡巴的。

鲍西娅　啊!已经在吵架了吗?为了什么事?

葛莱西安诺　为了一个金圈圈儿,她给我的一个不值钱的指环,上面刻着的诗句,就跟那些刀匠们刻在刀子上的差不多,什么"爱我毋相弃"。

尼莉莎　你管它什么诗句,什么值钱不值钱?我当初给你的时候,你曾经向我发誓,说你要戴着它直到死去,死了就跟你一起葬在坟墓里;即使不为我,为了你所发的重誓,你也应该把它看重,好好儿地保存着。送给一个法官的书记!呸!上帝可以替我判断,拿了这指环去的那个书记,一定是个脸上永远不会出毛的。

葛莱西安诺　他年纪长大起来,自然会出胡子的。

尼莉莎　一个女人也会长成男子吗?

葛莱西安诺　我举手起誓,我的确把它送给一个少年人,一个年纪小小、发育不全的孩子;他的个儿并不比你高,这个法官的书记。他是个多话的孩子,一定要我把这指环给他做酬劳,我实在不好意思不给他。

鲍西娅　恕我说句不客气的话,这是你的不对;你怎么可以把你妻子的第一件礼物随随便便给了人?你已经发过誓把它套在你的手指上,它就是你身体上不可分的一部分。我也曾经送给我的爱人一个指环,使他发誓永不把它抛弃;他现在就在这儿,我敢代他发誓,即使把世间所有的财富向他交换,他也不肯丢掉它或是把它从他的手指上取下来的。真的,葛莱西安诺,你太对不起你的妻子了;倘然是我的话,我早就发起脾气来啦。

巴萨尼奥　（旁白）嗳哟,我应该把我的左手砍掉了,那就可以发誓说,因为强盗要我的指环,我不肯给他,所以连手都给砍下来了。

葛莱西安诺　巴萨尼奥大爷也把他的指环给那法官了,因为那法官一定要向他讨那指环;其实他就是拿了指环去,也一点不算过分。那个孩子、那法官的书记,因为写了几个字,也就讨了我的指环去做酬劳。他们主仆两人什么都不要,就是要这两个指环。

鲍西娅　我的爷,您把什么指环送了人哪?我想不会是我给您的那一个吧?

巴萨尼奥　要是我可以用说谎来加重我的过失,那么我会否认的;可是您瞧我的手指上已没有指环;它已经没有了。

鲍西娅　正像您的虚伪的心里没有一丝真情一样。我对天发誓,除非等我见了这指环,我再也不跟您同床共枕。

尼莉莎　要是我看不见我的指环,我也再不跟你同床共枕。

巴萨尼奥　亲爱的鲍西娅,要是您知道我把这指环送给什么人,要是您知道我为了谁的缘故把这指环送人,要是您能够想到为了什么理由我把这指环送人,我又是多么舍不下这个指环,可是人家偏偏什么也不要,一定要这个指环,那时候您就不会生这么大的气了。

鲍西娅　要是您知道这指环的价值,或是识得了把这指环给您的那人的一半好处,或是懂得了您自己保存着这指环的光荣,您就不会把这指环抛弃。只要你肯稍为用诚恳的话向他解释几句,世上哪有这样不讲理的人,会好意思硬要人家留作纪念的东西?尼莉莎讲的话一点不错,我可以用我的生命赌咒,一定是什么女人把这指环拿去了。

巴萨尼奥　不,夫人,我用我的名誉、我的灵魂起誓,并不是什么女人拿去的,的确是送给那位法学博士的;他不接受我送给他的三千块钱,一定要讨这指环,我不答应,他就老大不高兴地去了。就是他救了我的好朋友的性命;我应该怎么说呢,好太太?我没有法子,只好叫人追上去送给他;人情和礼貌逼着我这样做,我不能让我的名誉沾上忘恩负义的污点。原谅我,好夫人;凭着天上的明灯起誓,要是那时候您也在那儿,我想您一定会恳求我把这指环送给这位贤能的博士的。

鲍西娅　让那博士再也不要走近我的屋子。他既然拿去了我所珍爱的宝物,又是您所发誓永远为我保存的东西,那么我也会像您一样慷慨;我会把我所有的一切都给他,即使他要我的身体,或是我的丈夫的眠床,我都不会拒绝他。我总有一天会认识他的,那是我完全有把握的;您还是一夜也不要离开家里,像个百眼怪物那样看守着我吧;否则我可以凭着我的尚未失去的贞操起誓,要是您让我一个人在家里,我一定要跟这个博士睡在一床的。

尼莉莎　我也要跟他的书记睡在一床;所以你还是留心不要走开我的身边。

葛莱西安诺　好,随你的便,只要不让我碰到他;要是他给我捉住了,我就折断这个少年书记的那枝笔。

安东尼奥　都是我的不是,引出你们这一场吵闹。

鲍西娅　先生,这跟您没有关系;您来我们是很欢迎的。

巴萨尼奥　鲍西娅,饶恕我这一次出于不得已的错误,当着这许多朋友们的面前,我向您发誓,凭着您这一双美丽的眼睛,在它们里面我可以看见我自己——

鲍西娅　你们听他的话！我的左眼里也有一个他，我的右眼里也有一个他；您用您的两重人格发誓，我还能够相信您吗？

巴萨尼奥　不，听我说。原谅我这一次错误，凭着我的灵魂起誓，我以后再不违背对您发出的誓言。

安东尼奥　我曾经为了他的幸福，把我自己的身体向人抵押，倘不是幸亏那个把您丈夫的指环拿去的人，几乎送了性命；现在我敢再立一张契约，把我的灵魂作为担保，保证您的丈夫决不会再有故意背信的行为。

鲍西娅　那么就请您做他的保证人，把这个给他，叫他比上回那一个保存得牢一些。

安东尼奥　拿着，巴萨尼奥；请您发誓永远保存这一个指环。

巴萨尼奥　天哪！这就是我给那博士的那一个！

鲍西娅　我就是从他手里拿来的。原谅我，巴萨尼奥，因为凭着这个指环，那博士已经跟我睡过觉了。

尼莉莎　原谅我，我的好葛莱西安诺；就是那个发育不全的孩子，那个博士的书记，因为我问他讨这个指环，昨天晚上已经跟我睡在一起了。

葛莱西安诺　嗳哟，这就像是在夏天把铺得好好的道路重新翻造。嘿！我们就这样冤冤枉枉地做起忘八来了吗？

鲍西娅　不要说得那么难听。你们大家都有点莫名其妙；这儿有一封信，拿去慢慢地念吧，它是培拉里奥从帕度亚寄来的，你们从这封信里，就可以知道那位博士就是鲍西娅，她的书记便是这位尼莉莎。罗兰佐可以向你们证明，当你们出发以后，我就立刻动身；我回家来还没有多少时候，连大门也没有进去过呢。安东尼奥，我们非常欢迎您到这儿来；

我还带着一个您所意料不到的好消息给您,请您拆开这封信,您就可以知道您有三艘商船,已经满载而归,马上要到港了。您再也想不出这封信怎么会那么巧地到了我的手里。

安东尼奥　我没有话说了。

巴萨尼奥　您就是那个博士,我还不认识您吗?

葛莱西安诺　你就是要叫我当忘八的那个书记吗?

尼莉莎　是的,可是除非那书记会长成一个男子,他再也不能叫你当忘八。

巴萨尼奥　好博士,你今晚就陪着我睡觉吧;当我不在的时候,您可以睡在我妻子的床上。

安东尼奥　好夫人,您救了我的命,又给了我一条活路;我从这封信里得到了确实的消息,我的船只已经平安到港了。

鲍西娅　喂,罗兰佐!我的书记也有一件好东西要给您哩。

尼莉莎　是的,我可以送给他,不收一些费用。这儿是那犹太富翁亲笔签署的一张授赠产业的文契,声明他死了以后,全部遗产都传给您和杰西卡,请你们收下吧。

罗兰佐　两位好夫人,你们像是散布玛哪①的天使,救济着饥饿的人们。

鲍西娅　天已经差不多亮了,可是我知道你们还想把这些事情知道得详细一点。我们大家进去吧;你们还有什么疑惑的地方,尽管再向我们发问,我们一定老老实实地回答一切问题。

葛莱西安诺　很好,我要我的尼莉莎宣誓答复的第一个问题,是

---

① 玛哪(manna),天粮,见《旧约·出埃及记》。

现在离白昼只有两小时了,我们还是就去睡觉呢,还是等明天晚上再睡?正是——

　　不惧黄昏近,但愁白日长;
　　翩翩书记俊,今夕喜同床。
　　金环束指间,灿烂自生光,
　　唯恐娇妻骂,莫将弃道旁。(众下。)

# 理查二世

朱生豪 译
吴兴华 校

# KING RICHARD SECOND.

Act II. Sc. I.

## 剧 中 人 物

理查二世

约翰·刚特　兰开斯特公爵 ⎫
爱德蒙·兰格雷　约克公爵　⎬　理查王之叔父

亨利·波林勃洛克　海瑞福德公爵,约翰·刚特之子,
　　　　　　　即位后称亨利四世

奥墨尔公爵　约克公爵之子

托马斯·毛勃雷　诺福克公爵

萨立公爵

萨立斯伯雷伯爵

勃克雷勋爵

布　希 ⎫
巴各特 ⎬　理查王之近侍
格　林 ⎭

诺森伯兰伯爵

亨利·潘西·霍茨波　诺森伯兰伯爵之子

洛斯勋爵

威罗比勋爵

费兹华特勋爵

卡莱尔主教

威司敏斯特长老

司礼官

皮厄斯·艾克斯顿爵士

史蒂芬·斯克鲁普爵士

威尔士军队长

王后

葛罗斯特公爵夫人

约克公爵夫人

宫女

群臣、传令官、军官、兵士、园丁、狱卒、使者、马夫及其他侍从等

## 地　　点

英格兰及威尔士各地

# 第一幕

### 第一场　伦敦。宫中一室

　　　　理查王率侍从、约翰·刚特及其他贵族等上。

理查王　高龄的约翰·刚特，德高望重的兰开斯特，你有没有遵照你的誓约，把亨利·海瑞福德，你的勇敢的儿子带来，证实他上次对诺福克公爵托马斯·毛勃雷所提出的激烈的控诉？那时我因为政务忙碌，没有听他说下去。

刚　　特　我把他带来了，陛下。

理查王　再请你告诉我，你有没有试探过他的口气，究竟他控诉这位公爵，是出于私人的宿怨呢，还是因为尽一个忠臣的本分，知道他确实有谋逆的行动？

刚　　特　据我从他嘴里所能探听出来的，他的动机的确是因为看到公爵在进行不利于陛下的阴谋，而不是出于内心的私怨。

理查王　那么叫他们来见我吧；让他们当面对质，怒目相视，我要听一听原告和被告双方无拘束的争辩。（若干侍从下）他们两个都是意气高傲、秉性刚强的人；在盛怒之中，他们就像大海一般聋聩，烈火一般急躁。

　　　　侍从等率波林勃洛克及毛勃雷重上。

**波林勃洛克**　愿无数幸福的岁月降临于我的宽仁慈爱的君王！

**毛勃雷**　愿陛下的幸福与日俱增，直到上天嫉妒地上的佳运，把一个不朽的荣名加在您的王冠之上！

**理查王**　我谢谢你们两位；可是两人之中，有一个人不过向我假意谄媚，因为你们今天来此的目的，是要彼此互控各人以叛逆的重罪。海瑞福德贤弟，你对于诺福克公爵托马斯·毛勃雷有什么不满？

**波林勃洛克**　第一——愿上天记录我的言语！——我今天来到陛下的御座之前，提出这一控诉，完全是出于一个臣子关怀他主上安全的一片忠心，绝对没有什么恶意的仇恨。现在，托马斯·毛勃雷，我要和你面面相对，听着我的话吧；我的身体将要在这人世担保我所说的一切，否则我的灵魂将要在天上负责它的真实。你是一个叛徒和奸贼，辜负国恩，死有余辜；天色越是晴朗空明，越显得浮云的混浊。让我再用奸恶的叛徒的名字塞在你的嘴里。请陛下允许我，在我离开这儿以前，我要用我正义的宝剑证明我的说话。

**毛勃雷**　不要因为我言辞的冷淡而责怪我情虚气馁；这不是一场妇人的战争，可以凭着舌剑唇枪解决我们两人之间的争端；热血正在胸膛里沸腾，准备因此而溅洒。可是我并没有唾面自干的耐性，能够忍受这样的侮辱而不发一言。首先因为当着陛下的天威之前，不敢不抑制我的口舌，否则我早就把这些叛逆的名称加倍掷还给他了。要不是他的身体里流着高贵的王族的血液，要不是他是陛下的亲属，我就要向他公然挑战，把唾涎吐在他的身上，骂他是一个造谣诽谤的懦夫和恶汉；为了证实他是这样一个人，我愿意让他先占一点儿上风,然后再和他决一雌雄,即使我必须徒步走到阿尔卑斯山的冰天雪地之间,或是任何英国人所敢于涉足的辽远的地方和他相会,我也决不畏避。现在我要凭着决斗为我的忠心辩护,凭着我的一切希望发誓,他说的全然是虚伪的谎话。

波林勃洛克  脸色惨白的战栗的懦夫,这儿我掷下我的手套,声明放弃我的国王亲属的身份;你的恐惧,不是你的尊敬,使你提出我的血统的尊严作为借口。要是你的畏罪的灵魂里还残留着几分勇气,敢接受我的荣誉的信物,那么俯身下去,把它拾起来吧;凭着它和一切武士的礼仪,我要和你彼此用各人的武器决战,证实你的罪状,揭穿你的谎话。

毛勃雷  我把它拾起来了;凭着那轻按我的肩头、使我受到骑士荣封的御剑起誓,我愿意接受一切按照骑士规矩的正当的挑战;假如我是叛徒,或者我的应战是不义的,那么,但愿我一上了马,不再留着活命下来!

理查王  我的贤弟控诉毛勃雷的,究竟是一些什么罪名?像他那样为我们所倚畀的人,倘不是果然犯下昭彰的重罪,是决不会引起我们丝毫恶意的猜疑的。

波林勃洛克  瞧吧,我所说的话,我的生命将要证明它的真实。毛勃雷曾经借着补助王军军饷的名义,领到八千金币;正像一个奸诈的叛徒、误国的恶贼一样,他把这一笔饷款全数填充了他私人的欲壑。除了这一项罪状以外,我还要说,并且准备在这儿或者在任何英国人眼光所及的最远的边界,用武力证明,这十八年来,我们国内一切叛逆的阴谋,追本穷源,都是出于毛勃雷的主动。不但如此,我还要凭着他的罪恶的生命,肯定地指出葛罗斯特公爵是被他设计谋害的,像一个卑怯的叛徒,他嗾使那位公爵的轻信的敌人用暴力溅洒了他的无辜的血液;正像被害的亚伯一样,他的血正在从无言的墓穴里向我高声呼喊,要求我替他伸冤雪恨,痛惩奸凶;凭着我的光荣的家世起誓,我要手刃他的仇人,否则宁愿丧失我的生命。

理查王　他的决心多么大呀!托马斯·诺福克,你对于这番话有些什么辩白?

毛勃雷　啊!请陛下转过脸去,暂时塞住您的耳朵,让我告诉这侮辱他自己血统的人,上帝和善良的世人是多么痛恨像他这样一个说谎的恶徒。

理查王　毛勃雷,我的眼睛和耳朵是大公无私的;他不过是我的叔父的儿子,即使他是我的同胞兄弟,或者是我的王国的继承者,凭着我的御杖的威严起誓,这一种神圣的血统上的关连,也不能给他任何的特权,或者使我不可摇撼的正直的心灵对他略存偏袒。他是我的臣子,毛勃雷,你也是我的臣子;我允许你放胆说话。

毛勃雷　那么,波林勃洛克,我就说你这番诬蔑的狂言,完全是从你虚伪的心头经过你的奸诈的喉咙所发出的欺人的谎话。我所领到的那笔饷款,四分之三已经分发给驻在卡莱的陛下的军队;其余的四分之一是我奉命留下的,因为我上次到法国去迎接王后的时候,陛下还欠我一笔小小的旧债。现在把你那句谎话吞下去吧。讲到葛罗斯特,他并不是我杀死的;可是我很惭愧那时我没有尽我应尽的责任。对于您,高贵的兰开斯特公爵,我的敌人的可尊敬的父亲,我确曾一度企图陷害过您的生命,为了这一次过失,使我的灵魂感到极大的疚恨;可是在我最近一次领受圣餐以前,我已经坦白自认,要求您的恕宥,我希望您也已经不记旧恶了。这是我的错误。至于他所控诉我的其余的一切,全然出于一个卑劣的奸人,一个丧心的叛徒的恶意;我要勇敢地为我自己辩护,在这傲慢的叛徒的足前也要掷下我的挑战的信物,凭着他胸头最优良的血液,证明我的耿耿不贰的忠贞。我诚心请求陛下替我们指定一个决斗的日期,好让世人早一些判断我们的是非曲直。

理查王　你们这两个燃烧着怒火的骑士,听从我的旨意;让我们用不流血的方式,消除彼此的愤怒。我虽然不是医生,却可以下这样的诊断:深刻的仇恨会造成太深的伤痕。劝你们捐嫌忘怨,言归于好,我们的医生说这一个月内是不应该流血的。好叔父,让我们赶快结束这一场刚刚开始的争端;我来劝解诺福克公爵,你去劝解你的儿子吧。

刚　特　像我这样年纪的人,做一个和事佬是最合适不过的。我的儿,把诺福克公爵的手套掷下了吧。

理查王　诺福克,你也把他的手套掷下来。

刚　特　怎么,哈利①,你还不掷下来?做父亲的不应该向他的儿子发出第二次的命令。

理查王　诺福克,我吩咐你快掷下;争持下去是没有好处的。

毛勃雷　尊严的陛下,我愿意把自己投身在您的足前。您可以支配我的生命,可是不能强迫我容忍耻辱;为您尽忠效命是我的天职,可是即使死神高踞在我的坟墓之上,您也不能使我的美好的名誉横遭污毁。我现在在这儿受到这样的羞辱和诬蔑,谗言的有毒的枪尖刺透了我的灵魂,只有他那吐着

---

① 亨利的爱称。

毒瘴的心头的鲜血,才可以医治我的创伤。

理查王　一切意气之争必须停止;把他的手套给我;雄狮的神威可以使豹子慑服。

毛勃雷　是的,可是不能改变它身上的斑点。要是您能够取去我的耻辱,我就可以献上我的手套。我的好陛下,无瑕的名誉是世间最纯粹的珍宝;失去了名誉,人类不过是一些镀金的粪土,染色的泥块。忠贞的胸膛里一颗勇敢的心灵,就像藏在十重键锁的箱中的珠玉。我的荣誉就是我的生命,二者互相结为一体;取去我的荣誉,我的生命也就不再存在。所以,我的好陛下,让我为我的荣誉而战吧;我借着荣誉而生,也愿为荣誉而死。

理查王　贤弟,你先掷下你的手套吧。

波林勃洛克　啊!上帝保佑我的灵魂不要犯这样的重罪!难道我要在我父亲的面前垂头丧气,怀着卑劣的恐惧,向这理屈气弱的懦夫低头服罪吗?在我的舌头用这种卑怯的侮辱伤害我的荣誉、发出这样可耻的求和的声请以前,我的牙齿将要把这种自食前言的怯懦的畏惧嚼为粉碎,把它带血唾在那无耻的毛勃雷脸上。(刚特下。)

理查王　我是天生发号施令的人,不是惯于向人请求的。既然我不能使你们成为友人,那么准备着吧,圣兰勃特日①在科文特里,你们将要以生命为孤注,你们的短剑和长枪将要替你们解决你们势不两立的争端;你们既然不能听从我的劝告而和解,我只好信任冥冥中的公道,把胜利的光荣判归无罪的一方。司礼官,传令执掌比武仪式的官吏准备起来,导

---

① 圣兰勃特日(St. Lambert's day),九月十七日,纪念圣兰勃特的节日。

演这一场同室的交讧。(同下。)

## 第二场　同前。兰开斯特公爵府中一室

*刚特及葛罗斯特公爵夫人上。*

刚　特　唉！那在我血管里流着的伍德斯道克的血液，比你的呼吁更有力地要求我向那杀害他生命的屠夫复仇。可是矫正这一个我们所无能为力的错误的权力，既然操之于造成这错误的人的手里，我们只有把我们的不平委托于上天的意志，到了时机成熟的一天，它将会向作恶的人们降下严厉的惩罚。

葛罗斯特公爵夫人　难道兄弟之情不能给你一点儿更深的刺激吗？难道你衰老的血液里的爱火已经不再燃烧了吗？你是爱德华的七个儿子中的一个，你们兄弟七人，就像盛着他的神圣的血液的七个宝瓶，又像同一树根上茁长的七条美好的树枝；七人之中，有的因短命而枯萎，有的被命运所摧残，可是托马斯，我的亲爱的夫主，我的生命，我的葛罗斯特，满盛着爱德华的神圣的血液的一个宝瓶，从他的最高贵的树根上茁长的一条繁茂的树枝，却被嫉妒的毒手击破，被凶徒的血斧斩断，倾尽了瓶中的宝液，凋落了枝头的茂叶。啊，刚特！他的血也就是你的血；你和他同胞共体，同一的模型铸下了你们；虽然你还留着一口气活在世上，可是你的一部分生命已经跟着他死去了。你眼看着人家杀死你那不幸的兄弟，等于默许凶徒们谋害你的父亲，因为他的身上存留着你父亲生前的遗范。不要说那是忍耐，刚特；那是绝望。你容忍你的兄弟被人这样屠戮，等于把你自己的生命开放一

条道路,向凶恶的暴徒指示杀害你的门径。在卑贱的人们中间我们所称为忍耐的,在尊贵者的胸中就是冷血的怯懦。我应该怎么说呢? 为了保卫你自己的生命,最好的方法就是为我的葛罗斯特复仇。

刚　　特　这一场血案应该由上帝解决,因为促成他的死亡的祸首是上帝的代理人,一个受到圣恩膏沐的君主;要是他死非其罪,让上天平反他的冤屈吧,我是不能向上帝的使者举起愤怒的手臂来的。

葛罗斯特公爵夫人　那么,唉! 什么地方可以让我声诉我的冤屈呢?

刚　　特　向上帝声诉,他是寡妇的保卫者。

葛罗斯特公爵夫人　好,那么我要向上帝声诉。再会吧,年老的刚特。你到科文特里去,瞧我的侄儿海瑞福德和凶狠的毛勃雷决斗;啊! 但愿我丈夫的冤魂依附在海瑞福德的枪尖上,让它穿进了屠夫毛勃雷的胸中;万一刺而不中,愿毛勃雷的罪恶压住他的全身,使他那流汗的坐骑因不胜重负而把他掀翻在地上,像一个卑怯的懦夫匍匐在我的侄儿海瑞福德的足下! 再会吧,年老的刚特;你的已故的兄弟的妻子必须带着悲哀终结她的残生。

刚　　特　弟妇,再会;我必须到科文特里去。愿同样的幸运陪伴着你,跟随着我!

葛罗斯特公爵夫人　可是还有一句话。悲哀落在地上,还会重新跳起,不是因为它的空虚,而是因为它的重量。我的谈话都还没有开始,已要向你告别,因为悲哀看去好像已经止住,其实却永远没有个完。替我向我的兄弟爱德蒙·约克致意。瞧! 这就是我所要说的一切。不,你不要就这样走了;虽然我只有这一句话,不要走得这样匆忙;我还要想起一些别的话来。请他——啊,什么?——赶快到普拉希看我一次。唉!善良的老约克到了那里,除了空旷的房屋、萧条的四壁、无人的仆舍、苔封的石级以外,还看得到什么?除了我的悲苦呻吟以外,还听得到什么欢迎的声音?所以替我向他致意;叫他不要到那里去,找寻那到处充斥着的悲哀。孤独地、孤独地我要饮恨而死;我的流泪的眼睛向你做最后的诀别。(各下。)

## 第三场　科文特里附近旷地。设围场及御座。传令官等侍立场侧

司礼官及奥墨尔上。

司礼官　奥墨尔大人,哈利·海瑞福德武装好了没有?

奥墨尔　是的,他已经装束齐整,恨不得立刻进场。

司礼官　诺福克公爵精神抖擞,勇气百倍,专等原告方面的喇叭声召唤。

奥墨尔　那么决斗的双方都已经准备好了,只要王上一到,就可以开始啦。

　　　　喇叭奏花腔。理查王上,就御座;刚特、布希、巴各特、格林及余人等随上,各自就座。喇叭高鸣,另一喇叭在内相应。被告毛勃雷穿甲胄上,一传令官前导。

理查王　司礼官,问一声那边的骑士他穿了甲胄到这儿来的原因;问他叫什么名字,按照法定的手续,叫他宣誓他的动机是正直的。

司礼官　凭着上帝的名义和国王的名义,说出你是什么人,为什

么穿着骑士的装束到这儿来,你要跟什么人决斗,你们的争端是什么。凭着你的骑士的身份和你的誓言,从实说来;愿上天和你的勇气保卫你!

毛勃雷　我是诺福克公爵托马斯·毛勃雷。遵照我所立下的不可毁弃的骑士的誓言,到这儿来和控诉我的海瑞福德当面对质,向上帝、我的君王和他的后裔表白我的忠心和诚实;凭着上帝的恩惠和我这手臂的力量,我要一面洗刷我的荣誉,一面证明他是一个对上帝不敬、对君王不忠、对我不义的叛徒。我为正义而战斗,愿上天佑我!（就座。）

　　　　　　　喇叭高鸣;原告波林勃洛克穿甲胄上,一传令官前导。

理查王　司礼官,问一声那边穿着甲胄的骑士,他是谁,为什么全副戎装到这儿来;按照我们法律上所规定的手续,叫他宣誓声明他的动机是正直的。

司礼官　你的名字叫什么?为什么你敢当着理查王的面前,到他这儿的校场里来?你要和什么人决斗?你们的争端是什么?像一个正直的骑士,你从实说来;愿上天保佑你!

波林勃洛克　我是兼领海瑞福德、兰开斯特和德比三处采邑的哈利;今天武装来此,准备在这围场之内,凭着上帝的恩惠和我身体的勇力,证明诺福克公爵托马斯·毛勃雷是一个对上帝不敬、对王上不忠、对我不信不义的奸诈险恶的叛徒。我为正义而战斗,愿上天佑我!

司礼官　除了司礼官和奉命监视这次比武仪典的官员以外,倘有大胆不逞之徒,擅敢触动围场界线,立处死刑,决不宽贷。

波林勃洛克　司礼官,让我吻一吻我的君王的手,在他的御座之前屈膝致敬;因为毛勃雷跟我就像两个朝圣的人立誓踏上漫长而艰苦的旅途,所以让我们按照正式的礼节,各自向我们的亲友们做一次温情的告别吧。

司礼官　原告恭顺地向陛下致敬,要求一吻御手,申达他告别的诚意。

理查王　(下座)我要亲下御座,把他拥抱在我的怀里。海瑞福德贤弟,你的动机既然是正直的,愿你在这次庄严的战斗里获得胜利!再会吧,我的亲人;要是你今天洒下你的血液,我可以为你悲恸,可是不能代你报复杀身之仇。

波林勃洛克　啊!要是我被毛勃雷的枪尖所刺中,不要让一只高贵的眼睛为我浪掷一滴泪珠。正像猛鹰追逐一只小鸟,我对毛勃雷抱着必胜的自信。我的亲爱的王上,我向您告别了;别了,我的奥墨尔贤弟;虽然我要去和死亡搏斗,可是我并没有病,我还年轻力壮,愉快地呼吸着空气。瞧!正像在英国的宴席上,最美味的佳肴总是放在最后,留给人们一个无限余甘的回忆;我最后才向你告别,啊,我的生命的人间的创造者!您的青春的精神复活在我的心中,用双重的巨力把我凌空举起,攀取那高不可及的胜利;愿您用祈祷加强我的甲胄的坚实,用祝福加强我的枪尖的锋锐,让它突入毛勃雷的蜡制的战袍之内,借着您儿子的勇壮的行为,使约翰·刚特的名字闪耀出新的光彩。

刚　特　上帝保佑你的正义行为得胜!愿你的动作像闪电一般敏捷,你的八倍威力的打击,像惊人的雷霆一般降在你的恶毒的敌人的盔上;振起你的青春的精力,勇敢地活着吧。

波林勃洛克　我的无罪的灵魂和圣乔治帮助我得胜!(就座。)

毛勃雷　(起立)不论上帝和造化给我安排下怎样的命运,或生或死,我都是尽忠于理查王陛下的一个赤心正直的臣子。从来不曾有一个囚人用这样奔放的热情脱下他的缚身的锁

　　　　链,拥抱那无拘束的黄金的自由,像我的雀跃的灵魂一样接受这一场跟我的敌人互决生死的鏖战。最尊严的陛下和我的各位同僚,从我的嘴里接受我的虔诚的祝福。像参加一场游戏一般,我怀着轻快的心情挺身赴战;正直者的胸襟永远是安定的。

理查王　再会,公爵。我看见正义和勇敢在你的眼睛里闪耀。司礼官,传令开始比武。(理查王及群臣各就原座。)

司礼官　海瑞福德、兰开斯特和德比的哈利,过来领你的枪;上帝保佑正义的人!

波林勃洛克　(起立)抱着像一座高塔一般坚强的信心,我应着"阿门"。

司礼官　(向一官吏)把这支枪送给诺福克公爵。

传令官甲　这儿是海瑞福德、兰开斯特和德比的哈利,站在上帝、他的君王和他自己的立场上,证明诺福克公爵托马斯·毛勃雷是一个对上帝不敬、对君王不忠、对他不义的叛徒;倘使所控不实,他愿意蒙上奸伪卑怯的恶名,永远受世人唾骂。他要求诺福克公爵出场,接受他的挑战。

传令官乙　这儿站着诺福克公爵托马斯·毛勃雷,准备表白他自己的无罪,同时证明海瑞福德、兰开斯特和德比的哈利是一个对上帝不敬、对君王不忠、对他不义的叛徒;倘使所言失实,他愿意蒙上奸伪卑怯的恶名,永远受世人唾骂。他勇敢地怀着满腔热望,等候着决斗开始的信号。

司礼官　吹起来,喇叭;上前去,比武的人们。(吹战斗号)且慢,且慢,王上把他的御杖掷下来了。

理查王　叫他们脱下战盔,放下长枪,各就原位。跟我退下去;在我向这两个公爵宣布我的判决之前,让喇叭高声吹响。

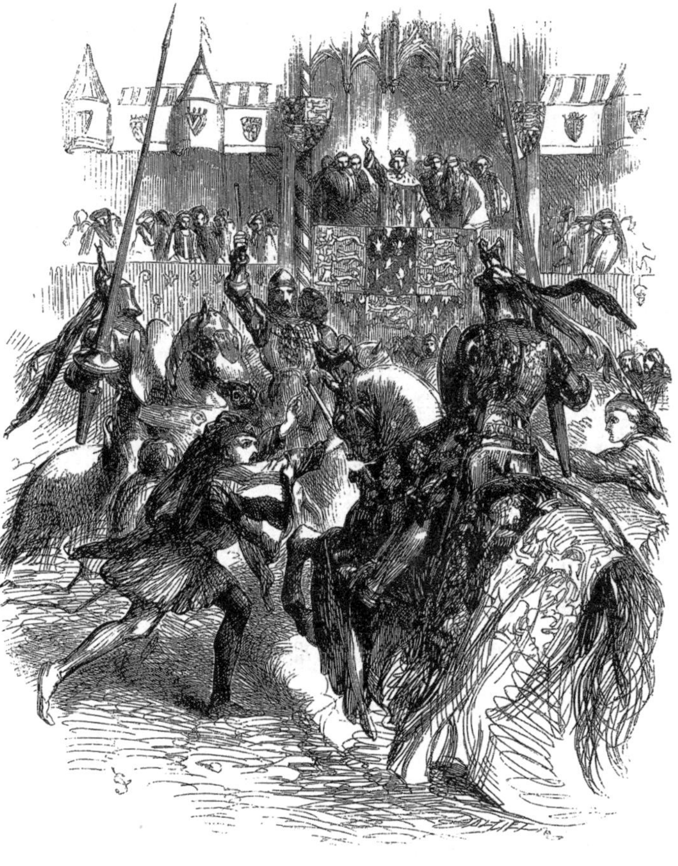

(喇叭奏长花腔。向决斗者)过来,倾听我们会议的结果。因为我们的国土不应被它所滋养的宝贵的血液所玷污;因为我们的眼睛痛恨同室操戈所造成的内部的裂痕;因为你们各人怀着凌云的壮志,冲天的豪气,造成各不相下的敌视和憎恨,把我们那像婴儿一般熟睡着的和平从它的摇篮中惊醒;那战鼓的喧聒的雷鸣,那喇叭的刺耳的嘷叫,那刀枪的愤怒的击触,也许会把美好的和平吓退出我们安谧的疆界以外,使我们的街衢上横流着我们自己亲属的血;所以我宣布把你们放逐出境。你,海瑞福德贤弟,必须在异国踏着流亡的征途,在十个夏天给我们的田地带来丰收以前,不准归返我们美好的国土,倘有故违,立处死刑。

波林勃洛克　愿您的旨意实现。我必须用这样的思想安慰我自己,那在这儿给您温暖的太阳,将要同样照在我的身上;它的金色的光辉射耀着您的王冠,也会把光明的希望渲染我的流亡的岁月。

理查王　诺福克,你所得到的是一个更严重的处分,虽然我很不愿意向你宣布这样的判决:狡狯而迟缓的光阴不能决定你的无期放逐的终限;"永远不准回来",这一句绝望的话,就是我对你所下的宣告;倘有故违,立处死刑。

毛勃雷　一个严重的判决,我的无上尊严的陛下;从陛下的嘴里发出这样的宣告,是全然出于意外的;陛下要是顾念我过去的微劳,不应该把这样的处分加在我的身上,使我远窜四荒,和野人顽民呼吸着同一的空气。现在我必须放弃我在这四十年来所学习的语言,我的本国的英语;现在我的舌头对我一无用处,正像一张无弦的古琴,或是一具被密封在匣子里的优美的乐器,或者匣子虽然开着,但是放在一个不谙音律者的手里。您已经把我的舌头幽禁在我的嘴里,让我的牙齿和嘴唇成为两道闸门,使冥顽不灵的愚昧做我的狱卒。我太大了,不能重新做一个牙牙学语的婴孩;我的学童的年龄早已被我蹉跎过去。您现在禁止我的舌头说它故国的语言,这样的判决岂不等于是绞杀语言的死刑吗?

理查王　悲伤对于你无济于事;判决已下,叫苦也太迟了。

毛勃雷　那么我就这样离开我的故国的光明,在无穷的黑夜的阴影里栖身吧。(欲退。)

理查王　回来,你们必须再宣一次誓。把你们被放逐的手按在我的御剑之上,虽然你们对我应尽的忠诚已经随着你们自己同时被放逐,可是你们必须凭着你们对上帝的信心,立誓遵守我所要向你们提出的誓约。愿真理和上帝保佑你们!你们永远不准在放逐期中,接受彼此的友谊;永远不准互相见面;永远不准暗通声气,或是蠲除你们在国内时的嫌怨,言归于好;永远不准同谋不轨,企图危害我、我的政权、我的臣民或是我的国土。

波林勃洛克　我宣誓遵守这一切。

毛勃雷　我也同样宣誓遵守。

波林勃洛克　诺福克,我认定你是我的敌人;要是王上允许我们,我们两人中,一人的灵魂这时候早已飘荡于太虚之中,从我们这肉体的脆弱的坟墓里被放逐出来,正像现在我们的肉体被放逐出这国境之外一样了。趁着你还没有逃出祖国的领土,赶快承认你的奸谋吧;因为你将要走一段辽远的路程,不要让一颗罪恶的灵魂的重担沿途拖累着你。

毛勃雷　不,波林勃洛克,要是我曾经起过叛逆的贰心,愿我的名字从生命的册籍上注销;愿我从天上放逐,正像从我的本国放逐一样！可是上帝、你、我，都知道你是一个什么人；我怕转眼之间，王上就要自悔他的失着了。再会，我的陛下。现在我决不会迷路；除了回到英国以外，全世界都是我的去处。(下。)

理查王　叔父，从您晶莹的眼珠里，我可以看到您的悲痛的心；您的愁惨的容颜，已经从他放逐的期限中减去四年的时间了。(向波林勃洛克)度过了六个寒冬，你再在祖国的欢迎声中回来吧。

波林勃洛克　一句短短的言语里，藏着一段多么悠长的时间！四个沉滞的冬天，四个轻狂的春天，都在一言之间化为乌有；这就是君王的纶音。

刚　特　感谢陛下的洪恩，为了我的缘故，缩短我的儿子四年放逐的期限；可是这种额外的宽典，并不能使我沾到什么利益，因为在他六年放逐的岁月尚未完毕之前，我这一盏油干焰冷的灯，早已在无边的黑夜里熄灭，我这径寸的残烛早已烧尽，盲目的死亡再也不让我看见我的儿子了。

理查王　啊，叔父，你还能活许多年哩。

刚　特　可是，王上，您不能赐给我一分钟的寿命。您可以假手阴沉的悲哀缩短我的昼夜，可是不能多借我一个清晨；您可以帮助时间刻画我额上的皱纹，可是不能中止它的行程，把我的青春留住；您的一言可以致我于死，可是一死之后，您的整个的王国买不回我的呼吸。

理查王　您的儿子是在郑重的考虑之下被判放逐的，您自己也曾表示同意；那时为什么您对我们的判决唯唯从命呢？

刚　特　美味的食物往往不宜于消化。您要求我站到法官的立场上发言，可是我宁愿您命令我用一个父亲的身份为他的儿子辩护。啊！假如他是一个不相识的人，不是我的孩子，我就可以用更温和的语调，设法减轻他的罪状；可是因为避免徇私偏袒的指责，我却宣判了我自己的死刑。唉！当时我希望你们中间有人会说，我把自己的儿子宣判放逐，未免太忍心了；可是你们却同意了我的违心之言，使我违反我的本意，给我自己这样重大的损害。

理查王　贤弟，再会吧；叔父，你也不必留恋了。我判决他六年的放逐，他必须立刻就走。（喇叭奏花腔。理查王及扈从等下。）

奥墨尔　哥哥，再会吧；虽然不能相见，请你常通书信，让我们知道你在何处安身。

司礼官　大人，我并不向您道别，因为我要和您并辔同行，一直送您到陆地的尽头。

刚　特　啊！你为什么缄口无言，不向你的亲友们说一句答谢的话？

波林勃洛克　我的舌头只能大量吐露我心头的悲哀，所以我没有话可以向你们表示我的离怀。

刚　特　你的悲哀不过是暂时的离别。

波林勃洛克　离别了欢乐，剩下的只有悲哀。

刚　特　六个冬天算得什么？它们很快就过去了。

波林勃洛克　对于欢乐中的人们，六年是一段短促的时间；可是悲哀使人度日如年。

刚　特　算它是一次陶情的游历吧。

波林勃洛克　要是我用这样谬误的名称欺骗自己，我的心将要因此而叹息，因为它知道这明明是一次强制的旅行。

刚　特　你的征途的忧郁将要衬托出你的还乡的快乐，正像箔片烘显出宝石的光辉一样。

波林勃洛克　不,每一个沉重的步伐,不过使我记起我已经多么迢遥地远离了我所珍爱的一切。难道我必须在异邦忍受学徒的辛苦,当我最后期满的时候,除了给悲哀做过短工之外,再没有什么别的可以向人夸耀?

刚　　特　凡是日月所照临的所在,在一个智慧的人看来都是安身的乐土。你应该用这样的思想宽解你的厄运;什么都比不上厄运更能磨炼人的德性。不要以为国王放逐了你,你应该设想你自己放逐了国王。越是缺少担负悲哀的勇气,悲哀压在心头越是沉重。去吧,就算这一次是我叫你出去追寻荣誉,不是国王把你放逐;或者你可以假想噬人的疫疠弥漫在我们的空气之中,你是要逃到一个健康的国土里去。凡是你的灵魂所珍重宝爱的事物,你应该想象它们是在你的未来的前途,不是在你离开的本土;想象鸣鸟在为你奏着音乐,芳草为你铺起地毯,鲜花是向你巧笑的美人,你的行步都是愉快的舞蹈;谁要是能够把悲哀一笑置之,悲哀也会减弱它的咬人的力量。

波林勃洛克　啊!谁能把一团火握在手里,想象他是在寒冷的高加索群山之上?或者空想着一席美味的盛宴,满足他的久饿的枯腹?或者赤身在严冬的冰雪里打滚,想象盛暑的骄阳正在当空晒炙?啊,不!美满的想象不过使人格外感觉到命运的残酷。当悲哀的利齿只管咬人,却不能挖出病疮的时候,伤口的腐烂疼痛最难忍受。

刚　　特　来,来,我的儿,让我送你上路。要是我也像你一样年轻,处在和你同样的地位,我是不愿留在这儿的。

波林勃洛克　那么英国的大地,再会吧;我的母亲,我的保姆,我现在还在您的怀抱之中,可是从此刻起,我要和您分别了!无论我在何处流浪,至少可以这样自夸:虽然被祖国所放逐,我还是一个纯正的英国人。(同下。)

## 第四场  伦敦。国王堡中一室

  *理查王、巴各特及格林自一门上;奥墨尔自另一门上。*

理查王　我早就看明白了。奥墨尔贤弟,你把高傲的海瑞福德送到什么地方?

奥墨尔　我把高傲的海瑞福德——要是陛下喜欢这样叫他的话——送上了最近的一条大路,就和他分手了。

理查王　说,你们流了多少临别的眼泪?

奥墨尔　说老实话,我是流不出什么眼泪来的;只有向我们迎面狂吹的东北风,偶或刺激我们的眼膜,逼出一两滴无心之泪,点缀我们漠然的离别。

理查王　你跟我那位好兄弟分别的时候,他说些什么话?

奥墨尔　他向我说"再会"。我因为不愿让我的舌头亵渎了这两个字眼儿,故意装出悲不自胜,仿佛连话都说不出来的样子,回避了我的答复。嘿,要是"再会"这两个字有延长时间的魔力,可以增加他的短期放逐的年限,那么我一定不会吝惜向他说千百声的"再会";可是既然它没有这样的力量,我也不愿为他浪费我的唇舌。

理查王　贤弟,他是我们同祖的兄弟,可是当他放逐的生涯终结的时候,我们这一位亲人究竟能不能回来重见他的朋友,还是一个大大的疑问。我自己和这儿的布希、巴各特、格林三人,都曾注意到他向平民怎样殷勤献媚,用谦卑而亲昵的礼貌竭力博取他们的欢心；他会向下贱的奴隶浪费他的敬礼，用诡诈的微笑和一副身处厄境毫无怨言的神气取悦穷苦的工匠，简直像要把他们思慕之情一起带走。他会向一个叫卖牡蛎的女郎脱帽；两个运酒的车夫向他说了一声上帝保佑他，他就向他们弯腰答礼，说，"谢谢，我的同胞，我的亲爱的朋友们"，好像我治下的英国已经操在他的手里，他是我的臣民所仰望的未来的君王一样。

格　林　好，他已经去了，我们也不必再想起这种事情。现在我们必须设法平定爱尔兰的叛乱；迅速的措置是必要的，陛下，否则坐延时日，徒然给叛徒们发展势力的机会，对于陛下却是一个莫大的损失。

理查王　这一次我要御驾亲征。我们的金库因为维持这一个宫廷的浩大的支出和巨量的赏赉，已经不大充裕，所以不得不找人包收王家的租税，靠他们预交的款项补充这次出征的费用。要是再有不敷的话，我可以给我留在国内的摄政者几道空白的诏敕，只要知道什么人有钱，就可以命令他们捐献巨额的金钱，接济我的需要；因为我现在必须立刻动身到爱尔兰去。

　　　　　布希上。

理查王　布希，什么消息？

布　希　陛下，年老的约翰·刚特突患重病，刚才差过急使来请求陛下去见他一面。

理查王　他现在在什么地方？

布　希　在伊里别邸。

理查王　上帝啊，但愿他的医生们把他早早送下坟墓！他的金库里收藏的货色足可以使我那些出征爱尔兰的兵士们一个个披上簇新的战袍。来,各位,让我们大家去瞧瞧他;求上帝使我们去得尽快,到得太迟。

众　人　阿门!(同下。)

# 第 二 幕

### 第一场　伦敦。伊里别邸中一室

　　　　刚特卧于榻上，约克公爵及余人等旁立。

刚　特　国王会不会来，好让我对他的少年浮薄的性情吐露我的最后的忠告？

约　克　不要烦扰你自己，省些说话的力气吧；他的耳朵是不听忠告的。

刚　特　啊！可是人家说，一个人的临死遗言，就像深沉的音乐一般，有一种自然吸引注意的力量；到了奄奄一息的时候，他的话决不会白费，因为真理往往是在痛苦呻吟中说出来的。一个从此以后不再说话的人，他的意见总是比那些少年浮华之徒的甘言巧辩更能被人听取。正像垂暮的斜阳、曲终的余奏和最后一口啜下的美酒留给人们最温馨的回忆一样，一个人的结局也总是比他生前的一切格外受人注目。虽然理查对于我生前的谏劝充耳不闻，我的垂死的哀音也许可以惊醒他的聋聩。

约　克　不，他的耳朵已经被一片歌功颂德之声塞住了。他爱听的是淫靡的诗句和豪奢的意大利流行些什么时尚的消息,它的一举一动,我们这落后的效颦的国家总是亦步亦趋地追随摹仿。这世上哪一种浮华的习气,不管它是多么恶劣,只要是新近产生的,不是很快地就传进了他的耳中?当理性的顾虑全然为倔强的意志所蔑弃的时候,一切忠告都等于白说。不要指导那一意孤行的人;你现在呼吸都感到乏力,何必苦苦地浪费你的唇舌。

刚　特　我觉得自己仿佛是一个新受到灵感激动的先知,在临死之际,这样预言出他的命运:他的轻躁狂暴的乱行决不能持久,因为火势越是猛烈,越容易顷刻烧尽;绵绵的微雨可以落个不断,倾盆的阵雨一会儿就会停止;驰驱太速的人,很快就觉得精疲力竭;吃得太急了,难保食物不会哽住喉咙;轻浮的虚荣是一个不知餍足的饕餮者,它在吞噬一切之后,结果必然牺牲在自己的贪欲之下。这一个君王们的御座,这一个统于一尊的岛屿,这一片庄严的大地,这一个战神的别邸,这一个新的伊甸——地上的天堂,这一个造化女神为了防御毒害和战祸的侵入而为她自己造下的堡垒,这一个英雄豪杰的诞生之地,这一个小小的世界,这一个镶嵌在银色的海水之中的宝石(那海水就像是一堵围墙,或是一道沿屋的壕沟,杜绝了宵小的觊觎),这一个幸福的国土,这一个英格兰,这一个保姆,这一个繁育着明君贤主的母体(他们的诞生为世人所侧目,他们仗义卫道的功业远震寰宇),这一个像救世主的圣墓一样驰名、孕育着这许多伟大的灵魂的国土,这一个声誉传遍世界、亲爱又亲爱的国土,现在却像一幢房屋、一块田地一般出租了——我要在垂死之际,宣布这样的事实。英格兰,它的周遭是为汹涌的怒涛所包围着的,它的岩石的崖岸击退海神的进攻,现在却笼罩在耻辱、墨黑的污点和卑劣的契约之中;那一向征服别人的英格兰,现在已经可耻地征服了它自己。啊!要是这耻辱能够随着我的生命同时消失,我的死该是多么幸福!

    理查王与王后、奥墨尔、布希、格林、巴各特、洛斯及威罗比同上。

约　克　国王来了;他是个年少气盛之人,你要对他温和一些,因为激怒了一匹血气方刚的小马,它的野性将要更加难于驯服。

王　后　我的叔父兰开斯特贵体怎样?

理查王　你好,汉子?衰老而憔悴的刚特怎么样啦?

刚　特　啊!那几个字加在我的身上多么合适;衰老而憔悴的刚特,真的,我是因为衰老而憔悴了。悲哀在我的心中守着长期的斋戒,断绝肉食的人怎么能不憔悴?为了酣睡的英格兰,我已经长久不眠,不眠是会使人消瘦而憔悴的。望着儿女们的容颜,是做父亲的人们最大的快慰,我却享不到这样的满足;你隔绝了我们父子的亲谊,所以我才会这样憔悴。我这憔悴的一身不久就要进入坟墓,让它的空空的洞穴收拾我的一堆枯骨。

理查王　病人也会这样大逞辞锋吗?

刚　特　不,一个人在困苦之中是会把自己揶揄的;因为我的名字似乎为你所嫉视,所以,伟大的君王,为了奉承你的缘故,我才做这样的自嘲。

理查王　临死的人应该奉承活着的人吗?

刚　特　不,不,活着的人奉承临死的人。

理查王　你现在快要死了,你说你奉承我。

刚　特　啊,不!虽然我比你病重,你才是将死的人。

理查王　我很健康,我在呼吸,我看见你病在垂危。

刚　特　那造下我来的上帝知道我看见你的病状多么险恶。我的眼力虽然因久病而衰弱,但我看得出你已走上邪途。你负着你的重创的名声躺在你的国土之上,你的国土就是你的毕命的卧床;像一个过分粗心的病人,你把你那仰蒙圣恩膏沐的身体交给那些最初伤害你的庸医诊治;在你那仅堪覆顶的王冠之内,坐着一千个谄媚的佞人,凭借这小小的范围,侵蚀你的广大的国土。啊!要是你的祖父能够预先看到他的孙儿将要怎样摧残他的骨肉,他一定会早早把你废黜,免得耻辱降临到你的身上,可是现在耻辱已经占领了你,你的王冠将要丧失在你自己的手里。嘿,侄儿,即使你是全世界的统治者,出租这一块国土也是一件可羞的事;可是只有这一块国土是你所享有的世界,这样的行为不是羞上加羞吗?你现在是英格兰的地主,不是它的国王;你在法律上的地位是一个必须受法律拘束的奴隶,而且——

理查王　而且你是一个疯狂糊涂的呆子,依仗你疾病的特权,胆敢用你冷酷的讥讽骂得我面无人色。凭着我的王座的尊严起誓,倘不是因为你是伟大的爱德华的儿子的兄弟,你这一条不知忌惮的舌头将要使你的头颅从你那目无君上的肩头落下。

刚　特　啊!不要饶恕我,我的哥哥爱德华的儿子;不要因为我是他父亲爱德华的儿子的缘故而饶恕我。像那啄饮母体血液的企鹅一般,你已经痛饮过爱德华的血;我的兄弟葛罗斯特是个忠厚诚实的好人——愿他在天上和那些有福的灵魂同享极乐!——他就是一个前例,证明你对于溅洒爱德华的血是毫无顾恤的。帮着我的疾病杀害我吧;愿你的残忍像无情的衰老一般,快快摘下这一朵久已凋萎的枯花。愿你在你的耻辱中生存,可是不要让耻辱和你同归于尽!愿我的言语永远使你的灵魂痛苦!把我搬到床上去,然后再把我送下坟墓;享受着爱和荣誉的人,才会感到生存的乐趣。(侍从等舁刚特下。)

理查王　让那些年老而满腹牢骚的人去死吧;你正是这样的人,这样的人是只配在坟墓里的。

约　克　请陛下原谅他的年迈有病,出言不检;凭着我的生命发誓,他爱您就像他的儿子海瑞福德公爵亨利一样,要是他在这儿的话。

理查王　不错,你说得对;海瑞福德爱我,他也爱我;他们怎样爱我,我也怎样爱他们。让一切就这样安排着吧。

　　　　诺森伯兰上。

诺森伯兰　陛下,年老的刚特向您致意。

理查王　他怎么说?

诺森伯兰　不,一句话都没有;他的话已经说完了。他的舌头现在是一具无弦的乐器;年老的兰开斯特已经消耗了他的言语、生命和一切。

约　克　愿约克也追随在他的后面同归毁灭!死虽然是苦事,却可以结束人生的惨痛。

理查王　最成熟的果子最先落地,他正是这样;他的寿命已尽,我们却还必须继续我们的旅程。别的话不必多说了。现在,让我们讨论讨论爱尔兰的战事。我们必须扫荡那些粗暴蓬发的爱尔兰步兵,他们像毒蛇猛兽一般,所到之处,除了他们自己以外,谁也没有生存的权利。因为这一次战事规模巨大,需要相当费用,为了补助我们的军需起见,我决定没收我的叔父刚特生前所有的一切金银、钱币、收益和动产。

约　克　我应该忍耐到什么时候呢？啊！恭顺的臣道将要使我容忍不义的乱行到什么限度呢？葛罗斯特的被杀,海瑞福德的放逐,刚特的受责,国内人心的怨愤,可怜的波林勃洛克在婚事上遭到的阻挠,我自己身受的耻辱,这些都从不曾使我镇静的脸上勃然变色,或者当着我的君王的面前皱过一回眉头。我是高贵的爱德华的最小的儿子,你的父亲威尔士亲王是我的长兄,在战场上他比雄狮还凶猛,在和平的时候他比羔羊还温柔。他的面貌遗传给了你,因为他在你这样的年纪,正和你一般模样;可是当他发怒的时候,他是向法国人而不是向自己人;他的高贵的手付出了代价,总是取回重大的收获,他却没有把他父亲手里挣下的产业供他自己挥霍;他没有溅洒过自己人的血,他的手上只染着他的亲属的仇人的血迹。啊,理查！约克太伤心过度了,否则他决不会做这样的比较的。

理查王　嗨,叔父,这是怎么一回事？

约　克　啊！陛下,您愿意原谅我就原谅我,否则我也不希望得到您的宽恕。您要把被放逐的海瑞福德的产业和权利抓在您自己的手里吗？刚特死了,海瑞福德不是还活着吗？刚特不是一个正直的父亲,哈利不是一个忠诚的儿子？那样一位父亲不应该有一个后嗣吗？他的后嗣不是一个克绍家声的令子吗？剥夺了海瑞福德的权利,就是破坏传统的正常的惯例;明天可以不必跟在今天的后面,你也不必是你自己,因为倘不是按着父子祖孙世世相传的合法的王统,您怎么会成为一个国王？当着上帝的面前,我要说这样的话——愿上帝使我的话不致成为事实！——要是您用非法的手段,攫夺了海瑞福德的权利,从他的法定代理人那儿取得他的产权证书,要求全部产业的移让,把他的善意的敬礼蔑弃不顾,您将要招引一千种危险到您的头上,失去一千颗爱戴的赤心,刺激我的温和的耐性,使我想起那些为一个忠心的臣子所不能想到的念头。

理查王　随你怎样想吧,我还是要没收他的金银财物和土地。

约　克　那么我只好暂时告退;陛下,再会吧。谁也不知道什么事情将会接着发生,可是我们可以预料到,不由正道,决不会有好的结果。(下。)

理查王　去,布希,立刻去找威尔特郡伯爵,叫他到伊里别邸来见我,帮我处理这件事情。明天我们就要到爱尔兰去,再不能耽搁了。我把我的叔父约克封为英格兰总督,代我摄理国内政务;因为他为人公正,一向对我很忠心。来,我的王后,明天我们必须分别了;快乐些吧,因为我们留恋的时间已经十分短促。(喇叭奏花腔。理查王、王后、布希、奥墨尔、格林、巴各特等同下。)

诺森伯兰　各位大人,兰开斯特公爵就这样死了。

洛　斯　可是他还活着,因为现在他的儿子应该承袭爵位。

威罗比　他所承袭的不过是一个空洞的名号,毫无实际的收益。

诺森伯兰　要是世上还有公道,他应该名利兼收。

洛　斯　我的心快要胀破了;可是我宁愿让它在沉默中爆裂,也不让一条没遮拦的舌头泄漏它的秘密。

诺森伯兰　不,把你的心事说出来吧;谁要是把你的话转告别人,使你受到不利,愿他的舌头连根烂掉!

威罗比　你要说的话是和海瑞福德公爵有关系吗?如果是的

话,放胆说吧,朋友;我的耳朵急于要听听对于他有利的消息呢。

洛　　斯　除了因为他的世袭财产横遭侵占对他表示同情以外,我一点儿不能给他什么助力。

诺森伯兰　当着上帝的面前发誓,像他这样一位尊贵的王孙,必须忍受这样的屈辱,真是一件可叹的事;而且在这堕落的国土里,还有许多血统高贵的人都遭过类似的命运。国王已经不是他自己,完全被一群谄媚的小人所愚弄;要是他们对我们中间无论哪一个人有一些嫌怨,只要说几句坏话,国王就会对我们、我们的生命、我们的子女和继承者严加究办。

洛　　斯　平民们因为他苛征暴敛,已经全然对他失去好感;贵族们因为他睚眦必报,也已经全然对他失去好感。

威罗比　每天都有新的苛税设计出来,什么空头券、德政税,我也说不清这许多;可是凭着上帝的名义,这样下去怎么得了呢？

诺森伯兰　战争并没有消耗他的资财,因为他并没有正式上过战场,却用卑劣的妥协手段,把他祖先一刀一枪换来的产业轻轻断送。他在和平时的消耗,比他祖先在战时的消耗更大。

洛　　斯　威尔特郡伯爵已经奉命包收王家的租税了。

威罗比　国王已经破产了,像一个破落的平民一样。

诺森伯兰　他的行为已经造成了物议沸腾、人心瓦解的局面。

洛　　斯　虽然捐税这样繁重,他这次出征爱尔兰还是缺少军费,一定要劫夺这位被放逐的公爵,拿来救他的燃眉之急。

诺森伯兰　他的同宗的兄弟;好一个下流的昏君！可是,各位大人,我们听见这一场可怕的暴风雨在空中歌唱,却不去找一个藏身的所在;我们看见逆风打着我们的帆篷,却不知道收帆转舵,只是袖手不动,坐待着覆舟的惨祸。

洛　　斯　我们可以很清楚地看到我们必须遭受的覆亡的命运;因为我们容忍这一种祸根乱源而不加纠正,这样的危险现在已经是无可避免的了。

诺森伯兰　那倒未必;即使从死亡的空洞的眼穴里,我也可以望见生命的消息;可是我不敢说我们的好消息已经是多么接近了。

威罗比　啊,让我们分有你的思想,正像你分有着我们的思想一样。

洛　　斯　放心说吧,诺森伯兰。我们三人就像你自己一样;你告诉了我们,等于把你自己的思想藏在你自己的心里;所以你尽管大胆说好了。

诺森伯兰　那么你们听着:我从勃朗港,布列塔尼的一个海湾那里得到消息,说是海瑞福德公爵哈利,最近和爱克塞特公爵决裂的雷诺德·考勃汉勋爵、他的兄弟前任坎特伯雷大主教、托马斯·欧平汉爵士、约翰·兰斯登爵士、约翰·诺勃雷爵士、罗伯特·华特登爵士、弗兰西斯·夸因特,他们率领着所部人众,由布列塔尼公爵供给巨船八艘,战士三千,向这儿迅速开进,准备在短时间内登上我们北方的海岸。他们有心等候国王到爱尔兰去了,然后伺隙进犯,否则也许这时候早已登陆了。要是我们决心摆脱奴隶的桎梏,用新的羽毛补茸我们祖国残破的肢翼,把受污的王冠从当铺里赎出,拭去那遮掩我们御杖上的金光的尘埃,使庄严的王座恢复它旧日的光荣,那么赶快跟我到雷文斯泊去吧;可是你们倘然缺少这样的勇气,那么还是留下来,保守着这一个秘密,让我一个人前去。

洛　　斯　上马！上马！叫那些胆小怕事的人去反复考虑吧。

威罗比　把我的马牵出来，我要第一个到那里。（同下。）

## 第二场　同前。宫中一室

　　　王后、布希及巴各特上。

布　　希　娘娘，您太伤心过度了。您跟王上分别的时候，您不是答应他您一定高高兴兴的，不让沉重的忧郁摧残您的生命吗？

王　　后　为了叫王上高兴，我才说这样的话；可是我实在没有法子叫我自己高兴起来。我不知道为什么我要欢迎像悲哀这样的一位客人，除了因为我已经跟我的亲爱的理查告别；可是我仿佛觉得有一种尚未产生的不幸，已经在命运的母胎里成熟，正在向我逼近，我的内在的灵魂因为一种并不存在的幻影而战栗；不仅是为了跟我的君王离别，才勾起了我心底的悲哀。

布　　希　每一个悲哀的本体都有二十个影子，它们的形状都和悲哀本身一样，但它们并没有实际的存在；因为镀着一层泪液的愁人之眼，往往会把一件整个的东西化成无数的形象。就像凹凸镜一般，从正面望去，只见一片模糊，从侧面观看，却可以辨别形状；娘娘因为把这次和王上分别的事情看偏了，所以才会感到超乎离别以上的悲哀，其实从正面看去，它只不过是一些并不存在的幻影。所以，大贤大德的娘娘，不要因为离别以外的事情而悲哀；您其实没看到什么，即使看到了，那也只是悲哀的眼中的虚伪的影子，它往往把想象误为真实而浪掷它的眼泪。

王　后　也许是这样,可是我的内在的灵魂使我相信它并不是这么一回事。无论如何,我不能不悲哀;我的悲哀是如此沉重,即使在我努力想一无所思的时候,空虚的重压也会使我透不过气来。

布　希　那不过是一种意念罢了,娘娘。

王　后　决不是什么意念;意念往往会从某种悲哀中产生;我的确不是这样,因为我的悲哀是凭空而来的,也许我空虚的悲哀有实际的根据,等时间到了就会传递给我;谁也不知道它的性质,我也不能给它一个名字;它是一种无名的悲哀。

　　　　格林上。

格　林　上帝保佑陛下!两位朋友,你们都好。我希望王上还没有上船到爱尔兰去。

王　后　你为什么这样希望?我们应该希望他快一点儿去,因为他这次远征的计划,必须迅速进行,才有胜利的希望;那么你为什么希望他还没有上船呢?

格　林　因为他是我们的希望,我们希望他撤回他的军队,打击一个敌人的希望,那敌人已经凭借强大的实力,踏上我们的国土;被放逐的波林勃洛克已经自动回国,带着大队人马,安然到达雷文斯泊了。

王　后　上帝不允许有这样的事!

格　林　啊!娘娘,这事情太真实了。更坏的是诺森伯兰伯爵和他的儿子,少年的亨利·潘西、还有洛斯、波蒙德、威罗比这一批勋爵们,带着他们势力强大的朋友,全都投奔到他的麾下去了。

王　后　你们为什么不宣布诺森伯兰和那些逆党们的叛国的罪名?

格　林　我们已经这样宣布了;华斯特伯爵听见这消息,就折断他的指挥杖,辞去内府总管的职位,所有内廷的仆役都跟着他一起投奔波林勃洛克去了。

王　后　格林,你是我的悲哀的助产妇,波林勃洛克却是我的忧郁的可怕的后嗣,现在我的灵魂已经产生了她的变态的胎儿,我,一个临盆不久的喘息的产妇,已经把悲哀和悲哀联结,忧愁和忧愁糅合了。

布　希　不要绝望,娘娘。

王　后　谁阻止得了我?我要绝望,我要和欺人的希望为敌;他是一个佞人,一个食客;当死神将要温柔地替人解除生命的羁绊的时候,虚伪的希望却拉住他的手,使人在困苦之中苟延残喘。

　　　　约克上。

格　林　约克公爵来了。

王　后　他的年老的颈上挂着战争的符号;啊!他满脸都是心事!叔父,为了上帝的缘故,说几句叫人听了安心的话吧。

约　克　要是我说那样的话,那就是言不由衷。安慰是在天上,我们都是地上的人,除了忧愁、困苦和悲哀以外,这世间再没有其他的事物存在。你的丈夫到远处去保全他的疆土,别人却走进他的家里来打劫他的财产,留下我这年迈衰弱、连自己都照顾不了的老头儿替他支撑门户。像一个过度醉饱的人,现在是他感到胸腹作呕的时候;现在他可以试试那些向他献媚的朋友们是不是真心对待他了。

　　　　一仆人上。

仆　人　爵爷,我还没有到家,公子已经去了。

约　克　他去了?嗳哟,好!大家各奔前程吧!贵族们都出亡了,平民们都抱着冷淡的态度,我怕他们会帮着海瑞福德作乱。喂,你到普拉希去替我问候我的嫂子葛罗斯特夫人,请她立刻给我送来一千镑钱。这指环你拿去作为凭证。

仆　　人　爵爷,我忘记告诉您,今天我经过那里的时候,曾经进去探望过;可是说下去一定会叫您听了伤心。

约　　克　什么事,小子?

仆　　人　在我进去的一小时以前,这位公爵夫人已经死了。

约　　克　慈悲的上帝!怎样一阵悲哀的狂潮,接连不断地向这不幸的国土冲来!我不知道应该做些什么事;我真希望上帝让国王把我的头跟我的哥哥的头同时砍去,只要他杀我不是因为我有什么不忠之心。什么!没有急使派到爱尔兰去吗?我们应该怎样处置这些战费?来,嫂子——恕我,我应该说侄妇。去,家伙,你到家里去,准备几辆车子,把那里所有的甲胄一起装来。(仆人下)列位朋友,你们愿意不愿意去征集一些兵士?我实在不知道怎样料理这些像一堆乱麻一般丢在我手里的事务。两方面都是我的亲族:一个是我的君王,按照我的盟誓和我的天职,我都应该尽力保卫他;那一个也是我的同宗的侄儿,他被国王所亏待,按照我的天良和我的亲属之谊,我也应该替他主持公道。好,我们总要想个办法。来,侄妇,我要先把你安顿好了。列位朋友,你们去把兵士征集起来,立刻到勃克雷的城堡里跟我相会。我应该再到普拉希去一趟,可是时间不会允许我。一切全是一团糟,什么事情都弄得七颠八倒。(约克公爵及王后下。)

布　　希　派到爱尔兰去探听消息的使者,一路上有顺风照顾他们,可是谁也不见回来。叫我们征募一支可以和敌人抗衡的军队是全然不可能的事。

格　林　而且我们对王上的关系这样密切，格外容易引起那些对王上不满的人的仇视。

巴各特　那就是这班反复成性的平民群众；他们的爱是在他们的钱袋里的，谁倒空了他们的钱袋，就等于把恶毒的仇恨注满在他们的胸膛里。

布　希　所以国王才受到一般人的指斥。

巴各特　要是他们有判罪的权力，那么我们也免不了同样的罪名，因为我们一向和王上十分亲密。

格　林　好，我要立刻到勃列斯托尔堡去躲避躲避；威尔特郡伯爵已经先到那里了。

布　希　我也跟你同去吧；因为怀恨的民众除了像恶狗一般把我们撕成碎块以外，是不会给我们什么好处的。你也愿意跟我们同去吗？

巴各特　不，我要到爱尔兰见王上去。再会吧；要是心灵的预感并非虚妄，那么我们三人在这儿分手以后，恐怕重见无期了。

布　希　这要看约克能不能打退波林勃洛克了。

格　林　唉，可怜的公爵！他所担负的工作简直是数沙饮海；一个人在他旁边作战，就有一千个人转身逃走。再会吧，我们从此永别了。

布　希　呃，也许我们还有相见的一天。

巴各特　我怕是不会的了。（各下。）


## 第三场　葛罗斯特郡的原野

*波林勃洛克及诺森伯兰率军队上。*

波林勃洛克　伯爵，到勃克雷还有多少路？

诺森伯兰　不瞒您说,殿下,我在这儿葛罗斯特郡全然是一个陌生人;这些高峻的荒山和崎岖不平的道路,使我们的途程显得格外悠长而累人;幸亏一路上饱聆着您的清言妙语,使我津津有味,乐而忘倦。我想到洛斯和威罗比两人从雷文斯泊到考茨华德去,缺少了像您殿下这样一位同行的良伴,他们的路途该是多么令人厌倦;但是他们可以用这样的希望安慰自己,他们不久就可以享受到我现在所享受的幸福;希望中的快乐是不下于实际享受的快乐的,凭着这样的希望,这两位辛苦的贵人可以忘记他们道路的迢遥,正像我因为追随您的左右而不知疲劳一样。

波林勃洛克　你太会讲话,未免把我的价值过分抬高了。可是谁来啦?

　　　　　　亨利·潘西上。

诺森伯兰　那是我的小儿亨利·潘西,我的兄弟华斯特叫他来的,虽然我不知道他现在在什么地方。亨利,你的叔父好吗?

亨利·潘西　父亲,我正要向您问讯他的安好呢。

诺森伯兰　怎么,他不在王后那儿吗?

亨利·潘西　不,父亲,他已经离开宫廷,折断他的指挥杖,把王室的仆人都遣散了。

诺森伯兰　他为什么这样做呢?我最近一次跟他谈话的时候,他并没有这样的决心。

亨利·潘西　他是因为听见他们宣布您是叛徒,所以才气愤离职的。可是,父亲,他已经到雷文斯泊,向海瑞福德公爵投诚去了;他叫我路过勃克雷,探听约克公爵在那边征集了多少军力,然后再到雷文斯泊去。

诺森伯兰　孩子,你忘记海瑞福德公爵了吗?

亨利·潘西　不,父亲;我的记忆中要是不曾有过他的印象,那就说不上忘记;我生平还没有见过他一面。

诺森伯兰　那么现在你可以认识认识他:这位就是公爵。

亨利·潘西　殿下,我向您掬献我的忠诚;现在我还只是一个少不更事的孩子,可是岁月的磨炼将会使我对您尽更大的劳力。

波林勃洛克　谢谢你,善良的潘西。相信我吧,我所唯一引为骄傲的事,就是我有一颗不忘友情的灵魂;要是我借着你们善意的协助而安享富贵,我决不会辜负你们的盛情。我的心订下这样的盟约,我的手向你们做郑重的保证。

诺森伯兰　这儿到勃克雷还有多远?善良的老约克带领他的战士在那里做些什么活动?

亨利·潘西　那儿有一簇树木的所在就是城堡,照我所探听到的,堡中一共有三百兵士;约克、勃克雷和西摩这几位勋爵都在里边,此外就没有什么有名望的人了。

　　　　　洛斯及威罗比上。

诺森伯兰　这儿来的是洛斯勋爵和威罗比勋爵,他们因为急着赶路,马不停蹄,跑得满脸通红,连脸上的血管都暴起来了。

波林勃洛克　欢迎,两位勋爵。我知道你们一片忠爱之心,追逐着一个亡命的叛徒。我现在所有的财富,不过是空言的感谢;等我囊橐充实以后,你们的好意和劳力将会得到它们的酬报。

洛　　斯　能够看见殿下的尊颜,已经是我们莫大的幸运了。

威罗比　得亲謦欬,足以抵偿我们的劳苦而有余。

波林勃洛克　感谢是穷人唯一的资本,在我幼稚的命运成熟以前,我只能用感谢充当慷慨的赐赠。可是谁来啦?

　　　　　勃克雷上。

诺森伯兰　我想这是勃克雷勋爵。

勃克雷　海瑞福德公爵,我是奉命来见您说话的。

波林勃洛克　大人,我的答复是,你应该找兰开斯特公爵说话。我来的目的,就是要向英国要求这一个名号;我必须从你嘴里听到这样的称呼,才可以回答你的问话。

勃克雷　不要误会,殿下,我并没有擅自取消您的尊号的意思。随便您是什么公爵都好,我是奉着这国土内最仁慈的摄政约克公爵之命,来问您究竟为了什么原因,趁着这国中无主的时候,您要用同室操戈的手段惊扰我们国内的和平?

　　　　　约克率侍从上。

波林勃洛克　我不需要你转达我的话了;他老人家亲自来了。我的尊贵的叔父!（跪。）

约　克　让我看看你的谦卑的心;不必向我屈膝,那是欺人而虚伪的敬礼。

波林勃洛克　我的仁慈的叔父——

约　克　咄!咄!不要向我说什么仁慈,更不要叫我什么叔父;我不是叛徒的叔父;"仁慈"二字也不应该出之于一个残暴者的嘴里。为什么你敢让你这双被放逐摈斥的脚践踏英格兰的泥土?为什么你敢长驱直入,蹂躏它的和平的胸膛,用战争和可憎恶的武器的炫耀惊吓它的胆怯的乡村?你是因为受上天敕封的君王不在国中,所以想来窥伺神器吗?哼,傻孩子!王上并没有离开他的国土,他的权力都已经交托给了我。当年你的父亲,勇敢的刚特跟我两人曾经从千万法军的重围之中,把那人间的少年战神黑太子①搭救出来;可惜现在我的手臂已经瘫痪无力,再也提不起少年时的勇气,否则它将要多么迅速地惩罚你的过失!

波林勃洛克　我的仁慈的叔父,让我知道我的过失;什么是我的罪名,在哪一点上我犯了错误?

约　克　你犯的是乱国和谋叛的极恶重罪,你是一个放逐的流徒,却敢在年限未满以前,举兵回国,反抗你的君上。

波林勃洛克　当我被放逐的时候,我是以海瑞福德的名义被放逐的;现在我回来,却是要求兰开斯特的爵号。尊贵的叔父,请您用公正的眼光看看我所受的屈辱吧;您是我的父亲,因为我仿佛看见年老的刚特活现在您的身上;啊!那么,我的父亲,您忍心让我做一个漂泊的流浪者,我的权利和财产被人用暴力劫夺,拿去给那些佞臣亲贵们挥霍吗?为什么我要生到这世上来?要是我那位王兄是英格兰的国王,我当然也是名正言顺的兰开斯特公爵。您有一个儿子,我的奥墨尔贤弟;要是您先死了,他被人这样凌辱,他一定会从他的伯父刚特身上找到一个父亲,替他伸雪不平。虽然我有产权证明书,他们却不准我声请掌管我父亲的遗产;他生前所有的一切,都已被他们没收的没收,变卖的变卖,全部充作不正当的用途了。您说我应该怎么办?我是一个国家的臣子,要求法律的救援;可是没有一个辩护士替我仗义执言,所以我不得不亲自提出我的世袭继承权的要求。

---

① 黑太子(The Black Prince,1330—1376),英王爱德华三世之子,以其甲胄为黑色,故名。

诺森伯兰　这位尊贵的公爵的确是被欺太甚了。

洛　　斯　殿下应该替他主持公道。

威罗比　卑贱的小人因为窃据他的财产,已经身价十倍。

约　　克　各位英国的贵爵们,让我告诉你们这一句话:对于我这位侄儿所受的屈辱,我也是很抱同情的,我曾经尽我所有的能力保障他的权利;可是像这样声势汹汹地兴师动众而来,用暴力打开自己的路,凭不正义的手段来寻求正义,这种行为是万万不能容许的;你们帮助他做这种举动的人,也都是助逆的乱臣,国家的叛徒。

诺森伯兰　这位尊贵的公爵已经宣誓他这次回国的目的,不过是要求他所原有的应得的权利;为了帮助他达到这个目的,我们都已经郑重宣誓给他充分的援助;谁要是毁弃了那一个誓言,愿他永远得不到快乐!

约　　克　好,好,我知道这一场干戈将会发生怎样的结果。我承认我已经无力挽回大局,因为我的军力是疲弱不振的;可是凭着那给我生命的造物主发誓,要是我有能力的话,我一定要把你们一起抓住,使你们在王上的御座之前匍匐乞命;可是我既然没有这样的力量,我只能向你们宣布,我继续站在中立者的地位。再会吧;要是你们愿意的话,我很欢迎你们到我们堡里来安度一宵。

波林勃洛克　叔父,我们很愿意接受您的邀请;可是我们必须先劝您陪我们到勃列斯托尔堡去一次;据说那一处城堡现在为布希、巴各特和他们的党徒所占领,这些都是祸国殃民的蠹虫,我已经宣誓要把他们歼灭。

约　　克　也许我会陪你们同去;可是我不能不踌躇,因为我不愿破坏我们国家的法律。我既不能把你们当做友人来迎接,也不能当做敌人。无可挽救的事,我只好置之度外了。(同下。)

## 第四场　威尔士。营地

*萨立斯伯雷及一队长上。*

队　　长　　萨立斯伯雷大人,我们已经等了十天之久,好容易把弟兄们笼络住了,没有让他们一哄而散;可是直到现在,还没有听见王上的消息,所以我们只好把队伍解散了。再会。

萨立斯伯雷　　再等一天吧,忠实的威尔士人;王上把他全部的信任寄托在你的身上哩。

队　　长　　人家都以为王上死了;我们不愿意再等下去。我们国里的月桂树已经一起枯萎;流星震撼着天空的星座;脸色苍白的月亮用一片血光照射大地;形容瘦瘠的预言家们交头接耳地传述着惊人的变化;富人们愁眉苦脸,害怕失去他们所享有的一切;无赖们鼓舞雀跃,因为他们可以享受到战争和劫掠的利益:这种种都是国王们死亡没落的预兆。再会吧,我们那些弟兄们因为相信他们的理查王已经不在人世,早已纷纷走散了。(下。)

萨立斯伯雷　　啊,理查!凭着我的沉重的心灵之眼,我看见你的光荣像一颗流星,从天空中降落到卑贱的地上。你的太阳流着泪向西方沉没,看到即将到来的风暴、不幸和扰乱。你的朋友都投奔你的敌人去了,命运完全站在和你反对的地位。(下。)

# 第 三 幕

### 第一场　勃列斯托尔。波林勃洛克营地

*波林勃洛克、约克、诺森伯兰、亨利·潘西、威罗比、洛斯同上；军官等押被俘之布希、格林随上。*

**波林勃洛克**　把这两人带上来。布希、格林，你们的灵魂不久就要和你们的身体分别了，我不愿过分揭露你们生平的罪恶，使你们的灵魂痛苦，因为这是不人道的；可是为了从我的手上洗去你们的血，证明我没有冤杀无辜起见，我要在这儿当众宣布把你们处死的几个理由。你们把一个堂堂正统的君王导入歧途，使他陷于不幸的境地，在众人心目中全然失去了君主的尊严；你们引诱他昼夜嬉游，流连忘返，隔绝了他的王后和他两人之间的恩爱，使一个美貌的王后孤眠独宿，因为你们的罪恶而终日以泪洗面。我自己是国王近支的天潢贵胄，都是因为你们的离间中伤，挑拨是非，才使我失去他的眷宠，忍受着难堪的屈辱，在异邦的天空之下吐出我的英国人的叹息，咀嚼那流亡生活的苦味；同时你们却侵占我的领地，毁坏我的苑囿，砍伐我的树林，从我自己的窗户上扯下我的家族的纹章，刮掉我的图印，使我除了众人的公论

和我的生存的血液以外,再也没有证据可以向世间表明我是一个贵族。这一切还有其他不止两倍于此的许多罪状,判定了你们的死刑。来,把他们带下去立刻处决。

布　希　我欢迎死亡的降临,甚于英国欢迎波林勃洛克。列位大人,再会了。

格　林　我所引为自慰的是上天将会接纳我们的灵魂,用地狱的酷刑谴责那些屈害忠良的罪人。

波林勃洛克　诺森伯兰伯爵,你去监视他们的处决。(诺森伯兰伯爵及余人等押布希、格林同下)叔父,您说王后现在暂住在您的家里;为了上帝的缘故,让她得到优厚的待遇;告诉她我问候她的安好,千万不要忘了替我向她致意。

约　克　我已经差一个人去给她送信,告诉她您的好意了。

波林勃洛克　谢谢,好叔父。来,各位勋爵,我们现在要去向葛兰道厄和他的党徒作战;暂时辛苦你们一下,过后就可以坐享安乐了。(同下。)

## 第二场　威尔士海岸。一城堡在望

喇叭奏花腔;鼓角齐鸣。理查王、卡莱尔主教、奥墨尔及兵士等上。

理查王　前面这一座城堡,就是他们所称为巴克洛利堡的吗?

奥墨尔　正是,陛下。陛下经过这一次海上的风波,觉得这儿的空气怎样?

理查王　我不能不喜欢它;我因为重新站在我的国土之上,快乐得流下泪来了。亲爱的大地,虽然叛徒们用他们的铁骑蹂躏你,我要向你举手致敬;像一个和她的儿子久别重逢的母亲,疼爱的眼泪里夹着微笑,我也是含着泪含着笑和你相会,我的大地,并且用我至尊的手抚爱着你。不要供养你的君王的敌人,我的温柔的大地,不要用你甘美的蔬果滋润他的饕餮的肠胃;可是让那吮吸你的毒液的蜘蛛和臃肿不灵的虾蟆挡住他的去路,螫刺那用僭逆的步伐践踏你的奸人的脚。为我的敌人们多生一些刺人的荆棘;当他们从你的胸前采下一朵鲜花的时候,请你让一条蜷伏的毒蛇守卫它,那毒蛇的双叉的舌头也许可以用致命的一触把你君王的敌人杀死。不要讥笑我的无意义的诅咒,各位贤卿;这大地将会激起它的义愤,这些石块都要成为武装的兵士,保卫它们祖国的君王,使他不至于屈服在万恶的叛徒的武力之下。

卡莱尔　不用担心,陛下;那使您成为国王的神明的力量,将会替您扫除一切障碍,维持您的王位。我们应该勇于接受而不该蔑弃上天所给予我们的机会,否则如果逆天行事,就等于拒绝了天赐给我们的转危为安的帮助。

奥墨尔　陛下,他的意思是说,我们太疏忽懈怠了;波林勃洛克乘着我们的不备,他的势力一天一天强大起来,响应他的人一天一天多起来了。

理查王　贤弟,你说话太丧气了！你不知道当那洞察一切的天眼隐藏在地球的背后照耀着下方的世界的时候,盗贼们是会在黑暗中到处横行,干他们杀人流血的恶事的;可是当太阳从地球的下面升起,把东山上的松林照得一片通红,它的光辉探照到每一处罪恶的巢窟的时候,暗杀、叛逆和种种可憎的罪恶,因为失去了黑夜的遮蔽,就会在光天化日之下无所遁形,向着自己的影子战栗吗？现在我正在地球的另一端漫游,放任这窃贼,这叛徒,波林勃洛克,在黑夜之中肆意猖狂,可是他不久将要看见我从东方的宝座上升起,他的奸谋因为经不起日光的逼射,就会羞形于色,因为他自己的罪恶而战栗了。汹涌的怒海中所有的水,都洗不掉涂在一个受命于天的君王顶上的圣油;世人的呼吸决不能吹倒上帝所简选的代表。每一个在波林勃洛克的威压之下,向我的黄金的宝冠举起利刃来的兵士,上帝为了他的理查的缘故,会派遣一个光荣的天使把他击退;当天使们参加作战的时候,弱小的凡人必归于失败,因为上天是永远保卫正义的。

　　萨立斯伯雷上。

理查王　欢迎,伯爵;你的军队驻在什么地方?

萨立斯伯雷　说近不近,说远不远,陛下,除了我这一双无力的空手以外,我已经没有一兵一卒了;烦恼控制着我的唇舌,使我只能说一些绝望的话。仅仅迟了一天的时间,陛下,我怕已经使您终身的幸福蒙上一层阴影了。啊!要是时间能够倒流,我们能够把昨天召唤回来,您就可以有一万两千个战士;今天,今天,太迟了的不幸的日子,却把您的欢乐、您的朋友、您的命运和您的尊荣一起摧毁了;因为所有的威尔士人听说您已经死去,有的投奔波林勃洛克,有的四散逃走,一个都不剩了。

奥墨尔　宽心点儿,陛下!您的脸色为什么这样惨白?

理查王　就在刚才,还有两万个战士的血充溢在我的脸上,现在它们都已经离我而去了;在同样多的血回到我脸上之前,我怎么会不惨白如死?爱惜生命的人,你们都离开我吧,因为时间已经在我的尊荣上留下一个不可洗刷的污点。

奥墨尔　宽心,陛下!记着您是什么人。

理查王　我已经忘记我自己了。我不是国王吗?醒来,你这懈惰的国王！不要再贪睡了。国王的名字不是可以抵得上两万个名字吗？武装起来，我的名字！一个微贱的小臣在打击你的伟大的光荣了。不要垂头丧气，你们这些被国王眷宠的人们；我们不是高出别人之上吗？让我们把志气振作起来。我知道我的叔父约克还有相当的军力，可以帮我们打退敌人。可是谁来啦？

  史蒂芬·斯克鲁普爵士上。

斯克鲁普　愿健康和幸福降于陛下，忧虑锁住了我的舌头，使我说不出其他颂祷的话来。

理查王　我的耳朵张得大大的，我的心也有了准备；你所能向我宣布的最不幸的灾祸，不过是人世间的损失。说，我的王国灭亡了吗？它本来是我的烦恼的根源；从此解除烦恼，那又算得了什么损失？波林勃洛克想要和我争雄夺霸吗？他不会强过我；要是他敬奉上帝，我也敬奉上帝，在上帝之前，我们的地位是同等的。我的臣民叛变吗？那是我无能为力的事；他们不仅背叛了我，也同样背叛了上帝。高喊着灾祸、毁灭、丧亡和没落吧；死是最不幸的结局，它必须得到它的胜利。

斯克鲁普　我很高兴陛下能够用这样坚毅的精神，忍受这些灾祸的消息。像一阵违反天时的暴风雨，使浩浩的河水淹没了它们的堤岸，仿佛整个世界都融化为眼泪一般，波林勃洛克的盛大的声威已经超越它的限度，您的恐惧的国土已经为他的坚硬而明亮的刀剑和他那比刀剑更坚硬的军心所吞没了。白须的老翁在他们枯瘦而光秃的头上顶起了战盔反对您；喉音娇嫩的儿童拼命讲着夸大的话，在他们柔弱的身体上披起了坚硬而笨重的战甲反对您；即使受您恩施的贫民,也学会了弯起他们的杉木弓反对您;甚至于纺线的妇女们也挥舞着锈腐的戈矛反对您:年轻的年老的一起叛变,一切比我所能说出来的情形还坏许多。

理查王　你把一段恶劣的故事讲得太好,太好了。威尔特郡伯爵呢?巴各特呢?布希怎么样啦?格林到哪儿去了?为什么他们竟会让危险的敌人兵不血刃地踏进我们的国界?要是我得胜了,看他们保得住保不住他们的头颅。我敢说他们一定跟波林勃洛克讲和啦。

斯克鲁普　他们是跟他讲了和啦,陛下。

理查王　啊,奸贼,恶人,万劫不赦的东西!向任何人都会摇尾乞怜的狗!借着我的心头的血取暖,反而把我的心刺了一口的毒蛇!三个犹大,每一个都比犹大恶三倍!他们会讲和吗?为了这一件过失,愿可怕的地狱向他们有罪的灵魂宣战!

斯克鲁普　亲密的情爱一旦受到激动,是会变成最深切的怨恨的。撤销您对他们的灵魂所做的诅咒吧;他们是用头、不是用手讲和的;您所诅咒的这几个人,都已经领略到死亡的最大的惨痛,在地下瞑目长眠了。

奥墨尔　布希、格林和威尔特郡伯爵都死了吗?

斯克鲁普　是的,他们都在勃列斯托尔失去了他们的头颅。

奥墨尔　我的父亲约克公爵和他的军队呢?

理查王　不必问他在什么地方。谁也不准讲那些安慰的话儿,让我们谈谈坟墓、蛆虫和墓碑吧;让我们以泥土为纸,用我们淋雨的眼睛在大地的胸膛上写下我们的悲哀;让我们找几个遗产管理人,商议我们的遗嘱——可是这也不必,因为我们除了把一具尸骸还给大地以外,还有什么可以遗留给后人的？我们的土地、我们的生命，一切都是波林勃洛克的，只有死亡和掩埋我们骨骸的一抔黄土，才可以算是属于我们自己的。为了上帝的缘故，让我们坐在地上，讲些关于国王们的死亡的悲惨的故事；有些是被人废黜的，有些是在战场上阵亡的，有些是被他们所废黜的鬼魂们缠绕着的，有些是被他们的妻子所毒毙的，有些是在睡梦中被杀的，全都不得善终；因为在那围绕着一个凡世的国王头上的这顶空洞的王冠之内，正是死神驻节的宫廷，这妖魔高坐在里边，揶揄他的尊严，讪笑他的荣华，给他一段短短的呼吸的时间，让他在舞台上露一露脸，使他君临万民，受尽众人的敬畏，一眨眼就可以置人于死命，把妄自尊大的思想灌注他的心头，仿佛这包藏着我们生命的血肉的皮囊，是一堵不可摧毁的铜墙铁壁一样；当他这样志得意满的时候，却不知道他的末日已经临近眼前，一枚小小的针就可以刺破他的壁垒，于是再会吧，国王！戴上你们的帽子；不要把严肃的敬礼施在一个凡人的身上；丢开传统的礼貌，仪式的虚文，因为你们一向都把我认错了；像你们一样，我也靠着面包生活，我也有欲望，我也懂得悲哀，我也需要朋友；既然如此，你们怎么能对我说我是一个国王呢？

卡莱尔　陛下，聪明人决不袖手闲坐，嗟叹他们的不幸；他们总是立刻起来，防御当前的祸患。畏惧敌人徒然沮丧了自己的勇气，也就是削弱自己的力量，增加敌人的声势，等于让自己的愚蠢攻击自己。畏惧并不能免于一死，战争的结果大不了也不过一死。奋战而死，是以死亡摧毁死亡；畏怯而死，却做了死亡的奴隶。

奥墨尔　我的父亲还有一支军队；探听探听他的下落，也许我们还可以收拾残部,重整旗鼓。

理查王　你责备得很对。骄傲的波林勃洛克,我要来和你亲自交锋,一决我们的生死存亡。这一阵像疟疾发作一般的恐惧已经消失了;争回我们自己的权利,这并不是一件艰难的工作。说,斯克鲁普,我的叔父和他的军队驻扎在什么地方?说得好听一些,汉子,虽然你的脸色这样阴沉。

斯克鲁普　人们看着天色,就可以判断当日的气候;您也可以从我的黯淡而沉郁的眼光之中,知道我只能告诉您一些不幸的消息。我正像一个用苛刑拷问的酷吏,尽用支吾延宕的手段,把最恶的消息留在最后说出。您的叔父约克已经和波林勃洛克联合了,您的北部的城堡已经全部投降,您的南方的战士也已经全体归附他的麾下。

理查王　你已经说得够了。(向奥墨尔公爵)兄弟,我本来已经万虑皆空,你却又把我领到了绝望的路上!你现在怎么说?我们现在还有些什么安慰?苍天在上,谁要是再劝我安心宽慰,我要永远恨他。到弗林特堡去;我要在那里忧思而死。我,一个国王,将要成为悲哀的奴隶;悲哀是我的君王,我必须服从他的号令。我手下所有的兵士,让他们一起解散了吧;让他们回去耕种自己的田亩,那也许还有几分收获的希望,因为跟着我是再也没有什么希望的了。谁也不准说一句反对的话,一切劝告都是徒然的。

奥墨尔　陛下,听我说一句话。

理查王　谁要是用谄媚的话刺伤我的心,那就是给我双重的损害。解散我的随从人众;让他们赶快离开这儿,从理查的黑夜踏进波林勃洛克的光明的白昼。(同下。)

## 第三场　威尔士。弗林特堡前

旗鼓前导，波林勃洛克率军队上；约克、诺森伯兰及余人等随上。

波林勃洛克　从这一个情报中，我们知道威尔士军队已经解散，萨立斯伯雷和国王相会去了；据说国王带了少数的心腹，最近已经在这儿的海岸登陆。

诺森伯兰　这是一个大好的消息，殿下；理查一定躲在离此不远的地方。

约　克　诺森伯兰伯爵似乎应该说"理查王"才是；唉，想不到一位神圣的国王必须把他自己躲藏起来！

诺森伯兰　您误会我的意思了；只是因为说起来简便一些，我才略去了他的尊号。

约　克　要是在以往的时候，你敢对他这样简略无礼，他准会简单干脆地把你的头取了下来的。

波林勃洛克　叔父，您不要过分猜疑。

约　克　贤侄，你也不要过分肯定，不要忘了老天就在我们的头上。

波林勃洛克　我知道，叔父；我决不违抗上天的意旨。可是谁来啦？

亨利·潘西上。

波林勃洛克　欢迎，亨利！怎么，这一座城堡不愿投降吗？

亨利·潘西　殿下，一个最尊贵的人守卫着这座城堡，拒绝您的进入。

波林勃洛克　最尊贵的！啊，国王不在里边吗？

亨利·潘西　殿下,正是有一个国王在里边;理查王就在那边灰石的围墙之内,跟他在一起的是奥墨尔公爵,萨立斯伯雷伯爵,史蒂芬·斯克鲁普爵士,此外还有一个道貌岸然的教士,我不知道他是什么人。

诺森伯兰　啊!那多半是卡莱尔主教。

波林勃洛克　(向诺森伯兰伯爵)贵爵,请你到那座古堡的顽强的墙壁之前,用铜角把谈判的信号吹进它的残废的耳中,为我这样传言:亨利·波林勃洛克屈下他的双膝,敬吻理查王的御手,向他最尊贵的本人致献臣服的诚意和不贰的忠心;就在他的足前,我准备放下我的武器,遣散我的军队,只要他能答应撤销我的放逐的判决,归还我的应得的土地。不然的话,我要利用我的军力的优势,让那从被屠杀的英国人的伤口中流下的血雨浇溉夏天的泥土;可是我的谦卑的忠顺将会证明用这种腥红的雨点浸染理查王的美好的青绿的田野,决不是波林勃洛克的本意。去,这样对他说:我们就在这儿平坦的草原上整队前进。让我们进军的时候不要敲起惊人的鼓声,这样可以让他们从那城堡的摇摇欲坠的雉堞之上,看看我们雄壮的军容。我想理查王跟我上阵的时候,将要像水火的交攻一样骇人,那彼此接触时的雷鸣巨响,可以把天空震破。让他做火,我愿意做柔顺的水;雷霆之威是属于他的,我只向地上浇洒我的雨露。前进!注意理查王的脸色。

　　吹谈判信号,内吹喇叭相应。喇叭奏花腔。理查王、卡莱尔主教、奥墨尔、斯克鲁普及萨立斯伯雷登城。

亨利·潘西　瞧,瞧,理查王亲自出来了,正像那赧颜而含愠的太阳,因为看见嫉妒的浮云要来侵蚀他的荣耀,污毁他那到西天去的光明的道路，所以从东方的火门里探出脸来一般。

约　　克　可是他的神气多么像一个国王！瞧，他的眼睛，像鹰眼一般明亮，射放出慑人的威光。唉，唉！这样庄严的仪表是不应该被任何的损害所污毁的。

理查王　（向诺森伯兰）你的无礼使我惊愕；我已经站了这一会儿工夫，等候你惶恐地屈下你的膝来，因为我想我是你的合法的君王；假如我是你的君王，你怎么敢当着我的面前，忘记你的君臣大礼？假如我不是你的君王，请给我看那解除我的君权的上帝的敕令；因为我知道，除了用偷窃和篡夺的手段以外，没有一只凡人的血肉之手可以攫夺我的神圣的御杖。虽然你们以为全国的人心正像你们一样，都已经离弃了我，我现在众叛亲离，孤立无助；可是告诉你吧，我的君侯，万能的上帝正在他的云霄之中为我召集降散瘟疫的天军；你们这些向我举起卑劣的手，威胁我的庄严的宝冕的叛徒们，可怕的天谴将要波及在你们尚未诞生的儿孙的身上。告诉波林勃洛克——我想在那边的就是他——他在我的国土上践踏着的每一个步伐都是重大的叛逆的行为；他要来展开一场猩红的血战，可是当那被他所追求的王冠安然套上他的头顶以前，一万颗血污的头颅将要毁损了英格兰的如花美颜，使她那处女一般苍白的和平的面容变成赤热的愤怒，把忠实的英国人的血液浇洒她的牧场上的青草。

诺森伯兰　上帝决不容许任何暴力侵犯我们的君主！您的高贵的兄弟亨利·波林勃洛克谦卑地吻您的手；凭着您的伟大的祖父的光荣的陵墓，凭着你们两人系出同源的王族的血统，凭着他的先人刚特的勇武的英灵，凭着他自己的身价和荣誉，以及一切可发的约誓和可说的言语——他宣誓此来的目的,不过是希望归还他的先人的遗产,并且向您长跪请求立刻撤销他的放逐的处分;王上要是能够答应他这两项条件,他愿意收起他的辉煌的武器,让它们生起锈来,把他的战马放归厩舍,他的一片忠心,愿意永远为陛下尽瘁效劳。这是他凭着一个王子的身份所发的正直的誓言,我相信他绝对没有虚伪。

理查王　诺森伯兰,你去说,国王的答复是这样的:他竭诚欢迎他的高贵的兄弟回来;他的一切正当的要求,都可以毫无异议地接受下来。请你运用你的美妙的口才,替我向他殷勤致意。(诺森伯兰伯爵退下至波林勃洛克处。向奥墨尔公爵)贤弟,我这样卑颜甘语,不是太自贬身份了吗?你说我要不要叫诺森伯兰回来,对他宣告我向那叛贼挑战的意思,让我们拼着一战而死?

奥墨尔　不,陛下,让我们暂时用温和的言语作战,等我们有了可以用实力帮助我们的朋友以后,再来洗雪今天的耻辱吧。

理查王　上帝啊!上帝啊!想不到我的舌头向那骄傲的汉子宣布了严厉的放逐的判决,今天却要用柔和的字句撤销我的前言。啊!我希望我是一个像我的悲哀一样庞大的巨人,或者是一个比我的名号远为渺小的平民;但愿我能够忘记我的以往的尊严,或者茫然于我的目前的处境。高傲的心灵啊,你是充满了怒气吗?我将让你放纵地跳跃,因为敌人正在对你和对我耀武扬威。

奥墨尔　诺森伯兰从波林勃洛克那里回来了。

理查王　国王现在应该怎么办?他必须屈服吗?国王就屈服吧。他必须被人废黜吗?国王就逆来顺受吧。他必须失去国王的名义吗?凭着上帝的名义,让它去吧。我愿意把我的珍宝换一串祈祷的念珠,把我的豪华的宫殿换一所隐居的茅庵,把我的富丽的袍服换一件贫民的布衣,把我的雕刻的酒杯换一只粗劣的木盏,把我的王节换一根游方僧的手杖,把我的人民换一对圣徒的雕像,把我的广大的王国换一座小小的坟墓,一座小小的小小的坟墓,一座荒僻的坟墓;或者我愿意埋葬在国王的大道之中,商旅来往频繁的所在,让人民的脚每小时践踏在他们君王的头上,因为当我现在活着的时候,他们尚且在蹂躏着我的心,那么我一旦埋骨地下,为什么不可以践踏我的头呢?奥墨尔,你在流泪了,我的软心肠的兄弟!让我们用可憎的眼泪和叹息造成一场狂风暴雨,摧折那盛夏的谷物,使这叛变的国土之内到处饥荒。或者我们要不要玩弄我们的悲哀,把流泪作为我们的游戏?我们可以让我们的眼泪尽流在同一的地面之上,直到它们替我们冲成了一对墓穴,上面再刻着这样的文字:"这儿长眠着两个亲人,他们用泪眼掘成他们的坟墓。"这不也是苦中求乐吗?好,好,我知道我不过在说些无聊的废话,你们都在笑我了。最尊严的君侯,我的诺森伯兰大人,波林勃洛克王怎么说?他允许让理查活命,直到理查寿命告终的一天吗?你只要弯一弯腿,波林勃洛克就会点头答应的。

诺森伯兰　陛下,他在阶下恭候着您,请您下来吧。

理查王　下来,下来,我来了;就像驾驭日轮的腓通,因为他的马儿不受羁勒,从云端翻身坠落一般。在阶下?阶下,那正在堕落了的国王奉着叛徒的呼召,颠倒向他致敬的所在。在阶下?下来?下来吧,国王!因为冲天的云雀的歌鸣,已经被夜枭的叫声所代替了。(自上方下。)

波林勃洛克　王上怎么说？

诺森伯兰　悲哀和忧伤使他言语痴迷,像一个疯子一般。可是他来了。

　　　　　理查王及侍从等上。

波林勃洛克　大家站开些,向王上敬礼。(跪)我的仁慈的陛下——

理查王　贤弟,你这样未免有屈你的贵膝,使卑贱的泥土因为吻着它而自傲了;我宁愿我的心感到你的温情,我的眼睛却并不乐于看见你的敬礼。起来,兄弟,起来;虽然你低屈着你的膝,我知道你有一颗奋起的雄心,至少奋起到——这儿。(指头上王冠。)

波林勃洛克　陛下,我不过是来要求我自己的权利。

理查王　你自己的一切是属于你的,我也是属于你的,一切全都是属于你的。

波林勃洛克　我的最尊严的陛下,但愿我的微诚能够辱邀眷注,一切都是出于陛下的恩赐。

理查王　你尽可以受之无愧;谁要是知道用最有力而最可靠的手段取得他所需要的事物,他就有充分享受它的权利。叔父,把你的手给我;不,揩干你的眼睛;眼泪虽然可以表示善意的同情,却不能挽回已成的事实。兄弟,我太年轻了,不配做你的父亲,虽然按照年龄,你很有资格做我的后嗣。你要什么我都愿意心悦诚服地送给你,因为我们必须顺从环境压力的支配。现在我们要向伦敦进发,贤弟,是不是？

波林勃洛克　正是,陛下。

理查王　那么我就不能说一个不字。(喇叭奏花腔。同下。)

383

## 第四场　兰雷。约克公爵府中花园

　　　王后及二宫女上。

王　后　我们在这儿园子里面,应该想出些什么游戏来排遣我们的忧思?

宫女甲　娘娘,我们来滚木球玩吧。

王　后　它会使我想起这是一个障碍重重的世界,我的命运已经逸出了它的正轨。

宫女甲　娘娘,我们来跳舞吧。

王　后　我的可怜的心头充满了无限的哀愁,我的脚下再也跳不出快乐的节奏;所以不要跳舞,姑娘,想些别的玩意儿吧。

宫女甲　娘娘,那么我们来讲故事好不好?

王　后　悲哀的还是快乐的?

宫女甲　娘娘,悲哀的也要讲,快乐的也要讲。

王　后　悲哀的我也不要听,快乐的我也不要听;因为假如是快乐的故事,我是一个全然没有快乐的人,它会格外引起我的悲哀;假如是悲哀的故事,我的悲哀已经太多了,它会使我在悲哀之上再加悲哀。我已经有的,我无须反复絮说;我所缺少的,抱怨也没有用处。

宫女甲　娘娘,让我唱支歌儿给您听听。

王　后　你要是有那样的兴致,那也很好;可是我倒宁愿你对我哭泣。

宫女甲　娘娘,要是哭泣可以给您安慰,我也会哭一下的。

王　后　要是哭泣可以给我安慰,我也早就会唱起歌来,用不着告借你的眼泪了。可是且慢,园丁们来了;让我们走进这些树木的阴影里去。我可以打赌,他们一定会谈到国家大事;因为每次政局发生变化的时候,谁都会对国事发一些议论,在值得慨叹的日子来到之前,先慨叹一番。(王后及宫女等退后。)

　　一园丁及二仆人上。

园　丁　去,你把那边垂下来的杏子扎起来,它们像顽劣的子女一般,使它们的老父因为不胜重负而弯腰屈背;那些弯曲的树枝你要把它们支撑住了。你去做一个刽子手,斩下那些长得太快的小枝的头,它们在咱们的共和国里太显得高傲了,咱们国里一切都应该平等的。你们去做各人的事,我要去割下那些有害的莠草,它们本身没有一点儿用处,却会吸收土壤中的肥料,阻碍鲜花的生长。

仆　甲　我们何必在这小小的围墙之内保持着法纪、秩序和有条不紊的布置,夸耀我们雏形的治绩;你看我们那座以大海为围墙的花园,我们整个的国土,不是莠草蔓生,她的最美的鲜花全都窒息而死,她的果树无人修剪,她的篱笆东倒西歪,她的花池凌乱无序,她的佳卉异草,被虫儿蛀的枝叶凋残吗?

园　丁　不要胡说。那容忍着这样一个凌乱无序的春天的人,自己已经遭到落叶飘零的命运;那些托庇于他的广布的枝叶之下,名为拥护他,实则在吮吸他的精液的莠草,全都被波林勃洛克连根拔起了;我的意思是说威尔特郡伯爵和布希、格林那些人们。

仆　甲　什么!他们死了吗?

园　丁　他们都死了;波林勃洛克已经捉住那个浪荡的国王。啊!可惜他不曾像我们治理这座花园一般治理他的国土!

385

我们每年按着时季，总要略微割破我们果树的外皮，因为恐怕它们过于肥茂，反而结不出果子；要是他能够用同样的手段，对付那些威权日盛的人们，他们就可以自知戒饬，他也可以尝到他们忠心的果实。对于多余的旁枝，我们总是毫不吝惜地把它们剪去，让那结果的干枝繁荣滋长；要是他也能够采取这样的办法，他就可以保全他的王冠，不至于在嬉戏游乐之中把它轻轻断送了。

仆　甲　呀！那么你想国王将要被他们废黜吗？

园　丁　他现在已经被人压倒，说不定他们会把他废黜的。约克公爵的一位好朋友昨晚得到那边来信，信里提到的都是一些很坏的消息。

王　后　啊！我再不说话就要闷死了。(上前)你这地上的亚当，你是来治理这座花园的，怎么敢掉弄你的粗鲁放肆的舌头，说出这些不愉快的消息？哪一个夏娃，哪一条蛇，引诱着你，想造成被诅咒的人类第二次的堕落？为什么你要说理查王被人废黜？你这比无知的泥土略胜一筹的蠢物，你竟敢预言他的没落吗？说，你是在什么地方，什么时候，怎样听到这些恶劣的消息的？快说，你这贱奴。

园　丁　恕我，娘娘；说出这样的消息，对于我并不是一件快乐的事，可是我所说的都是事实。理查王已经在波林勃洛克的强力的挟持之下；他们两人的命运已经称量过了：在您的主上这一方面，除了他自己本身以外一无所有，只有他那一些随身的虚骄的习气，使他显得格外轻浮；可是在伟大的波林勃洛克这一方面，除了他自己以外，有的是全英国的贵族；这样两相比较，就显得轻重悬殊，把理查王的声势压下去了。您赶快到伦敦去，就可以亲自看个明白；我所说的不过是每一个人都知道的事实。

王　后　捷足的灾祸啊,你的消息本应该以我作对象,但你却直到最后才让我知道吗？啊！你所以最后告诉我,一定是想使我把悲哀长留胸臆。来,姑娘们,我们到伦敦去,会一会伦敦的不幸的君王吧。唉！难道我活了这一辈子,现在必须用我的悲哀的脸色,欢迎伟大的波林勃洛克的凯旋吗？园丁,因为你告诉我这些不幸的消息,但愿上帝使你种下的草木永远不能生长。(王后及宫女等下。)

园　丁　可怜的王后！要是你能够保持你的尊严的地位,我也甘心受你的诅咒,牺牲我的毕生的技能。这儿她落下过一滴眼泪；就在这地方,我要种下一列苦味的芸香；这象征着忧愁的芳草不久将要发芽长叶,纪念一位哭泣的王后。(同下。)

# 第 四 幕

## 第一场  伦敦。威司敏斯特大厅

中设御座,诸显贵教士列坐右侧,贵族列坐左侧,平民立于阶下。波林勃洛克、奥墨尔、萨立、诺森伯兰、亨利·潘西、费兹华特、另一贵族、卡莱尔主教、威司敏斯特长老及侍从等上。警吏等押巴各特随上。

波林勃洛克  叫巴各特上来。巴各特,老实说吧,你知道尊贵的葛罗斯特是怎么死的;谁在国王面前挑拨是非,造成那次惨案;谁是动手干这件流血的暴行,使他死于非命的正凶主犯?

巴各特  那么请把奥墨尔公爵叫到我的面前来。

波林勃洛克  贤弟,站出来,瞧瞧那个人。

巴各特  奥墨尔公爵,我知道您的勇敢的舌头决不会否认它过去所说的话。那次阴谋杀害葛罗斯特的时候,我曾经听见您说,"我的手臂不是可以从这儿安静的英国宫廷里,一直伸到卡莱,取下我的叔父的首级来吗?"同时在其他许多谈话之中,我还听见您说,您宁愿拒绝十万克郎的厚赠,不让波林勃洛克回到英国来;您还说,要是您这位族兄死了,对于国家是一件多大的幸事。

奥墨尔　各位贵爵,各位大人,我应该怎样答复这个卑鄙的小人?我必须自贬身份,站在同等的地位上给他以严惩吗?我必须这样做,否则我的荣誉就要被他的谗口所污毁。这儿我掷下我的手套,它是一道催命的令牌,注定把你送下地狱里去。我说你说的都是谎话,我要用你心头的血证明你的言辞的虚伪,虽然像你这样下贱之人,杀了你也会污了我的骑士的宝剑。

波林勃洛克　巴各特,住手!不准把它拾起来。

奥墨尔　他激动了我满腔的怒气;除了一个人之外,我希望他是这儿在场众人之中地位最高的人。

费兹华特　要是你只肯向同等地位的人表现你的勇气,那么奥墨尔,这儿我向你掷下我的手套。凭着那照亮你的嘴脸的光明的太阳起誓,我曾经听见你大言不惭地说过,尊贵的葛罗斯特是死在你手里的。要是你二十次否认这一句话,也免不了谎言欺人的罪名,我要用我的剑锋把你的谎话送还到你那充满着奸诈的心头。

奥墨尔　懦夫,你没有那样的胆量。

费兹华特　凭着我的灵魂起誓,我希望现在就和你决一生死。

奥墨尔　费兹华特,你这样诬害忠良,你的灵魂要永堕地狱了。

亨利·潘西　奥墨尔,你说谎;他对你的指斥全然是他的忠心的流露,不像你一身都是奸伪。这儿我掷下我的手套,我要在殊死的决斗里证明你是怎样一个家伙;你有胆量就把它拾起来吧。

奥墨尔　要是我不把它拾起来,愿我的双手一起烂掉,永远不再向我的敌人的辉煌的战盔挥动复仇的血剑!

贵　族　我也向地上掷下我的手套,背信的奥墨尔;为要激恼你的缘故,我要从朝到晚,不断地向你奸诈的耳边高呼着说谎。这儿是我的荣誉的信物;要是有胆量的话,你就该接受我的挑战。

奥墨尔　还有谁要向我挑战?凭着上天起誓,我要向一切人掷下我的手套。在我的一身之内,藏着一千个勇敢的灵魂,两万个像你们这种家伙我都对付得了。

萨　立　费兹华特大人,我记得很清楚那一次奥墨尔跟您的谈话。

费兹华特　不错不错,那时候您也在场;您可以证明我的话是真的。

萨　立　苍天在上,你的话全然是假的。

费兹华特　萨立,你说谎!

萨　立　卑鄙无耻的孩子!我的宝剑将要重重地惩罚你,叫你像你父亲的尸骨一般,带着你的谎话长眠地下。为了证明你的虚伪,这儿是代表我的荣誉的手套;要是你有胆量,接受我的挑战吧。

费兹华特　一头奔马是用不着你的鞭策的。要是我有敢吃、敢喝、敢呼吸、敢生活的胆量,我就敢在旷野里和萨立相会,把唾沫吐在他的脸上,说他说谎,说谎,说谎。这儿是我的应战的信物,凭着它我要给你一顿切实的教训。我重视我的信誉,因为我希望在这新天地内扬名显达;我所指控的奥墨尔的罪状一点儿没有虚假。而且我还听见被放逐的诺福克说过,他说是你,奥墨尔,差遣你手下的两个人到卡莱去把那尊贵的公爵杀死的。

奥墨尔　哪一位正直的基督徒借我一只手套?这儿我向诺福克

掷下我的信物,因为他说了谎话;要是他遇赦回来,我要和他做一次荣誉的决赛。

波林勃洛克　你们已经接受各人的挑战,可是你们的争执必须等诺福克回来以后再行决定。他将要被赦回国,虽然是我的敌人,他的土地产业都要归还给他。等他回来了,我们就可以叫他和奥墨尔进行决斗。

卡莱尔　那样的好日子是再也见不到的了。流亡国外的诺福克曾经好多次在光荣的基督徒的战场上,为了耶稣基督而奋战,向黑暗的异教徒、土耳其人、撒拉逊人招展着基督教的十字圣旗;后来他因为不堪鞍马之劳,在意大利退隐闲居,就在威尼斯他把他的身体奉献给那可爱的国土,把他纯洁的灵魂奉献给他的主帅基督,在基督的旗帜之下,他曾经做过这样长期的苦战。

波林勃洛克　怎么,主教,诺福克死了吗?

卡莱尔　正是,殿下。

波林勃洛克　愿温柔的和平把他善良的灵魂接引到亚伯拉罕老祖的胸前!各位互相控诉的贵爵们,你们且各自信守你们的誓约,等我替你们指定决斗的日期,再来解决你们的争执。

　　　约克率侍从上。

约　克　伟大的兰开斯特公爵,我奉铩羽归来的理查之命,向你传达他的意旨;他已经全心乐意地把你立为他的嗣君,把他至尊的御杖交在你的庄严的手里。他现在已经退位让贤,升上他的宝座吧;亨利四世万岁!

波林勃洛克　凭着上帝的名义,我要升上御座。

卡莱尔　嗳哟,上帝不允许这样的事!在这儿济济多才的诸位贵人之间，也许我的钝口拙舌，只会遭人嗔怪，可是我必须凭着我的良心说话。你们都是为众人所仰望的正人君子，可是我希望在你们中间能够找得出一个真有资格审判尊贵的理查的公平正直的法官！要是真有那样的人，他的高贵的精神一定不会使他犯下这样重大的错误。哪一个臣子可以判定他的国王的罪名？在座的众人，哪一个不是理查的臣子？窃贼们即使罪状确凿，审判的时候也必须让他亲自出场，难道一位代表上帝的威严，为天命所简选而治理万民、受圣恩的膏沐而顶戴王冠、已经秉持多年国政的赫赫君王，却可以由他的臣下们任意判断他的是非，而不让他自己有当场辩白的机会吗？上帝啊！这是一个基督教的国土，千万不要让这些文明优秀的人士干出这样一件无道、黑暗、卑劣的行为！我以一个臣子的身份向臣子们说话，受到上帝的鼓励，这样大胆地为他的君王辩护。这位被你们称为国王的海瑞福德公爵是一个欺君罔上的奸恶的叛徒；要是你们把王冠加在他的头上，让我预言英国人的血将要滋润英国的土壤，后世的子孙将要为这件罪行而痛苦呻吟；和平将要安睡在土耳其人和异教徒的国内，扰攘的战争将要破坏我们这和平的乐土，造成骨肉至亲自相残杀的局面；混乱、恐怖、惊慌和暴动将要在这里驻留，我们的国土将要被称为各各他①，堆积骷髅的荒场。啊！要是你们帮助一个王族中人倾覆他的同族的君王，结果将会造成这被诅咒的世界上最不幸的分裂。阻止它，防免它，不要让它实现，免得你们的子孙和你们子孙的子孙向你们呼冤叫苦。

---

① 各各他（Golgotha），耶稣被钉于十字架之处，意为髑髅地。

诺森伯兰　你说得很好,主教;为了报答你这一番唇舌之劳,我们现在要以叛国的罪名逮捕你。威司敏斯特长老,请你把他看押起来,等我们定期审判他。各位大人,你们愿不愿意接受平民的请愿?

波林勃洛克　把理查带来,让他当着众人之前俯首服罪,我们也可以免去擅权僭越的嫌疑。

约　克　我去领他来。(下。)

波林勃洛克　各位贵爵,你们中间凡是有犯罪嫌疑而应该受到逮捕处分的人,必须各自具保,静候裁判。(向卡莱尔主教)我们不能感佩你的好意,也不希望你给我们什么助力。

　　　　　约克率理查王及众吏捧王冠等物重上。

理查王　唉!我还没有忘记我是一个国王,为什么就要叫我来参见新君呢?我简直还没有开始学习逢迎献媚、弯腰屈膝这一套本领;你们应该多给我一些时间,让悲哀教给我这些表示恭顺的方法。可是我很记得这些人的面貌,他们不都是我的臣子吗?他们不是曾经向我高呼"万福"吗?犹大也是这样对待基督;可是在基督的十二门徒之中,只有一个人不忠于他;我在一万两千个臣子中间,却找不到一个忠心的人。上帝保佑吾王!没有一个人说"阿门"吗?我必须又当祭司又当执事吗?那么好,阿门。上帝保佑吾王!虽然我不是他,可是我还是要说阿门,也许在上天的心目之中,还以为他就是我。你们叫我到这儿来,有些什么吩咐?

约　克　请你履行你的自动倦勤的诺言,把你的政权和王冠交卸给亨利·波林勃洛克。

理查王　把王冠给我。这儿,贤弟,把王冠拿住了;这边是我的手,那边是你的手。现在这一顶黄金的宝冠就像一口深井,两个吊桶一上一下地向这井中汲水;那空的一桶总是在空中跳跃,满的一桶却在底下不给人瞧见;我就是那下面的吊桶,充满着泪水,在那儿饮泣吞声,你却在高空之中顾盼自雄。

波林勃洛克　我以为你是自愿让位的。

理查王　我愿意放弃我的王冠,可是我的悲哀仍然是我自己的。你可以解除我的荣誉和尊严,却不能夺去我的悲哀;我仍然是我的悲哀的君王。

波林勃洛克　你把王冠给了我,同时也把你的一部分的忧虑交卸给我了。

理查王　你的新添的忧虑并不能抹杀我的旧有的忧虑。我的忧虑是因为我失去了作为国王而操心的地位;你的忧虑是因为你做了国王要分外操心。虽然我把忧虑给了你,我仍然占有着它们;它们追随着王冠,可是永远不离开我的身边。

波林勃洛克　你愿意放弃你的王冠吗?

理查王　是,不;不,是;我是一个没用的废人,一切听从你的尊意。现在瞧我怎样毁灭我自己:从我的头上卸下这千斤的重压,从我的手里放下这粗笨的御杖,从我的心头丢弃了君主的权威;我用自己的泪洗去我的圣油,用自己的手送掉我的王冠,用自己的舌头否认我的神圣的地位,用自己的嘴唇免除一切臣下的敬礼;我摒绝一切荣华和尊严,放弃我的采地、租税和收入,撤销我的诏谕、命令和法律;愿上帝宽宥一切对我毁弃的誓言!愿上帝使一切对你所做的盟约永无更改!让我这一无所有的人为了一无所有而悲哀,让你这享有一切的人为了一切如愿而满足!愿你千秋万岁安坐在理查的宝位之上,愿理查早早长眠在黄土的垄中!上帝保佑亨利王！失去王冠的理查这样说；愿他享受无数阳光灿烂的岁月！还有什么别的事情没有？

诺森伯兰　（以一纸示理查王）没有，就是要请你读一读这些人家控诉你的宠任小人祸国殃民的重大的罪状；你亲口招认以后，世人就可以明白你的废黜是罪有应得的。

理查王　我必须这样做吗？我必须一丝一缕地剖析我的错综交织的谬误吗？善良的诺森伯兰，要是你的过失也被人家记录下来，叫你当着这些贵人之前朗声宣读，你会自知羞愧吗？在你的罪状之中，你将会发现一条废君毁誓的极恶重罪，它是用黑点标出、揭载在上天降罚的册籍里的。嘿，你们这些站在一旁，瞧着我被困苦所窘迫的人们，虽然你们中间有些人和彼拉多①一同洗过手，表示你们表面上的慈悲，可是你们这些彼拉多们已经在这儿把我送上了苦痛的十字架，没有水可以洗去你们的罪恶。

诺森伯兰　我的王爷，快些，把这些条款读下去。

理查王　我的眼睛里满是泪，我瞧不清这纸上的文字；可是眼泪并没有使我完全盲目，我还看得见这儿一群叛徒们的面貌。嗷，要是我把我的眼睛转向着自己，我会发现自己也是叛徒的同党，因为我曾经亲自答应把一个君王的庄严供人凌辱，造成这种尊卑倒置、主奴易位、君臣失序、朝野混淆的现象。

诺森伯兰　我的王爷——

理查王　我不是你的什么王爷，你这盛气凌人的家伙，我也不是任何人的主上；我是一个无名无号的人，连我在洗礼盘前领受的名字，也被人篡夺去了。唉，不幸的日子！想不到我枉

---

① 彼拉多（Pilate），将耶稣钉死于十字架之罗马总督。

度了这许多岁月,现在却不知道应该用什么名字称呼我自己。啊!但愿我是一尊用白雪堆成的国王塑像,站在波林勃洛克的阳光之前,全身化水而溶解!善良的国王,伟大的国王——虽然你不是一个盛德之君——要是我的话在英国还能发生效力,请吩咐他们立刻拿一面镜子到这儿来,让我看一看我在失去君主的威严以后,还有一张怎样的面孔。

波林勃洛克　哪一个人去拿一面镜子来。(一侍从下。)

诺森伯兰　镜子已经去拿了,你先把这纸上的文字念起来吧。

理查王　魔鬼!我还没有下地狱,你就这样折磨我。

波林勃洛克　不要逼迫他了,诺森伯兰伯爵。

诺森伯兰　那么平民们是不会满足的。

理查王　他们将会得到满足;当我看见那本记载着我的一切罪恶的书册,也就是当我看见我自己的时候,我将要从它上面读到许多事情。

　　　　侍从持镜重上。

理查王　把镜子给我,我要借着它阅读我自己。还不曾有深一些的皱纹吗?悲哀把这许多打击加在我的脸上,却没有留下深刻的伤痕吗?啊,谄媚的镜子!正像在我荣盛的时候跟随我的那些人们一样,你欺骗了我。这就是每天有一万个人托庇于他的广厦之下的那张脸吗?这就是像太阳一般使人不敢仰视的那张脸吗?这就是曾经"赏脸"给许多荒唐的愚行、最后却在波林勃洛克之前黯然失色的那张脸吗?一道脆弱的光辉闪耀在这脸上,这脸儿也正像不可恃的荣光一般脆弱,(以镜猛掷地上)瞧它经不起用力一掷,就碎成片片了。沉默的国王,注意这一场小小的游戏中所含的教训吧,瞧我的悲哀怎样在片刻之间毁灭了我的容颜。

波林勃洛克　你的悲哀的影子毁灭了你的面貌的影子。

理查王　把那句话再说一遍。我的悲哀的影子！哈！让我想一想。一点儿不错,我的悲哀都在我的心里;这些外表上的伤心恸哭,不过是那悄悄地充溢在受难的灵魂中的不可见的悲哀的影子,它的本体是在内心潜藏着的。国王,谢谢你的广大的恩典,你不但给我哀伤的原因,并且教给我怎样悲恸的方法。我还要请求一个恩典,然后我就向你告辞,不再烦扰你了。你能不能答应我？

波林勃洛克　说吧,亲爱的王兄。

理查王　"亲爱的王兄"！我比一个国王更伟大,因为当我做国王的时候,向我谄媚的人不过是一群臣子;现在我自己做了臣子,却有一个国王向我谄媚。既然我是这样一个了不得的人,我也不必开口求人了。

波林勃洛克　可是说出你的要求来吧。

理查王　你会答应我的要求吗？

波林勃洛克　我会答应你的。

理查王　那么准许我去。

波林勃洛克　到哪儿去？

理查王　随便你叫我到哪儿去都好,只要让我不再看见你的脸。

波林勃洛克　来几个人把他送到塔里去。

理查王　啊,很好！你们都是送往迎来的人,靠着一个真命君王的没落捷足高升。（若干卫士押理查王下。）

波林勃洛克　下星期三我们将要郑重举行加冕的典礼;各位贤卿,你们就去准备起来吧。（除卡莱尔主教、威司敏斯特长老及奥墨尔外均下。）

长　老　我们已经在这儿看到了一幕伤心的惨剧。

卡莱尔　悲惨的事情还在后面；我们后世的子孙将会觉得这一天对于他们就像荆棘一般刺人。

奥墨尔　你们两位神圣的教士，难道没有计策可以从我们这国土之上除去这罪恶的污点吗？

长　老　大人，在我大胆地向您吐露我的衷曲以前，您必须郑重宣誓，不但为我保守秘密，并且还要尽力促成我的计划。我看见你们的眉宇之间充满了不平之气，你们的心头填塞着悲哀，你们的眼中洋溢着热泪。跟我回去晚餐；我要定下一个计策，它会使我们重见快乐的日子。（同下。）

# 第 五 幕

## 第一场　伦敦。直达塔狱之街道

　　王后及宫女等上。

王　后　王上将要到这一条路上来；这就是通到裘力斯·恺撒所造下的那座万恶的高塔去的路，我的主已经被骄傲的波林勃洛克判定在那高塔的顽石的胸中做一个囚人。让我们在这儿休息片刻，要是这叛逆的大地还有尺寸之土，可以容许它的真正的国君的元后歇足的话。

　　理查王及卫士上。

王　后　可是且慢，瞧；不，还是转过脸去，不要瞧我那美丽的蔷薇萎谢吧；可是抬起头来，看看他，也许怜悯会使你们融为甘露，用你们真情的眼泪重新润泽他的娇颜。啊！你这古代特洛亚的残墟，你这荣誉的草图，你是理查王的墓碑，不是理查王自己；你这富丽的旅舍，为什么你容留丑陋的悲哀寄住，却让胜利的欢乐去做下等酒肆中的顾客呢？

理查王　不要和悲哀携手，美人，不要加重我的悲哀，使我太早结束我的生命。记着，好人儿，你应该想我们过去的荣华不过是一场美妙的幻梦；现在从梦里醒来，才发现了我们真实的处境。我是冷酷的"无可奈何"的结盟兄弟,爱人,他跟我将要到死厮守在一起。你快到法国去,找一所庵院栖隐吧;我的尘世的王冠已经因为自己的荒唐而失去了,从今以后,我们圣洁的生涯将要为我们赢得一顶新世界的冠冕。

王　后　什么!我的理查在外形和心灵上都已经换了样子,变得这样孱弱了吗?难道波林勃洛克把你的理智也剥夺去了?他占据着你的心吗?狮子在临死的时候,要是找不到其他复仇的对象,也会伸出它的脚爪挖掘泥土,发泄它的战败的愤怒;你是一头狮子,万兽中的君王,却甘心像一个学童一般,俯首帖耳地受人鞭挞,奴颜婢膝地向人乞怜吗?

理查王　万兽之王!真的我不过做了一群畜类的首脑;要是它们稍有人心,我至今还是一个人类中的幸福的君王。我的旧日的王后,你快准备准备到法国去吧;你不妨以为我已经死了,就在这儿,你在我的临终的床前向我做了最后的诀别。在冗长寒冬的夜里,你和善良的老妇们围炉闲坐,让她们讲给你听一些古昔悲惨的故事;你在向她们道晚安以前,为了酬答她们的悲哀,就可以告诉她们我的一生的痛史,让她们听了一路流着眼泪回去睡觉;即使无知的火炬听了你的动人的怨诉,也会流下同情之泪,把它的火焰浇熄,有的将要在寒灰中哀悼,有的将要披上焦黑的丧服,追念一位被废黜的合法的君王。

　　　　　诺森伯兰率侍从上。

诺森伯兰　王爷,波林勃洛克已经改变他的意旨;您必须到邦弗雷特,不用到塔里去了。娘娘,这儿还有对您所发的命令;您必须尽快动身到法国去。

理查王　诺森伯兰,你是野心的波林勃洛克登上我的御座的阶梯,你们的罪恶早已贯盈,不久就要在你们中间造成分化的现象。你的心里将要这样想,虽然他把国土一分为二,把一半给了你,可是你有帮助他君临全国的大功,这样的报酬还嫌太轻;他的心里却是这样想,你既然知道怎样扶立非法的君王,当然也知道怎样从僭窃的御座上把他推倒。恶人的友谊一下子就会变成恐惧,恐惧会引起彼此的憎恨,憎恨的结果,总有一方或双方得到罪有应得的死亡或祸报。

诺森伯兰　我的罪恶由我自己承担,这就完了。你们互相道别吧;因为您和娘娘,必须马上动身。

理查王　二度的离婚!恶人,你破坏了一段双重的婚姻;你使我的王冠离开了我,又要使我离开我的结发的妻子。让我用一吻撤销你我之间的盟誓;可是不,因为那盟誓是用一吻缔结的。分开我们吧,诺森伯兰。我向北方去,凛冽的寒风和瘴疠在那里逞弄它们的淫威;我的妻子向法国去,她从那里初到这儿来的时候,艳妆华服,正像娇艳的五月,现在悄然归去,却像寂无生趣的寒冬。

王　后　那么我们必须分手吗?我们不能再在一起了吗?

理查王　是的,我的爱人,我们的手儿不再相触,我们的心儿不再相通。

王　后　把我们两人一起放逐,让王上跟着我去吧。

诺森伯兰　那可以表示你们的恩爱,可是却不是最妥当的政策。

王　后　那么他到什么地方去,我也到什么地方去。

理查王　要是这样的话,我们两人就要相对流泪,使彼此的悲哀合而为一了。还是你在法国为我流泪,我在这儿为你流泪吧;与其近而多愁,不如彼此远隔。去,用叹息计算你的路程,我将用痛苦的呻吟计算我的路程。

王　后　那么最长的路程将要听到最长的呻吟。

理查王　我的路是短的,每一步我将要呻吟两次,再用一颗沉重的心补充它的不足。来,来,当我们向悲哀求婚的时候,我们应该越快越好,因为和它结婚以后,我们将要忍受长期的痛苦。让一个吻堵住我们两人的嘴,然后默默地分别;凭着这一个吻,我把我的心给了你,也把你的心取了来了。(二人相吻。)

王　后　把我的心还我;你不应该把你的心交给我保管,因为它将会在我的悲哀之中憔悴而死。(二人重吻)现在我已经得到我自己的心,去吧,我要竭力用一声惨叫把它杀死。

理查王　我们这样痴心的留恋,简直是在玩弄着痛苦。再会吧,让悲哀代替我们诉说一切不尽的余言。(各下。)

## 第二场　同前。约克公爵府中一室

　　　　约克及其夫人上。

约克公爵夫人　夫君,您刚才正要告诉我们那两位侄子到伦敦来的情形,可是您讲了一半就哭了起来,没有把这段话说下去。

约　克　我讲到什么地方?

约克公爵夫人　您刚说到那些粗暴而无礼的手从窗口里把泥土和秽物丢到理查王的头上;说到这里,悲哀就使您停住了。

约　克　我已经说过,那时候那位公爵,伟大的波林勃洛克,骑着一匹勇猛的骏马,它似乎认识它的雄心勃勃的骑士,用缓慢而庄严的步伐徐徐前进,所有的人们齐声高呼,"上帝保佑你,波林勃洛克!"你会觉得窗子都在开口说话;那么多的青年和老人的贪婪的眼光,从窗口里向他的脸上投射他们热烈的瞥视;所有的墙壁都仿佛在异口同声地说,"耶稣保佑你!欢迎,波林勃洛克!"他呢,一会儿向着这边,一会儿向着那边,对两旁的人们脱帽点首,他的头垂得比他那骄傲的马的颈项更低,他向他们这样说,"谢谢你们,各位同胞";这样一路上打着招呼过去。

约克公爵夫人　唉,可怜的理查!这时候他骑着马在什么地方呢?

约　　克　正像在一座戏院里,当一个红角下场以后,观众用冷淡的眼光注视着后来的伶人,觉得他的饶舌十分可厌一般;人们的眼睛也正是这样,或者用更大的轻蔑向理查怒视。没有人高呼"上帝保佑他";没有一个快乐的声音欢迎他回来;只有泥土掷在他的神圣的头上,他是那样柔和而凄婉地把它们轻轻挥去,他的眼睛里噙着泪,他的嘴角含着微笑,表示出他的悲哀和忍耐,倘不是上帝为了某种特殊的目的,使人们的心变得那样冷酷,谁见了他都不能不深深感动,最野蛮的人也会同情于他。可是这些事情都有上天做主,我们必须俯首顺从它的崇高的意旨。现在我们是向波林勃洛克宣誓尽忠的臣子了,他的尊严和荣誉将要永远被我所护拥。

约克公爵夫人　我的儿子奥墨尔来了。

约　　克　他过去是奥墨尔,可是因为他是理查的党羽,已经失去他原来的爵号;夫人,你现在必须称他为鲁特兰了。我在议会里还替他担保过一定对新王矢忠效命呢。

　　　　　奥墨尔上。

约克公爵夫人　欢迎,我儿;新的春天来到了,哪些人是现在当令的鲜花?

奥墨尔　母亲,我不知道,我也懒得关心;上帝知道我羞于和他们为伍。

约　克　呃,在这新的春天,你得格外注意你的行动,免得还没有到开花结实的时候,你就给人剪去了枝叶。牛津有什么消息?他们还在那里举行着各种比武和竞赛吗?

奥墨尔　照我所知道的,父亲,这些仍旧在照常举行。

约　克　我知道你要到那里去。

奥墨尔　要是上帝允许我,我是准备着去的。

约　克　那在你的胸前露出的是一封什么书信?哦,你的脸色变了吗?让我瞧瞧上面写着些什么话。

奥墨尔　父亲,那没有什么。

约　克　那么就让人家瞧瞧也不妨。我一定要知道它的内容;给我看写着些什么。

奥墨尔　求大人千万原谅我;那不过是一件无关重要的小事,为了种种理由,我不愿让人家瞧见。

约　克　为了种种理由,小子,我一定要瞧瞧。我怕,我怕——

约克公爵夫人　您怕些什么?那看来不过是因为他想要在比武的日子穿几件华丽的服装,欠下人家一些款项的借据罢了。

约　克　哼,借据!他借了人家的钱,会自己拿着借据吗?妻子,你是一个傻瓜。孩子,让我瞧瞧上面写着些什么话。

奥墨尔　请您原谅,我不能给您看。

约　克　我非看不可;来,给我。(夺盟书阅看)反了!反了!混蛋!奸贼!奴才!

约克公爵夫人　什么事,我的主?

约　克　喂!里边有人吗?

　　　　　　一仆人上。

约　　克　替我备马。慈悲的上帝！这是什么叛逆的阴谋！

约克公爵夫人　嗳哟,什么事,我的主！

约　　克　喂,把我的靴子给我；替我备马。嘿,凭着我的荣誉、我的生命、我的良心起誓,我要告发这奸贼去。(仆人下。)

约克公爵夫人　究竟是怎么一回事呀？

约　　克　闭嘴,愚蠢的妇人。

约克公爵夫人　我偏不闭嘴。什么事,奥墨尔？

奥墨尔　好妈妈,您安心吧；没有什么事,反正拼着我这一条命就是了。

约克公爵夫人　拼着你那一条命！

约　　克　把我的靴子拿来；我要见国王去。

　　　　　　仆人持靴重上。

约克公爵夫人　打他,奥墨尔。可怜的孩子,你全然吓呆了。(向仆人)滚出去,狗才！再也不要走近我的面前。(仆人下。)

约　　克　喂,把我的靴子给我。

约克公爵夫人　唉,约克,你要怎样呢？难道你自己的儿子犯了一点儿过失,你都不肯替他遮盖吗？我们还有别的儿子,或者还会生下一男半女吗？我的生育的时期不是早已过去了吗？我现在年纪老了,只有这一个好儿子,你却要生生把我们拆开,害我连一个快乐的母亲的头衔都不能保全吗？他不是很像你吗？他不是你自己的亲生骨肉吗？

约　　克　你这痴心的疯狂的妇人,你想把这黑暗的阴谋隐匿起来吗？这儿写着他们有十来个同党已经互相结盟,要在牛津刺杀国王。

405

约克公爵夫人　他一定不去参加;我们叫他待在家里就是了,那不是和他不相干了吗?

约　克　走开,痴心的妇人!即使他跟我有二十重的父子关系,我也要告发他。

约克公爵夫人　要是你也像我一样曾经为他呻吟床席,你就会仁慈一些的。可是现在我明白你的意思了;你一定疑心我曾经对你不贞,以为他是一个私生的野种,不是你的儿子。亲爱的约克,我的好丈夫,不要那样想;他的面貌完全和你一个模样,不像我,也不像我的亲属,可是我爱他。

约　克　让开,放肆的妇人!(下。)

约克公爵夫人　追上去,奥墨尔!骑上他的马,加鞭疾驰,赶在他的前头去见国王,趁他没有控诉你以前,先向国王请求宽恕你的过失。我立刻就会来的;虽然老了,我相信我骑起马来,还可以像约克一样快。我要跪在地上不再起来,直到波林勃洛克宽恕了你。去吧!(各下。)

## 第三场　温莎。堡中一室

*波林勃洛克冕服上;亨利·潘西及众臣随上。*

波林勃洛克　谁也不知道我那放荡的儿子的下落吗?自从我上次看见他一面以后,到现在足足三个月了。他是我的唯一的祸根。各位贤卿,我巴不得把他找到才好。到伦敦各家酒店里访问访问,因为人家说他每天都要带着一群胡作非为的下流朋友到那种地方去;他所交往的那些人,甚至于会在狭巷之中殴辱巡丁,劫掠路人,这荒唐而柔弱的孩子却会不顾自己的身份,支持这群浪人的行动。

亨利·潘西　陛下，大约在两天以前，我曾经见过王子，并且告诉他在牛津举行的这些盛大的赛会。

波林勃洛克　那哥儿怎么说？

亨利·潘西　他的回答是，他要到妓院里去，从一个最丑的娼妇手上拉下一只手套，戴着作为纪念；凭着那手套，他要把最勇猛的挑战者掀下马来。

波林勃洛克　这简直太胡闹了；可是从他的胡闹之中，我却可以看见一些希望的光芒，也许他年纪大了点儿，他的行为就会改善的。可是谁来啦？

　　　　奥墨尔上。

奥墨尔　王上在什么地方？

波林勃洛克　贤弟为什么这样神色慌张？

奥墨尔　上帝保佑陛下！请陛下允许我跟您独自说句话。

波林勃洛克　你们退下去吧，让我们两人在这儿谈话。（亨利及众臣下）贤弟有什么事情？

奥墨尔　（跪）愿我的双膝在地上生了根，我的舌头永远粘在颚上发不出声音来，要是您不先宽恕了我，我就一辈子不起来，一辈子不说话。

波林勃洛克　你的过失仅仅是一种企图呢，还是一件已经犯下的罪恶？假如它是图谋未遂的案件，无论案情怎样重大，为了取得你日后的好感，我都可以宽恕你。

奥墨尔　那么准许我把门锁了，在我的话没有说完以前，谁也不要让他进来。

波林勃洛克　随你的便吧。（奥墨尔锁门。）

约　克　（在内）陛下，留心！不要被人暗算；你有一个叛徒在你的面前呢。

407

波林勃洛克　（拔剑）奸贼,你动一动就没命。

奥墨尔　愿陛下息怒;我不会加害于您。

约　　克　（在内）开门,你这粗心的不知利害的国王;难道我为了尽忠的缘故,必须向你说失敬的话吗？开门,否则我要打破它进来了。（波林勃洛克开门。）

　　　　约克上。

波林勃洛克　（将门重行锁上）什么事,叔父？说吧。安静一会儿,让你的呼吸回复过来。告诉我危险离开我们还有多远,让我们好去准备抵御它。

约　　克　读一读这儿写着的文字,你就可以知道他们在进行着怎样叛逆的阴谋。

奥墨尔　当你读着的时候,请记住你给我的允许。我已经忏悔我的错误,不要在那上面读出我的名字;我的手虽然签署盟约,我的心却并没有表示同意。

约　　克　奸贼,你有了谋叛的祸心,才会亲手签下你的名字。这片纸是我从这叛徒的胸前抢下来的,国王;恐惧使他忏悔,并不是他真有悔悟的诚心。不要怜悯他,免得你的怜悯变成一条直刺你的心脏的毒蛇。

波林勃洛克　啊,万恶的大胆的阴谋！啊,一个叛逆的儿子的忠心的父亲！你是一道清净无垢的洁白的泉源,他这一条溪水就从你的源头流出,却从淤泥之中玷污了他自己！你的大量美德在他身上都变成了奸恶,可是你的失足的儿子这一个罪该万死的过失,将要因为你的无限善良而邀蒙宽宥。

约　　克　那么我的德行将要成为他的作恶的护符,他的耻辱将要败坏我的荣誉,正像浪子们挥霍他们父亲辛苦积聚下来的金钱一样了。他的耻辱死了,我的荣誉才可以生存;否则我就要在他的耻辱之中度我的含羞蒙垢的生活。你让他活命,等于把我杀死;赦免了叛徒,却把忠臣处了死刑。

约克公爵夫人 (在内)喂,陛下!为了上帝的缘故,让我进来。

波林勃洛克 什么人尖声尖气地在外边嚷叫?

约克公爵夫人 (在内)一个妇人,您的婶娘,伟大的君王;是我。对我说话,可怜我,开开门吧;一个从来不曾向人请求过的乞丐在请求您。

波林勃洛克 我们这一出庄严的戏剧,现在却变成"乞丐与国王"了。我的包藏祸心的兄弟,让你的母亲进来;我知道她要来为你的罪恶求恕。(奥墨尔开门。)

约 克 要是您听从了无论什么人的求告把他宽恕,更多的罪恶将要因此而横行无忌。割去腐烂的关节,才可以保全身体上其余各部分的完好;要是听其自然,它的脓毒就要四散蔓延,使全身陷于不可救治的地步。

　　　　约克公爵夫人上。

约克公爵夫人 啊,国王!不要相信这个狠心的人;不爱自己,怎么能爱别人呢?

约 克 你这疯狂的妇人,你到这儿来干吗?难道你的衰老的乳头还要喂哺一个叛徒吗?

约克公爵夫人 亲爱的约克,不要生气。(跪)听我说,仁慈的陛下。

波林勃洛克 起来,好婶娘。

约克公爵夫人 不,我还不能起来。我要永远跪在地上匍匐膝行,永远不看见幸福的人们所见的白昼,直到您把快乐给了我,那就是宽恕了鲁特兰,我的一时失足的孩子。

奥墨尔　求陛下俯从我母亲的祷请,我也在这儿跪下了。(跪。)

约　　克　我也屈下我的忠诚的膝骨,求陛下不要听从他们。(跪)要是您宽恕了他,您将要招致无穷的后患!

约克公爵夫人　他的请求是真心的吗?瞧他的脸吧;他的眼睛里没有流出一滴泪,他的祈祷是没有诚意的。他的话从他的嘴里出来,我们的话却发自我们的衷心;他的请求不过是虚应故事,心里但愿您把它拒绝,我们却用整个的心灵和一切向您祈求;我知道他的疲劳的双膝巴不得早些立起,我们却甘心长跪不起,直到我们的膝盖在地上生了根。我们真诚热烈的祈求胜过他的假惺惺的作态,所以让我们得到虔诚的祈祷者所应该得到的慈悲吧。

波林勃洛克　好婶娘,起来吧。

约克公爵夫人　不,不要叫我起来;你应该先说"宽恕",然后再说"起来"。假如我是你的保姆,我在教你说话的时候,一定先教你说"宽恕"二字。我从来不曾像现在这样渴想着听见这两个字;说"宽恕"吧,国王,让怜悯教您怎样把它们说出口来。这不过是两个短短的字眼儿,听上去却是那么可爱;没有别的字比"宽恕"更适合于君王之口了。

约　　克　你用法文说吧,国王;说"pardonnez moi"①。

约克公爵夫人　你要教宽恕毁灭宽恕吗?啊,我的冷酷的丈夫,我的狠心的主!按照我们国内通用的语言,说出"宽恕"这两个字来吧;我们不懂得那种扭扭捏捏的法文。您的眼睛在开始说话了,把您的舌头装在您的眼眶里吧;或者把您的耳朵插在您的怜悯的心头,让它听见我们的哀诉和祈祷怎

---

①　表示婉言谢绝的习用语,意即:"对不起,不行。"

样刺透您的心灵,也许怜悯会感动您把"宽恕"二字吐露出来。

波林勃洛克　好婶娘,站起来。

约克公爵夫人　我并不要求您叫我立起;宽恕是我唯一的请愿。

波林勃洛克　我宽恕他,正像上帝将要宽恕我一样。

约克公爵夫人　啊,屈膝的幸福的收获!可是我还是满腔忧惧;再说一遍吧,把"宽恕"说了两次,并不是把"宽恕"分而为二,而只会格外加强宽恕的力量。

波林勃洛克　我用全心宽恕他。

约克公爵夫人　您是一个地上的天神。

波林勃洛克　可是对于我们那位忠实的姻兄和那位长老,以及一切他们的同党,灭亡的命运将要立刻追踪在他们的背后。好叔父,帮助我调遣几支军队到牛津或者凡是这些叛徒们所寄足的无论什么地方去;我发誓决不让他们活在世上,只要知道他们的下落,一定要叫他们落在我的手里。叔父,再会吧。兄弟,再会;你的母亲太会求告了,愿你从此以后做一个忠心的人。

约克公爵夫人　来,我儿;求上帝让你改过自新。(各下。)

## 第四场　堡中另一室

艾克斯顿及一仆人上。

艾克斯顿　你没有注意到王上说些什么话吗?"难道我没有一个朋友,愿意替我解除这一段活生生的忧虑吗?"他不是这样说吗?

仆　人　他正是这样说的。

艾克斯顿　他说,"难道我没有一个朋友吗?"他把这句话接连说了两次,不是吗?

仆　　人　正是。

艾克斯顿　当他说这句话的时候,他留心瞧着我,仿佛在说,"我希望你是愿意为我解除我的心头的恐怖的人;"他的意思当然是指那幽居在邦弗雷特的废王而说的。来,我们去吧;我是王上的朋友,我要替他除去他的敌人。(同下。)

## 第五场　邦弗雷特。堡中监狱

理查王上。

理查王　我正在研究怎样可以把我所栖身的这座牢狱和整个的世界两相比较;可是因为这世上充满了人类,这儿除了我一身之外,没有其他的生物,所以它们是比较不起来的;虽然这样说,我还要仔细思考一下。我要证明我的头脑是我的心灵的妻子,我的心灵是我的思想的父亲;它们两个产下了一代生生不息的思想,这些思想充斥在这小小的世界之上,正像世上的人们一般互相倾轧,因为没有一个思想是满足的。比较好的那些思想,例如关于宗教方面的思想,却和怀疑互相间杂,往往援用经文的本身攻击经文;譬如说,"来吧,小孩子们;"可是接着又这么说,"到天国去是像骆驼穿过针孔一般艰难的。"野心勃勃的思想总在计划不可能的奇迹;凭着这些脆弱无力的指爪,怎样从这冷酷的世界的坚硬的肋骨,我的凹凸不平的囚墙上,抓破一条出路;可是因为它们没有这样的能力,所以只能在它们自己的盛气之中死去。安分自足的思想却用这样的话安慰自己:它们并不是命运的最初的奴隶,不会是它的最后的奴隶;正像愚蠢的乞丐套上了枷,自以为许多人都在他以前套过枷,在他以后,也还有别的人要站在他现在所站的地方,用这样的思想掩饰他们的羞辱一样。凭着这一种念头,它们获得了精神上的宽裕,假借过去的人们同样的遭际来背负它们不幸的灾祸。这样我一个人扮演着许多不同的角色,没有一个能够满足他自己的命运:有时我是国王;叛逆的奸谋使我希望我是一个乞丐,于是我就变成了乞丐;可是压人的穷困劝诱我还不如做一个国王,于是我又变成了国王;一会儿忽然想到我的王位已经被波林勃洛克所推翻,那时候我就立刻化为乌有;可是无论我是什么人,无论是我还是别人,只要是一个人,在他没有彻底化为乌有以前,是什么也不能使他感到满足的。我听见的是音乐吗?(乐声)嘿,嘿!不要错了拍子。美妙的音乐失去了合度的节奏,听上去是多么可厌!人们生命中的音乐也正是这样。我的耳朵能够辨别一根琴弦上的错乱的节奏,却听不出我的地位和时间已经整个失去了谐和。我曾经消耗时间,现在时间却在消耗着我;时间已经使我成为他的计时的钟;我的每一个思想代表着每一分钟,它的叹息代替了嘀嗒的声音,一声声打进我的眼里;那不断地揩拭着眼泪的我的手指,正像钟面上的时针,指示着时间的进展;那叩击我的心灵的沉重的叹息,便是报告时辰的钟声。这样我用叹息、眼泪和呻吟代表一分钟一点钟的时间;可是我的时间在波林勃洛克的得意的欢娱中飞驰过去,我却像一个钟里的机器人一样站在这儿,替他无聊地看守着时间。这音乐使我发疯;不要再奏下去吧,因为虽然它可以帮助疯人恢复理智,对于我却似乎能够使头脑清醒的人变成疯狂。可是祝福那为我奏乐的人!因为这总是好意的表示,在这充满着敌意的世上,好意对于理查是一件珍奇的宝物。

　　马夫上。

马　夫　祝福,庄严的君王!

理查王　谢谢,尊贵的卿士;我们中间最微贱的人,也会高抬他自己的身价。你是什么人?这儿除了给我送食物来、延长我的不幸的生命的那个可恶的家伙以外,从来不曾有人来过;你是怎么来的,汉子?

马　夫　王爷,从前您还是一个国王的时候,我是你的御厩里的一个卑微的马夫;这次我因为到约克去,路过这里,好容易向他们千求万告,总算见到我的旧日的王爷一面。啊!那天波林勃洛克加冕的日子,我在伦敦街道上看见他骑着那匹斑色的巴巴里马,我想起您从前常常骑着它,我替它梳刷的时候,也总是特别用心,现在马儿已经换了主人,看着它我的心就痛了。

理查王　他骑着巴巴里马吗?告诉我,好朋友,它载着波林勃洛克怎么走?

马　夫　高视阔步,就像它瞧不起脚下的土地一般。

理查王　它是因为波林勃洛克在它的背上而这样骄傲的!那畜生曾经从我的尊贵的手里吃过面包,它曾经享受过御手抚拍的光荣。它不会颠踬吗?骄傲必然会遭到倾覆,它不会失足倒地,跌断那霸占着它的身体的骄傲的家伙的头颈吗?恕我,马儿!你是造下来受制于人,天生供人坐骑的东西,为什么我要把你责骂呢?我并不是一匹马,却像驴子一般背负着重担,被波林勃洛克鞭策得遍体鳞伤。

　　　　　　狱卒持食物一盆上。

狱　　卒　（向马夫）汉子，走开；你不能再留在这儿了。

理查王　要是你爱我，现在你可以去了。

马　　夫　我的舌头所不敢说的话，我的心将要代替它诉说。
　　　　（下。）

狱　　卒　王爷，请用餐吧。

理查王　按照平日的规矩，你应该先尝一口再给我。

狱　　卒　王爷，我不敢；艾克斯顿的皮厄斯爵士新近从王上那里来，吩咐我不准尝食。

理查王　魔鬼把亨利·兰开斯特和你一起抓了去！我再也忍耐不住了。（打狱卒。）

狱　　卒　救命！救命！救命！
　　　　艾克斯顿及从仆等武装上。

理查王　呀！这一场杀气腾腾的进攻是什么意思？恶人，让你自己手里的武器结果你自己的生命。（自一仆人手中夺下兵器，将其杀死）你也到地狱去吧！（杀死另一仆人；艾克斯顿击理查王倒地）那击倒我的手将要在永远不熄的烈火中焚烧。艾克斯顿，你的凶暴的手已经用国王的血玷污了国王自己的土地。升上去，升上去，我的灵魂！你的位置是在高高的天上，我的污浊的肉体却在这儿死去，它将要向地下沉埋。
　　　　（死。）

艾克斯顿　他满身都是勇气，正像他满身都是高贵的血液一样。我已经溅洒他的血液，毁灭他的勇气；啊！但愿这是一件好事，因为那夸奖我干得不错的魔鬼，现在却对我说这件行为已经记载在地狱的黑册之中。我要把这死了的国王带到活着的国王那里去。把其余的尸体搬去，就在这儿找一处地

415

方埋了。(同下。)

## 第六场　温莎。堡中一室

　　　　　喇叭奏花腔。波林勃洛克、约克及群臣侍从等上。

波林勃洛克　好约克叔父,我们最近听到的消息,是叛徒们已经纵火焚烧我们葛罗斯特郡的西斯特镇;可是他们有没有被擒被杀,却还没有听到下文。

　　　　　诺森伯兰上。

波林勃洛克　欢迎,贤卿。有什么消息没有?

诺森伯兰　第一,我要向陛下恭祝万福。第二,我要报告我已经把萨立斯伯雷、斯宾塞、勃伦特和肯特这些人的首级送到伦敦去了。他们怎样被捕的情形,这一封书信上写得很详细。

波林勃洛克　谢谢你的勤劳,善良的潘西,我一定要重重奖赏你的大功。

　　　　　费兹华特上。

费兹华特　陛下,我已经把勃洛卡斯和班纳特·西利爵士的首级从牛津送到伦敦去了,他们两人也是企图在牛津向您行弑的同谋逆犯。

波林勃洛克　费兹华特,你的辛劳是不会被我忘却的;我知道你这次立功不小。

　　　　　亨利·潘西率卡莱尔主教上。

亨利·潘西　那谋逆的主犯威司敏斯特长老因为忧愧交集,已经得病身亡;可是这儿还有活着的卡莱尔,等候你的纶音宣判,惩戒他不法的狂妄。

波林勃洛克　卡莱尔,这是我给你的判决:找一处僻静的所在,打扫一间清净庄严的精舍,在那儿度你的逍遥自在的生涯;平平安安地活着,无牵无挂地死去。因为虽然你一向是我的敌人,我却可以从你身上看到忠义正直的光辉。

  艾克斯顿率仆从舁棺上。

艾克斯顿 伟大的君王,在这一棺之内,我向您呈献您的埋葬了的恐惧;这儿气息全无地躺着您的最大的敌人,波尔多的理查,他已经被我带来了。

波林勃洛克 艾克斯顿,我不能感谢你的好意,因为你已经用你的毒手干下一件毁坏我的荣誉、玷辱我们整个国土的恶事了。

艾克斯顿 陛下,我是因为听了您亲口所说的话,才去干这件事的。

波林勃洛克 需要毒药的人,并不喜爱毒药,我对你也是这样;虽然我希望他死,乐意看到他被杀,我却痛恨杀死他的凶手。你把一颗负罪的良心拿去作为你的辛劳的报酬吧,可是你不能得到我的嘉许和眷宠;愿你跟着该隐在暮夜的黑影中徘徊,再不要在光天化日之下显露你的容颜。各位贤卿,我郑重声明,凭着鲜血浇溉成我今日的地位,这一件事是使我的灵魂抱恨无穷的。来,赶快披上阴郁的黑衣,陪着我举哀吧,因为我是真心悲恸。我还要参谒圣地,洗去我这罪恶的手上的血迹。现在让我们用沉痛的悲泣,肃穆地护送这死于非命的遗骸。(同下。)